ANNA SALTER

Der Schatten am Fenster

Buch

Die Gerichtspsychologin Dr. Michael Stone ist durch ihre Arbeit mit den Abgründen der menschlichen Seele nur zu gut vertraut. Doch Alex Willy, ein Sadist und Kinderschänder, ein eiskalter Verbrecher mit unaussprechlichen Obsessionen, übertrifft ihre schlimmsten Befürchtungen. Von Michaels professionellem Interesse geschmeichelt, gestand ihr Willy im Gefängnis zahlreiche Taten, für die er nie verurteilt wurde, und gab schockierende Details preis, die alle auf Band festgehalten sind. Als ihm ein Wiederaufnahmeverfahren gewährt wird und er aus der Haft entlassen wird, bedroht nur eine Person seine Freiheit, jemand, der sein Innerstes genau kennt: Dr. Michael Stone. Mit einem brillant ausgeklügelten Plan schleicht sich Willy in Michaels Alltag. Immer im Schatten, aber stets zwei Schritte voraus, so begleitet er sein Opfer Tag und Nacht. Und Willy könnte auch hinter den kaltblütigen Quälereien stecken, die Camille, Michaels labilste Patientin, in den Wahnsinn treiben: Während Michael langsam begreift, daß Camille keineswegs unter Wahnvorstellungen leidet, treibt Willy sie mit einem raffinierten Katz-und-Maus-Spiel immer weiter auf eine tödliche Falle zu …

Autorin

Anna Salter ist in North Carolina geboren und aufgewachsen. Die promovierte Psychologin studierte zunächst Philosophie und Englisch, bevor sie nach Harvard ging, um sich der Kinderpsychologie und klinischen Psychologie zuzuwenden. Sie arbeitet seit 1988 selbständig, ihre wissenschaftlichen Buchpublikationen gelten als Leitfaden für die Therapie von Sexualstraftätern, und Dr. Salter ist gefragte Beraterin bei Gericht und im Strafvollzug. *Die Psychologin*, ihr erster Roman, sicherte Anna Salter einen Platz in der ersten Reihe der amerikanischen Thrillerautoren. Die Autorin lebt in Madison, Wisconsin.

Bereits bei Goldmann erschienen:

Die Psychologin. Roman (43859)

Anna Salter

Der Schatten am Fenster

Roman

Aus dem Amerikanischen
von Karina Krawczyk

GOLDMANN

Die Originalausgabe erschien 1998 unter dem Titel
»Fault Lines«
bei Pocket Books,
a division of Simon & Schuster Inc., New York

Umwelthinweis:
Alle bedruckten Materialien dieses Taschenbuches
sind chlorfrei und umweltschonend.
Das Papier enthält Recycling-Anteile.

Deutsche Erstausgabe 4/99

Umschlaggestaltung: Design Team München
Umschlagfoto: Premium/ibid
Satz: deutsch-türkischer fotosatz, Berlin
Druck: Elsnerdruck, Berlin
Verlagsnummer: 44282
Redaktion: AB · Alexander Groß
Herstellung: Sebastian Strohmaier
Made in Germany
ISBN 3-442-44282-6

1 3 5 7 9 10 8 6 4 2

Für meinen Vater

THEODORE SALTER, M.D.,

der sich schützend zwischen seine Kinder
und die Welt stellte.

1

»Er ist tot! Tot!« Die Frau am anderen Ende der Leitung schluchzte. Ich versuchte den Schlaf abzuschütteln und sah auf die Nummer, die mir die Notrufzentrale gegeben hatte – Clarrington. Wenn der Anruf aus Clarrington kam, war es nicht unwahrscheinlich, daß sie mit einer Hand den Hörer hielt und mit der anderen eine Waffe. Clarrington war eine kleine Industriestadt zwanzig Meilen von der blühenden Universitätsgemeinde entfernt, in der ich arbeitete. In Clarrington standen alle Räder still. Die Menschen waren mehr oder weniger ständig arbeitslos, und vielleicht war Clarrington deshalb – wenn nicht aus irgendwelchen geheimnisvollen Gründen, von denen ich nichts wußte – das Gewaltzentrum des bekannten Universums. Clarrington glich jener bewohnten Quadratmeile in Mexiko, die ganze Wolken von Monarch-Schmetterlingen anzog: Anscheinend kam jeder drogen- oder alkoholsüchtige Kriminelle dieser Welt in Clarrington vorbei.

»Wo ist er? Ist er bei Ihnen?« Ich wußte nicht, was ich sagen sollte. Nichts, was ich aus meiner Ausbildung zur Gerichtspsychologin mit dem Fachgebiet Kindesmißbrauch und häusliche Gewalt kannte, hatte mich auf die rauhe Wirklichkeit des Bereitschaftsdienstes für die Psychiatrische Abteilung der Jefferson-Universitätsklinik vorbereitet. Ich war mir ziemlich sicher, daß die Frage »Wie fühlen Sie sich dabei?« unpassend war, zumindest, bis ich herausgefunden hatte, ob sie einen Krankenwagen brauchte.

Die schluchzende Frau beachtete mich gar nicht. »Er ist

tot«, wiederholte sie. Sie weinte so sehr, daß ich sie kaum verstehen konnte. »Ich habe es in der Zeitung gelesen.« Ich sackte zurück auf mein Bett. Das war allerdings ein anderes Spiel. Ich schaute zur Uhr: drei Uhr morgens. Eine trostlose Zeit für meine unbekannte Anruferin. Aber wenn der Todesfall ihr so nahe ging, war es doch seltsam, daß sie erst aus der Zeitung davon erfahren hatte.

»Das tut mir leid.« Ich wußte nicht genau, was sie von mir hören wollte.

»Ich habe das nicht gewußt«, sagte sie. »Ich habe nicht gewußt, daß er noch am Leben war.«

Moment mal. Jemand, von dem sie nicht gewußt hatte, daß er immer noch lebt, war tot, und sie hatte davon in der Zeitung gelesen? Warum war sie so verstört, wenn sie sowieso geglaubt hatte, daß er tot sei? Ich setzte mich wieder auf und rieb mir die Augen. Hatte sie nicht alle Tassen im Schrank?

»Wenn ich geahnt hätte, daß er noch lebt ... Wenn ich es nur geahnt hätte ...« Ich erwartete die übliche Reue-Litanei: der Anruf, der nie gemacht wurde, die Entschuldigung, die nie ausgesprochen wurde, die Wiedergutmachung, die schon geplant war. »Wenn ich es gewußt hätte«, schluchzte sie, »hätte ich ihn eigenhändig umgebracht.«

Ich war perplex. Oh, Clarrington. Wir haben alle Schuldgefühle, wenn jemand stirbt, aber wegen einer verpaßten Chance, jemanden zu ermorden? Ich machte den Mund auf, ohne eigentlich zu wissen, was ich sagen sollte, aber meine anonyme Anruferin hatte schon aufgelegt. Auch gut. Ich war ganz sicher, daß in meiner Ausbildung kein passendes Seminar zu diesem Problem angeboten worden war.

Ich schaute in das schwarze Einsatzbuch auf dem Tisch neben mir. Es wurde von einem Bereitschaftsarzt zum nächsten weitergereicht und enthielt Angaben über die Wiederholungstäter unter den Notfall-Anrufern – die Aufmerksamkeitssüchtigen und Hysterischen und die üblichen Verzweifelten, nicht zu vergessen die wirklich Verrückten. Ohne einen Namen konnte ich nicht nachsehen, ob meine anonyme Anruferin zu den Stammkunden der Bereitschaftsärzte zählte. Sicher, ihr Anruf paßte nicht zu dem Verhaltensmuster der aktiven Daueranrufer, auf die man mich hingewiesen hatte. Seltsamerweise war fast keiner der Anrufe ein echter Notfall. Die meisten waren chronische Anrufer, die irgendwie herausgefunden hatten, daß eine Stimme am anderen Ende der Leitung die Schatten der Nacht verdrängt.

Inzwischen war mein Adrenalinpegel viel zu hoch, um wieder einschlafen zu können. Ich stand auf, ging hinunter und durch mein kleines Wohnzimmer hinaus auf die Terrasse. Der Mond war gerade hell genug, um den kleinen Fluß unter mir glitzern zu lassen. Ich starrte in die Dunkelheit, dahin, wo die Baumgrenze anfing, gleich jenseits des Wassers.

Vor ein paar Jahren war ich zurück aufs Land gezogen, in dieses winzige Apartment ohne Gästezimmer. Die kleine Terrasse, der Fluß darunter, der Whirlpool in der Ecke der Terrasse waren genau das, wonach ich gesucht hatte. Durch meine Arbeit treffe ich allerdings ab und zu auf brutale Menschen, und als ich gerade umgezogen war, war mir einer von ihnen gefolgt, in mein abgelegenes Häuschen eingestiegen und hatte am Ende versucht, mich umzubringen. Jetzt gab es Zeiten, in denen ich nachts nicht ohne einen 38er Revolver in meiner Tasche auf die Terrasse ging.

Einem Impuls folgend, ging ich ins Haus zurück und nahm das Telefon, um den Anrufbeantworter in meiner Praxis abzuhören. Zumindest glaubte ich, es sei ein Impuls. Vielleicht brauchte ich auch nur eine Ausrede, um die Terrasse zu verlassen, wo ich mich als Zielscheibe fühlte. An manchen Tagen verhielt ich mich wie ein Junkie, der sich ständig Ausreden ausdachte, um den wahren Grund für sein Verhalten ignorieren zu können. Es war schon mehr als ein bißchen verrückt, um diese Zeit meinen Anrufbeantworter abzurufen. Ich hatte ihn abgehört, bevor ich ins Bett ging, und alle meine Patienten hatten die Notrufnummer, falls etwas dringend genug war, um mich mitten in der Nacht zu stören. Zu meiner Überraschung war eine Nachricht auf Band, die gegen zwei Uhr eingegangen war.

»Dr. Stone, hier ist Camille.« Camille war eine neue Klientin, die heute das erste Mal kommen sollte. »Ich wollte fragen, ob ich meinen Anfall-Hund zu der Sitzung mitbringen darf. Sie ist lizenziert, sie darf überall hingehen, in den Supermarkt und so. Bitte sagen Sie mir vorher Bescheid, denn ich glaube nicht, daß ich ohne sie kommen kann.« Ihre Stimme klang dünn und hatte etwas, das ich nicht identifizieren konnte: Es war nicht Angst, nicht Depression, etwas Seltsames.

Ein Anfall-Hund. Was in aller Welt war ein Anfall-Hund? Wenn Menschen bei einem epileptischen Anfall schon nichts machen konnten, was sollte dann ein Hund dabei? Und warum zerbrach sich Camille noch um zwei Uhr morgens den Kopf darüber? Sie war unruhig genug, um wach zu bleiben und mich anzurufen, aber zu höflich, um die Notrufnummer zu wählen, die ich ihr gegeben hatte, als wir den Termin vereinbart hatten. Das hieß wohl, daß die Frage für sie wichtig war und nicht bloß eine Ausrede, um mit mir Kontakt aufzunehmen.

War sie deprimiert? Menschen, die mitten in der Nacht nicht schlafen konnten, waren meistens deprimiert. Aber vielleicht wäre ich auch deprimiert, wenn ich so oft einen epileptischen Anfall hätte, daß ich selbst zu einer fünfzigminütigen Therapiesitzung nicht ohne meinen Hund kommen könnte.

Auf dem Weg ins Büro am nächsten Morgen dachte ich

immer noch darüber nach. Dreiviertel des Jahres war die viertelstündige Fahrt dorthin eine einzige grüne Postkartenansicht. Wer auch immer New England erschaffen hatte, dachte wohl, daß das nur fair wäre, wenn New England all diese grünen, sanften Hügel bekam, gespickt mit alten Bauernhöfen; wenn es die schmalen, gewundenen Straßen bekam, die sich entlang kleiner, natürlicher Flüsse schlängelten; dazu die vermutlich wenigsten McDonald's-Filialen pro Quadratmeile und die meisten Leute mit genug Verstand, um Reklametafeln an der Autobahn zu verbieten – zumindest in Vermont. Wenn New England also schon all diese Geschenke bekam, dann wäre es nur fair, daß es in einer Hinsicht leer ausging: In New England gab es keinen Frühling.

Ich bin eine geborene Südstaatlerin. Und obwohl es im Süden vieles gibt, was mich von der Region fernhält – Mama, zum Beispiel –, muß man vor dem Süden den Hut ziehen, wenn es Frühling wird. Im Süden beginnt er im Februar, und die ganze Welt explodiert. In Chapel Hill gibt es im Februar mehr Farbe als in ganz Vermont im Mai. Und das Licht: Im Frühling von North Carolina gibt es strahlendes, endloses Licht. Licht, wenn man aufwacht, und Licht, wenn man ins Bett geht. Aber wer konnte da schon ins Bett gehen? Ich erinnere mich, daß ich abends auf der Veranda meiner Großmutter in einem Schaukelstuhl saß – jeder saß abends auf seiner Veranda – und den Azaleen zusah, die sich am Ufer in der Brise wiegten.

Ich betrachtete die braune Landschaft. Es war Mai, und die Blätter warteten wohl erst das Ende der Matschsaison ab, bevor sie sich zeigen wollten. Matschsaison, das ist die Jahreszeit, wenn die Schneeschmelze soviel Matsch hinterläßt, daß Fremde vermuten müssen, eine Art Sintflut sei durchs Land gezogen. Die Matschsaison ist New Englands Ersatz für den Frühling, obwohl es eigentlich mehr nach der Kulisse für einen Horrorfilm aussieht.

Um neun Uhr morgens saß ich in meiner Praxis und wartete auf Camille. Um acht Uhr hatte ich sie angerufen, um sie wissen zu lassen, daß ich nichts gegen ihren Hund einzuwenden hätte. Als ich hörte, daß die Tür zu dem kleinen Warteraum in dem viktorianischen Haus geöffnet wurde, ging ich hinaus, um sie zu begrüßen. Ein Rottweiler, nahezu so groß wie meine Couch, spazierte herein, setzte sich und betrachtete mich auf eine entschieden unfreundliche Weise. Er hatte diesen Ich-kenne-die-Entfernung-zu-deiner-Kehle-Blick, den Kampfhunde haben. Es war zweifellos ein Arbeitshund – aber ein Anfall-Hund? Dieser hier konnte Anfälle erzeugen.

Ich trat vor, um der Frau am anderen Ende der Leine die Hand zu schütteln, und sah, wie sich die Muskeln des Hundes spannten. Camille war so groß wie ich, nur wesentlich fülliger. Sie sah blaß und mitgenommen aus. Irgend etwas an ihrer Ausstrahlung stimmte nicht, aber ich war so auf den Hund fixiert, daß ich einen Augenblick brauchte, um zu erkennen, was es war: der Farben-Mischmasch. Ihre Haut war hell, die Augenbrauen waren blond, aber ihr Haar war dunkelbraun, fast schwarz. Nur wenige echte Blondinen färbten ihr Haar in ein ungünstiges Dunkelbraun wie dieses. Sie hatte kluge Augen, aber irgendwie schien ihr Körper, ihre ganze Erscheinung, nicht zu den Augen zu passen. Außerdem zitterte sie unübersehbar; aber wenn sie epileptische Anfälle hatte, dann litt sie vielleicht auch unter einer zerebralen Ischämie. Das Zittern war keine Erklärung für den Hund. Niemand brauchte einen Rottweiler als Hilfe bei Krampfanfällen. Und wenn ich mir diesen Hund ansah, kam mir sofort der Begriff »Kampfhund« in den Sinn, auch wenn ich wußte, daß man sie heutzutage gerne als Schutzhunde bezeichnete.

Camille schüttelte mir schlaff die Hand. »Ich weiß nicht, ob ich bleiben kann«, sagte sie, kaum daß wir saßen. »Mir geht es nicht besonders gut.« Sie saß mir gegenüber, blickte aber ständig über ihre Schulter in Richtung Fenster.

»Kann ich etwas tun, damit die Situation für Sie angenehmer wird?« fragte ich. Sie sah aus, als fühle sie sich extrem unwohl.

»Nicht wirklich«, sagte sie und verstummte.

Ich wartete eine Weile und fragte dann: »Womit möchten Sie anfangen?« Ganz bestimmt war sie niemand, den ich mit Fragen bombardieren konnte. Vielleicht war sogar der Hund darauf abgerichtet, jeden zu beißen, der das versuchte.

»Ich …« Ihre Stimme erstarb, und sie schaute zu Boden. Offensichtlich kämpfte sie mit den Tränen und versuchte sich zusammenzureißen.

»Lassen Sie sich Zeit. Erzählen Sie, was Sie können.« Während ich wartete, schätzte ich die Möglichkeiten ab. Paranoia? Nein, Paranoiker waren mehr damit beschäftigt, was sich in einem Zimmer befand, als damit, was draußen passierte. Paranoiker ließen ihren Blick durchs Zimmer schweifen und blieben zwangsläufig an der Reihe von Videofilmen in meinem Regal hängen. Dann suchten sie nach einer Kamera. Paranoiker hörten nicht auf, auf meine Notizen zu starren, bis ich sie ihnen zur Überprüfung aushändigte.

Wenn aber nicht Paranoia, was dann? Eine mißhandelte Ehefrau möglicherweise. Mißhandelte Ehefrauen waren oft in einer ziemlich schlechten Verfassung, und manchmal hatten sie Angst, ihr Mann könnte herausfinden, daß sie zum Therapeuten gingen. Vielleicht wurde sie von ihrem getrennt lebenden Mann bedroht. Aber in ihrer Angst war etwas, das so stark war, wie ich es noch nie zuvor gesehen hatte, noch nicht einmal bei einer mißhandelten Ehefrau. Ich bezweifelte, daß sie eine war.

»Ich kann nicht darüber sprechen.« Sie weinte. »Aber ich

muß wissen, ob es irgendwann besser wird. Es ist fünf Jahre her. Ich glaube nicht, daß es besser wird. Ich kann nicht aus dem Haus gehen, und ich war seitdem keinen Augenblick allein ohne Keeter. Und manchmal glaube ich, daß er im Haus ist, obwohl ich *weiß*, daß es nicht sein kann, denn Keeter sitzt ganz ruhig da, aber ich habe wirklich das Gefühl, daß er da ist.« Sie hielt inne und weinte weiter.

»Das war nicht immer so«, meinte sie. »Ich war nie so. Ich war Krankenschwester«, sagte sie, und es klang, als ob dieses Leben Lichtjahre entfernt wäre, was vermutlich auch stimmte.

Vergewaltigung? Ein extrem brutaler Überfall? Vielleicht. Ich hatte Frauen gesehen, die deswegen in einem ziemlich schlimmen Zustand waren, aber niemals in einem so schlimmen. Irgend etwas hatte ihre Persönlichkeit völlig durcheinandergebracht. Sie versteckte sich hinter einem übergewichtigen Körper und dunklem Haar – das sie, da hätte ich wetten können, vorher nicht hatte –, verschanzte sich im Haus und hinter einem Rottweiler. Was, außer einer Vergewaltigung, konnte jemanden dazu bringen, sich derart zu verhalten?

»Mit der Zeit erholen sich fast alle Menschen von fast jeder Art Trauma«, sagte ich. Ich hatte den Satz bewußt vage formuliert. Manchen ging es später nicht sehr viel besser, und das zu wissen würde ihr vermutlich nicht helfen. »Ich weiß nicht, was passiert ist. Und ich weiß, daß Sie es mir im Augenblick nicht sagen können. Aber wenn ich ein bißchen mehr darüber erfahre, was Sie durchgemacht haben, kann ich Ihnen vielleicht besser helfen.« Diese Frau brauchte jede Art von Beruhigung, die sie kriegen konnte, selbst wenn es nur vage Floskeln waren.

»Wenn ich darüber rede, wird es schlimmer.«

»Ja, ich weiß. Es löst Flashbacks aus, nicht wahr?« Sie nickte. »Dann erzählen Sie mir von Keeter«, sagte ich. Sie sah überrascht auf, blickte zu Keeter und dann zu mir. »Sie wird Ihnen nichts tun«, meinte sie. »Sie ist sehr gut abgerichtet«.

»Ja, so sieht sie aus«, erwiderte ich. Sie mußte es sein, denn das war das einzige, was sie kontrollieren konnte. Diese Frau war emotional bestimmt nicht stark genug, um einen Kampfhund unter Kontrolle zu halten. »Ich habe nicht gefragt, weil ich mir deswegen Sorgen mache«, sagte ich ruhig und meinte es ehrlich – auch wenn ich einmal eine Hundetrainerin gekannt hatte, die von einem Rottweiler angegriffen worden war, während sich dessen Besitzer gerade für ein Hundetraining anmeldete. Der Rottweiler sprang über den Tisch, geradewegs an ihre Kehle – ohne jede Vorwarnung. Ich blickte erneut auf Keeter.

»Ich habe gefragt, weil Sie vielleicht über Keeter reden können, ohne daß gleich die Flashbacks wiederkommen, weil sie eben nicht Teil dessen ist, was Ihnen zugestoßen ist. Sie bekamen sie doch erst später, richtig? Also gibt es zwar eine Beziehung zu dem, was passiert ist, aber sie war nicht dabei. Und vielleicht kann ich ein bißchen mehr über Ihre Symptome erfahren, wenn Sie mir von Ihrer Beziehung zu Keeter erzählen.«

Sie schaute mich nachdenklich an. Ich war froh, als sie sich für einen Moment entspannte. Das war zumindest ein gutes Zeichen. »Ich war vorher bei Anwälten. Die wollten immer darüber reden, was passiert ist.«

»Aber Sie konnten nicht, ohne sofort wieder zusammenzubrechen, nicht wahr?«

»Ja. Und dann ließen sie mich über irgend etwas reden.«

»Wir werden uns der Sache seitlich nähern«, erklärte ich. »Wir werden sie zunächst nicht direkt ansprechen, aber wir werden auch nicht ganz davon weggehen. Wir werden so nah wie möglich herankommen, ohne die Wunden aufzureißen. Okay?«

Sie nickte und seufzte und sah jetzt noch ein bißchen erleichterter aus. »Ich kenne das Problem ein bißchen«, sagte ich ruhig. Sie fühlte sich verloren und verängstigt, und sie sollte wissen, daß derjenige, den sie nach der Richtung fragte, wenigstens eine ungefähre Vorstellung davon hatte, wo es langging. Sonst würde ihre Angst, verloren zu sein, das Problem noch verschlimmern.

»Was ist ein Anfall-Hund?«

»Na ja, sie ist darauf trainiert, eine Telefontaste zu drücken, die automatisch eine Notrufnummer wählt. Und sie kann mich nach Hause bringen, wenn ich mich verirrt habe. Ich hatte mein ganzes Leben lang Anfälle, aber bis vor ein paar Jahren brauchte ich keinen Hund. Mein erster Hund war ein kleiner Terrier, und sie war wunderbar, aber nach alldem fühlte ich mich nicht mehr sicher. Ich wollte einen Hund, der mich beschützen konnte, und ich weiß, daß Keeter das kann, obwohl ... Ich fühle mich nirgends mehr sicher, selbst mit Keeter nicht.«

»Also ist Keeter ein Wachhund, der auch darauf abgerichtet ist, mit Krampfanfällen umzugehen?« Sie nickte. Das war schon eine Leistung, Keeter so abzurichten, daß sie Hilfe zuließ, wenn Camille sie brauchte, anstatt die Helfer fernzuhalten. Beide Aufgaben schienen mir unvereinbar, und ich fragte mich, wie Keeter wohl im Ernstfall reagieren würde.

Camilles Zittern hatte aufgehört, und mir wurde klar, daß es eher Angst war als zerebrale Ischämie. Diese Frau war wie ein Wrack nach einem Zugunglück – aber was für eine Art Zug hatte sie überrollt? Und wie würde sie mir jemals davon erzählen können?

»Ich war nie so«, sagte sie. »Ich war Krankenschwester«, wiederholte sie. »Ich war Säuglingsschwester auf einer Frühgeborenen-Station«. Sie sah hoch, und ihre Augen leuchteten auf. Das war Teil eines Traumas: Menschen hörten nicht auf, ihr verlorenes Leben zu betrauern. Camille konnte sich nicht damit abfinden, nicht mehr die zu sein, die sie einmal war.

Und früher war sie wahrscheinlich eine ganz andere gewesen. Schließlich ist eine Frühgeborenen-Station ein Ort, an dem sich die Aufgaben einer Krankenschwester nicht darauf beschränken, Patienten von einem Untersuchungszimmer ins andere zu schieben. Die Hälfte aller Frühgeborenen schwebt in Lebensgefahr, und Eingriffe sind so häufig wie Besucher. Diese Schwestern haben ein Maß an Verantwortung und Kompetenz, das normalerweise Ärzten vorbehalten ist.

»Erzählen Sie mir von Ihrer Arbeit als Krankenschwester.«

Ihre Hände hörten auf, das zerrissene Kleenex in ihrem Schoß zu drehen, und sie seufzte. »Ich hatte Schichtdienst. Ich hätte eine Begleitung zu meinem Auto bekommen können. Ich meine, wenn ich Nachtschicht hatte. Ich ging gegen Mitternacht nach Hause, und so manche Schwester hätte den Sicherheitsdienst bestellt, um sich zum Parkplatz begleiten zu lassen. Aber ich fürchtete mich nie, und der Wachmann brauchte zwanzig Minuten oder eine halbe Stunde, um zu kommen. Ich wollte einfach nicht so lange herumsitzen. So ging ich immer alleine hinunter.« Sie brach abrupt ab, und als sie weitersprach, war ihr Redefluß versiegt, und sie klang nahezu aphasisch.

»Niemals hätte ich … Ich hatte nicht erwartet … Ich *wußte,* daß ich das Auto abgeschlossen hatte … Es war immer noch abgeschlossen, als ich … Ich weiß immer noch nicht … Oh, Mama, Mama …« Ihr Gesicht wurde fahl, und ihre Augen flackerten, als ob sie etwas Schreckliches erblickte. Keeter erhob sich, schaute zu Camille und dann zu mir. Keeter hatte einen Höllenjob. Woher sollte sie wissen, wen sie angreifen mußte? Ich saß bloß da, aber Camille reagierte unverkennbar so, als ob sie jemand mit einem Messer bedrohte.

Keeter hatte mich derart abgelenkt, daß ich Camille nicht schnell genug helfen konnte. In dem Augenblick, als ich den Mund aufmachte, um sie wieder auf sicheren Boden zurückzubringen, stand sie auf und wandte sich zur Tür. »Ich muß jetzt gehen«, sagte sie.

»Warten Sie«, sagte ich eindringlich. »Gehen Sie nicht. Lassen Sie uns das wieder in Ordnung bringen.« Es war nicht gut, wenn sie jetzt ging. Ich war schließlich der Überzeugung, daß sich meine Klienten durch die Therapie nicht schlechter fühlen sollten. Ich wollte, daß sie zumindest in der gleichen Verfassung meine Praxis verließen, in der sie gekommen waren. Wenn Camille jetzt ging, hätte sie einen furchtbaren Tag voller Flashbacks und Ängste vor sich.

Sie stoppte und drehte sich wieder zu mir um.

»Ich möchte, daß Sie sich einen sicheren Ort vorstellen. Setzen Sie sich einen Augenblick«, sagte ich ruhig.

Sie blieb noch ein paar Minuten stehen, und ich sagte nichts, während ich wartete. Ich konnte Trauma-Opfer nicht herumkommandieren, sie mußten ihre eigene Entscheidung treffen. Schließlich ließ sie sich zögernd auf der Kante des Stuhles nieder.

Ich öffnete den Mund, um sie zu bitten, die Augen zu schließen, als mir klar wurde, was für eine idiotische Idee das war. So sagte ich statt dessen: »Stellen Sie sich einfach einen Ort vor, an dem Sie sich sicher und geborgen fühlen könnten – einen Garten, eine Festung, ein Schiff. Es muß kein realer Ort sein. Es kann alles sein, was Ihnen einfällt.« Wenn sie das schaffte, würde es ihre Erregung dämpfen. Ihr Herz würde aufhören zu rasen, ihre Handflächen würden nicht mehr schwitzen, ihre Gedanken nicht mehr galoppieren. Es würde die Aussicht verbessern, daß sie einen Tag ohne Flashbacks erlebte.

Für einen Moment blickte sie in die Ferne und dann auf den Boden. »Es gibt keinen Ort, der sicher ist«, sagte sie. »Es gibt keinen Ort, wo er nicht sein könnte.«

»Dann stellen Sie sich einen Ort vor, an dem Sie sich ein bißchen weniger fürchten würden, egal was für ein seltsamer Ort das auch sein mag. Eine Wolke, der Platz neben Gott, inmitten von Panzern oder sonst etwas.« Ich wartete, bis sie darüber nachgedacht hatte.

»Ein Grab«, sagte sie schließlich. »Vielleicht wäre es das.« Vergeblich hoffte ich, daß sie gleich anfangen würde zu lachen. Dafür huschte zum ersten Mal ein Schimmer von Frieden über ihr Gesicht. Ich spürte, wie mein Herz sich zusammenzog: Wenn jemand glaubte, sich nur noch in einem Grab sicher und geborgen fühlen zu können, würde er früher oder später versuchen, dorthin zu gelangen.

Nachdem sie gegangen war, dachte ich weiter darüber nach. Im Prinzip sah es ganz nach Vergewaltigung aus, aber es mußte mehr passiert sein -- nicht, daß Vergewaltigung nicht schon schlimm genug war. Aber was mich bisher immer beeindruckt hatte, war die menschliche Fähigkeit, mit einem Trauma fertig zu werden, so fürchterlich es auch sein mochte. Vergewaltigungsopfer konnten normalerweise viel schneller ihre Funktionsfähigkeit wiedererlangen als diese Frau. Irgendwer hatte ihr in dieser Nacht auf dem Parkplatz aufgelauert, und irgend etwas war passiert – aber was?

Ich grübelte immer noch darüber nach, als das Telefon klingelte. Es war Carlotta, meine älteste und beste Freundin – abgesehen von der Tatsache, daß sie ihre über 1,80 Meter große Gestalt als Modell vergeudet hatte statt für Basketball. Jetzt war sie Anwältin und damit doch noch zu Verstand und zu einem richtigen Job gekommen. Eigenartig, wie man allein am Klang einer Stimme erkennen konnte, ob man gleich eine gute oder eine schlechte Nachricht zu hören bekam. Ich haßte es, wenn Carlottas Stimme so klang wie jetzt. Sie hatte mir einmal eine wirkliche Hiobsbotschaft überbracht, und seitdem zuckte ich sofort zusammen, wenn ich sie in diesem Ton sprechen hörte.

»Was ist los?« fragte ich.

Sie seufzte. »Hast du schon in die Zeitung geschaut?«

»Nein«, sagte ich. »Was steht drin?«

»Warum holst du dir nicht einfach eine? Und wir treffen uns zum Lunch. Vielleicht können wir dann darüber reden«, meinte sie.

Ich blickte zur Uhr. Es war halb elf. »Nein«, antwortete ich ruhig. »Du erschreckst mich zu Tode, und ich habe keine Lust, bei der Suche nach einer Zeitung panisch herumzurennen, nur weil ich nicht weiß, was los ist. Was ist passiert?«

Funkstille. »Es tut mir leid«, sagte sie, »es ist niemand gestorben.« Erst als ich ausatmete, merkte ich, daß ich den Atem angehalten hatte. »Es ist nur, daß Willy draußen ist.«

»Willy ist draußen? Willy ist raus? Willy ist nicht raus. Oder? Wie zum Teufel konnte er rauskommen?«

Carlotta wollte es erklären, aber ich redete bereits weiter. »Wie konnte Willy rauskommen? Warst du schon mal in einem Hochsicherheitstrakt? So ein Ort ist eine Festung. Da kommt man nicht raus. Das ist ein Witz, Carlotta. Genau die Art Trick, die dieser Hurensohn anwenden würde. Er will, daß ich einen Herzinfarkt kriege.«

Wieder Funkstille. Da wurde mir klar, daß Carlotta genau das hatte verhindern wollen. Ich schrie sie an, als ob sie Willy höchstpersönlich aus dem Gefängnis geschmuggelt hätte. Besser, ich hielt den Mund. Nach einem Augenblick meinte Carlotta: »Er ist nicht ausgebrochen, Michael. Er ist mit seiner Revision durchgekommen. Das Gericht hat den Fall an die Vorinstanz zurückverwiesen und ihn für die Zwischenzeit auf freien Fuß gesetzt.«

»Was? Auf welcher Grundlage?«

»Beeinflussung. Das Gericht hat beanstandet, daß einige der Fragen, die die Sozialarbeiter den mißbrauchten Kindern gestellt hatten, suggestiv waren.«

»Das glaube ich nicht.« Der Dezibelpegel meiner Stimme stieg wieder an, aber bei welchem zurechnungsfähigen Menschen wäre das nicht der Fall?

»Es gibt noch etwas. Ich glaube nicht, daß der Fall noch einmal verhandelt wird, aber im Moment kann ich nicht mehr dazu sagen. Ich habe eine Verhandlung. Geh und kauf dir eine Zeitung, und wir treffen uns dann mittags im Sweet Tomatoes.« Carlotta legte auf. Wie konnte sie mich so hängenlassen? Und warum konnte der Fall nicht neu verhandelt werden?

Dieses Jahr war Carlotta in die Generalstaatsanwaltschaft berufen worden, was bedeutete, daß sie den zuständigen Staatsanwalt dazu bringen konnte, mit ihr über Willys Fall zu reden, selbst wenn er nicht in unserem Staat verhandelt wurde. Ich fragte mich, ob sie ihn schon angerufen hatte und deshalb wußte, daß der Fall nicht noch einmal vor Gericht kommen würde.

Alex B. Willy war aus dem Gefängnis raus. Ich habe Alex B. Willy niemals außerhalb eines Gefängnisses erlebt, und es war mir bis jetzt auch egal gewesen. Als ich ihn vor drei Jahren das erste Mal traf, hatte er gerade angefangen, eine dreißigjährige Haftstrafe wegen Kindesmißbrauchs abzusitzen. Das war lang im Vergleich zu dem milden Strafmaß, das heutzutage für Kindesmißbrauch verhängt wird, aber während seiner Untersuchungshaft war ans Licht gekommen, daß er eine ganze Reihe von Opfern nicht genannt hatte.

Er entpuppte sich als jemand, der bis über beide Ohren in Narzißmus badete und es liebte, mir von seinen Untaten zu berichten. Aber so ungeheuerlich sein bekanntes Strafregister schon war, die Wahrheit war noch viel ungeheuerlicher: Willy war nicht nur ein gewöhnlicher Verführer und Laß-die-Kinderlein-im-Dutzend-billiger-zu-mir-kommen-Böser-Onkel-Typ. Willy war ein Sadist. Es machte ihn geil, Menschen zu quälen, besonders Kinder.

Ich ging an die Ecke und starrte auf den Zeitungskasten mit der *Upper Valley Times*, als wäre er ein Todfeind. Verdammter Hurensohn. Kein normaler Mensch hätte ihn auf freien Fuß gesetzt. Schließlich kramte ich den Vierteldollar raus, den ich brauchte, und zog die Zeitung heraus. Ich konnte mit dem Lesen nicht bis zum Büro warten, und so stand ich da und blätterte, bis ich den Artikel fand.

GEISTLICHER GEWINNT REVISION

> Appleton, NH – Das Oberste Gericht von New Hampshire hat heute verfügt, daß Alex B. Willy Anspruch auf ein neuerliches Verfahren wegen sexuellen Mißbrauchs an Minderjährigen hat. An dem Fall, der nach Meinung vieler durch Übereifer der Staatsanwaltschaft und ein allzu naives Vertrauen in die Glaubwürdigkeit von Kindern gekennzeichnet war, beanstandete das Gericht, daß die Zeugen, ein sechs- und ein siebenjähriger Junge, während der Ermittlungen Suggestivfragen von Sozialarbeitern ausgesetzt gewesen waren. Das Oberste Gericht bemängelte, daß in der vorherigen Instanz die Aussagen der Kinder zugelassen worden waren, ohne durch ein Gutachten festzustellen, ob die Erinnerung der Kinder zu sehr beeinflußt worden war, um noch glaubwürdig zu sein.
>
> Die Verfügung sieht allerdings auch vor, daß keine neue Gerichtsverhandlung angesetzt werden kann, solange ein solches Gutachten nicht vor-

> liegt. Die Staatsanwaltschaft muß jetzt beweisen, daß das Erinnerungsvermögen der Kinder glaubwürdig ist und nicht unzulässig beeinflußt wurde. Wenn sie den Nachweis nicht erbringen kann, bleibt der Weg für eine Wiederaufnahme versperrt.
> Mr. Willy sagte dazu: »Ich bin sehr dankbar für die Chance, meine Unschuld zu beweisen, und zuversichtlich, daß eine neue Verhandlung das erreichen wird. Ich hoffe, daß diese fürchterliche Nervenprobe bald vorbei ist. Ich hege gegen niemanden Groll in meinem Herzen, denn ich weiß, daß die beteiligten Erwachsenen es nur gut gemeint haben und die Kinder natürlich bloß Kinder und als solche leicht zu beeinflussen sind.«

Typisch Willy. Ich konnte die Überzeugungskraft seiner Worte selbst noch in gedruckter Form spüren. Er klang genau wie ein unschuldiger Mann, und jeder Durchschnittsmensch, der seine Aussage las, würde seine Unschuld keine Sekunde bezweifeln. Willy klang sogar wie ein *liebenswerter,* unschuldiger Mann, der noch nicht einmal bei den fürchterlichsten Anschuldigungen ärgerlich werden konnte.

Das war sein Talent. Wer mit Willy zu tun hatte, hatte es mit einem emotionalen Chamäleon zu tun. Als ob er über Radar verfügte, wußte er immer, für welchen emotionalen Ton sein Zuhörer empfänglich war, und er konnte ihn todsicher liefern. Ich hatte Willy unzählige Stunden beobachtet, aber ich wußte immer noch nicht, wie er das machte. Etwas in mir konnte es einfach nicht begreifen.

Langsam ging ich ins Büro zurück. Nur um mich meiner eigenen Zurechnungsfähigkeit zu versichern, öffnete ich das Fach mit den Kassetten von Willy. Mit seiner Einwilligung hatte ich einige der Interviews aufgenommen – einen echten Sadisten zum Reden zu bringen war eine so seltene Gelegenheit, daß ich mich für den Mitschnitt entschieden hatte, um es dann besser durcharbeiten zu können. Von Willy konnte ich eine Menge lernen, auch wenn es ziemlich deprimierend war.

Ich kramte in den Kassetten, bis ich die eine fand, die ich suchte. Auf dem Label stand: »Die Kunst, Erwachsene zu überreden«. Willy hatte mir seine Erlaubnis für die Aufnahme mit der schriftlichen Einschränkung gegeben, daß ich die Kassetten niemals dritten vorspielen durfte. So als ob er mich damit quälen wollte, um dann sicherzugehen, daß ich es nicht gegen ihn verwenden konnte.

Ich holte meinen Kassettenrekorder und legte die Kassette ein. Dann spulte ich bis zu der Stelle, die mir am wichtigsten erschien. »Es ist ganz einfach, Dr. Michael«, sagte Willy gerade. »Man muß nur herausfinden, welche Bedürfnisse die Menschen haben. Was brauchen sie? Brauchen sie Geld? Dann leihe ich ihnen welches. Brauchen sie einen Zuhörer? Ich bin da. Brauchen sie Bestätigung? Ich werde sie ihnen geben. Menschen sind randvoll mit Bedürfnissen.« Dabei hatte er gelacht.

»Die einzige Schwierigkeit ist, herauszufinden, was sie am *meisten* brauchen. Was brauchen sie so dringend, daß sie dafür, sagen wir mal, ihr Erstgeborenes verkaufen würden? Was brauchen sie so nötig, daß sie ignorieren würden, was vor ihren Augen passiert? Ich habe schon Kinder im Fond eines Autos mißbraucht, während ihre Eltern auf dem Vordersitz saßen.«

Ich war so verblüfft gewesen, daß ich einen Augenblick lang nichts sagen konnte. Willy hatte wieder gelacht. »Wirklich, ich habe es getan. Ich habe einfach eine Decke über die schlafenden Kinder geworfen und sie befummelt, obwohl ihre Eltern vorne saßen. Natürlich wachten die Kinder auf, und der erschrockene Blick, den sie ihren Eltern zuwarfen, war *so* befriedigend. Sie wußten, daß ihnen niemand glauben würde. Irgendwie wußten sie es. Und sie hatten recht.

Es gibt natürlich Raffinessen, von denen ich nicht erwarten kann, daß Sie sie kapieren. Sie sind eine viel zu *beschränkte* Schülerin.« Das, so dachte ich jedes Mal, wenn ich diese Bänder abhörte, war wirklich wahr.

»Was zum Beispiel?«

»In bezug auf ihre Bedürfnisse. Wonach sie hungern. Letztlich ist es nie etwas Konkretes. Na ja, manchmal fängt es mit Geld an, mit einem Kredit, der ihnen aus der Klemme hilft, oder so etwas, aber später stellt sich immer heraus, daß sich hinter dem Geld eine viel stärkere Sucht verbirgt.

Das Höchste ist natürlich« – und ich erinnerte mich, daß Willies Augen anfingen zu leuchten –, »etwas Existentielles zu liefern, etwas, wovon der andere noch nicht einmal eine Ahnung hatte, daß er es braucht. Irgend etwas Verborgenes, Unsichtbares, das sie nur von mir bekommen. Damit hat man Möglichkeiten, die das Vergnügen natürlich noch steigern.«

»Was zum Beispiel?«

»Oh, man kann die Mißhandlung ihres Kindes jeden Tag ein bißchen alltäglicher machen und noch ein bißchen alltäglicher, bis sie sie gar nicht mehr sehen.«

»Aber was ist das, was Menschen so dringend brauchen, daß sie leichtfertig zulassen, daß Sie ihr Kind mißbrauchen? Freundschaft? Selbstbestätigung? Was bieten Sie ihnen, Mr. Willy, das so wertvoll ist?«

»Kein Koch verrät alle seine Zutaten, Dr. Michael. Nein, wirklich, Sie erwarten doch nicht, daß ich die ganze Arbeit für Sie mache, oder?«

Und was lieferte Willy *mir*, das mich jedesmal wiederkommen ließ, um mit ihm zu reden? Willy wollte nicht darüber sprechen, aber ich auch nicht.

Ich nahm die Kassette heraus, hob die Zeitung auf und starrte entmutigt auf den Artikel. Ein Gutachten, um die Glaubwürdigkeit der Kinder zu beweisen. Der Fall war gelaufen. Es gab keine Chance, etwas zu beweisen, was nicht existierte. Das war so, als ob man nachweisen sollte, daß in einem Zimmer kein weißer Elefant war. Ein paar Idioten hatten irgendwann eine Suggestivfrage gestellt, und danach konnte nichts mehr von dem berücksichtigt werden, was die Kinder ausgesagt hatten.

Egal was sie vor der Befragung durch die Sozialarbeiter hatten durchmachen müssen – sonst hätte es keine Befragung gegeben. Egal, welche Symptome sie zeigten – und Willy hatte mir ihren Zusammenbruch in hämischen Details geschildert.

Am Ende war es ganz simpel: Was Menschen zweifellos brauchten, war der Glaube, unterscheiden zu können, wer Schutz brauchte und wer nicht, und eine Menge Leute hatten Willy vertraut. Er sah gut aus, er konnte gut reden, er war beliebt in seiner Gemeinde, ein Geistlicher, der regelmäßig die Kranken und Alten besuchte. Eine ganze Reihe Leute war ihm ergeben. Wenn es da auch nur eine Chance gab, die Beschuldigungen gegen ihn wegzureden, diese Leute würden sie ergreifen. Und nun hatten sie sie.

2

Mittags herrschte im Sweet Tomatoes Hochbetrieb. Ihre Spezialität waren ungewöhnliche Pastagerichte, und nirgends waren Pastagerichte so gut wie im Sweet Tomatoes. Das Angebot war zu speziell, um eine seriöse Konkurrenz zu haben. Das Sweet Tomatoes war mein Lieblingslokal.

Ich wurde zum letzten freien Tisch am Fenster geführt und winkte Harvey zu, einem der Besitzer, als ich mich setzte. Er kam zu mir herüber und begrüßte mich. »Haben Sie eine Minute Zeit?« fragte er.

»Vielleicht sogar mehr als eine«, antwortete ich. »Ich warte auf Carlotta, daß sie aus der Verhandlung kommt.« Staatsanwälte konnten das Ende einer Sitzung nicht beeinflussen, so daß Carlotta bald auftauchen konnte oder auch nicht. Harvey setzte sich, und ich widerstand der Versuchung, einfach die Augen zu schließen und zuzuhören. Er hatte diese wunderbar dunkle, weiche, männliche Stimme, bei deren Klang man gleich daran dachte, ins Bett zu hüpfen. Er war ein Teddybär von einem Mann, ein großer Typ mit ein paar Pfund zuviel um den Bauch. Aber das Übergewicht ließ sich leicht übersehen. Und einen Zoll neben meinem Ohr würde diese Stimme wunderbar klingen. Aber ich hatte verheirateten Männern abgeschworen, ja wirklich.

»Immer noch dabei, die Welt vor Kinderschändern zu schützen?«

»Nee, ich hab die Fronten gewechselt. Jetzt sage ich für die Täter aus. Dafür gibt's mehr Geld.«

Harvey schaute mich perplex an. »Das war ein Witz«, meinte ich. »Aber vor Gericht habe ich wegen meines schwarzen Humors einmal fast Ärger bekommen, als ein Staatsanwalt mich fragte, warum ich soviel weniger berechnen würde als der Gutachter der Verteidigung. Fast hätte ich geantwortet: ›Es ist eben teurer, wenn man seine Seele verkauft‹, aber ich habe es gelassen.«

Harvey lachte. »Warum?«

»Zu riskant«, antwortete ich. »Schon einmal hat ein Richter mitten in meiner Aussage die Geschworenen ausgeschlossen und zum Staatsanwalt gesagt: ›Ihre Zeugin war gefährlich nah dran, den Verteidiger als Lügner zu bezeichnen.‹«

»Und? Darf man den Verteidiger keinen Lügner nennen?«

»Nein. Selbst, wenn es stimmt. Man erwartet Respekt. Und was ist mit Ihnen?«

»Nichts Besonderes. Wir werden demnächst nach Italien fahren, um ein paar neue Weine für das Restaurant zu testen.«

»Hartes Leben«, meinte ich.

»Aber ich wollte Sie etwas wegen meiner Nachbarin fragen ...«

»Schießen Sie los«, erwiderte ich. Dabei haßte ich das. Die Leute wollten immer, daß ich ihre Ehemänner, ihre Kinder und sogar ihre Katzen analysierte. Da mußte man zuhören. Und wenn man den letzten freien Tisch am Fenster haben wollte, erst recht.

»Ich habe diese Nachbarin mit diesem bösartig aussehenden Hund, und ich mache mir Sorgen ...« Ich spitzte die Ohren. War das möglich? Aber Kleinstädte sind so: Dauernd stolperte man über Querverbindungen – einmal hatte sich herausgestellt, daß der prügelnde Ehemann meiner neuen Klientin mein Zahnarzt war. Aber selbst in Kleinstädten, sagte ich mir, gab es mehr als nur eine Nachbarin mit einem bösartig aussehenden Hund.

Herausfinden konnte ich das nicht mehr, denn in diesem Augenblick kam Carlotta herein. Alle Köpfe wandten sich diskret nach ihr um. In New England starrte niemand jemand anderen an. Sogar Charles Bronson konnte – und tat es auch – die Straße in der Innenstadt hinunterspazieren, wo er ein Ferienhaus hatte, ohne von einem einzigen Fan angesprochen zu werden. Trotzdem fielen interessante Menschen auf, und Carlotta war 1,83 Meter groß und sah seit ihrem zwölften Lebensjahr interessant aus.

Harvey sah sie ebenfalls und erhob sich. »Macht nichts«, meinte er. »Wir reden später.«

»Rufen Sie mich an«, sagte ich und hoffte, daß nichts anderes aus meiner Stimme herauszuhören war als gewöhnliche Freundlichkeit. Sexy Männer brachten mich immer aus dem Gleichgewicht.

Carlotta war wahrscheinlich gerade erst aus der Verhandlung gekommen, aber niemand in dem Lokal hätte das geglaubt. Ohne Eile kam sie an den Tisch und setzte sich. Sie war betont schlicht gekleidet: schwarze Hose, eine matte schwarze Bluse, schwarzer Blazer. Um den Hals trug sie eine handgeknüpfte indianische Perlenkette, die sehr edel aussah, und die schlichte schwarze Kleidung war dafür der passende Rahmen. Calvin Klein hätte Carlotta auf den Laufsteg geholt, so wie sie war.

Carlotta sah beunruhigt aus. »Wie läuft der Fall?« fragte ich.

»Prima«, sagte sie, während sie mich besorgt ansah. Da merkte ich, daß ich der Grund für ihre Besorgnis war. Und es traf mich, daß sie Sweet Tomatoes vielleicht deshalb ausgesucht hatte, weil sie glaubte, daß ich hier nicht schreien würde. Jesus. Ich bin jemand geworden, den man bändigen mußte. Vielleicht sollte ich mein Temperament doch etwas zügeln.

»Ich bin okay«, sagte ich. »Klar, mir gefällt das nicht. Ich finde, es ist Bockmist. Ich finde, es ist schlimmer als Bockmist. Ich finde, es ist kriminell. Ich finde, daß jeder einzelne Richter, der dafür gestimmt hat, ihn freizulassen, erschossen werden sollte. Aber was soll ich dazu sagen? Jeden Tag kommt einer raus, der nicht rauskommen dürfte.«

Ich verstummte. Was beunruhigte Carlotta? Ich war doch ganz ruhig. Keiner konnte wegen Willy etwas tun. »Also gut, was wirst du tun?« fragte sie.

»Tun? Wie, was tun? Es gibt nichts, was ich tun könnte.«

»Michael, ich möchte dich an nichts erinnern, was du zu verdrängen versuchst.« Na, prima. War Carlotta jetzt die Psychologin? »Aber Alex B. Willy ist ein sehr gefährlicher Mann.«

»So?«

»Ja, so. Wenn ich das richtig verstanden habe, hat er dir Dinge erzählt, die sonst niemand von ihm weiß.«

»So?«

»Ja, und vielleicht habe ich ja irgend etwas vergessen, aber ist das für ihn nicht bereits genug, um sich Sorgen zu machen?«

»Kann schon sein«, gab ich zu. »Aber womit kann ich ihm schon schaden? Natürlich kann ich nichts davon in die Zeitung setzen. Also, weshalb sollte er sich Sorgen machen?«

»Wird er aufhören, Kinder zu mißbrauchen?« fragte mich Carlotta geradeheraus.

»Nein, das wird er nicht tun.«

»Wie stehen die Chancen, daß er dabei wieder erwischt wird?« drängte sie.

»Unter Umständen kann das passieren«, sagte ich, »wahrscheinlich aber nicht so bald. Willy hat die Kinder in seiner Gewalt, indem er ihnen angst macht und ihre Eltern gleichzeitig dazu bringt, ihm zu vertrauen. Und die Dinge, die er den Kindern antut, sind absolut extrem. Diese Art Mißbrauch klingt für die meisten Eltern nicht glaubwürdig.«

»Warum sollte er also noch einmal erwischt werden?«

»Er ist zu aktiv«, antwortete ich. »Er hat einfach zu viele Kinder mißbraucht, und er nimmt jede Gelegenheit wahr. Er wird Schmiergelder verteilen, bevor er unter Umständen gefaßt wird.«

»Und wenn das passieren sollte, was ist dann mit dir?«

»Carlotta, was meinst du damit? Nichts ist mit mir.«

»Bist du eine Bedrohung für Willy oder nicht?« Carlotta fragte, als ob sie die Zeugin der Gegenseite ins Kreuzverhör nehmen würde, was sie auf gewisse Weise auch tat. »Wenn man davon ausgeht, wieviel du weißt, wärst du dann nicht eine sehr eindrucksvolle Zeugin der Staatsanwaltschaft?«

»Du vergißt die Anwälte. Alles, was Willy mir erzählt hat, wird vor Gericht als ›Hörensagen‹ eingeschätzt und ist nicht zulässig.«

»Beim ›Hörensagen‹ gibt es vierundzwanzig Ausnahmeregelungen. Ich möchte dich jetzt nicht mit Einzelheiten langweilen, aber das Entscheidende wäre: Ich gehe alles sorgfältig durch und laß es von meinem Chef absegnen – ohne die Namen zu nennen, natürlich«, fügte sie hastig hinzu, »und ich denke, das Material wäre zulässig.«

»Jesus.« Das würde Willy gar nicht gefallen. Und sicher würde er es herausfinden. Willy rechnete damit, daß keines der mißbrauchten Kinder, die ihn beschuldigten, in seiner Aussage bestätigt würde. Aber selbst wenn man den aktuellen Fall beiseite ließ – irgendein mißbrauchtes Kind würde ihn sicher irgendwann einmal beschuldigen.

»Was ist mit dem Patient-Arzt-Vertrauensverhältnis?« fragte Carlotta.

»Ich denke, es gibt keines«, mußte ich antworten. »Er war nie mein Klient. Ich habe niemals meine Dienste angeboten.«

Für einen Augenblick schwiegen wir beide. »Michael, das, was er dir anvertraut hat, könnte sogar zulässig sein, wenn man ihn für das laufende Verfahren noch einmal kriegen würde.«

»Aber das wird man nicht.«

»Das ist wahr.«

Wir verstummten. Die Unterhaltung ging nicht in die Richtung, die mir gefiel. Ich nahm die Speisekarte und vertiefte mich darin.

»Michael, du mußt dich damit auseinandersetzen.«

Ich legte die Speisekarte weg. Von ihrem kunstvollen Make-up bis hin zu den geschmackvollen Haarsträhnen sah Carlotta aus wie eine Frau, deren Hauptproblem es zu sein schien, sich möglichst keinen Fingernagel zu brechen. Aber das täuschte. Ich kannte Carlotta gut genug, um zu wissen, daß es keine Chance gab, ihr zu entkommen, wenn sie sich einmal in einer Sache festgebissen hatte.

»Sich mit was auseinandersetzen, Carlotta? Sieh mal, er interessiert sich nicht wirklich für die Sexualität von Erwachsenen, also wird er mich nicht als mögliches Opfer verfolgen. Du mußt auch bedenken, daß er seit Jahren nicht mehr mit Kindern zusammen war und deshalb eine Menge Phantasien aufgebaut hat. Er wird sich irgendwo niederlassen und anfangen, sich in der Gemeinde Liebkind zu machen. Ich glaube nicht, daß er zurückkommen wird, nur um mich ruhigzustellen. Er kann sein Problem mit mir auch dadurch lösen, daß er soweit wie möglich wegzieht. Ich würde niemals erfahren, ob er wegen einer neuen Sache gefaßt wird. Und der alte Fall wird nicht mehr verhandelt, das weißt du.«

Wir schwiegen erneut. Ich schaute wieder in die Karte.

»Ist das wahrscheinlich?« fragte Carlotta. »Würde er einfach wegziehen? Und könntest du damit leben? Obwohl du genau weißt, daß er draußen herumläuft und Kinder mißbraucht?«

Ein »Nein« zu jedem einzelnen Punkt, dachte ich. Tief in meiner Seele wußte ich, daß Willy zu gründlich war, um eine Sache nicht zu Ende zu bringen. Und dazu gehörte, daß er wußte, daß ich ihn nie in Ruhe lassen würde, selbst wenn er mich in Ruhe ließ.

»Sicher«, log ich. »Warum nicht? Weißt du, wie viele Leute draußen herumlaufen und Kinder mißbrauchen? Du kannst mich damit nicht verrückt machen. Ich tue, was ich kann.« Aber ich wußte, Carlotta hatte recht. Ich mußte wegen Alex B. Willy etwas unternehmen.

Nur gab es keine Möglichkeit, Carlotta davon zu erzählen. Sie würde an die Decke gehen und meckern und sich aufführen wie eine Glucke. Schlimmer noch, sie würde es Adam erzählen, dem Vollzeit-Polizisten dieser Stadt und meinem Teilzeit-Liebhaber, der mich mit seinem Beschützerinstinkt verrückt machen würde, und dann würde ich meine Beziehung zu ihm verlieren und die Freundschaft zu Carlotta, und das alles nur deshalb, weil ich Carlotta die Wahrheit gesagt hatte. So konnte ich also meine Beziehung zu beiden nur schützen, wenn ich Carlotta anlog – wenn auch zähneknirschend.

Mama würde so etwas niemals tun. Mama liebte es, die Würfel fallen zu lassen, wie sie fielen. Manchmal warf Mama die Würfel auch selbst. Aber ich war nicht Mama. Definitiv: Ich war nicht Mama.

»Hmmm«, sagte Carlotta, und ich sah die Ratlosigkeit in ihren Augen. Eigentlich hätte sie es besser wissen müssen, als mir einfach zu glauben. Und dann lief mir ein kalter Schauer über den Rücken: Ich verkaufte Carlotta gerade Sicherheit. Sie wollte glauben, daß ich vor Willy sicher war, damit sie sich keine Sorgen um mich machen mußte. Und sie glaubte es wider besseren Wissens. Vielleicht hatte ich trotz allem etwas von Willy gelernt.

3

Ich bin nicht gerade geduldig und schon gar keine Zauderin. Ich bin mehr der Typ, der vor einer Kreuzung noch einmal Gas gibt. Und fürs Cross-Country suche ich lieber ein Pferd aus, das zu schnell springt und ausbricht, als eines, das scheut: Wir überspringen ein Hindernis auch dann noch, wenn es uns umbringt. Das ist wohl genetisch bedingt, der Preis, mit Mama verwandt zu sein.

Ich hätte Carlotta bitten können, ihre Verbindungen bei der Staatsanwaltschaft spielen zu lassen, um herauszufinden, wo sich Willy aufhielt, seitdem er entlassen worden war. Doch wenn ich sie mir so ansah, dann war das keine gute Idee: Ich würde sie nur mißtrauisch machen.

Schließlich ließen wir das Thema Willy fallen und sprachen über die Auswirkungen von sexuellem Mißbrauch und Glaubwürdigkeitsgutachten auf die Opfer, über Verfahrensfragen und über die Art, wie die Presse jede Täterversion aufgriff, egal wie bizarr sie erschien. Unterschwellig aber konnte ich nicht anders, als an Willy zu denken. Da hatte Carlotta etwas angestoßen. Ich war so empört gewesen, daß ein Idiot von einem Richter ihn freigelassen hatte, daß ich mir bis dahin nicht überlegt hatte, in welche Lage seine Entlassung mich brachte. Mit dem Ende des Mittagessens war ich zu der Einsicht gelangt, daß – auch wenn Willy mich nicht suchen würde – ich ihn irgendwie finden mußte. Ich konnte nicht einfach zusehen, wie er achtzehn Millionen Kinder sadistisch mißbrauchte.

Auf dem Rückweg zum Büro dachte ich über die Probleme nach, die auf einen zukamen, wenn man damit anfing, sein Leben auf Lug und Trug aufzubauen. Bei der Suche nach Willy wäre es bestimmt besser, wenn jemand anderer jederzeit wüßte, wo ich war und was ich vorhatte – aber es war keinen Streit wert.

Carlotta war selber schuld, dachte ich nüchtern. Wenn sie nicht so besitzergreifend wäre, hätte ich sie eingeweiht. Ich *hätte es* ihr gesagt, wenn ich mich darauf hätte verlassen können, daß sie sich aus der Sache raushielt und Adam nichts davon erzählte. Ich würde mich jedenfalls bei einer Freundin, die etwas so unglaublich Dummes vorhatte, völlig raushalten. Bestimmt.

Zu meiner Verteidigung konnte ich anbringen, daß ich mich auf dem Fahrersitz stets wohler fühlte als auf dem Beifahrersitz. Willy würde mich auf jeden Fall suchen, weshalb ich nicht herumsitzen und darauf warten sollte, daß er mich überraschte. Als er sich wortreich auf die verschiedenen

Techniken der Kinderverführung einen abwichste, hatte keiner von uns beiden damit gerechnet, daß er jemals wieder aus dem Gefängnis kommen würde – schließlich war er über sechzig und erst am Anfang seiner dreißigjährigen Haftstrafe.

Aber das eigentliche Problem war ein anderes und so gewaltig, daß ich noch nicht einmal daran denken wollte: Was zum Teufel sollte ich tun, wenn ich ihn schließlich gefunden hatte? Ich konnte ihn ja schlecht erschießen – trotz meiner hoffnungslos politisch unkorrekten Vorliebe für Waffen und aller Schießpraxis konnte ich mir einfach nicht vorstellen, jemanden kaltblütig niederzuschießen.

Ich konnte ihn auch nicht bekehren: »Willy, wußten Sie nicht, daß es unrecht ist, Kinder zu mißbrauchen?«

»Schätzchen«, würde er antworten, »das habe ich nicht gewußt. Natürlich werde ich sofort damit aufhören.«

Ihm zu drohen würde nur mich in Gefahr bringen. Je sicherer Willy war, daß ich ihm schaden wollte, desto unnachgiebiger würde er mich verfolgen.

Sollte ich die Mitglieder seiner Gemeinde warnen? Es in der Zeitung veröffentlichen? Sicherlich würde mir niemand glauben. Willy war zu gewitzt und zu charmant.

Ich würde in einem großen Verleumdungsprozeß enden, der mich zu einer Verrückten abstempelte, deren Aussage wertlos war. Menschen neigten dazu, Beweise zu ignorieren, wenn sie jemanden wirklich mochten. Vor ein paar Monaten war der Lehrer einer Privatschule mit einer Megasammlung von Kinderpornos erwischt worden. Seine Kollegen behaupteten, daß dies nicht bedeute, daß er pädophil sei. Genau. Als ob Leute, die zweihundert Kochbücher besitzen, nicht gerne kochen.

Bei dem Gedanken, wie Willy sich verteidigen würde, mußte ich grinsen. Ich würde wahrheitsgetreu aussagen, daß ich ihn im Gefängnis besucht hatte, um mehr über Sadisten zu erfahren. Willy würde diese Besuche zweifellos gegen mich verwenden. Er würde mich als Paranoikerin darstellen, die ihn seit Jahren verfolgte und Märchen über ihn verbreitete.

Aber wenn er mich verklagen sollte, könnten die Kassetten beweisfähig werden. Bei dem Gedanken an diese Möglichkeit besserte sich meine Laune, obwohl berufsbedingte Selbstopferung nicht gerade meine erste Wahl war.

Ich ging die paar Blocks von Sweet Tomatoes in mein Büro zurück. Mein Büro lag in einem Haus, das ich einmal mit Carlotta geteilt hatte. Ich arbeitete dort nur einen Tag pro Woche. Den Rest der Zeit verbrachte ich in der Psychiatrischen Abteilung der Jefferson-Universitätsklinik, wo ich Unterricht gab, Assistenzärzte beaufsichtigte, in langweiligen Komitees saß und ununterbrochen den Chefarzt ärgerte, der der Meinung war, daß Takt eine Kunst sei, von der ich weniger verstand als jeder andere.

Das stimmte nicht ganz. Ich wußte durchaus, was Takt war. Nur war ich der Meinung, daß es ein Charakterfehler sei. Also, was sollten die paar Dutzend Klagen über mich im Lauf der Jahre? Niemand hatte sich jemals darüber beschwert, daß ich etwas Falsches gesagt hatte. Alle meinten nur, daß ich es nicht auf genau diese Weise und zu genau diesem Zeitpunkt hätte sagen sollen, wenn überhaupt. Nichts als Details.

Ich hatte noch eine halbe Stunde Zeit bis zu meiner nächsten Klientin und wollte ein bißchen telefonieren, um Willy aufzuspüren. Das Fehlen eines Plans war zwar ein ausgesprochenes Problem, doch warum sollte ich mich jetzt darum kümmern? Zuerst mußte ich ihn finden. Aber das Telefon klingelte, noch bevor ich den Hörer abnehmen konnte.

»Hier ist Dr. Stone«, sagte ich.

»Michael«, sagte die Stimme am anderen Ende.

Mein Herz schlug einen Takt schneller, was mich extrem ärgerte. Ich würde wohl niemals die Wirkung, die Adam auf mich hatte, kontrollieren können. »Einen wunderschönen guten Tag, Chief Bowman. Heute schon alle Schurken gefaßt?«

»Ein halbes Dutzend vor Sonnenaufgang«, antwortete Adam und hielt dann inne. »Ich würde gern heute abend vorbeikommen«, meinte er. Adam konnte viel direkter sein als ich.

»Warum?« fragte ich. »Hat Carlotta dich angerufen?«

»Soll das ein Verhör sein?« erwiderte Adam. »Warum sollte Carlotta mich anrufen?«

Ich hatte es verpatzt: Wenn sie ihn noch nicht angerufen hatte, dann würde er es jetzt tun.

»Unwichtig«, sagte ich. »Wirklich unwichtig. Sie hat nur mal wieder getobt, wie immer. Und da dachte ich, du wolltest kommen, um mich zu belehren – was mir nicht gefallen würde«, setzte ich streng hinzu, für den Fall, daß er sie doch noch anrufen sollte.

»Nein«, sagte er langsam, »das hatte ich nicht vor.«

Adam konnte weniger sagen und eine viel größere Reaktion bei mir auslösen als jeder andere. Ich spürte, daß mein Mund trocken wurde.

»Hört sich gut an«, meinte ich, während ich versuchte, meine Stimme gleichgültig klingen zu lassen, und kläglich damit scheiterte. »Zum Dinner?«

»Sicher«, sagte Adam, und wir gingen zum Wann und Wo über, was mein Herz noch höher schlagen ließ.

Gegen den Ruf des Östrogens konnte ich nichts ausrichten. Ich lebte gerne alleine. Ich wollte keinen ständigen Liebhaber. Aber jedesmal, wenn Adam vorbeikam, pochte das Östrogen in meinen Ohren.

Einmal sind Adam und ich nach Hawaii geflogen. Eigentlich bin ich alleine hingeflogen, und er ist nachgekommen.

Ich war nicht sicher gewesen, ob er kommen würde, und so spazierte ich am Strand entlang, als ich merkte, daß der Kerl in den Shorts, der mir barfuß entgegenkam, Adam war.

Die ganze Zeit über hatten wir in einer anderen Welt gelebt. Wie die Geister von Aragón sprachen wir nie von zu Hause. Wir redeten niemals über seine Arbeit oder über meine, über Sexualverbrecher oder über meinen Unabhängigkeitsdrang oder über sonst etwas, das mit der realen Welt zu tun hatte. Nachts trug ich am Strand lange Baumwollkleider ohne etwas darunter, und wenn der Wind meinen Rock hochwehte, fühlte ich mich wie Marilyn Monroe auf diesem Gitter, obwohl ich mich nie zuvor wie Marilyn Monroe gefühlt hatte. Ich erinnerte mich immer noch daran, wie der Wind um meine nackten Beine strich und um meinen Unterleib. Und auch an das Gefühl bei anderen Dingen. Eine Million Meilen entfernt von Hawaii, in meinem Büro sitzend, ließ es mich immer noch lächeln.

Auf dem Rückweg zum Festland hatten wir beide schlechte Laune. Unerbittlich kam uns die Realität mit jeder Meile entgegen, und wir wußten beide, daß es nicht dasselbe sein würde. Und so war es dann auch.

Auf dem Weg nach Hause hielt ich beim Chinesen. Das Beste daran, über vierzig zu sein, war, daß ich Frieden geschlossen hatte mit dem, was ich konnte und was nicht. Und ich war keine Meisterköchin.

Trotz allem war ich froh, Adam zu sehen, als er kam. Zwar fehlte immer noch das Frühlingslicht, aber glücklicherweise schien es wärmer zu werden, so daß wir auf der Terrasse essen konnten. Ich war so beschäftigt, die Kartons auszupacken, daß ich gar nicht merkte, wie still Adam war.

»Ich habe nachgedacht«, sagte er schließlich. »Was hältst du davon, für eine Weile zu mir zu ziehen?«

»Warum?« fragte ich. »Was ist falsch daran, wenn alles so

bleibt, wie es ist?« Ich war nie besonders schlau, wenn das Östrogen in meinen Ohren pochte. Ich hätte wissen müssen, was kam, aber ich ahnte nichts.

»Die Distanz zwischen unseren Wohnungen ist einfach zu groß«, meinte er leichthin.

»Die fünfzehn Minuten Fahrt? O Mann, du lebst schon zu lange auf dem Land. In Boston kommt man während der Rush-hour in fünfzehn Minuten gerade mal einen Block weit.«

Adam sagte nichts, so daß ich fortfuhr: »Sieh mal, warum sollte man eine gute Sache ruinieren? Es ist nicht gerade einfach, mit mir zusammenzuleben.« Eigentlich war es unmöglich.

Adam blieb hartnäckig. »Und warum ziehst du dann nicht zurück zu Carlotta? Ihr seid doch gut miteinander ausgekommen, als du bei ihr gewohnt hast.«

Jetzt merkte ich, worauf er hinauswollte. Er hatte Carlotta angerufen.

»Ich kann nicht zu Carlotta ziehen«, sagte ich, während ich mich setzte, um ihn anzusehen. »Falls es irgendein Risiko gibt – aber ich sage nicht, daß es eines gibt –, möchte ich sie nicht mit hineinziehen. Du kennst Carlotta. Sie hat keine blasse Ahnung von Selbstverteidigung. Und sie hat es immer gehaßt, wenn ich meine Waffe ins Haus brachte.«

»Du kannst nicht hierbleiben, nicht solange Willy draußen ist. Du bist eine Viertelmeile weg vom nächsten Nachbarn.«

»Warum nicht?« Als wenn ich es nicht selbst gewußt hätte.

»Michael, bist du jemals am Tatort eines Mordes gewesen?«

»Nein«, sagte ich. »Was hat das eine mit dem anderen zu tun?«

»Weil ich nicht weiß, ob dir klar ist, in was du da hineinschlitterst.«

»Ich schlittere in gar nichts hinein.«

»Glaub das, und ich freß einen Besen.«

»Adam, dafür gibt es keinen Grund.«

»Sieh mal, ich habe keine Lust, deinen geschundenen und zerschlagenen Körper mit Nadeln unter den Fingernägeln zu finden.«

»Ach, hör doch auf damit. Ist das nicht ein bißchen barock?« Es war nur eine schwache Widerrede, aber anscheinend gab es nichts, was ihn überzeugt hätte. Adam war meilenweit von mir entfernt. Er hatte den Kopf voller Horrorbilder, und ich flippte immer noch am Strand von Hawaii herum. So viel zum Thema Schranken fallen lassen.

»Nicht, wenn du schon mal so eine Leiche gefunden hast.« Auch er hatte keine gefunden, zumindest nicht in Vermont. Na ja, vielleicht doch. Ich erinnerte mich, daß es auch in Vermont, wie fast überall, schon einmal einen Serienmörder gegeben hatte. Vor langer Zeit war er ein paar Jahre lang aktiv gewesen und hatte alle sechs Monate eine Leiche hinterlassen. Also gut, auch diese Dinge konnten hier passieren.

»Er wird dich umbringen«, sagte Adam ruhig.

»Wenigstens könntest du sagen, daß er es ›könnte‹.«

»Er wird dich umbringen«, wiederholte Adam mit Nachdruck, »und dann bringe ich ihn um.«

»Ach, komm schon, in Gottes Namen. Das wirst du nicht. Du bist ein Cop, ein guter Cop. Du läufst nicht herum und bringst Leute um.«

»Ich werde ihn umbringen«, wiederholte Adam entschlossen. »Aber es wird nichts mehr nützen, weil du bereits tot sein wirst. Und dann werde ich dich vermissen«, sagte er leise, »jeden Tag, für den Rest meines Lebens.«

Ich fröstelte. Er zitierte da etwas, was ich ihm über meine Tochter erzählt hatte, die vor ein paar Jahren am plötzlichen Kindstod gestorben war. Jordan war meine absolute

Achillesferse. Ich war nicht darauf vorbereitet gewesen, daß er sie wiederauferstehen lassen wollte, und so erhob sich ihr Tod aus dem Jammertal, in dem ich ihn vergraben hatte, und durchströmte jede meiner Poren. Plötzlich hatte ich wieder den metallischen Geschmack im Mund, den ich noch Wochen nach ihrem Tod geschmeckt hatte – Trauer hat Auswirkungen, die niemand erklären kann. Ich fror und wußte, daß ich bald vor Kälte zittern würde. Ich blickte auf. Natürlich, es war unbeabsichtigt. Er hatte die Erinnerung an Jordan nicht wecken wollen. Ich sah in seinen Augen, daß dem doch so war, und stand auf.

Meine Stimme klang vollkommen ruhig, aber zu behaupten, sie wäre eisig gewesen, wäre genauso, als wenn man behauptete, daß der Polarkreis aus ein paar Eiswürfeln bestand. Sie hatte auch den Ton, den eine Klapperschlange von sich gab, wenn man auf sie trat. »Spiel nie wieder Jordan gegen mich aus, weder in deinem noch in meinem Leben. Nicht um alles in der Welt. Nicht, um mein Leben zu retten. Nicht, um das Leben aller hungernden Kinder dieser Welt zu retten. Nicht noch einmal. Nie wieder.«

Mir war schwindlig und kalt. Ich ging hinein und nahm die Autoschlüssel und meinen Mantel. Adam war still. Instinktiv hatte er nichts geantwortet. »Und verschwinde, bevor ich wiederkomme«, sagte ich. Ich wußte, daß er gehen würde. Nie zuvor hatte er diesen Ton in meiner Stimme gehört. Noch nicht mal ich hatte ihn jemals gehört.

Es kostete sehr viel Kraft, aber auf dem Weg hinaus blieb ich an der Tür stehen. Ich stützte mich auf den Rahmen und drehte mich um. »Ich kann es nicht auf deine Art machen. Ich kann mich nicht hinter deinem Rücken verstecken und in deinem Schatten leben. Ich kann nicht nach Hause zu Big Daddy laufen, wenn es ein bißchen rauher wird. Ich weiß genau, wie gefährlich Willy ist, noch viel genauer als du – und ja, vielleicht wird er mich umbringen, wenn ich dumm oder unvorsichtig genug bin, ihm die Gelegenheit zu geben. Aber wenn ich weglaufe und mich verstecke, würde ich mich selbst aufgeben, so daß es sich auch nicht mehr lohnen würde weiterzuleben. Ich werde mit ihm fertig oder nicht. Alles, was du tun kannst, ist, das zu zerstören, was zwischen uns ist.« Adam schwieg. Ich wartete einen Moment und ging dann.

Eine Weile fuhr ich herum, ohne zu wissen, wo ich war. Jordan war mit aller Macht zurückgekehrt. Dabei waren Trauer und Depression noch nicht einmal auf dem gleichen Planeten zu Hause. Depression war wie eine allmähliche Lähmung. Nach einer Weile hat man nicht einmal mehr die Kraft, einen Arm zu heben oder aus dem Bett zu kommen. Trauer war mehr wie ein Schlag in die Magengrube. Es war ein Spasmus. Man fühlte sich, als ob man sich zu einem Ball zusammenrollen müßte, um die Schläge abzuwehren.

Schließlich merkte ich, daß ich in der Nähe von Marvs Wohnung war, also fuhr ich hin. Langsam dämmerte mir, daß ich nicht mehr in der Lage war, Auto zu fahren. Ich mußte von der Straße und war noch nicht soweit, um nach Hause zu fahren. Und ehe ich zu Carlotta fuhr, wollte ich lieber verdammt sein.

Marv hatte eine Wohnung in der Stadt. Es wäre unfair zu behaupten, daß er dort alleine lebte, obwohl außer ihm kein Mensch da war. Er lebte mit seinen Bildern und Skulpturen – Volkskunst, die er in aller Welt zusammengesammelt hatte. Es war ein beruhigender Ort, selbst für mich, die nicht einen Deut von Kunst verstand. Marv war ein ausgezeichneter Psychiater, auch wenn er vor Gericht ein schlechter Zeuge war. Trotzdem war er der Mensch, den ich anrief, wenn ich bei einem Fall einen Rat brauchte. Heute nacht brauchte ich keinen. Vielleicht wollte ich einfach nur eine Weile zwischen seinen Bildern sitzen. Weil mir die

Kunst etwas gab, so fragte ich mich, oder weil ich wußte, daß er sie so liebte?

Ich klopfte an die Tür und hörte Marvs Slipper. Marvs violette Slipper. Sie waren unglaublich häßlich, aber zu Hause hatte er sie immer an. Marv öffnete die Tür. Er trug seine übliche, kunterbunt zusammengewürfelte Kleidung. Er war klein, teilweise kahl und hatte einen Spitzbauch. Mein Östrogen ärgerte mich nie, wenn Marv um mich war, und heute nacht war das um so angenehmer.

Er sah überrascht aus und redete gleich los. Dann bremste er sich und sah mich genauer an. Einmal, so hatte er mir erzählt, hatte er einen Transsexuellen beraten, der beschlossen hatte, niemals zu einem Therapeuten zu gehen, der nicht bemerkte, daß er ein Mann war. Der Typ hatte sechs Therapeuten ausprobiert, bevor er Marv fand. Marv erkannte es sofort an der Breite seines Handgelenks. Ich hätte nicht verheimlichen können, in welcher Verfassung ich vor ihm stand, selbst wenn ich es versucht hätte.

»Ich habe mich gerade gefragt …«, begann ich schwach.

»Nichts da«, meinte Marv, während er den Arm um mich legte. »Komm rein.«

»Setz dich«, sagte er und deutete auf die Couch. »Laß mich das Feuer ein bißchen anfachen und einen Tee aufsetzen.« Normalerweise trank ich keinen Tee, aber ich wußte, daß es eine gute Idee war. »Und jetzt«, sagte er, als er mit dem Feuerschüren fertig war, »gebe ich dir noch eine Decke – was hältst du von dieser Häkeldecke aus Albanien?«

Es war das erste Mal an diesem Abend, daß ich lächeln mußte. Irgendwie wußte man, daß Marv niemals mit einer ausrangierten Armeedecke ankommen würde. Ich mußte mich geschlagen geben. Ich hatte das Bild einer Naturkatastrophe vor Augen – vielleicht einen Hurrikan –, und Marv rannte herum und verteilte unter den Überlebenden Häkeldecken aus Albanien, Spanien oder Rußland.

Marv brachte die Decke und den Tee, setzte sich neben mich und trank, während er ruhig ins Feuer starrte. Er sagte kein einziges Wort.

»Du kannst weitermachen, womit du gerade aufgehört hast«, sagte ich. »Ich möchte mich einfach nur ein bißchen entspannen.«

»Mir geht es gut«, sagte er. »Oder störe ich dich?«

»Nein«, meinte ich ehrlich. »Im Gegenteil.«

Das war alles. Er fragte nichts. Ich sagte nichts. Ich zitterte noch eine Weile, trotz des Feuers, der Decke und des Tees, und schlummerte dann langsam ein. Ich wußte, was passieren würde. Es war jedes Mal dasselbe: Ich würde aufwachen und für eine Sekunde glauben, daß sie noch lebt, und dann merken, daß es nicht wahr war. Ich haßte diesen Absturz mehr als alles andere auf der Welt, aber ich konnte nichts dagegen machen. Marvs Wohnung war immer noch besser als andere Orte, um das durchzustehen.

Scheiß auf den Lebenslauf. Der Tod war ein jämmerliches Geschäft. Wenn Esoteriker schwatzen, daß nichts grundlos geschieht, könnte ich kotzen. Jordans Tod hatte mich ziemlich beschädigt – wie er alle Eltern beschädigte, die ein Kind verloren hatten. Er machte uns nicht weiser oder sensibler fürs Leben. Er verletzte uns.

Adam hatte keine Ahnung, wovor ich wirklich Angst hatte. Ich hatte keine Angst, daß Willy mich zu Tode foltern würde. Natürlich wäre das fürchterlich, obwohl ich vor dem Tod eigentlich keine Angst hatte – Eltern, die ihr Kind verloren haben, haben keine Angst mehr. Was mir wirklich Angst machte, war, daß Willy genug erfahren würde, um Jordan gegen mich auszuspielen. Aber, Ironie des Schicksals: Ausgerechnet Adam hatte es getan. Das geschah mir ganz recht, sagte ich mir, während ich einschlief. Das geschieht dir ganz recht, wenn du zuläßt, daß dieser Hurensohn dir unter die Haut geht.

4

Als ich aufwachte, war das Feuer im Kamin frisch angefacht, und eine kleine Kaffeemaschine stand auf dem Tisch neben der Couch. Ich mußte nur noch den Knopf drücken, um frischen Kaffee zu bekommen. Daneben standen eine Tasse mit Milch und ein einsamer Krokus in einer Vase. Es war immer noch sehr früh. Wie früh mußte Marv aufgestanden sein, um all das zu arrangieren?

Ich betrachtete den Krokus. Natürlich hätte ich Marv den Kopf abgerissen, wenn er mir gesagt hätte, daß alles wieder gut werden würde oder daß die schwärzeste Nacht immer vor dem Morgengrauen lag oder ähnlichen Unsinn. Er hatte nichts dergleichen gesagt. Er hatte einfach einen Krokus hingestellt – den ersten Frühlingsboten und die einzige Blume, die ihren Kopf durch die Schneedecke stecken konnte. Es war schwierig, mit einem Krokus zu streiten, selbst für mich.

Ich dachte nach. Ich stand mehr auf der Seite von Carlotta und Adam, als ich zugeben wollte. Hätte ich eine Freundin, die den gleichen blödsinnigen Karambolagekurs fuhr, würde ich toben und rasen, betteln und auf sie einreden, wahrscheinlich sogar weniger geschickt als beide zusammen. Ich würde damit nicht so umgehen können wie Marv letzte Nacht. Was hätte mir Besseres passieren können? Ich fühlte mich schuldig gegenüber meinen Klientinnen, den mißhandelten Ehefrauen. Vielleicht sollte ich weniger streiten und statt dessen ein paar Krokusse hinstellen.

Natürlich wäre ich nicht so dumm gewesen, ein totes Kind gegen jemanden auszuspielen. Auch einen Tag danach fühlte ich mich noch schwach und lädiert – so, als ob ich mich geprügelt hätte, was ich vermutlich auch getan hatte.

Wie ich es vorausgesehen hatte, war ich aus meinem schlimmsten Alptraum aufgewacht: Zuerst mit dem angenehmen Gefühl, daß Jordan im anderen Zimmer lag und ich nur aufstehen mußte, um nachzusehen, warum sie immer noch schlief. Dann kam der Zusammenbruch – alles geschah wie immer im Halbschlaf. Mit dem vollständigen Erwachen hatte ich das Schlimmste so ziemlich hinter mir.

Ich stand auf und schlurfte in die Küche, um Marv zu suchen. Er war nicht mehr da, aber auf dem Tisch lag ein Zettel. »Ich mußte weg. Es gab einen Selbstmordversuch in der JVA. Bleib, solange du möchtest. Fühl dich wie zu Hause. Alles Liebe.«

Wenn Marv jemals an meine Tür klopfen sollte, nahm ich mir vor, würde ich ihm keine Fragen stellen. Nicht eine einzige. Aber wer würde schon an meine Tür klopfen, ohne etwas wissen zu wollen? Die ganze Sache war mir ein bißchen unangenehm. Ich war wie ein Chirurg, der auf jedes Problem immer nur mit Amputation antwortete. Jetzt aber war ich der Patient und mußte etwas verarbeiten, was sich nicht amputieren ließ.

Jetzt stellte sich heraus, daß kein Chirurg, sondern nur ein Arzt für chronische Beschwerden helfen konnte. Einer, der wußte, wie man mit diesen Dingen umgehen mußte, die einen fast umbrachten und nie vergingen. Ich hatte von Marv etwas gelernt, aber ich bezweifelte, daß ich es anwenden konnte. Chirurgen waren schlechte Internisten und umgekehrt.

Ich ging zum Auto hinaus, um meine Reisetasche zu holen. Ich hatte die Angewohnheit, spontan zu verreisen, und deshalb immer eine gepackte Tasche im Auto. Ich besaß nicht viel. Irgendwann hatte ich beschlossen, in meinem Leben niemals mehr als zweihundertfünfzig Sachen zu besitzen, aber etwas, worauf ich niemals verzichten würde, war eine Reisetasche. Darin war alles, was ich für ein Wochenende brauchte oder gar für ein halbes Dutzend davon.

Was benötigte man denn wirklich auf einer Reise? Zwei

Paar Shorts, drei T-Shirts, einen Badeanzug, zwei lange Hosen (eine davon hatte man sowieso schon an), zwei Hemden, ein Kleid, einen Pullover – wo man einen Mantel brauchte, sollte man nicht hinfahren. Fünf Slips und zwei BHs, ein paar Toilettenartikel, und das war's. Alles war knitterfrei, alles paßte zusammen, und alles ließ sich im Waschbecken auswaschen und bis zum nächsten Morgen trocknen. Ich saß nie in der Klemme, solange ich meine Reisetasche und meine Kreditkarte bei mir hatte, die ebenfalls in der Tasche steckte.

Ich zog meine Zahnbürste und das einzige Kleid heraus: ein wadenlanges Stretchsamt-Kleid mit langen Ärmeln und Rollkragen. Es war brav genug, um im Vatikan oder im Nahen Osten getragen zu werden, vornehm genug für ein Sinfoniekonzert und schlicht genug, um es tagsüber anziehen zu können. Ich mochte keine monofunktionalen Einzelstücke.

Kaum war ich in der Klinik angekommen, in der Marv und ich arbeiteten, sprach mich Marvs Sekretärin Judy an: »Weißt du, wo Marv ist?« fragte sie.

»Sicher«, sagte ich. »Er ist in der JVA. Dort gab es letzte Nacht einen Selbstmordversuch.«

»Oh, Mann«, meinte sie.

»Wieso? Was ist los?«

»Da ist eine Frau, die glaubt, daß sie mit ihm zu einem Vorgespräch für seine neue Gruppe verabredet ist.« Marv wollte eine neue Selbsterfahrungsgruppe aufbauen und wie die meisten Therapeuten die Teilnehmer vorher einzeln befragen. Sonst konnte es passieren, daß jemand teilnahm, der zu krank war oder der bei der ersten Konfrontation einen Selbstmordversuch beging. Oder es konnte ein zudringlicher Kerl in der Gruppe landen, der sich sofort die labilste Frau herauspickte und ihr das Leben zur Hölle machte. Selbsterfahrungsgruppen konnten nur funktionieren, wenn die Teilnehmer einigermaßen gut zusammenpaßten. In einer Einzelsitzung konnte der Therapeut diejenigen aussortieren, die von vornherein ungeeignet waren.

»Und? Kannst du den Termin nicht verlegen?«

»Natürlich kann ich das. Und ich schätze, ich werde es müssen. Ich glaube nur nicht, daß diese Frau wiederkommen wird. Sie scheint ziemlich nervös zu sein.«

Natürlich schuldete ich Marv einen Gefallen, und obwohl sein Talent, eine nervöse Klientin zu beruhigen, bestimmt größer war als meines, war es für diese Frau vielleicht besser, mit mir zu reden, anstatt mit dem Hinweis weggeschickt zu werden, daß sie später wiederkommen solle. »Okay, ich spreche mit ihr«, sagte ich.

»Ich hab sie in sein Büro gebracht«, meinte Judy. »Ginger sitzt schon wieder im Wartezimmer und macht jeden neuen Klienten verrückt.«

Am liebsten hätte ich mein Angebot sofort wieder zurückgezogen. Ich wollte Ginger nicht treffen. Ginger war nicht mehr meine Klientin, und ich hatte nicht vor, Ginger jemals in meinem Leben wiederzusehen. Unglücklicherweise lag Marvs Büro am anderen Ende des Flurs. Wenn ich die neue Klientin sehen wollte, mußte ich durch das Wartezimmer und an Ginger vorbei. Fast hätte ich Judy erklärt, daß eher die Hölle einfrieren würde, als daß ich mich freiwillig in einen Raum mit Ginger begeben würde, aber dann hielt ich doch den Mund.

Wie feige. Schließlich war ich der Grund, weshalb Marv sich mit Ginger herumschlagen mußte. Vor ein paar Jahren war sie in meine Praxis gekommen und hatte behauptet, sie hätte keine besonderen Probleme und bräuchte nur ein bißchen Hilfe bei ein paar beruflichen Schwierigkeiten. So etwas nannte man eine Riesenlüge. Sie hatte sich sofort in eine symbiotische Klette verwandelt, was mich fast umgebracht hätte.

Ginger war unbarmherzig. Sie kam in meine Praxis, während ich mit anderen Patienten beschäftigt war, nur um mir nahe zu sein. Sie rief meinen Anrufbeantworter an, um meine Stimme zu hören. Sie erschien Stunden vor unserer Verabredung und schlief im Wartezimmer. Nach der Sitzung wollte sie nicht gehen. Sie rief jeden Tag an und verlangte, daß ich zurückrufe. Wenn ich nicht konnte oder nicht wollte, drohte sie mit Selbstmord.

Wäre es so weitergegangen, wäre ich in der Klapsmühle gelandet – und wegen Totschlags angeklagt worden. Aber als ich anfing, mich davor zu fürchten, zur Arbeit zu gehen, sah ich mich gezwungen, sie an Marv zu übergeben. Ich hatte ihn in diesem Fall sowieso schon konsultiert, und wir hatten gehofft, daß sie bei einem männlichen Therapeuten ihr Verhalten ändern würde. Das geschah nicht, aber ich habe trotzdem nicht angeboten, sie zurückzunehmen.

Ginger saß im Wartezimmer, ganz in Schwarz gekleidet. Sie war um die dreißig, aber ihr Gesicht war so ausgemergelt und faltig, daß sie älter aussah. Sie war klein, hatte dunkles, kurzgeschnittenes Haar und lag zusammengerollt auf der Couch. Sie schien niemals Frieden zu finden, und alles an ihr strahlte Unruhe aus.

Was ihr fehlte, war die Fähigkeit, sich selbst zu besänftigen. Zur Ruhe kam sie nur, wenn sie mit demjenigen zusammen war, an dem sie gerade hing. Ohne diesen Menschen fiel sie in einen Abgrund. Niemand konnte besser als Marv vermitteln, wie man sich selbst besänftigte, aber es sah nicht so aus, als ob er mit Ginger sehr weit gekommen wäre.

Ich glaubte nicht daran, daß man Menschen anhand der Farben, die sie trugen, diagnostizieren konnte. Aber im Fall von Ginger konnte man daran immer erkennen, in welcher Stimmung sie war. Wenn sie sich von ihrem Therapeuten vernachlässigt fühlte – was ständig vorkam –, trug sie Schwarz.

Als ich hereinkam, blickte sie auf, und ich blieb stehen. Ich konnte nicht anders. »Wie geht es Ihnen, Ginger?« fragte ich.

»Na ja, nicht gerade gut im Moment.«

»Das tut mir leid. Warten Sie auf Marv? Ich glaube nicht, daß er bald kommt. Er hat einen Notfall. Wann haben Sie Ihren Termin?«

»Oh, wir sind nicht vor eins verabredet. Ich dachte nur, ich komme etwas früher. Haben Sie Zeit, um mit mir zu reden? Sie wissen ja, daß ich glaube, daß eine Therapeutin besser für mich wäre.« Wer auch immer gerade Gingers Therapeut war, es war immer der falsche.

Ein Teil von mir wollte aufschreien: *»Nie im Leben. Nicht, bevor die Bulls Michael Jordan austauschen. Nicht, bevor die Celtics mir einen Freischuß anbieten. Nicht, bevor es Frieden im Nahen Osten gibt. Nicht, bevor alle gekauften Zeugen die Wahrheit gestehen. Bevor ich mit dir noch einmal rede – habe ich lieber eine Lobotomie.«* Ich hatte eine zu lange Pause gemacht, so daß Ginger hoffnungsfroh aufschaute. Vielleicht konnte sie ja zwei Therapeuten auf einmal haben.

»Ich kann nicht, Ginger«, antwortete ich ruhig. »Und ich glaube auch nicht, daß es Ihnen helfen wird, wenn Sie andauernd von einem Therapeuten zum nächsten wechseln. Warum sprechen Sie nicht mit Marv darüber und hören sich an, was er dazu meint? Ich muß jetzt gehen, aber ich hoffe, daß es Ihnen bald bessergeht.«

Trotz der Schreie in meinem Kopf hoffte ich das wirklich, obwohl es nicht danach aussah. Ginger hatte keine Ahnung, wie sie sich besser fühlen sollte, ohne jemand anderen auszusaugen. Und ich bezweifelte, daß sie jemals dahinterkommen würde. Schlimmer noch, sie hatte keine Ahnung, wie feindselig ihr Blutegel-Verhalten wirkte. Sie fühlte sich nur hilflos.

Und ich fühlte mich wie eine Kriminelle auf der Flucht, was ein Teil des Problems war. Egal, was man je mit Ginger angestellt hatte, niemals konnte man die Schuldgefühle loswerden, die sie einem eingeimpft hatte.

Ich schloß die Tür zu Marvs Büro und versuchte Ginger hinter mir zu lassen. Die Frau, die Judy hereingebracht hatte, sah nicht wie jemand aus, der normalerweise bei Selbsterfahrungsgruppen auftauchte. Sie hatte ein kleines, scharfes Kinn – viel zu klein für ihr Gesicht –, was nicht gerade ein Hinweis für Unterernährung in ihrer Kindheit war, aber doch dafür, daß Generationen ihrer Ahnen nicht genug zu essen gehabt hatten. Ihre Schultern waren schmal und gebeugt. Als sie mich nervös anlächelte, konnte ich einige fehlende und ein paar verfärbte Zähne sehen. Sie trug diese Art billigen Polyester, der die neueste Mode nachahmte. Besser, sie würde ein paar Jeans und ein Arbeitshemd tragen, dachte ich.

Es war ganz einfach: Sie war arm, und ihre Zähne und ihr Kinn verrieten, daß sie aus armen Verhältnissen stammte. Ich hätte nicht sagen können, wie alt sie war: Armut ließ die Menschen älter aussehen, als sie in Wirklichkeit waren. Ich schätzte sie auf Mitte Fünfzig, also war sie vielleicht Anfang Vierzig.

Mein Vater war Anwalt gewesen und hatte Vorfahren mit etwas Geld. Aber meine furchtlose Mama stammte aus einer Familie, die vom Meer lebte. Einige von ihnen waren ihr ganzes Leben lang so arm wie Kirchenmäuse gewesen. Ich war damals zu jung, um mich noch an sie erinnern zu können, aber ich hatte Geschichten gehört, die die Depression im Vergleich dazu wie einen Witz erscheinen ließen. Wenn man vom Meer lebte und das Meer nichts hergab, wenn es kein soziales Netz gab und die Nachbarn in der gleichen schlechten Situation waren wie man selbst, dann war man ewig hungrig.

Kleider wurden aus Futtersäcken genäht, was wohl nicht so schlimm war, wie es klingt. Kann sogar sein, daß es besser ausgesehen hatte als der Polyesterstoff vor mir. Die Futtersäcke waren aus Baumwolle, und ich erinnerte mich schwach an ältere Frauen, die in ihren Schaukelstühlen auf der Veranda saßen und Kleider trugen, die mit kleinen Blümchen bedruckt waren. Irgendwo in meinen Genen spürte ich, was Armut bedeutete, auch wenn ich sie niemals selbst erlebt hatte, und die Frau vor mir war für mich eine Art Verwandte.

»Hallo, ich bin Michael Stone«, sagte ich und streckte ihr die Hand entgegen. Sie stand auf und hielt mir linkisch ihre hin, aber als ich sie ergriff, überraschte mich ihr fester Händedruck.

»Ich bin Katy«, sagte sie.

»Ich weiß, daß Sie hier sind, um mit Dr. Gleason zu sprechen, aber er wurde zu einem Notfall gerufen, und ich dachte, vielleicht kann ich einspringen. Nehmen Sie Platz. Sie sind wegen der Gruppe gekommen?«

»Ja, ich glaube«, sagte sie, während sie sich an das entfernte Ende der Couch setzte. »Obwohl ich manchmal nachts arbeiten muß und nicht glaube, daß ich dann kommen kann. Also weiß ich nicht, ob es geht, aber ich dachte, ich komme einfach vorbei und frage. Die Kinder sind aus dem Haus, und ich dachte, es ist vielleicht an der Zeit, daß ich ein bißchen rauskomme. Ich bin eine ganze Zeit nicht aus dem Haus gekommen – ja, wirklich, eine ganze Weile nicht, aber jetzt sind sie alle erwachsen und draußen. Die letzte ist am Dienstag, an ihrem achtzehnten Geburtstag, mit ihrem Freund zusammengezogen, und ich dachte mir, ich sollte vielleicht rausgehen und mehr tun, als nur arbeiten und nach Hause kommen und vor dem Fernseher sitzen.« Sie war nervös und redete in einem fort, was kein Wunder war, wenn sie so wenig rausgekommen war, wie sie sagte.

Ich wollte etwas sagen, aber sie redete weiter. »Ich war nie so eine Mutter, die die ganze Zeit unterwegs ist. Ich weiß nicht, warum manche Leute Kinder haben. Sie bleiben nie mit ihnen zu Hause. Sogar meine Schwester – und ich liebe sie wirklich –, aber sie ist im Schnitt fünf Nächte die Woche unterwegs, und ihr Jüngstes ist noch nicht mal zehn.«

»Warum haben Sie diese Gruppe ausgewählt?« fragte ich. Ich wollte sie nach ihren Erwartungen fragen, aber ich wußte nicht, wie ich das ausdrücken sollte, ohne daß es überheblich oder bedrohlich klang.

»Also, meine Freundin hat die Anzeige gelesen, aber es stand nicht drin, wieviel es kostet. Das ist nicht ganz unwichtig.«

»Es ist unterschiedlich«, sagte ich. Eigentlich hatte ich keine Ahnung, wieviel Marv berechnete, aber ich wußte, daß er weniger nahm als ich. »Es richtet sich danach, wieviel Sie aufbringen können.«

»Das ist im Moment nicht sehr viel, das sage ich Ihnen gleich, auch wenn ich vielleicht im Sommer mehr arbeiten kann. Viele Leute nehmen sich den Sommer frei, und dann haben sie nicht genug Schichtarbeiter.«

»Was interessiert Sie an der Gruppe?« fragte ich beharrlich. Es war schwierig, sie sich in einer Bezwinge-deine-Triebe-Selbsterfahrungsgruppe vorzustellen.

»Ich habe bis jetzt nur wenig Soziales gemacht«, antwortete sie. »Und als Tanya meinte, es wäre eine soziale Gruppe, da dachte ich, na ja, was hast du schon zu verlieren? Ich habe noch nie einen netten Mann kennengelernt, aber ich schätze, jemanden auf diese Weise kennenzulernen ist besser, als in eine Bar zu gehen. Ich gehe nicht gerne in Bars. Ich habe schon zu viele Betrunkene erlebt, die sich nicht benehmen konnten.«

Oje, ihre Freundin hatte geglaubt, daß »kontaktfähig« etwas mit Kontaktklub zu tun hatte, was im Grunde so falsch nicht war, aber trotzdem ein peinliches Mißverständnis. »Na ja, das hier hat eigentlich nichts mit Dating zu tun. Es ist eine Gruppe, in der man über seine Probleme spricht. Und meistens besteht sie aus Frauen. Ein paar Männer werden vielleicht auch kommen, aber die sind meistens verheiratet. Die Gruppe wurde eigentlich nicht eingerichtet, um Kontakte zu knüpfen.«

»Oh, nicht ...«

»Nein, obwohl ich verstehen kann, daß die Anzeige danach ausgesehen hat, aber es ist wirklich nur eine Gruppe, in der man über Probleme spricht.«

»Davon habe ich genug, das können Sie mir glauben. Ich habe gedacht, daß es eine Gruppe ist, um Leute kennenzulernen.«

»Nein«, sagte ich. »Welche Probleme haben Sie?« Ich weiß nicht, was mich dazu gebracht hat zu fragen. Ich hätte sie einfach gehen lassen können. Vielleicht war ich neugierig wegen ihres Händedrucks. Vielleicht wollte ich einfach nicht ins Wartezimmer zurückgehen. Oder vielleicht war es deshalb, weil Menschen oft in letzter Minute die Nerven verlieren, wenn sie zu einem Therapeuten kommen, und dann vorgeben, daß sie am falschen Ort wären.

Seit eine Frau einmal in mein Büro gekommen war und gefragt hatte, ob dies das Sozialamt sei, reagierte ich auf so etwas rabiater als andere. Ich hatte verneint und sie gehen lassen. Drei Tage später beging sie einen Selbstmordversuch. Erst als ich sie danach wiedersah, erfuhr ich von ihren Ängsten, arm zu sein.

»Na ja«, sagte sie. »Ich habe schon schwere Zeiten erlebt, natürlich nicht so schwere wie andere. Mein Mann war ein Trinker. Das machte mir nichts aus, und er schlug mich auch, aber ich nahm es, wie es war. Aber eines Nachts verprügelte er meinen kleinen Billy, der noch nicht mal fünf war. Ich sag Ihnen, mit mir konnte er machen, was er wollte, aber er durfte niemals meine Kinder schlagen, und ich sagte ihm das klipp und klar. Ich versuchte ihn daran zu hindern, als er anfing, auf Billy einzuschlagen, aber er war ein großer Mann, und wenn er es sich in den Kopf gesetzt hatte zuzuschlagen, dann schlug er zu. Danach ging er einen trinken, und ich brachte Billy wieder in Ordnung, so gut ich konnte. Er hörte nicht auf, mich zu fragen, was er falsch gemacht hatte, und ich sagte ihm, nichts, aber ein kleines Kind kann so was nicht verstehen. – Ich lauerte ihm auf. Ich wußte, daß er betrunken sein würde, wenn er wiederkam, und wirklich, so gegen fünf erschien er, voll wie eine Haubitze, und ich versteckte mich hinter der Treppe. Dann machte ich einen Schritt nach vorn und schlug ihm mit einer Eisengußpfanne ins Gesicht, so fest ich konnte. Ich schlug ihm mitten ins Gesicht, und er stolperte hinaus und kam nie wieder zurück.«

»Nie wieder?« Ich hörte gebannt zu. Sie war wegen mehr als nur der Gruppe gekommen, aber ich wußte nicht, weshalb. Vielleicht, um irgendwem ihre Geschichte zu erzählen.

»Niemals. Uns ging es gut, auch wenn der erste Winter nicht einfach war. Wir fanden ein Haus für fünfhundert Dollar.« Ich muß überrascht dreingeblickt haben, denn sie fügte rasch hinzu: Na ja, es war mehr ein Hühnerverschlag, aber meine Kinder und ich brachten es in Ordnung. Wir gruben uns einen Brunnen, mehr als sechs Meter tief. Das war nicht einfach, aber die Kinder haben mir geholfen. Ich bügelte und verdiente fünfundzwanzig Dollar die Woche. – Aber in diesem ersten Winter kam der Tag, als ich überhaupt kein Geld mehr hatte, die Kinder hungrig waren und nichts im Haus war, was ich ihnen geben konnte. Ich hatte gehört, daß er bei seiner Mutter wohnt, und ich hatte ihn nicht um einen Cent gebeten, seitdem er weg war, so daß ich hinging, um ihn um zehn Dollar zu bitten, damit ich etwas für die Kinder zu essen kaufen konnte. – Ich sah ihn auf der Veranda sitzen, aber bevor ich ihn erreichte, drehte er sich um und sah mich. ›Ich sage es dir gleich‹, hat er zu mir gesagt, ›bitte mich nie um Geld, weil ich für einen lahmen Gaul nicht zahle.‹ Da drehte ich mich auf dem Absatz um und ging weg und habe ihn nie wieder um etwas gebeten. – Irgendwie kamen wir durch diesen Winter, Gott allein weiß wie, und das nächste, was ich von ihm hörte, war, daß er im Newport-Gefängnis saß. Die ganzen drei Jahre hatten wir nichts von ihm gehört, und dann fing er an, mir zu schreiben und mich zu bitten, mit den Kindern zu kommen, und dann schrieb er, wie schwer es ohne Familie wäre und wie sehr er uns vermissen würde.«

»Und was haben Sie getan?« Ich hatte Angst zu fragen. Solche Geschichten hatte ich schon oft gehört, und so wartete ich auf das übliche Ende.

»Ich schrieb ihm zurück«, antwortete sie. »›Laß mich Dir nur eines sagen: Für einen lahmen Gaul zahle ich nicht.‹«

Ich war wie betäubt. Nachdem sie gegangen war, blieb ich eine Weile sitzen. Diese Frau hatte die »Seele eines Winters«, wie Wallace Stevens gesagt hätte. Was hatte sie, was die anderen nicht hatten? All diese Frauen, die ich gesehen hatte, wie sie ins Newport-Gefängnis fuhren und ihre Kinder ermahnten: »Seid jetzt lieb, Daddy tut es leid.« Komm, lüg mich an und sei mein Liebster.

Was war es, was diese Frauen dazu brachte, seinen Tränen zu glauben, obwohl sie es eigentlich besser hätten wissen müssen? War es Einsamkeit? Geld? Sex? Und das waren keine Frauen, denen mitten im kalten Winter von New England das Geld und das Essen für ihre kleine Kinder ausgegangen war. Was hatte diese Frau, was andere nicht hatten? Was hatte diese Frau, was Ginger fehlte, die keine zwei Sekunden alleine sein konnte, ohne an jemandem zu kleben?

Gab es irgend etwas, das mich dazu gebracht hätte, ins Newport-Gefängnis zu fahren? Ich hoffte nicht. Aber ich hatte auch nie versucht, einen sechs Meter tiefen Brunnen zu graben, mit Kindern am Rockzipfel und einem Winter vor der Tür.

Ich konnte vor ihr nur den Hut ziehen. Vielleicht war es wahr, was Marge Piercy geschrieben hatte, daß »mit Standhaftigkeit nichts gewonnen ist als Standhaftigkeit«. Aber manchmal war das schon eine ganze Menge.

5

In meinem Büro dachte ich immer noch über sie nach, als Melissa, meine Sekretärin, hereinkam. »Eilbrief«, sagte sie. »Ich habe für dich unterschrieben.« Ich warf den Brief auf den Tisch. Eilbriefe waren Routine: Anscheinend wollte kein Anwalt mehr die »Schneckenpost« benutzen. In Gedanken war ich bei Katy und nahm von dem Absender keine Notiz, bis ich plötzlich herumfuhr:

Wilbee Cingu
Never-Never Land Enterprises
64 Martin Luther King Blvd.
Cross Roads Junction, NH

Ich schaute noch einmal hin. Wilbee Cingu. Ich kannte keinen Wilbee Cingu, und ein Anwaltsbüro, das Never-Never Land Enterprises hieß, gab es auch nicht.

Ich schaute genauer hin. Wil-bee-c-ing-u – werde dich treffen. Oje. Ich mußte mir keine Gedanken mehr darüber machen, wie ich Willy finden sollte. Er hatte mich bereits gefunden. Angst schnürte mir die Kehle zu, und ich holte tief Luft, um mich zu beruhigen. Willy hatte zum Sprung auf mich angesetzt, und es war genauso unangenehm, wie ich es mir vorgestellt hatte. Es hätte mir nichts ausgemacht, eine dunkle Straße hinunterzugehen, um ihn zu treffen – na ja, natürlich schon, aber ich konnte ja doch nichts dagegen tun –, aber ich konnte nicht still sitzen bleiben, während er gegen mich vorging.

Ich hatte einmal eine Freundin, die vor zwanzig Jahren die erste weibliche Polizistin in ihrem Staat wurde. Dann mußte sie in einem Wohnhaus allein eine dunkle Treppe hinaufsteigen, wo ein Mann mit einer Axt auf sie wartete. Niemand wußte, wie sie das schaffte. Aber ich: Sie stieg einfach hinauf.

Ich zögerte einen Augenblick. Das konnte auch eine Briefbombe sein. Willy wäre dazu fähig. Andererseits könnte er dann aber nicht das Resultat bestaunen, so daß es ihm nicht genug Spaß machen würde. Wenn er eine Briefbombe schickte, dann stimmte meine Diagnose über sexuelle Sadisten nicht. Ich mußte fast lächeln. Noch nie in meinem Leben hatte ich *soviel* Vertrauen in meine Diagnose gehabt.

Ich öffnete den Brief. »Endlich frei«, zitierte Willy, »Endlich frei«, aber ich hätte wetten können, daß Martin Luther King dabei nicht an Willy gedacht hatte.

»Jetzt«, schrieb Willy, »müßtest Du Dich eigentlich fragen, welche Rolle Du im Never-Never Land übernehmen sollst. Schließlich: ›Realität ist nur das Produkt höchster Imagination.‹ Zeig mir Deine, und ich werde Dir meine zeigen.« Unterschrieben war der Brief mit

partytime@postoffice.worldnet.att.net.

Ich starrte den Brief an. Es war nicht gerade ein langes Schreiben, aber es verriet doch eine Menge. Ich wußte, woraus Willys Phantasien bestanden – aus wahrhaft fürchterlichen Foltermethoden –, und wenn Willy vorhatte, sie wahr werden zu lassen, dann würde es jemandem bald sehr schlecht ergehen.

Ich persönlich wollte Willys Phantasien wirklich nicht zu

spüren bekommen. Die einzigen Menschen, die seine Phantasien erlebt hatten, waren seine Opfer.

Wenn er mir das also mitteilte, ja, dann hatte er vermutlich auch Pläne mit mir. Schlimmer noch, er machte sich damit noch nicht einmal strafbar. Es war eine Drohung, die nicht wie eine Drohung aussah. Willy war bestimmt nicht bei einem der größeren Provider mit ihren schriftlichen Abrechnungen gemeldet. Willy besaß sicherlich eine Software, mit der er direkten Zugang zum Internet hatte und mit der er sich von jedem Telefon der Welt einwählen konnte.

Aber dafür mußte ich kein schlechtes Gewissen haben, wenn ich es Adam nicht erzählte. Was könnte er damit schon anfangen?

Das viel größere Problem war, was *ich* damit anfangen sollte. Ich versuchte nachzudenken. Jesus, er war noch nicht mal zehn Minuten draußen, und schon nahm er Kontakt zu mir auf. Hatte er das alles geplant?

Also gut: Welche Rolle hatte Willy im Never-Never Land für mich vorgesehen? Ich zweifelte nicht daran, daß er sich als Peter Pan sah, und wußte genau, was er mit den »verlorenen Jungs« vorhatte, die er zwangsläufig aufgabeln würde. Aber was war mit den Mädchen? Angenommen, daß ich darin eine Rolle spielen sollte, wie paßte ich da hinein? Es gab nur zwei weibliche Figuren bei *Peter Pan* – Tinker Bell und Wendy –, und keiner von beiden war etwas Schlimmes zugestoßen.

Na ja, da gab es noch die indianische Prinzessin. Wenn ich mich richtig erinnerte, war sie in einem Käfig an einen Pfahl gebunden worden, während das Hochwasser stieg. Das allerdings war wirklich keine schöne Perspcktive … Eine Sache war klar: Willy hatte mich eingeladen, mit ihm per E-Mail zu kommunizieren, und er kannte meine E-mail-Adresse nicht.

Ich hatte zwar keine Lust, mit ihm dieses Spielchen zu

spielen, aber wenn ich ihm antworten würde, hätte er automatisch meine E-mail-Adresse und damit eine weitere Möglichkeit, sich in mein Privatleben einzuschleichen. Aber wenn ich ihm nicht antwortete, hätte ich keinen Anhaltspunkt, was als nächstes kam. Was für ein Blatt! Würde mir nicht jeder, dem ich davon erzählte, raten, gleich nach Afghanistan auszuwandern? Nein, ich konnte es niemandem erzählen, nicht einmal Marv.

Das Telefon klingelte. Ich zuckte zusammen und brauchte einen Augenblick, bevor ich dranging. Ein einziger Brief von Willy, und schon war ich schreckhaft. »Es ist die Notaufnahme«, sagte Melissa, »die Bereitschaftsärztin will dich sprechen.«

»Wer ist es?« fragte ich.

»Das hat sie nicht gesagt«, antwortete Melissa.

»Stell sie durch«, meinte ich.

»Michael, hier ist Suzanne. Ich bin in der Notaufnahme, und wir haben hier unten eine deiner Klientinnen, eine Camille Robbins.«

Glücklicherweise war Suzanne Stenson eine der intelligentesten psychiatrischen Assistenzärztinnen, die die Jefferson-Klinik je hervorgebracht hatte. Das war deshalb ein Glück, weil es nicht halb so schlimm war, es mit einem verrückten Patienten zu tun zu haben, wie mit einem verrückten Arzt.

»Warum ist sie bei euch?«

»Du kennst doch Harvey vom Sweet Tomatoes? Er hat sie heute morgen im Garten gefunden, als sie sich vor ihrem Haus in den Büschen versteckte. Ihr verdammter Hund wollte ihn nicht in ihre Nähe lassen, und er wollte schon die Polizei rufen, als sie doch noch rauskam und den Hund zurückrief. Es sieht aus, als hätte sie eine Art Flashback. Harvey brachte sie hierher. Sie war desorientiert und verwirrt und fiel von einem Flashback in den nächsten.«

O Gott. Ich hätte nur gewünscht, Harvey hätte etwas von Hunden verstanden. Dem war wohl nicht so, sonst hätte er bereits die Polizei gerufen, als dieser Rottweiler ihn das erstemal ansah.

»Michael, das Problem ist, daß der Hund mitgekommen ist. Ich sage das nicht gerne, aber das Personal sorgt sich mehr um den Hund als um deine Klientin. Niemand will näher als einen halben Meter an ihn heran, was ein großes Problem darstellt, weil deine Klientin an der Leine klebt, als wäre sie ein Rettungsring. Sie sagt, er sei ein Anfall-Hund. Ist das wahr?«

»Es ist eine Sie«, sagte ich, »obwohl ich nicht überrascht bin, daß du nicht nah genug herangekommen bist, um nachzusehen. Ihr Name ist Keeter. Soweit ich weiß, ist sie ein Anfall-Hund, was bedeutet, daß sie überall hingehen darf. Sie ist gleichzeitig ein Kampfhund, also sei vorsichtig.«

»Hör mal, wenn die Leute hier noch vorsichtiger wären, würden sie sie erschießen.«

»Warum komme ich nicht einfach runter und schaue nach ihr?«

»Ja, warum tust du das nicht einfach.«

»Übrigens, hat sie dir nur gesagt, daß ich ihre Therapeutin bin, oder wollte sie mich sehen?«

»Sie wollte dich sehen.« Gut. Das bedeutete, daß wir doch eine Beziehung hatten, egal wie neu und zerbrechlich sie war. Suzanne fuhr fort: »Noch etwas, Michael. Sie müßte eingewiesen werden, aber wir können diesen Hund nicht mit einweisen.«

»Von Rechts wegen müßt ihr, es ist ein Partnerhund.«

»Von Rechts wegen tun wir es, also werden wir genau aus diesem Grund keine Einweisung für Camille empfehlen. Niemand glaubt, daß man sie trennen kann, und wir können diesen Hund nicht einfach auf der Station lassen. Die Sicherheitsleute würden durchdrehen, die anderen Patienten würden durchdrehen, und ich fürchte, auch der Hund würde durchdrehen. Nur damit du weißt, daß das keine Alternative ist.«

Na prima. Ich hatte da eine Frau, die so durcheinander war, daß sie sich mit Flashbacks in den Büschen versteckte, und eine Einweisung war nicht möglich. Aber ich konnte eigentlich nichts dagegen einwenden. Ich würde Keeter auch nicht auf der Station lassen. Was, wenn Camille die Gewalt über sie verlor und Keeter fünf oder sechs Patienten fraß? Andererseits, was sollte ich Camille sagen, wenn sie eingewiesen werden wollte?

Am besten die Wahrheit – was bedeutete, daß ich später dafür unter Beschuß stehen würde. Wenn die Klinik-Oberen Camille nicht einlieferten, weil sie nicht wußten, was sie mit dem Hund machen sollten, würden sie es gegenüber Camille niemals zugeben. Die Verwaltung würde die Assistenzärzte zwingen, Camille zu sagen, daß eine Einweisung nicht nötig war.

Mediziner hatten immer schon ein ambivalentes Verhältnis zur Wahrheit. Oft war es für sie schwerer, die Wahrheit zuzugeben, als sie zu finden – die lange Geschichte der Lügen, mit denen Sterbende über ihren Zustand getäuscht wurden, belegt das. Nur gut, daß die Leitung mich sowieso schon für einen unberechenbaren Hitzkopf hielt, so daß ich nicht allzuviel zu verlieren hatte, was meinen Ruf betraf – wenn man das als gut bezeichnen konnte.

Ich legte Willys Brief in die Schublade. Leider konnte dieses verdammte Ding ein Beweis für ein zukünftiges Verbrechen sein, und außerdem wollte ich in der Lage sein, es noch einmal lesen und überdenken zu können. Es mußte doch einen Weg geben herauszufinden, was Willy vorhatte.

Ich ging hinunter in die Notaufnahme. Fred Feuerstein hat die Aufzüge entworfen, also nahm ich, wie der Rest des Personals, die Treppe. Ich ging geradewegs ins Schwesternzimmer. »Ich suche Dr. Stenson«, sagte ich. Ich trug mein Klinik-Schildchen, so daß die Schwester, die ich nicht kannte, kaum hochschaute, bevor sie mich den Gang hinunterführte. Was man in Kinofilmen zu sehen bekam, war gar nicht so falsch. Es wäre nicht allzu schwierig, wie ein Arzt auszuschauen. Na prima. Willy hatte mich bereits in eine komplette Paranoikerin verwandelt. Schon überlegte ich, wie einfach es für ihn wäre, an die Orte zu gelangen, an denen ich mich aufhielt.

Ich fand Suzanne im Arztzimmer, wo sie gerade Krankenblätter ausfüllte. Entlang des Zimmers verlief auf Sitzhöhe eine Theke, an der mehrere Ärzte saßen und ihre Notizen machten oder telefonierten. Krankenhausärzte machten sich generell Notizen, wenn sie einen Patienten sahen. Das klang gut und war es im Grunde auch, außer daß es in Krankenakten endete, die so dick waren, daß sie nach einer Weile niemand mehr lesen wollte. Natürlich verursachte das ab und an eine Katastrophe.

Suzanne war eine Ausnahme. Sie las die Krankenakte von Anfang bis Ende, egal wie oft der Patient schon eingewiesen worden war. Suzanne las noch einen Moment weiter, bevor sie aufblickte.

Ich sah die vertrauten Augenringe, die mir verrieten, daß sie schon die ganze Nacht auf war. Assistenzärzte wurden auf gefährliche Weise ausgenutzt, weil man sie routinemäßig zu 24- oder sogar 36-Stunden-Schichten einteilte. Es gab nur wenige Staaten, die das verboten, und leider war Vermont keiner von ihnen.

Natürlich war das für die Patienten, die eine miserable Behandlung bekamen, genauso furchtbar wie für die Assistenzärzte, die anfingen, ihr Leben zu hassen. Außerdem gab es da auch noch das kleine Problem, daß es schlecht für ihre Ausbildung war, weil niemand denken konnte, wenn er derart müde war.

Trotz aller Erklärungen der Klinikleitung geschah dies aus einem einzigen Grund: Geld. Leute einzustellen, die all diese Schichten machen konnten, kostete einen Haufen Geld. Assistenzärzte waren billig, und sie hatten vor allem keine Rechte.

Suzanne war schlank – wer hatte schon Zeit zu essen? – und hatte schulterlanges, dunkles Haar und helle Augen. Ich weiß nicht, warum Psychologen soviel Energie damit vergeuden, IQ-Tests zu entwickeln. Man kann an den Augen ziemlich gut erkennen, wie klug jemand ist. Jeder, der Suzanne ansah und nicht erkannte, daß sie wirklich sehr, sehr clever war, brauchte selber einen IQ-Test.

»Da bin ich ja froh«, meinte ich zu ihr, »wenn ich dir den Tag mit einer meiner Patientinnen verschönern kann. Ich weiß ja, wie gelangweilt du sonst hier herumsitzt, ohne etwas zu tun zu haben.«

»Eigentlich«, meinte sie, »sehen wir hier unten nicht so viele Patienten von dir. Ich dachte schon, du hättest dein Feingefühl eingebüßt, aber von wegen! Ich habe herausgefunden, daß du sie erst einmal gesehen hast. Ich schätze, wir können noch nicht einmal von dir erwarten, daß du jemanden in nur einer Sitzung kurierst.«

»Warum eigentlich nicht«, antwortete ich. »Die Verwaltung tut es doch auch. Also, was ist zu tun?« Ich wußte, daß Suzanne nicht allzuviel Zeit hatte.

»Nicht viel«, sagte sie. »Was ist der Frau passiert? Sie kann es uns anscheinend nicht sagen, und alles, was wir wissen, ist, daß sie in den Büschen herumgekrochen ist und von einem Flashback in den anderen fiel.«

»Was hat sie gesagt?«

Suzanne seufzte. »Nicht viel. Sie bekam einen Panikanfall und rollte sich zusammen. Dann schauten wir alle auf den Hund und hofften, daß der nicht glaubte, daß wir das Problem wären.«

»Medikamente?« fragte ich.

»Genug Haldol, um einen Elefanten umzulegen – vorausgesetzt, daß sie es nicht dem Hund gegeben hat.«

»Du hoffst, daß sie es dem Hund gegeben hat.«

»Bloß so ein Gedanke …«, antwortete sie. »Die Frage ist nur«, fuhr sie fort, »was machen wir mit ihr? Wir haben ihr schon alle gängigen Medikamente gegeben. Wir können sie nicht einweisen. Hat sie Verwandte oder Freunde, die sich um sie kümmern können?«

»Nicht daß ich wüßte«, antwortete ich.

»Also«, sagte sie, während sie sich auf ihrem Stuhl zurücklehnte und die Arme vor der Brust kreuzte, »was möchtest du, daß wir mit ihr machen?«

»Kuriert sie«, sagte ich. »Was sonst?«

Ich stürmte hinaus, um nach Camille zu sehen. Vorher hätte ich eigentlich gerne die Krankenakte gelesen, aber Suzanne brauchte sie noch.

Auf dem Weg zum Saal ärgerte ich mich. Entgegen der populären Auffassung einiger Boulevardblätter neigten gute Therapeuten nicht dazu, den Zustand ihrer Patienten zu verschlimmern. Ich hatte geglaubt, daß Camille stabilisiert war, als sie meine Praxis verließ. Also, warum war sie hier? Wenn das hier nichts war, was sie jeden Tag tat, mußte ich der Tatsache ins Auge blicken, daß die Therapiesitzung bei ihr eine Dekompensation verursacht hatte: An Koinzidenz zu glauben war ein bißchen hart.

Wenn aber die Therapie das Problem war, hieß das, daß ich ein noch größeres hatte. Wenn Camille *überhaupt nicht* darüber sprechen konnte, was passiert war, ohne gleich zusammenzubrechen, egal wieviel Zeit wir darauf verwandten oder wie indirekt wir vorgingen: Wie weit konnten wir da kommen? Um ein bißchen Ruhe zu finden, mußte sie wenigstens über einen *kleinen* Abgrund springen. Was sollte ich tun, wenn sie auch das nicht konnte?

Schlimmer noch, ich hatte das unangenehme Gefühl, daß Camille nicht die einzige war, die in einen Abgrund schaute. Noch an diesem Morgen war Willy nur eine vage Möglichkeit gewesen, ein flüchtiger Vielleicht-taucht-er-auf-vielleicht-auch-nicht-Gedanke. Jetzt plante er in meinem Vorgarten einen Spießrutenlauf und schickte mir eine schriftliche Einladung.

6

Der größte Raum in der Notaufnahme sah aus wie eine Miniatur-Sporthalle, die in kleine Felder zersplittert war. Darauf verteilten sich Menschen, die voneinander nur durch einen Vorhang getrennt waren, der manchmal halb, manchmal ganz zugezogen war. Die Vorhänge nützten den Patienten wenig. Natürlich konnte niemand den malträtierten Körper des anderen sehen, während man behandelt wurde, aber jeder konnte hören, was die Angelegenheit des anderen war. Es war nicht gerade angenehm, mit einem gebrochenen Ellenbogen dazuliegen und auf der einen Seite ein Kind weinen zu hören, dessen Gesicht gerade genäht wurde, und auf der anderen Seite eine schluchzende alte Frau zu haben, deren Mann nach einer Herzattacke gerade für eine Operation vorbereitet wurde.

Aber wie der Operationssaal ist auch die Notaufnahme ein Ort, an dem physische Nöte Vorrang vor emotionalen haben. »Zwischenmenschliche Belange« – wie das Schlagwort hieß, mit dem Krankenhäuser humanisiert werden sollten – wurden in der Notaufnahme nicht allzu wichtig genommen. Man mußte das Leben eines Patienten erhalten, bevor man sich um seine Gefühle kümmern konnte. Ein großer Raum half dem Pflegepersonal, schnell von einem zum anderen zu kommen, wenn es nötig war.

Ich wanderte umher, bis mir klar wurde – welche Überraschung –, daß sie den Hund nicht hier hatten unterbringen wollen. Ich ging zurück zum Schwesternzimmer und fragte nach Camille. Dann wurde ich zu einem kleinen Untersuchungszimmer mit geschlossener Tür geführt. Ich klopfte leise an, steckte meinen Kopf hinein und fragte: »Darf ich hereinkommen?«

Camille saß gegenüber der Tür, mit dem Rücken zur Wand. Anfangs war ihr Blick ausdruckslos, und mir wurde klar, daß sie mich nicht wiedererkannte. Sie starrte ins Leere und sah desorientiert aus. Ich fragte mich, wie erregt sie ohne das Haldol gewesen wäre, das die Flashbacks zwar unter Kontrolle brachte, aber auch ein starker Tranquilizer und ein Psychopharmakon war, bei dem sie sich anschließend ziemlich elend fühlen würde. Niemand, der es schon einmal genommen hatte, wollte es noch einmal nehmen, egal wie verrückt er war.

Langsam betrat ich das Zimmer. Camilles Blick schärfte sich, und ihr Gesicht hellte sich auf. Ich hätte ihre beste Freundin sein können. Das war so, als ob man ein paar tausend Meilen von zu Hause entfernt jemanden traf, den man kaum kannte. Beziehungen waren immer relativ.

Ich bewegte mich langsam. Menschen mit einem posttraumatischen Streß-Syndrom waren nervös, und es gab nicht genug Haldol auf der Welt, um sie zu beruhigen. Ich setzte mich so nah wie möglich, was nicht nah genug war. Ich wußte, daß ihr im Moment jeder im Umkreis von drei Metern als Eindringling vorkommen konnte.

Keeter hob den Kopf, als ich hereinkam. Sie lag zwischen Camille und der Tür. Ich wußte nichts über den Umgang mit Schutzhunden, aber wenn Menschen es mochten, begrüßt zu werden, dann würde es Keeter vielleicht auch gefallen, dachte ich. Gerade wollte ich sie ansprechen, als mir klar wurde, daß ich lieber alles vermeiden sollte, woraus sich schließen ließ, daß Keeter hier die dominante Figur war. So sprach ich zuerst Camille an.

»Hallo«, sagte ich leise, »ich habe gehört, daß Sie eine schwere Zeit hatten.« Sie sagte nichts, legte bloß den Kopf in ihre Hände und begann zu weinen, beziehungsweise weinte erneut. Ihr Gesicht war rot und geschwollen und naß von Tränen.

»Guten Tag, Keeter«, sagte ich ruhig. »Ich hoffe, du behältst die Sache im Auge.« Keeter antwortete trotzdem nicht. Sie sah aus, als ob sie denken würde: »Ha, der älteste Trick der Welt.«

»Er ist wieder da«, meinte Camille. »Ich wußte, daß er wiederkommen würde.«

»Er ist wieder da?« wiederholte ich. Das wurde langsam kompliziert. Wenn ich zuviel fragte, würde es wieder einen Flashback auslösen, und sie würde völlig zusammenbrechen. Aber früher oder später mußte ich wissen, was passiert war. Wieviel konnte ich fragen?

Camille nickte und sagte nichts.

»Der gleiche Kerl?« fragte ich.

Sie nickte erneut.

»Sie haben ihn gesehen?« fragte ich. Es sah so aus, als ob ich mehr über den Umfang ihrer Flashbacks erfahren mußte. Ich hatte zwar schon geglaubt, ich wüßte, wie sie aussahen, aber es gab alle möglichen Arten: emotionale Flashbacks, somatische Flashbacks ... eine komplette Sicht- und Klang-Halluzination, das war das extremste.

Sie schüttelte den Kopf.

»Sie haben ihn nicht gesehen?« Das war etwas seltsam. Ich hatte Camille schon auf einen kompletten »Da-ist-er«-Flashback festgelegt.

Sie schüttelte wieder den Kopf. »Es war dunkel. Er muß schon die ganze Zeit dagewesen sein.« Sie hielt inne und weinte heftiger. »Ich lag im Bett.«

»Camille, Sie kennen Flashbacks, nicht wahr? Sie wissen, daß er nicht wirklich da war, sondern daß es eine Rückblende war?«

Sie schaute mich direkt an, und für einen Augenblick war ihr Blick überraschend klar und intensiv. »Es war kein Flashback«, meinte sie bestimmt.

Es entstand eine Pause. Ich wußte nicht, was ich sagen sollte. Camille starrte mich nur weiter an.

»Sie meinen, Sie glauben, daß er wirklich da war?«

»Er war da. Er war wirklich da.«

Wenn sie glaubte, daß der Kerl wirklich da war, mußte ihr Panik-Level unglaublich hoch gewesen sein. Flashbacks waren schlimm genug, aber dabei wußte sie immerhin, daß der Täter nicht wirklich zurückgekehrt war, um sie zu verschleppen und die ganze Sache von vorne beginnen zu lassen.

»Camille«, sagte ich sanft, »wie konnte er wiederkommen? War Keeter nicht bei Ihnen? Glauben Sie, daß Keeter so jemanden an Sie ranlassen würde? Waren Sie nicht mit Keeter zusammen im Haus?«

»Er war da«, sagte sie bestimmt und senkte dann wieder den Blick. »Ich habe nie geglaubt, daß Keeter ihn aufhalten könnte. Niemand kann ihn aufhalten.«

Während ich versuchte, das einzuordnen, entstand erneut eine Pause. Wahrscheinlich hatte diese Frau schon Tausende von Flashbacks gehabt. Was machte diesen so anders? Was hatte sie dazu gebracht zu glauben, daß er wirklich da war? Bevor ich etwas sagen konnte, fuhr Camille fort. Ihre Stimme senkte sich bis zu dem Punkt, wo sie kaum noch zu hören war. »Er sagte, es würde diesmal schlimmer werden, viel schlimmer.«

Was hatte ihr dieser Kerl denn überhaupt angetan? Es muß Vergewaltigung gewesen sein, aber was für eine Art Vergewaltigung? Da gab es ein paar grausame Möglichkeiten: Vergewaltigung mit Objekten, Vergewaltigung, während das Opfer gefesselt war. Ich hatte schon eine Frau behandelt, die neben dem Grab vergewaltigt wurde, das sie vorher für sich hatte ausheben müssen.

»Wodurch sollte es schlimmer werden?« fragte ich. Es ist schon seltsam, wie gut man eine Unterhaltung führen kann, ohne zu wissen, wovon der andere redet. Vielleicht half es sogar: Man sagte weniger und hörte besser zu.

Camille antwortete nicht. Ich war sicher, sie wußte es nicht. Sie hatte aufgehört, auf ihre Tränen zu achten, die ihr Gesicht hinunterliefen. Ihre Nase lief ebenfalls, aber sie schniefte bloß. Wenn sie noch panischer wurde, würde sie auch das nicht mehr beachten. Ab einem bestimmten Panik-Level hörten zivilisatorische Feinheiten auf – selbst Hygiene.

Ich sah eine Kleenex-Box auf dem Tisch stehen und langte hinüber, um sie ihr zu geben. Sie beachtete meine ausgestreckte Hand nicht, so als ob sie gar nicht da wäre, und begann zwanghaft ihr Handgelenk zu reiben. Ein Schauer lief mir über den Rücken. Ich wußte, was das bedeutete.

Ich wußte nicht, wie weit ich noch gehen konnte, aber ich machte weiter. Ich konnte nicht fragen, wie lange es gedauert hatte; sie würde es nicht wissen, also fing ich am anderen Ende an. »Wo hat man Sie gefunden?« fragte ich.

»Niemand hat mich gefunden«, sagte sie. »Ich habe zu Gott gebetet, wieder und wieder, aber Er half mir nicht. Niemand half mir.«

Ich versuchte es noch einmal. »Als es vorbei war ...«

Camille unterbrach mich, und es war das erste Mal, daß ich bei ihr ein Aufblitzen von Ärger feststellte. »Es war nicht vorbei«, meinte sie. »Es wird niemals vorbei sein.«

Einen Moment blieb ich still, um herauszufinden, wie ich fragen sollte. »Wohin sind Sie gegangen?« fragte ich. »Als Sie rauskamen?«

»Ich bin nie rausge ... oh ...«, sagte sie, als sie bemerkte, was ich sie fragen wollte. »In einen Zwinger«, sagte sie schließlich. »Ich bin über den Zaun geklettert und habe mich bei den Hunden versteckt. Ich hatte zuviel Angst, um in ein Haus zu gehen, und ich ... ich hatte nichts an. Ich habe gedacht, daß ich bei den Hunden sicher wäre.« Sie verstummte. »Nein, das habe ich nicht«, meinte sie bestimmt. »Ich habe nicht geglaubt, daß ich irgendwo sicher sein könnte.« Ich fing an, die Geschichte zusammenzusetzen – aber es gab immer noch eine Million Details, die ich nicht kannte.

»Hat er Sie gehen lassen?« fragte ich. Das klang nicht gerade nach einer Situation, aus der man leicht herauskam.

»Ich hatte einen Anfall«, meinte sie. »Ich hatte schon Jahre keinen mehr gehabt. Ich erinnere mich nicht an viel. Als ich ihn bekam, sagte er gerade, daß ich es nicht wert sei, umgebracht zu werden. Ich schätze, das war wahr, aber manchmal denke ich, es wäre besser gewesen, er hätte es getan. Denn dann müßte ich das nicht noch einmal durchmachen.«

Ihre Stimme klang so resigniert, daß ich eine Gänsehaut bekam. Diese Frau dachte wirklich, daß ihr Folterer zurückgekehrt war, und glaubte nicht, daß sie oder irgend jemand sonst ihn davon abhalten konnte, es wieder zu tun – was auch immer es war. Schlimmer noch, dieser Hurensohn hatte ihr Selbstwertgefühl so weit vernichtet, daß sie sogar glaubte, es nicht wert zu sein, getötet zu werden.

Nun hatte ihre Nase angefangen zu tropfen, aber sie beachtete es nicht. Automatisch wollte ich ihr wieder das Kleenex geben, als ich bemerkte, daß es völlig zerknüllt war. Ich warf es weg, nahm die Kleenex-Box und zog ein neues raus. Da hörte ich einen scharfen Atemzug. Überrascht blickte ich auf.

Camilles Pupillen waren stark erweitert, und dann zogen

sie sich auf Stecknadelgröße zusammen. Sie saß vollkommen starr da, während ihre Hände den Stuhl umklammerten. Ihre Fingerknöchel waren weiß. Ihr Gesicht fing an, diesen leeren Blick zu bekommen, der sagte, daß ich nicht mehr im Zimmer war.

»Camille«, sagte ich eindringlich. »Schauen Sie auf den Stuhl; schauen Sie auf Keeter. Was sehen Sie?« Sie verlor gerade den Kontakt zu ihrer Umgebung. Wenn ich sie dazu bringen konnte, sich auf Keeter oder irgend etwas im Zimmer zu konzentrieren, würde das vielleicht helfen, daß sie im Hier und Jetzt blieb.

Aber es war vergebens. Ihre Augen flackerten noch nicht einmal in Keeters Richtung. Statt dessen hob sie die Arme und berührte ihre Wangen. »Lieber Gott, nicht meine Nase. Nur meine Nase, laß mir meine Nase, sonst kann ich nicht mehr atmen.« Ihre Stimme wurde schriller und ihr Atem hektischer. »Nicht meine Augen verbinden«, sagte sie. »Ich kann nichts mehr sehen ... Ich kann nichts mehr sehen«, sagte sie, und ihre Stimme wurde noch schriller.

»Was?« fragte ich. »Was ist auf Ihrem Gesicht?«

Sie wandte mir ihr Gesicht zu wie eine Blinde. »Können Sie es nicht sehen?« Dann verlor ich sie endgültig. Sie rutschte leise vom Stuhl und rollte sich zusammen, legte die Hände auf ihren Kopf und fing an, hin und her zu schaukeln. Stille erfüllte das Zimmer, nur unterbrochen durch das leise Geräusch, das Camille machte. Wenn ich mich vorgelehnt hätte, hätte ich es vielleicht sehen können. Aber ich tat es nicht.

Keeter reagierte kaum auf das, was passierte. Sie sah todmüde aus, sicher war sie es auch. Ihre Besitzerin benahm sich wahrscheinlich schon den ganzen Tag so.

Ich schaute auf die Kleenex-Box in meinen Händen, um zu verstehen, was passiert war. Es war eine ganz normale Kleenex-Box. Als ich sie wieder hinstellen wollte, erstarrte ich. Dahinter, auf dem Tisch, wo vorher die Kleenex-Box gestanden hatte, lag das Problem. Ich erinnerte mich sofort an die Szene in meinem Büro. »Mama«, hatte sie gesagt, und ich hatte geglaubt, sie riefe ihre Mutter. O Mann, all die Dinge, die mir Leute erzählten, die ich aber nicht hörte.

Es war ein einfaches Ding, das auf dem Tisch lag. Man findet es in jedem Haushalt, in jedem Krankenhaus. Für die meisten Menschen war es beruhigend, wenn sie es um sich hatten. Es war wirklich nichts Besonderes, einfach nur eine dicke, gewöhnliche Rolle Klebeband.

7

Suzanne hatte ein großes Problem, natürlich. War Camille einmal in der Notaufnahme aufgetaucht, war Suzanne für sie verantwortlich und konnte sie in dem Zustand, in dem sie sich befand, nicht einfach wieder auf die Straße setzen. Sie konnte sie stundenlang in ein Behandlungszimmer stecken – ich sah das kommen –, aber es würde mehr als nur ein paar Stunden dauern, bis Camille wieder auf die Erde zurückgekehrt war.

Wir riefen Harvey an – obwohl keine von uns beiden glaubte, daß ausgerechnet ein Nachbar viel über Camilles Freunde und Verwandte wissen würde. Aber wen hätten wir sonst anrufen sollen? Camille war nicht in dem Zustand, nur eine einzige weitere Frage beantworten zu können.

Der Anruf bei Harvey brachte nichts. Camille hatte kaum mit ihm oder seiner Frau gesprochen, und niemals hatte er jemand anderen in ihr Haus gehen oder aus ihrem Haus kommen sehen. Hund hin oder her, irgendwie mußte Camille eingewiesen werden, wenigstens vorübergehend.

Es gab natürlich einen harten Kampf mit der Verwaltung.

Ich wehrte soviel von dem Sperrfeuer ab, wie ich konnte – Suzanne war ab nächstem Jahr als Chefassistenzärztin im Gespräch, falls sie nicht die gesamte Leitung bis dahin gegen sich aufgebracht hatte, wozu diese kleine Episode durchaus geeignet war. Am Ende wurde ein Kompromiß geschlossen. Camille bekam ein 24-Stunden-Bett. Einige der Psychiatriebetten waren für Patienten mit Kurzzeit-Krisen reserviert, aber diese Betten waren jeweils nur maximal vierundzwanzig Stunden verfügbar.

Keeter wurde besondere Aufmerksamkeit zuteil. Sie durfte Camilles Zimmer nicht verlassen, außer, um ausgeführt zu werden. Ich fragte mich, wer sie wohl ausführen würde, aber ich entschied mich, nicht nachzufragen. Wenn Camille am Ende der vierundzwanzig Stunden nicht in der Lage war, das Krankenhaus zu verlassen und nach Hause zu gehen, mußte sie ins Städtische Krankenhaus überwiesen werden. Laß die sich doch mit dem Hund herumschlagen, schien der bürokratische Standpunkt zu sein.

Suzanne und ich schauten uns an. Keine von uns hatte erwähnt, daß Camille niemals die Kriterien für eine Überweisung erfüllen würde. Um heutzutage überwiesen zu werden, mußte man entweder akut mordlüstern oder selbstmordgefährdet sein. Und das hieß: die Waffe in der Hand und den Finger am Abzug – und zusätzlich geisteskrank. Camille war sicherlich krank genug, aber sie wollte niemanden umbringen, obwohl Suzanne und ich an diesem Punkt auch das in Betracht zogen.

Wir hatten einen anderen Plan. Wir dachten, daß der Hund eher zu überweisen war als Camille. Falls es ihr nach vierundzwanzig Stunden noch nicht besserging, würden wir einfach den Hund einweisen, und Camille konnte mitgehen.

Es hatte uns den ganzen restlichen Tag gekostet, und das einzige, was wir erreicht hatten, waren ein paar Stunden an einem sicheren Ort, an dem sie sich wieder regenerieren konnte. Das überraschte uns nicht. Es war immer schwieriger, mit der Klinikleitung zu verhandeln als mit Patienten.

»Keeter«, sagte ich finster, bevor ich ging, »Bleib ruhig. Mach keinen Ärger: Kein Happi-Happi. Nicht die kleinste Zwangsneurose. Nicht der Anflug einer Depression.«

Als ich ging, kam mir der Assistenzarzt entgegen, der Suzanne ablösen sollte, die Gott sei Dank endlich nach Hause gehen und schlafen konnte.

»Passen Sie auf den Gestörten in 102 auf«, sagte ich, als ich an ihm vorbeimarschierte. »Er ist bösartig wie ein Kettenhund.«

Ich ging hinaus in die kühle Frühlingsdämmerung und schaute zur Uhr. Acht Uhr. Vor Juni würde es um diese Uhrzeit nicht heller werden. Ich haßte den Winter, wo man im Dunkeln zur Arbeit fuhr und im Dunkeln nach Hause kam. Es gab einen Grund, warum Gott gesagt hatte: »Es werde Licht.« Wäre ich Gott gewesen, hätte ich das als erstes gesagt.

Ich eilte hinauf in mein Büro und holte das Schreiben von Willy, bevor ich ging. Ich legte es auf den Sitz meines Autos und betrachtete es noch einen Augenblick, bevor ich startete. Natürlich hatte ich nicht vor, es schon heute abend zu beantworten. Ich war zu müde von dem Kampf um Camille, zu aufgedreht vom Anblick ihres qualvollen Zusammenbruchs. Ich war nicht in Stimmung dafür.

Ich fuhr nach Hause. Wenn ich Willy antworten würde, war die große Frage, was.

Mit Willy umzugehen war nicht gerade so, wie mit irgendwem sonst umzugehen. Was seiner Person vielleicht am nächsten kam, war eine antisoziale Persönlichkeitsstörung – ein Schweinepriester, um es kurz zu machen. Es gab Regeln, wie man mit Schweinepriestern umgehen mußte. Man durfte sich nicht klein machen, man durfte nicht prahlen. Und was man am allerwenigsten durfte, war, sich auf einen Machtkampf einzulassen. Antisoziale Persönlichkeiten würden sich eher die Nase abhacken, um das Gesicht zu wahren, sie würden ins Gefängnis gehen, sie würden sich – oder schlimmer: dich – umbringen, bevor sie einen Machtkampf verlieren. Deshalb mußte man ihnen die Wahl lassen: Wenn du das tust, wird das und das passieren. Wenn du jenes tust, dann das. Du hast die Wahl, nicht ich.

»Das ist gut«, hatte ich mal zu jemandem gesagt, der drohte, mein Büro auseinanderzunehmen. »Sicher, wenn Sie sich entscheiden, das zu tun, können Sie mein Büro auseinandernehmen. Kein Problem. Das hier aber ist der Deal: Wenn Sie mein Büro auseinandernehmen, werden Sie ins Gefängnis gehen. Wenn Sie es nicht auseinandernehmen, werden Sie nicht ins Gefängnis kommen. Sie haben die Wahl. Wenn Sie ins Gefängnis gehen wollen, dann gehen Sie ins Gefängnis. Wenn Sie nicht ins Gefängnis wollen, dann setzen Sie sich hin und sagen mir, warum Sie so aufgebracht sind. Aber Sie müssen eines verstehen: Egal, welchen Weg Sie wählen – ob Sie heute nacht in den Knast gehen oder nicht –, ich werde auf keinen Fall in den Knast gehen.« Er setzte sich hin.

Bei Willy würde das nicht funktionieren. Tief in meinem Herzen wußte ich, daß es so nicht gehen würde – aber was würde gehen? Nichts. Also mach deinen besten Stich.

Diesmal zögerte ich nicht, in der Dunkelheit aus dem Wagen zu steigen. Willy würde nicht auf mich warten. Soviel wußte ich wenigstens über ihn: Er liebte Vorspiele. Er wollte reden, also würde er mir Zeit geben zu antworten. Ich ging ins Haus und fühlte mich das erste Mal sicher, seitdem ich angegriffen worden war. Ich legte meine Sachen im Wohnzimmer ab und ging hinaus auf die Terrasse.

Das Außenlicht illuminierte den kleinen Fluß unter mir.

Ich war schon lange nicht mehr um diese Zeit auf der Terrasse gewesen und hatte fast vergessen, wie der Fluß nachts aussah. Nachts sah Wasser immer unterschiedlich aus. Es wurde lebendig wie ein Nachttier. Und wenn man es lang genug betrachtete, konnte man schwören, daß das Licht von unten kam und wie Phosphor durch den gurgelnden Strom schimmerte. Das hatte ich auch schon gesehen. Ich hatte mein Ruder in echten Phosphor getaucht, und es hatte Kreise aus Licht hinterlassen.

Irgendwo, tausend Meilen südlich von hier, saßen wahrscheinlich die meisten meiner Verwandten am Wasser, wie ich. So oder so lebten die meisten von ihnen am Wasser – am Ozean oder an einer Bucht oder wenigstens an einem großen Strom. Im Vergleich dazu war mein kleiner Fluß keine große Sache, aber ich konnte mir nicht vorstellen, ohne ihn zu leben. Ich ging hinein, holte mir ein Glas Eistee und setzte mich draußen hin. Ich spürte, wie der Ärger des Tages anfing, von meinen Schultern abzufallen.

Ich saß ganz ruhig da und ließ mich von dem Wasser faszinieren. Wasser war so ziemlich alles, was meine Familie gemeinsam hatte. Ich hatte alle möglichen Sorten von Verwandten: clevere und dumme, nette und bösartige. Ich hatte eine Mama, die Barrakudas wie niedliche Fische aussehen ließ, und einmal hatte ich einen Daddy gehabt, der lieber getrunken hatte, als zu kämpfen. Aber jeder einzelne von uns hatte Salzwasser in den Venen.

Ich war das schwarze Schaf. Nicht meine Cousine Mary Lou, die Alkoholikerin war und von der Polizei aufgegriffen wurde, als sie außerhalb von Hardee bewußtlos auf der Straße zusammenbrach. Mary Lou fand zu Gott und richtete sich wieder auf, und meine Familie beschloß, daß sie ein Beweis für die heilende Kraft des Herren war. Nicht mein Neffe Buddy, der einige Jahre in einem Militärgefängnis verbracht hatte, für etwas, wovon ich noch nicht einmal wissen wollte, was es war. Das wurde einfach unter Jugendsünden verbucht.

Aber ein braves Südstaaten-Mädchen wie ich, das an einem Ort leben wollte, an dem sich jeder Körper zu Tode fror und wo bekanntermaßen die Menschen genauso kalt waren wie die Winter? Ich lachte laut auf, als mir einfiel, daß niemand in meiner Familie überrascht wäre, wenn Willy mich umbringen würde. Was konnte man schon anderes erwarten, wenn man im Norden unter Fremden lebte?

Wie würde Mama mit Willy umgehen? Mama würde das Problem nicht sehen. »Erschieß ihn, sobald du ihn siehst«, würde sie sagen, als ob damit der Fall erledigt wäre.

»So einfach ist das nicht, Mama. In dem Augenblick, in dem ich ihn sehen würde, wäre es schon zu spät.« Ich wußte nicht, warum ich mich so oft auf diese Weise mit Mama unterhielt wie jetzt. Leben konnte ich mit ihr nur mit sieben Staaten zwischen uns.

Spontan ging ich ins Wohnzimmer und nahm das Telefon. Erst jetzt bemerkte ich das Blinklicht an meinem Anrufbeantworter und drückte die Taste, um ihn abzuhören.

Marvs Stimme erklang, mit einem Anflug von Sorge. »Michael«, sagte er, »danke, daß du mit meiner Klientin gesprochen hast. Ich habe an deiner Notiz gesehen, daß die Gruppe nicht das war, was sie gesucht hatte. Aber eigentlich rufe ich an, weil ich in der Zeitung gelesen habe, daß Willy draußen ist. Das tut mir sehr leid. Und ich frage mich, ob das vielleicht problematisch für dich werden könnte? Ich wäre froh, wenn wir irgendwann mal darüber reden würden. Und … nun ja … ich hoffe, daß die andere Angelegenheit sich auch gebessert hat.«

Ich hatte ihm nicht gesagt, weshalb ich auf seiner Couch gelandet war, aber ich wußte, daß Marv sich vorstellen konnte, daß das einzige, was mich in eine solche Verfassung bringen konnte, Jordan war. »Laß es mich wissen, wenn ich helfen kann. Und bitte komm wieder vorbei, wann immer du möchtest.«

Er war ein unglaublich gütiger Mann, und vielleicht würde ich mich wieder auf seiner Couch zusammenrollen. Ich nahm den Hörer ab. Von der Güte zur ... Aber das war das Problem mit Mama. Meistens wußte ich noch nicht einmal, weshalb ich sie anrufen sollte. Ich nahm das Telefon mit hinaus und setzte mich wieder. Ich betrachtete es einen Augenblick und seufzte. Sei's drum. Ich wählte und wartete. Wenn Mama da war, würde sie sofort abnehmen. Mama trödelte nicht herum.

»Hallo«, sagte die Stimme. Mama meldete sich nie mit ihrem Namen, egal wessen Hörer sie abnahm. Sie erwartete einfach, daß jeder wußte, wer sie war.

»Mama, hier ist Michael.«

»Michael, dem Himmel sei Dank, Kind. Viele Monde sind vergangen, seit ich etwas von dir gehört habe.«

»Das Telefon funktioniert in beide Richtungen, Mama.« Wie schaffte ich das bloß? Wenn ich mit ihr telefonierte, ließ ich mich schon innerhalb von *Sekunden* in einen Kampf verwickeln.

»Na ja, wir waren sehr beschäftigt mit dem Garten. Du weißt, wieviel Arbeit das macht. Wir hatten keine Zeit, mal Atem zu holen.« Mama war niemand, der einfach etwas zugeben konnte. Ich versuchte mich zu erinnern, ob sie jemals auch nur eine *Teil*verantwortung für etwas übernommen hatte, was falsch gelaufen war. Wahrscheinlich nicht. Es führte zu nichts, wie immer.

»Mama, erzähl mir etwas über Kampfhunde.« Mama kannte ihre Hunde.

»Kampfhunde, Kind? Sie werden nicht mehr Kampfhunde genannt. Das klingt vor Gericht nicht gut. Du weißt ja, wie die Leute heutzutage wegen jeder Kleinigkeit vor

Gericht ziehen. Die gottverdammten Anwälte regieren das Land.«

Von einem Kampfhund gefressen zu werden war nicht gerade meine Definition von einer Kleinigkeit, aber ich ließ es durchgehen. Daß mein Daddy Anwalt gewesen war, ebenfalls. »Also gut, Schutzhunde. Das ist aber nicht, was ich wissen wollte. Ich möchte wissen, wie ein weiblicher Schutzhund voraussichtlich reagiert, wenn sein Besitzer ihn nicht in der Gewalt hat. Könnte sie bösartig werden? Was würde sie tun?«

»Nun ja, dieser Mensch sollte sie einfach nicht besitzen. Das ist ja albern.«

»Ich kann die Welt nicht ändern, Mama. Ich kann nichts gegen die Tatsache machen, daß jemand einen Schutzhund besitzt, obwohl er es besser nicht sollte. Ich will einfach nur wissen, wie der Hund sich verhalten könnte.«

»Ist sie bösartig? Manche von ihnen sind von Natur aus bösartig und manche nicht.«

»Ich weiß es nicht. Für mich sieht sie so aus, aber ich kann es nicht sagen.«

Funkstille. »Eines ist sicher, sie wird die Führung übernehmen.«

»Was meinst du damit? Sich gegen ihren Besitzer wenden?«

»Nicht unbedingt. Aber sie wird anfangen, ihre eigenen Entscheidungen zu treffen. Ein guter Hund beschützt nicht nur den Menschen. Er beschützt auch sein Revier. Dein Mädchen wird sich ihr Revier vornehmen, und ehe du dich's versiehst, wirst du keine Post mehr erhalten. Auch der UPS-Mann wird nicht mehr vorbeikommen. Gott, auf Harker's Island gab es mal einen, der den UPS-*Wagen* angriff, wenn er die Einfahrt herunterkam.«

»Würde sie einen Fremden in das Schlafzimmer ihres Besitzers lassen, während er da ist?«

»Michael, du kannst wirklich dumme Fragen stellen«, sagte Mama und schnaubte. Und da wunderte ich mich noch, woher mein Mangel an Takt kam.

Ich sparte mir eine Erwiderung. Es schien klar zu sein, daß letzte Nacht niemand in Camilles Schlafzimmer gewesen sein konnte. Ich hatte nicht wirklich daran geglaubt, aber sie schien so seltsam sicher zu sein. »Klingt so, als wenn du da jemanden mit viel Ärger hättest«, meinte Mama.

»Die ganze Welt ist voller Ärger«, erwiderte ich.

»Das ist wohl wahr«, sagte sie. Es war einer der seltenen Momente, wo Mama und ich einer Meinung waren. Fast fühlte ich mich unwohl.

Ich verabschiedete mich, legte auf und ging wieder ins Haus. Ich öffnete den Kühlschrank, auf der Suche nach Eistee, und sah Kartons mit chinesischem Essen. Jesus, Adam. Ich hatte ihn fast vergessen. Die letzte Nacht schien Trillionen Meilen weit weg. Ich stand auf und ging umher. Kein Hinweis, daß er jemals hier gewesen war: kein Zettel, nichts. Vielleicht war dies das Ende. Keine Frage, daß man meine Empfindlichkeiten leid sein konnte. Möglich, daß mein Kommentar wegen Jordan zu grob gewesen war.

Ich nahm mir von dem Eistee und setzte mich spontan an den Computer. Ich würde die E-Mail heute nur schreiben. Ich würde sie nicht abschicken. Ich würde nur ein bißchen herumspielen. Ich öffnete mein E-Mail-Programm und starrte auf den Bildschirm. Was genau hatte ich vor? Ich saß eine Weile da, bevor ich lostippte.

Mich würde interessieren, wozu Sie sich entschlossen haben, Mr. Willy. Sicher, Sie können wieder mit Ihren alten Gewohnheiten anfangen, aber sind die inzwischen nicht ein bißchen wie »alles schon mal dagewesen«? Natürlich können Sie eventuell erwischt werden, aber

eine Menge Leute scheinen das Gefängnis wirklich zu lieben. Vielleicht sind Sie ja einer von ihnen.
Ich denke, Sie haben überhaupt keine Wahl. Denn ich glaube nicht, daß Sie Ihren Appetit zügeln können, selbst wenn Sie es versuchen. Sie sind nicht wirklich Herr Ihrer Begierden, eher ihr Sklave. Aber egal, in beiden Fällen bin ich nicht involviert. Für mich gibt es darin keine Rolle, Mr. Willy, außer vielleicht die des griechischen Chors oder die von Kassandra, die das Unheil verkündet.

Wenn Willy eine Achillesferse hatte, dann war es sein Narzißmus. Meine Bemerkung, daß er seinen Appetit nicht zügeln konnte, würde ihm nicht gefallen. Seiner Ansicht nach war er kein Sklave. Und er hatte keinen Sinn dafür, daß man seinen narzißtischen Größenwahn gegen ihn richtete.

Meine Hand strich über die »Sende«-Taste. Es wäre klüger zu warten. Laß wenigstens vierundzwanzig Stunden verstreichen. Laß ihn warten. Eine zu schnelle Antwort könnte er als Zeichen von Angst interpretieren. Außerdem würde ich mich nicht mehr sicher fühlen können, wenn ich die E-Mail einmal geschickt hatte.

Ich tat es trotzdem. Dabei fiel mir die Geschichte von dem Skorpion ein, der das Pferd stach, das ihn sicher über den Fluß tragen wollte. Als das Pferd nach dem Grund fragte, antwortete der Skorpion: »Weil es meine Natur ist.« Ich hatte meine Eigenarten wie Willy die seinen. Meine Natur war es, den Ball gleich wieder abzuspielen und nicht erst zu warten, bis er an der Grundlinie aufkam.

Ich weiß nicht, was mich anschließend an der Sache so nervös machte. Ich hatte weiter die »Sende«-Taste vor Augen, obwohl diesmal statt dessen »Start« darauf stand.

8

Am Samstag ging es mir beim Aufwachen immer noch nicht besser. Ich spürte diese Anspannung, wie ich sie vor jedem großen Spiel an der High-School gespürt hatte. Damals war Gewinnen eine wichtige Sache gewesen, obwohl ich auch da genug Weitblick gehabt hatte, um zu wissen, daß Lombardi übers Ziel hinausgeschossen war, als er meinte, daß Gewinnen alles war. Gewinnen war nicht alles. Aber wenn man es mit einem sexuellen Sadisten zu tun hatte, der einen zum Krüppel schlagen oder gar umbringen wollte, war es das vielleicht doch.

Ich hätte meine Planwagen im Kreis aufstellen und die Büchsen austeilen müssen, aber es war schwierig, einen einzelnen Wagen im Kreis aufzustellen. Ich hätte meine Truppen zusammenziehen müssen, aber ich machte es nicht. Nicht, weil die Leute nicht helfen wollten. Ich wußte einfach nicht, wie ich ihre Hilfe annehmen sollte, ohne das Gefühl zu bekommen, versagt zu haben.

Ich stellte die Kaffeetasse auf den Tisch neben meinem Bett und stand auf. Ich war depressiv. Ich haßte es, an meine Grenzen zu stoßen, aber ich schien es ständig zu tun. Ich hatte mehr Knoten in meiner Psyche, als jeder Seemann kannte.

Ich mußte meinen Blickwinkel erweitern – zumindest etwas von dem verlorenen Territorium zurückgewinnen –, und dafür war der heutige Tag so gut wie jeder andere. Lächerlich zu glauben, daß ich nicht alleine in eine Sporthalle gehen konnte. Ich hatte es mein ganzes Leben lang getan. Nur weil mich einer mal in einer Halle gewürgt hatte. Daran war nicht die Halle schuld.

Aber warum hatte er es gerade dort getan? Warum hatte er mir den liebsten Platz der Welt versaut? Warum nicht einen Schönheitssalon, eine Miss-Wahl oder ein Meeting? Egal, welches Meeting. Warum nicht das Büro des Chefarztes der Psychiatrie? Ich hätte ohne jeden dieser Orte leben können.

Na ja, um fair zu bleiben, vielleicht hatte er es nicht tun können, weil es schwer war, mich dort zu finden. Noch nie im Leben war ich bei einer dieser Miss-Wahlen gewesen, und ich hielt mich auch nicht in der Nähe von Schönheitssalons auf. In der Psychiatrischen Abteilung war mein Haß auf jedes Meeting legendär. Nicht zu vergessen, daß ich ins Chefbüro nur ging, wenn es unbedingt sein mußte, normalerweise wegen eines idiotischen Meetings, das ich verpaßt hatte.

Ich ging hinüber zu meinem Wandschrank, um meine kostbaren Basketballschuhe herauszuholen. Aber als ich mich bückte, um sie aufzuheben, spürte ich, wie sich plötzlich ein Unterarm gegen meinen Hals preßte. Ich richtete mich wieder auf und schnappte nach Luft. Jesus Christus. Würde mich das den Rest meines Lebens verfolgen? Ich hatte ein posttraumatisches Streß-Syndrom, und ich haßte es.

Ein PTSD zu haben bedeutete, daß ich jedesmal, wenn mich etwas daran *erinnerte,* wie ich gewürgt worden war, die gleichen Gefühle und körperlichen Reaktionen zeigte, die ich hatte, während ich gewürgt worden *war*. Es bedeutete auch, daß schon der bloße Gedanke solche Symptome auslösen konnte und manchmal sogar einen Alptraum. Camille hatte dasselbe, nur schlimmer. Sie hörte tatsächlich die Stimme des Täters. Mein PTSD war nicht ganz so schlimm, aber schlimm genug.

Ich bückte mich wieder, um die Schuhe aufzuheben, doch das Gesicht meines Angreifers war so deutlich, daß es mich schauderte und ich mich erneut erhob. Ich gab auf und starrte die Schuhe nur an.

Ich konnte es tun, wenn ich mich zwang. Blitzartig kam mir die Idee, daß es beim ersten Mal vielleicht besser wäre, mit jemandem zusammen in die Sporthalle zu gehen. Aber das wollte ich auf keinen Fall. Ich sah es schon kommen: »Adam, ich fürchte mich, alleine in die Sporthalle zu gehen. Könntest du nicht mitkommen und meine Hand halten?« Unglaublich. Unmöglich.

Ich wollte wieder nach den Schuhen greifen und hielt dann inne. Die Erinnerung an den Überfall war so stark, daß ich nach Luft schnappen mußte. Ich setzte mich aufs Bett und dachte nach. Verdammt noch mal, ich konnte mich zwingen, diese Schuhe zu nehmen und in die Halle zu gehen, und eines Tages würde ich es auch tun. Aber mir war klar, daß ich dafür einen Preis bezahlen würde.

Menschen mit PTSD versuchten Dinge zu vermeiden, die sie an das Trauma erinnerten. Ich wußte das. Wenn ich in die Halle ging, wäre der Preis das permanente Gefühl, gewürgt zu werden. Nicht zu vergessen, die Alpträume. Ich konnte es tun. Aber vielleicht sollte ich vorher besser noch Willy loswerden.

Wenn ich den Täter in meinem Kopf mit dem auf der Straße verglich, war Willy das größere Übel, dachte ich. Mach dich nicht verrückt, weil du es nicht ertragen kannst, dominiert zu werden. Wie viele Kämpfe kannst du an wie vielen Fronten gleichzeitig kämpfen? Wenn du deine Reserven derart ausbeutest, wirst du weniger für Willy haben.

Zum Teufel damit. Jede Faser meines Körpers wollte sich die Basketballschuhe schnappen und sagen: »Leck mich, du Arsch, mach, daß du wegkommst.« Aber ich tat es nicht. Ich mußte damit noch eine Weile leben, das war alles. Wenn ich es nicht tat, würde ich mit zwei Angreifern in meinem Kopf enden und vorgeben, ich hätte bloß einen.

Ich hatte die Mentalität eines Chirurgen – eines skalpellverliebten Chirurgen. Schneid es raus! Schmeiß es weg!

Das war meine Art, mit Problemen umzugehen. Ich konnte nicht glauben, daß ich die bewußte Entscheidung traf, mit etwas zu leben – sogar mit etwas in meiner Psyche, das einem Blutsauger verwandt war. Aber es stimmte, daß ich daran sterben würde, wenn ich nicht damit leben konnte. Und der Tod war ein Problem, mit dem man nichts zu tun haben wollte.

Neben meinen Basketballschuhen standen meine Reitstiefel. Warum nicht? Ich war so frustriert, daß ich alles kurz und klein schlagen wollte. Warum nicht ein paar Geländesprünge in Angriff nehmen? Ich seufzte und griff nach den Stiefeln.

Ich sprang in mein Auto, das sauber und spartanisch war. Ich kann nicht verstehen, daß Leute für ein Auto sparen. Alle Autos machen das gleiche. Sie fahren von hier nach da. In meinen Augen ist ein Auto etwas mit vier Rädern und einem Sitz. Na gut, und einem Motor, der im Winter anspringt und nicht stehenbleibt. Egal welches Auto ich auch besaß, es war immer die Standardausführung. Klein. Billig. Ohne Schnickschnack.

Kein Porsche wie der, den ein Studienfreund von mir besessen hat. Er wohnte über mir und mußte zwei, drei Mal in der Nacht nach unten rennen, weil die Alarmanlage anging. Diebe flogen auf einen Porsche wie Moskitos auf Blut. Vergiß es. Ich habe nie ein Auto besessen, das man abschließen mußte, weil ich nie ein Auto hatte, das irgendwer stehlen wollte.

Ich nahm die Interstate und raste in Richtung der alten Braxton Farm. Näher war zwar diese modische Reitschule, wo alle Studenten und Professorenkinder ritten, aber mir wäre es nie eingefallen, dorthin zu fahren. Der Stall sah immer frisch getüncht aus. Einmal hatte ich beim Vorbeifahren sogar Blumenkästen in den Fenstern der Stallungen gesehen. Das war zu edel für mich. Ich hatte eine alte Farm auf dem Land gefunden, die Springpferde seriös trainierte und nach Reitern suchte.

Am Tor stand einfach nur »Braxton Farm«. Braxton war schon Jahrzehnte tot. Jetzt gehörte sie Joe Higgins, aber es war die Braxton Farm geblieben und würde es immer bleiben. Ich bog in den Weg zu dem verwitterten Stall ein und besah mir die Szenerie. Von außen sahen die Stallungen wie immer aus: grau und abgenutzt. Die Zäune brauchten alle einen neuen Anstrich. Joe kümmerte sich nie um solche Details. Aber der Platz war ordentlich und sauber und sah aus, als ob er komfortabler für Pferde als für Menschen wäre.

Die Matschsaison schien sich zu verkrümeln. Der Außenreitplatz sah halbwegs brauchbar aus. Das war schade. Ich hatte vorgehabt, es als Argument für einen Geländeritt zu benutzen, weil die Geländestrecke auf einem Hügel lag und im Frühjahr schneller trocken wurde. Joe hielt mich für ein bißchen zu draufgängerisch und verordnete mir oft genug den Reitplatz. Schlimmer noch, seitdem er die Reithalle gebaut hatte, kam ich die Hälfte der Zeit gar nicht mehr raus.

Ich fand ihn, wie er gerade eine junge braune Stute sattelte, die ich nicht kannte. Joe war ein gepflegter, gutaussehender Mann um die sechzig mit grauem Haar, der immer ein Flanellhemd zu Reithosen und -stiefeln trug. Ich hatte ihn niemals anders angezogen gesehen. Er wirkte ein bißchen wie der Stall: verwittert, aber solide und ohne Schnickschnack.

»Schön«, sagte er beim Aufschauen. »Ich habe gerade an dich gedacht. Ich will diese junge Stute das erste Mal mit auf die Geländestrecke rausnehmen und wünschte mir, daß jemand hier wäre, um uns auf Freight Train zu begleiten.«

War ich tot und im Himmel oder was? Ich mußte noch nicht einmal mit ihm streiten. »Wunderbar«, meinte ich. »Wie geht es Freight Train?« Freight Train war ein sehr verläßlicher, angenehmer Springer, und ich hatte nicht oft Gelegenheit, unproblematische Pferde zu reiten.

»Was mit ihm nicht stimmt, ist sein neuer Besitzer. Ich wünschte, gute Eltern würden aufhören, ihren Kindern Pferde zu kaufen, mit denen sie nicht umgehen können. Freight Train ist dabei, völlig durchzudrehen. Bei jedem Sprung bricht er aus, und er wird dieses Kind noch umbringen, wenn ich ihn nicht unter Kontrolle bekomme.«

Es schien idiotisch, ein Pferd auf einer Geländestrecke unter Kontrolle bringen zu wollen. Normalerweise wurde diese Arbeit auf dem Reitplatz gemacht, wo Pferde wesentlich weniger aufgedreht waren als im freien Gelände. Aber ich sagte nichts. Das wollte ich Joe todsicher nicht ausreden.

»Kontrolle, Michael. Ich möchte dieses Pferd unter Kontrolle bekommen. Ich sollte mit ihm auf dem Reitplatz arbeiten, aber ich habe keine Zeit. Die Eltern dieses Kindes bestehen auf einem ersten Turnier am nächsten Wochenende, und in der Stimmung, in der Freight Train ist, würde er auf der Geländestrecke jedes Kind bei lebendigem Leib fressen.« Joe hörte auf, das Pferd zu satteln, und blickte mich über dessen Rücken an. »Wir werden diese Hindernisse schön langsam und locker nehmen, Michael, oder wir kehren sofort zum Stall zurück. Meistens bist du schlimmer als Freight Train.«

»Hey, ich bin gerade erst angekommen. Laß deine schlechte Laune nicht an mir aus«, meinte ich verstimmt.

Joe und ich hatten einen Dauerstreit, ob ich die Hindernisse zu schnell nahm oder nicht. Es war pure Anmache. Nur weil ich vor keinem Sprung trödelte. Ich sprang immer kontrolliert oder versuchte es wenigstens.

Ich ging zurück zur Sattelkammer, um Freight Trains Ausrüstung zu holen. Der Raum glänzte, und der Geruch von Lederöl lag süßlich in der Luft. Halfter und Zaumzeug waren ordentlich an Haken gehängt und namentlich gekennzeichnet. Die Sättel hingen an einem Ständer mitten im Raum.

Ich nahm Halfter und Zaumzeug von Freight Train und suchte einen Springsattel – einen großen Springsattel – aus, der ihm gut passen würde. Dann legte ich sein Zeug in der Nähe des Sattelplatzes ab und ging ihm das Halfter anlegen. Alle Boxen waren mit den Namen der Pferde versehen, und ich wanderte herum, bis ich ihn fand. Ich hätte Joe fragen können, aber mir war nicht danach. Er nörgelte mir heute zuviel.

Die obere Türhälfte der Box stand offen, und ich schaute hinein, um sicherzugehen, daß es Freight Train war. Das Pferd war zu groß, um ein anderes sein zu können, also öffnete ich die untere Hälfte der Tür und blieb einen Augenblick stehen, um ihn im gleißenden Sonnenlicht, das in den Stall fiel, zu bewundern.

Er war ein großer, kastanienbrauner Vollblüter von über 1,70 Metern Stockmaß. Für einen Vollblüter hatte er ungewöhnlich dicke, kräftige Beine und nicht diese Storchenbeine, die normalerweise ihr Untergang waren. Die Sonne malte Streifen auf sein glänzendes, braunes Fell, das rötlich schimmerte, wenn das Licht darauf fiel. Freight Train schaute mich mit großen, verwunderten Augen an. Selbst wenn er sein Heu mampfte, hatten seine Augen diesen tiefen, reinrassigen Schimmer.

Oh, Vollblüter. Sie hatten ein Herz wie kein anderes Pferd. Wer sonst würde sich für dich buchstäblich zu Tode rennen, wenn du nicht aufpaßt? Wer sonst sah ein Hindernis und begann zu sabbern? Sie liefen, wohin sie nicht laufen sollten, nicht laufen durften, ohne sich zu gefährden. Man mußte oft genug auf die Bremse treten, auch wenn man dabei kein Pedal hatte.

Na gut, sie hatten ihre Fehler – eine vorwitzige Natur,

Storchenbeine – und viele auch eine lausige Persönlichkeit, ziemlich verschroben. Viele Vollblüter wollten dich beißen, sobald sie dich sahen, und wenn du noch nie von einem Vollblut getreten oder abgeworfen worden warst, hieß das nur, daß du noch nie einen geritten hattest. Aber schließlich waren sie Vollblüter – und ansonsten gab es noch jede Menge anderer Tiere.

»Freight Train, mein Lieber«, sagte ich, während ich ihm das Halfter überstülpte, »was hältst du von einer kleinen Spritztour? Zum Beispiel ein kleiner Geländeritt.« Freight Train spitzte die Ohren. Natürlich verstand er nicht, was ich sagte, aber er konnte die Erregung in meiner Stimme hören.

Ich führte ihn hinaus zum Sattelplatz. Freight Train blieb ruhig. Ich machte ihn fest und ging das Putzzeug holen.

Als ich aus der Sattelkammer zurückkam, hatte Joe seine Stute gesattelt und war dabei, sie in der Reithalle aufzuwärmen, so daß ich den Gang zwischen den Boxen für mich alleine hatte. Der Stall war vollkommen still, bis auf das Geräusch von schmatzenden Pferden, ein gelegentliches Schnauben oder einen Tritt gegen die Wand.

Etwas in mir begann sich zu entspannen. Es gab nur ein paar wenige heilige Orte auf dieser Welt. Ganz oben auf meiner Liste standen eine menschenleere Sporthalle und ein sauberer, gutgeführter Stall mit Pferden, die Heu mampften.

Mit leichten Strichen striegelte ich Freight Trains verstaubtes Fell, während ich mich vom Hals zu seinen Flanken vorarbeitete: Pferde waren immer staubig und brauchten tägliche Pflege. Sein Fell glänzte, ein Verdienst seiner Ernährung und des regelmäßigen Striegelns. Er schien die Bürstenstriche zu mögen und blieb ruhig stehen. Vielleicht striegelte ich ihn länger als nötig – Joe würde mich bald drängen, fertig zu werden –, aber der Rhythmus der ruhigen Bürstenstriche in dem sonnigen Stall war Balsam für meine geschundene Seele.

Ich nahm den Hufkratzer aus der Kiste mit dem Putzzeug und hob ein Bein des großen Kerls nach dem anderen hoch. Ich entfernte all den Dreck von der Hufsohle, inspizierte seine Beine und tastete sie von den Knien abwärts ab und konnte weder eine Erwärmung noch eine Schwellung feststellen. Beim Cross-Country konnte dich ein lahmes Pferd umbringen, so daß es nicht bloß Altruismus war, der mich überprüfen ließ, ob Freight Train fit war.

Er war es. Er fühlte sich wie eine Million Dollar an, er sah aus wie eine Million Dollar, also legte ich ihm den Sattel auf und gurtete ihn gerade fest, als Joe sein Pferd aus der Reithalle brachte.

»Wirst du heute noch fertig?« fragte er. Was immer auch in der Reithalle passiert war, es hatte seine Laune nicht gebessert.

»Du kennst mich ja«, erwiderte ich, »ich versuche nur, den Ausritt zu verzögern. Noch eine Sekunde.«

Joe schnaubte, und ich rannte los, um Helm und Handschuhe zu holen. Als ich zurückkam, war er mit seiner Stute bereits weg. Ich kletterte auf Freight Trains Rücken und stürmte hinterher. Es war schon ein kleines Kunststück, allein hochzukommen, wenn man bedachte, wie groß Freight Train war. Aber ich hätte niemals die Geduld gehabt, nach einem Trittbock zu suchen.

Freight Train wurde etwas munterer, als wir die Stallungen verließen, aber nicht unruhig, bis wir den Reitplatz und die Absperrung passiert hatten. Als ihm klár wurde, daß es ins Gelände ging, änderte sich seine Stimmung völlig. Er benahm sich wie ein Kind, das nicht an sich halten kann. Er wollte loslaufen, aber ich ließ ihn nicht, also fing er an, auf der Stelle zu tänzeln, als wäre er ein Paradepferd. Freight Train hob den Kopf, so daß ein weiteres Aufnehmen der Zügel nichts brachte: Sein Kopf war schon so weit zurück, wie es ging.

Ich lachte laut auf und langte hinunter, um seinen Hals zu tätscheln. »Ruhig, mein Großer«, sagte ich. »Wir kommen schon noch hin.« Ich hielt die Zügel weiter in der einen Hand und tätschelte ihn zur Beruhigung mit der anderen, als wir die Straße hinunterritten. Keine Ahnung, warum ich das so liebte. Vielleicht, weil ich unter Menschen immer diejenige zu sein schien, die den Mund nicht zukriegte. Vollblüter waren so lebhaft, daß ich neben ihnen wie die Sanftheit in Person wirkte. Oder vielleicht auch, weil ich genau wußte, wie sie sich fühlten.

Hinter der Kurve kamen der Hügel und die Geländestrecke in Sicht. Freight Train machte ernst, gab das Tänzeln auf und ging gegen meine Hand. Ich nahm die Zügel in beide Hände und zog an und gab nach, zog an und gab nach. Es würde nichts bringen, bloß anzuziehen. Freight Train würde sich gegen den Druck versteifen oder an der Gebißstange zerren, was wirklich Probleme verursachen könnte.

Als das erste Hindernis in Sicht kam, brachte ich Freight Train in einen versammelten Galopp, und wir fingen an, es im weiten Bogen zu umkreisen. Ohne uns abzusprechen, war Joe und mir klar, daß er auf mich warten würde, bis ich mit Freight Train gesprungen war. Die neue Stute würde ihm über die Hindernisse folgen.

Freight Train war nicht glücklich über das Kreisen, aber er nahm es hin, bis er die erste Springmöglichkeit erblickte. Da versuchte er vorzupreschen und abzuspringen, aber ich war gnadenlos. Ich ließ ihn weiter im Kreis galoppieren, indem ich den Zügel auf der Innenseite anzog und den anderen locker ließ. Sein Kopf zeigte zum Kreis, aber sein Körper drängte seitlich weg zum Sprung.

Auf diese Weise machten wir ein paar Runden, dann änderte ich die Kreisrichtung, so daß er zur anderen Seite des Hindernisses den Bogen zu einer Acht schloß. Der arme

Freight Train war so sehr auf den Sprung konzentriert, daß er den neuen Kreis gar nicht voraussah und die Richtung nicht änderte, als ich ihm die entsprechende Hilfe gab.

Dadurch kam er auf der neuen Kreisbahn in den Außengalopp, was ihn fast stürzen ließ. Er stolperte, fing sich wieder und wechselte den Schritt. Meine Botschaft war klar: Paß auf, was ich tue, Freight Train, sonst fällst du auf die Nase.

Wir gingen ein paar weitere Achten, und dann ritt ich den ersten Sprung an.

Es war ein ziemlich schwerer Sprung: ein Oxer, ungefähr einen Meter hoch, aber gute 1,80 Meter tief. Er hatte keine Fänge und war nur drei Meter breit, was es für ein Pferd sehr einfach und verlockend machte, seitlich auszuscheren. Der Sprung sah wie ein einfacher Hochsprung aus, bis man genau vor ihm war, was die Chance erhöhte, daß das Pferd versuchen würde auszuweichen.

Das Problem für Freight Train war nicht, daß es ein Oxer war – er kannte sein Gelände –, problematisch war vielmehr, ob er passend zum Absprung kam. Egal, wie gut ein Pferd springen konnte, es mußte immer aus der richtigen Entfernung abspringen. Es mußte weit genug sein, damit er das Hindernis nicht traf, und nah genug, damit er beim Landen klarkam. Idealerweise würde er mit geraden Tritten bis zum Absprung galoppieren und auf wundersame Weise genau die richtige Entfernung für den Absprung finden.

Das würde nicht zufällig passieren, noch nicht einmal bei einem so erfahrenen Springer wie Freight Train. Es war meine Aufgabe, seine Tritte so zu verlängern oder zu verkürzen, daß er perfekt wegkam.

Wenn er falsch absprang, mußte er entweder einen Schritt auslassen und sich lang machen – nicht einfach, wenn das Hindernis 1,80 Meter tief war –, oder er mußte einen Schritt mehr machen und es »touchieren« – auch nicht einfach, wenn man im halsbrecherischen Tempo unterwegs war. Die paar tausend Pfund hatten etwas Monumentales, wenn sie in Fahrt kamen.

In beiden Fällen konnte es passieren, daß er entweder auffußte oder anschlug, was deshalb ein großes Problem wäre, weil es sich um ein festes Hindernis handelte. Das vor uns war aus Holzscheiten zusammengenagelt, die dick genug waren, um, sagen wir mal, das World Trade Center abzustützen. Dabei fiel mir ein, wie seltsam es doch war, daß ich so etwas liebte.

Freight Train wollte nicht auf mich hören. Die Sonne schien, und das Hindernis lag einfach da, und bei Gott, er war ein Vollblut und für schwindelerregenden Galopp geboren. Das stupide Kreisen hatte nur klarmachen sollen, wer hier der Boß war, und er wurde als Reaktion auf meinen ständigen Kampf kontinuierlich langsamer.

Ich schätzte die Entfernung von dem Sprung bis zu der Stelle ab, wo ich glaubte, daß der Absprung passen würde. Und entschied, daß Freight Train noch kürzere Tritte machen sollte. Er reagierte verzögert, aber er reagierte.

Als wir näher an das Hindernis kamen, begann mein eigenes Adrenalin hochzuschießen, und ich konnte den bitteren Geschmack von Angst schmecken. Sein Leben aufs Spiel zu setzen verlangte volle Aufmerksamkeit. Wenn man nicht vollkommen verrückt war, konnte es einen zu Tode erschrecken. »Mach deinen besten Stich, Schicksal«, dachte ich, »und laß mich dann bis zum nächsten Mal in Ruhe« – eine seltsame Fürbitte, aber eine, die mir dabei stets in den Sinn kam.

Drei Schritte vor dem Hindernis kam Freight Train richtig ab. Ich ließ die Zügel locker und machte mich sprungbereit. Jetzt konnte Freight Train selbst entscheiden, was er machen mußte, und er hielt die Schrittfolge.

Er machte seinen letzten Schritt und stieg in die Luft. Er

sprang so hoch, wie Pferde es immer tun, wenn sie ein starres, weites Hindernis erblicken. Ich stand in den Steigbügeln und warf mich nach vorn, so daß ich die Zügel über seinem Hals locker lassen konnte. Er mußte sich in der Luft strecken können, so weit er wollte, ohne an die Gebißstange zu stoßen. Anfänger benutzen die Zügel immer, um im Gleichgewicht zu bleiben, und es ist ein Wunder, daß sie nicht zu Tode getrampelt werden, wenn sie abgeworfen werden.

Freight Train hatte eine Schwebe-Zeit, bei der Michael Jordan neidisch werden würde, und es schien mir, als ob ich ewig fliegen würde. Die Glücksgefühle trafen mich wie – na wie schon? – wie ein Güterzug eben, und als ich landete, hatte ich genug Endorphine für eine große Herzoperation ohne Narkose. Ich war high. Mit einzigartiger Klarheit konnte ich die Vögel zirpen hören und sah deutlich jedes Blatt in den nahen Bäumen. Alles war so bunt und lebendig, wie sonst nur unter Drogen.

Als wir den Hügel hinaufgaloppierten, schaute ich zurück. Joe hatte seine Stute über das Hindernis gebracht, wenn auch knapp. Die Stute sah erschrocken und zittrig aus, Joe wild entschlossen. Für einen Neuling war ein Cross-Country eine furchterregende Sache.

Ich lachte laut auf. All diese Macho-Kommentare über Frauen und Pferde waren voll daneben. Das ganze Gerede über »dieses große Ding zwischen den Beinen«. Wir verwechselten Männer nicht mit Pferden; wir machten beim Reiten nicht mit ihnen Liebe – wir waren das Pferd. Es war, als ob wir zum Zentauren würden und plötzlich vier Beine bekämen. In diesem Augenblick waren Freight Train und ich eine Einheit, eine gut geölte Maschine, und wir konnten jedes Hindernis, das uns in den Weg kam, wie ein Gazelle überspringen. Jesus, das Leben war schön.

Der zweite Sprung war ein viel einfacherer: eine Konstruktion aus senkrechten Stangen mit Federfahnen, die seitlich abstanden und das Pferd auf das Hindernis zulenkten. Wir kamen gut heran, als Freight Train sich plötzlich nach links drehte. Überrascht – das Hindernis vor uns war nichts im Vergleich zum vorherigen – versuchte ich mein Gleichgewicht wiederzufinden, indem ich mit meinem linken Bein gegen die Flanke drückte. Aber Freight Train lief weiter schräg und schaute in Richtung der Bäume. Ich blickte hinüber – was hatte ihn erschreckt? – und erhaschte den Schimmer von etwas Gelbem.

Gelb. Was war gelb? Rehe waren nicht gelb. Aber ich hatte keine Zeit, darüber nachzudenken. Freight Train lief immer noch schräg, und wir waren fast vor dem Hindernis. Er streifte es. Glücklicherweise war es ein kleines.

Ich schaute zurück. Es gab keine Möglichkeit, Joe zu warnen. Aber seine Stute war so nervös, daß sie sowieso nichts anderes zu bemerken schien.

Ich ritt eine langgezogene Kurve nach rechts. Um den dritten Sprung zu nehmen, mußten wir einen Weg zwischen Bäumen entlanggaloppieren, und wir näherten uns meiner Lieblingsetappe.

Freight Train und ich waren allein in diesem Tunnel aus Bäumen – Joe und seine Stute waren immer noch ziemlich weit weg –, und ich konnte die Vögel hören. Die Bäume waren so nah und leuchtend, daß ich glaubte, nur die Hand ausstrecken zu müssen, um sie zu berühren. Ich überlegte, was dieses gelbe Etwas zwischen den Bäumen, das ich gesehen hatte – glaubte, gesehen zu haben –, gewesen sein könnte. Ich hatte keine Ahnung. Zur Zeit war sicher keine Jagdsaison, und natürlich war die Strecke nicht in der Nähe von irgendwelchen Wanderwegen.

Was es auch immer gewesen war, es war weg. Freight Train schien in Ordnung zu sein. Ich war inzwischen so high, daß alles wie in Zeitlupe abzulaufen schien. Das Trommeln von Freight Trains Hufen auf dem harten Boden klang wie ein altes, vertrautes Geräusch, fast wie ein Herzschlag.

Als wir das Ende der Baumgrenze erreichten, brach die Angst in mein endorphingetränktes Gehirn. Das nächste Hindernis war schlicht mörderisch. Es begann mit einer scharfen Wendung nach rechts, so daß es bergab ging, aber das Gefährliche war das Hindernis selbst. Es war ein Tiefsprung: Man sprang über etwas und erwartete, auf der gleichen Ebene zu landen, fand den Boden auf der anderen Seite aber erst viele Zentimeter tiefer. Das Hindernis verdeckte das Gefälle, so daß ein unerfahrenes Pferd nicht sehen würde, daß dieses kleine, siebzig Zentimeter hohe Hindernis auf der anderen Seite neunzig Zentimeter tief war.

Dazu kam das Problem, daß wir eine Wende von hundertachtzig Grad gemacht hatten und nun auf die gleiche Baumgruppe zuritten, die Freight Train erschreckt hatte – nur von der anderen Seite.

Ich sah das Hindernis vor mir und preßte meine Schenkel leicht in Freight Trains Seiten. Diesmal, dachte ich, sollte ich ihn treiben, um Geschwindigkeit aufzunehmen. Bergab wurden Pferde vorsichtiger und tendierten dazu, langsamer zu werden. Dieses Hindernis war ein solcher Pferde-Stopper, so daß ich ihn einfach nur darüber kriegen wollte, egal wie.

Das Hindernis lag gleich hinter dem Tunnelende, und die Drei-Schritt-Marke würde gleich auftauchen. Freight Train schien mir immer noch etwas zu langsam, so daß ich ihn mit den Schenkeln noch weiter antrieb. Wir würden nicht sehr gut über dieses Hindernis kommen, aber ich wollte verdammt sein, wenn nicht.

Plötzlich rannte etwas Weißes aus seinem Versteck in der Baumgruppe und geradewegs vor Freight Trains Hufe. Ich sah den Schatten in den Augenwinkeln und dachte noch »oje«, aber es ging alles viel zu schnell.

Freight Train scherte sofort nach links aus, weg von dem Eindringling und leider auch von dem Hindernis: Pferde schützten instinktiv ihre Beine, indem sie nie auf etwas traten, das sie nicht kannten. Ich stand schon in den Steigbügeln und lehnte mich vor, so daß ich keine Möglichkeit hatte, das Gleichgewicht zu halten. Freight Train lief nach links und ich geradeaus. Ich flog durch die Luft in Richtung Hindernis. Die Welt schien sich zu drehen, und ich schlug mit dem Rücken hart auf und rutschte über das Hindernis, bis ich einen knappen Meter tiefer landete.

Wäre ich geistesgegenwärtig gewesen, hätte ich mir darüber Sorgen gemacht, daß Joe nicht sehen würde, daß Freight Train mich abgeworfen hatte, und auf mir landete. Aber ich war zu durcheinander, um an so etwas zu denken. Ich versuchte, mich zu erinnern, was passiert war, aber ich konnte es nicht. Ich lag einfach nur da. Es kam mir noch nicht einmal in den Sinn aufzustehen.

Ich hörte das Geräusch rennender Füße – Freight Train war zum Baumtunnel zurückgekehrt, wo ihn Joe gesehen und eingefangen hatte. Dann war Joe neben mir und fragte: »Ist alles in Ordnung?«

Für einen Augenblick antwortete ich nicht. Aus irgendeinem Grund haßte ich diese Frage. Sie wurde immer gestellt, wenn man verletzt war und bevor man selber wußte, ob man in Ordnung war. Es wurde erwartet, daß man sagte: »Ja, mir geht's gut«, selbst wenn es nicht stimmte, damit der andere aufhören konnte, sich Sorgen zu machen. Ich schien nicht genug Luft zu haben, um etwas sagen zu können, und Joe fragte erneut: »Bist du in Ordnung?«

Als ich nicht antwortete, meinte er: »Michael, kannst du deine Beine bewegen?« Das erschreckte mich dermaßen, daß ich sofort sagte: »Natürlich kann ich meine Beine bewegen.« Und es stimmte: Sie ließen sich tatsächlich bewegen, was sehr beruhigend war. Dann fiel mir alles wieder ein.

»Es war nicht die Schuld von Freight Train«, sagte ich zu Joe. »Irgend etwas ist ihm vor die Hufe gelaufen.« Was im Grunde sehr mysteriös war. Nie zuvor hatte ich gehört, daß ein Tier sich freiwillig in Gefahr brachte. Ich wurde ein bißchen klarer im Kopf und setzte mich auf, während ich fragte: »Ist Freight Train in Ordnung?« Die Welt fing wieder an, sich zu drehen, und ich lehnte mich zurück und schloß die Augen.

»Er ist in Ordnung«, sagte Joe.

»Gut, dann geh und schau nach ihm«, meinte ich knapp und mit geschlossenen Augen.

»Zum Teufel mit Freight Train«, meinte Joe.

»Er ist ein vierzigtausend Dollar Pferd, Joe. Also geh und schau nach ihm. Ich bin okay.«

Joe grummelte, ging aber weg, und ich war froh, daß ich für einen Augenblick alleine sein konnte, um mich zu sammeln. Ich stand langsam auf und versuchte den Dreck von meinem Rücken zu klopfen. Ich merkte, daß ich mich sehr langsam bewegen mußte, um die Welt daran zu hindern, sich zu drehen, und ging hinüber zu dem Hindernis und lehnte mich dagegen, wieder mit geschlossenen Augen. Joe kehrte mit beiden Pferden im Schlepptau zurück, und ich richtete mich auf. »Er ist in Ordnung«, meinte er.

Ich schaute auf die Pferde. Beide hatten Gras zwischen den Zähnen; anscheinend hatten sie ihre Freiheit dazu genutzt, um frische Halme abzugrasen. Beide schienen völlig ungerührt von meinem Mißgeschick: Pferde zeigen nicht gerade viel Mitgefühl …

Ich versuchte erneut, mich zu bewegen. Die Welt schien wieder so zu sein, wie sie sein sollte. Ich ging zu Freight Train hinüber und begann aufzusteigen.

»Bist du wirklich in Ordnung?« fragte Joe.

»Natürlich«, antwortete ich knapp. »Du hast mich das schon mal gefragt.«

»Na ja, du steigst gerade auf das falsche Pferd«, meinte er. »Das ist der einzige Grund, weshalb ich frage.«

Ich schaute auf das Pferd und sah, daß es Joes Stute war. Ich stieg wieder runter, mit soviel Würde wie möglich, und ging zu dem anderen Pferd. Vielleicht ging es mir schlechter, als ich geglaubt hatte.

»Wir gehen nach Hause«, meinte Joe.

»Du weißt, daß Freight Train über dieses Hindernis muß«, erwiderte ich. Joe wußte, daß man ein Pferd niemals wegbringen durfte, bevor es nicht über das Hindernis gesprungen war, das es verpaßt hatte. Egal, was der Grund für das Scheuen gewesen war.

»Gut«, meinte er. »Dann bringe ich ihn rüber.«

»Joe«, sagte ich langsam. »Ich muß da auch rüber.«

Ich konnte seinen Seufzer hören, aber er sagte nichts. »Gib mir deine Peitsche«, sagte ich. Er gab sie mir und half mir hinauf. Ich hielt die Peitsche dicht an mein Bein, so daß Freight Train sie nicht sehen konnte. Normalerweise wäre es das letzte Ding gewesen, das ich bei Freight Train brauchen würde, aber diesmal war das anders.

Wir drehten um und trabten den Hügel hinauf. Ich wollte nicht noch einmal die scharfe Wende beim Baumtunnel nehmen – man mußte es nicht unnötig schwer machen. Ich schüttelte verschiedene Teile meines Körpers aus, um herauszufinden, ob sie funktionierten. Es schien so, aber ich fühlte mich nicht gut, und es sah so aus, als würden wir Mühe haben, dieses Hindernis zu überwinden. Was zum Teufel war das gewesen? Und was hatte es dazu gebracht, vor einen galoppierenden Vollbüter zu laufen?

Joe bestieg seine Stute und positionierte sich links von dem Hindernis, um zu verhindern, daß Freight Train auf die gleiche Weise ausbrach wie beim letzten Mal. Normalerweise hätte ich ihm gesagt, daß ich keine Hilfe brauchte, aber diesmal hielt ich den Mund.

Wir trabten los, die Bäume zur Rechten, das Hindernis geradeaus. Eines war sicher: Den linken Zügel konnte ich wegwerfen. Freight Train würde nicht nach rechts ausbrechen, wo der Eindringling hergekommen war. Warum hatte ich das gerade gedacht? Es war kein Eindringling gewesen. Es war einfach ein blödes Kaninchen. Wenn Freight Train ausbrechen würde, dann nach links, wie er es vorhin gemacht hatte.

Auf halber Strecke fielen wir in Galopp, und ich fühlte seine Anspannung, als wir näher herankamen. Dieses Mal saß ich so weit hinten im Sattel, wie ich konnte, für den Fall, daß er wieder scheute. Ich sah, wie er in Richtung der Bäume starrte, zweifellos auf der Suche nach einem weiteren Kaninchen. Ich hielt den rechten Zügel so kurz, daß er seinen Kopf kaum nach links drehen konnte, aber sein Hinterteil fing an, sich zu drehen. Freight Train dachte nicht daran, das Hindernis vor ihm zu überspringen. Er erwartete Ärger aus Richtung der Bäume.

Ich hatte die Peitsche in der Hand, aber Freight Train wußte es nicht. Ich nahm die Zügel in die rechte Hand und schlug ihm fest aufs linke Hinterteil. Überrascht schoß er vorwärts – und vergaß die Bäume für einen Moment.

Das Hindernis stand geradewegs vor ihm, aber er war nicht bereit. Ich schlug ihn erneut, diesmal noch fester, und er hob ab, linkisch und spät, aber immerhin.

Er war verunsichert, und ich hatte mehr das Gefühl zu fallen als zu fliegen. Er stolperte bei der Landung und stürzte beinahe. Ich fiel nach vorne auf seinen Hals.

Feight Train fing sich wieder, und ich wurde nicht abgeworfen. Wir waren drüber. Ich fühlte mich erleichterter, als ich zugeben wollte, und Joe kam angetrabt, vielleicht ebenfalls erleichterter, als er zugeben wollte.

Ich überlegte, ob ich den Rest der Strecke schaffen würde. Ich haßte es, einfach abzubrechen, aber ich fühlte mich miserabel. Freight Train würde es locker schaffen, aber was war mit mir? Glücklicherweise mußte ich keine Entscheidung treffen. »Jetzt geht's nach Hause«, meinte Joe und ritt auf seiner Stute davon, bevor ich widersprechen konnte.

Ich folgte ihm, und wir ritten zum Stall zurück. Keiner von uns sagte ein Wort. Wenn sich jemand verletzte, wurde Joe immer wütend – aus Sorge, dachte ich, aber es war trotzdem nicht angenehm. Ich hatte ihm deswegen in all den Jahren ordentlich Zunder gegeben, so daß er gelernt hatte, es für sich zu behalten – zumindest in meiner Nähe. Ich selbst hatte genug damit zu tun, vor lauter Schwindelgefühl auf dem Pferd zu bleiben.

Im Stall fing ich an, Freight Train abzusatteln, aber Joe nahm mir den Sattel aus der Hand. »Fahr nach Hause, Michael«, meinte er knapp. »Du siehst beschissen aus.«

Ich dachte noch nicht einmal daran zu widersprechen. Ich lief einfach zum Auto. Als ich mich umsah, bemerkte ich, daß Joe mich beobachtete. Vielleicht wollte er sehen, ob ich diesmal wenigstens das richtige Auto nahm. Himmel, noch konnte ich aus eigener Kraft laufen. Wie schlimm konnte es dann schon sein?

Ich stieg ins Auto und fuhr in Richtung Interstate, aber als ich aus Joes Blickfeld verschwunden war, bog ich in einen Nebenweg ein, der zur Geländestrecke führte. Da gab es etwas, was ich tun mußte, und morgen wäre es dafür zu spät. Ich fuhr so nah wie möglich heran und stieg den Hügel hinauf. Ich wollte zu dem Dickicht der Bäume, die Freight Train erschreckt hatten. Es schien ein langer Weg zu sein. Auf einem Pferd merkte man nicht, welche Entfernungen man zurücklegte.

Ich drückte die Brombeerbüsche auseinander und schaute ständig auf den Boden. Ich brauchte ein paar Minuten, aber dann fand ich, was ich gesucht hatte – in etwa. Überrascht kniete ich mich hin und untersuchte es mit den Fingerspitzen.

Da, in dem weichen, nassen Boden, war ein Fußabdruck. Aber es war kein großer Mann, der in den Büschen gestanden hatte. Es war der Abdruck eines Fußballens – klein, ungefähr meine Größe –, aber da, wo der Absatz hätte sein müssen, war bloß ein kleines, tiefes Loch. Eine Frau hatte in dem Gebüsch gestanden, eine Frau, die nicht damit gerechnet hatte, hier stehen zu müssen, und währenddessen zweifellos ihre Schuhe verflucht hatte. Es konnte nicht Willy gewesen sein, es sei denn, er hätte seine Füße in kleine Stöckelschuhe gezwängt, was schlecht zu ihm passen würde.

Ich stand völlig verwirrt auf und dachte nach. Willy konnte sehr anziehend auf Frauen wirken. Einer seiner Bewunderinnen war ich schon mal über den Weg gelaufen, als ich ihn besuchte. Hatte er jemanden angeheuert, der mich im Auge behalten sollte? Es konnte kein gewöhnlicher Wanderer gewesen sein. Niemand trug beim Wandern Stöckelschuhe.

Ich legte eine Hand auf den Rücken, während ich nachdachte. Es fing an, höllisch weh zu tun, und ich konnte genau in der Mitte meines Rückgrats einen Knoten spüren. Ich machte zum Vergleich daneben eine Faust. Der Knoten stand fast genauso weit heraus.

Ich schluckte. Ich hatte schon zu lange Basketball gespielt, um mich wegen einer gewöhnlichen Verstauchung oder einer gebrochenen Nase aufzuregen, aber der Gedanke an Christopher Reeves machte mich fast hysterisch. Mit einem Knoten wie diesem schrie die Notaufnahme förmlich nach mir.

9

Ich war erleichtert, daß es Jack war, der schließlich in meine Kabine in der Notaufnahme kam. Normalerweise ging ich ihm aus dem Weg. Jack und ich waren einige Zeit zusammengewesen, lange bevor ich auf meine Weise katholisch wurde und aufhörte, mit verheirateten Männern auszugehen.

Aber in diesem Moment war mir nicht danach, ihn zu meiden. Er war ein sehr guter Arzt, was mir im Moment wie ein Lottogewinn erschien, und er würde sich sehr gut um mich kümmern. Jack würde keinen einzigen angeknacksten Wirbel übersehen: die Art von Verletzung, bei der es dir noch gutging, wenn du schlafen gingst, und die dir beim Aufwachen das Rückenmark spaltete.

Mein Kopf fühlte sich an, als ob ihn jemand mit einem Hammer traktieren würde, und ich lächelte schwach, als er hereinkam. »Ich sehe schon«, meinte er, »du führst wieder dein gewohnt ruhiges Leben.«

»Da war dieses Kaninchen mit der Taschenuhr«, erwiderte ich. »Hörte nicht auf zu sagen, daß es zu spät dran war. Und lief dann genau vor mein Pferd.«

Jack nahm meinen Kopf in beide Hände und bewegte ihn. Ich schloß wegen der Schmerzen für eine Sekunde die Augen. Mit jeder Bewegung glaubte ich, ein Vorschlaghammer würde meinen Kopf zerschmettern. »Kopfschmerzen?« fragte Jack.

»Mehr oder weniger«, erwiderte ich.

Er schaute von einem Auge zum anderen. »Sind sie in Ordnung?« fragte ich und versuchte sachlich zu klingen. Ich wußte, daß es kein gutes Zeichen wäre, wenn meine Pupillen unterschiedlich groß waren.

»Mehr oder weniger«, meinte er. »Übelkeitsgefühle oder Müdigkeit?«

»Nein«, sagte ich. »Bloß guter altmodischer Schmerz.«

»Und was tut dir noch weh?« fragte er.

»Das hier.« Ich stieg von der Untersuchungsliege und drehte mich um. Ich hob mein Hemd hoch und zeigte Jack meinen Rücken.

»Beeindruckend«, meinte er. »Das müssen wir uns genauer ansehen.« Er legte seine Hand auf meinen Rücken und strich über die Beule. Trotz der Schmerzen merkte ich, wie angenehm sich seine Finger anfühlten. Dieser Mann hatte schöne Hände. Ich seufzte innerlich. Das Östrogen war wieder im Anmarsch. Sollte ich irgendwann einmal eine multiple Persönlichkeit werden, würde es einen Wettlauf zwischen meinem vernunftbetonten Teil und dem östrogenbeschleunigten Hirnstamm geben.

»Schon gesehen?« fragte er.

»Nein«, erwiderte ich. »Bloß gefühlt.«

»Dann schau mal.« Er drehte sich um, nahm einen Spiegel und hielt ihn mir so hin, daß ich einen Blick über meine Schulter werfen konnte. Der untere Teil meines Rückens hatte sich von einer zur anderen Seite verfärbt. Der Knoten in der Mitte sah so schlimm aus, wie er sich anfühlte.

»Oh, Mann«, meinte ich.

»Meine Liebe«, sagte er, »was immer du damit beweisen wolltest, du hast es geschafft.« Ich mußte lachen. Jack zitierte einen Typen aus der Basketball-Oberliga, der mir mal das gleiche gesagt hatte.

»Könnte sein, daß ich mich wieder auf weniger gefährliche Turnarten verlegen sollte.« Es rutschte mir einfach so raus, und am liebsten hätte ich sofort die Reset-Taste gedrückt, um es ungeschehen zu machen.

Jack reagierte nicht. Unser Verhältnis war längst über diese Art von Neckerei hinaus. Schlimmer noch, es erinnerte mich schmerzlich daran, wie unterschiedlich er und ich die Affäre gesehen hatten.

Er setzte sich hin und füllte die Überweisung fürs Röntgen aus. Er schien sehr lange dafür zu brauchen. Schließlich reichte er sie mir. »Falls du mir jemals wieder etwas außer deinem Allerwertesten zeigen möchtest«, meinte er, »dann ruf mich an. Ansonsten besitze ich eine Rudermaschine.«

Das tat sehr weh, aber ich ließ es ihm durchgehen. Ich schluckte es ohne Widerrede.

Ich stand die Wartezeit vor dem Röntgen durch, die Wartezeit beim Radiologen, der die Bilder interpretierte, und auch die Wartezeit wegen Jack, der zurückkam, um mir zu sagen, daß alles in Ordnung war. Ich hatte Kopf und Kragen riskiert, aber immerhin hatte ich mir nichts gebrochen. Ich hatte eine Gehirnerschütterung, aber es sah so aus, als hätte ich keinen Schädelbruch oder irgendwelche bleibenden Schäden an meinen kostbaren kleinen Gehirnzellen. Das war gut – ich hing sehr an diesen kleinen Zellen.

Als ich zu Hause ankam, tat mein Kopf so weh, daß ich ihn erst eine Weile aufs Lenkrad legen mußte, bevor ich aus dem Auto steigen konnte. Mir war übel, aber ich war mir ziemlich sicher, daß es nur von den Schmerzen kam.

Ich schloß die Tür hinter mir und schwebte mehr oder weniger ins Obergeschoß. Es tat weniger weh, wenn ich sehr langsam ging und vorsichtig auftrat. Ich legte mich aufs Bett und bewegte mich nicht. Im Krankenhaus hatte ich nur Aspirin genommen, aber ich merkte, wie ich auf eine dumpfe, erschöpfte Weise wegglitt.

Das Telefon klingelte, aber ich dachte nicht daran, mich zu melden. Der Anrufbeantworter sprang an, und ich konnte Marvs Stimme hören. »Michael«, sagte er, »ich muß dich sprechen. In einer Sitzung kam etwas heraus, was du wissen solltest.« Seine Stimme klang irgendwie beunruhigt, aber das kümmerte mich nicht – nicht im geringsten. Mir war es egal, wer was in welcher Sitzung gesagt hatte. Mir war so ziemlich alles egal. Ich war zu müde und hatte zu große Schmerzen.

Die Zeit verstrich. Einen ganzen Tag und eine ganze Nacht stand ich nur auf, wenn es unbedingt sein mußte. Ich versuchte mir die Zähne zu putzen, aber das rüttelte zu stark an meinem Kopf. Wenn ich mich umdrehte, wachte ich jedesmal auf, weil durch jede Drehung das Pochen in mein Kopf wieder anfing.

Marv hatte erneut angerufen, aber mir war es immer noch egal. Meine Welt war auf ein einziges Ziel reduziert – meinen Kopf so ruhig wie möglich zu halten.

Außerdem: Hätte ich mit Marv gesprochen, hätte er sofort gemerkt, wie schlecht es mir ging. Dann hätte er es anderen erzählt, und die wären gekommen, um hier herumzuhuschen. Ich hätte mich mit ihnen auseinandersetzen müssen, und dafür hatte ich einfach keine Kraft. Der einzige Anruf, bei dem ich mich gemeldet hatte, war der von Jack gewesen: Ich hatte Angst, daß er kommen würde, um nach mir zu sehen, wenn ich nicht dranging.

Eine kleine Stimme in mir sagte: »Ruf Marv an. Er hat sich nicht gut angehört«, aber ich ignorierte sie. Little Chicken hätte an meine Tür kommen können, und ich hätte bloß gesagt: »Ach, der Himmel fällt gerade herunter? Das weiß ich schon. Er ist mir auf den Kopf gefallen.«

10

Meinem Kopf ging es immer noch nicht besser. Ich rief an, um mich für Montag und Dienstag krank zu melden – eine Grippe, gab ich an –, und es dauerte bis zum späten Dienstag, bis ich wieder gehen konnte, ohne die Zähne zusammenbeißen zu müssen. Schließlich ging es mir gut genug, um mich wieder daran zu erinnern, daß es auch noch eine

Außenwelt gab und Geräte, die mich mit ihr in Verbindung brachten.

Als erstes sollte ich das Telefon in Angriff nehmen. Ich hatte den Anrufbeantworter gerade zur Hälfte abgehört, als es klingelte. Spontan nahm ich ab und meldete mich mit »Hallo«.

Als ich Adams Stimme hörte, spürte ich einen Schlag. »Michael«, sagte er. Ich wollte etwas erwidern, aber mir fiel nichts ein – außerdem merkte ich, daß ich den Atem anhielt. Als ich nichts sagte, fuhr Adam fort: »Hör mal, ich möchte dich nicht nerven, aber es gibt ein paar Dinge, die ich dir sagen möchte.«

Das klang nicht nach Adam. Er klang nicht so warmherzig – besorgt vielleicht, aber nicht warmherzig –, und es wirkte einstudiert. »Erstmal: Es tut mir leid, daß ich Jordan erwähnt habe.«

»Nicht jetzt«, erwiderte ich. O Gott, wenn er Jordan wieder heraufbeschwor, würde ich es bestimmt nicht durchstehen.

»Das weiß ich. Darauf bin ich auch schon gekommen«, fügte er knapp hinzu. »Die zweite Sache ist – und es ist das einzige, was ich verlange –, daß du mir versprichst, mich anzurufen, wenn Willy sich mit dir in Verbindung setzt.«

Ich sagte nichts. Ich war keinesfalls bereit, mit Adam über Willy zu diskutieren. Gerade jetzt wollte ich Adam nicht in meiner Nähe haben. Er hatte zuviel aufgewühlt, und ich brauchte für Willy einen klaren Kopf.

Ich sagte immer noch nichts. Ich haßte es, Adam anzulügen, und seine Bitte klang so ehrlich und so ... vernünftig.

»Michael, er hat sich doch nicht etwa schon mit dir in Verbindung gesetzt?« fragte Adam scharf.

»Ich denke nach, Adam. Interpretier da nicht gleich zuviel hinein. Ich muß darüber nachdenken, ob ich ein solches Versprechen geben kann.« Noch hatte ich nicht gelogen.

»Sollte ich Schwierigkeiten haben«, sagte ich, »wirst du der erste sein, der davon erfährt.«

Es entstand eine Pause.

»Das ist nicht genug«, meinte Adam.

Er nahm mir jeden Spielraum. »Also gut«, sagte ich und gab auf. »Ich verspreche es.« Warum nötigten die Menschen einen zu lügen?

»Okay«, sagte er, und es klang erleichtert, während über mir eine Welle von Schuldgefühlen zusammenschlug: Der Mann vertraute mir. »Über die anderen Dinge können wir später reden«, fügte er hinzu, und weg war er.

Nachdem er aufgelegt hatte, saß ich einfach nur da. Wenn es möglich war, mein Verhältnis zu Adam noch zu verschlechtern, so hatte ich es eben getan. Aber was bleibt dir übrig, wenn dir jemand die Pistole an den Kopf setzt? Das war nicht meine Schuld.

Aber wenn ich es mir recht überlegte, hätte ich auch etwas anderes sagen können. »Nein« zum Beispiel. Warum hatte ich nicht einfach gesagt: »Nein, Adam, ich werde gar nichts versprechen, aber ich werde deine Bitte im Hinterkopf behalten.« Je mehr ich darüber nachdachte, um so merkwürdiger erschien es mir, daß ich zugestimmt hatte. Ich konnte einfach nicht klar denken, wenn Adam um mich war. Nicht zu vergessen, daß ich mit diesem hämmernden Kopfweh überhaupt nur schwer denken konnte.

Aber es war mehr als das. Es gab ja einen Grund, warum ich alleine lebte. Beziehungen waren für mich wie Magneten: Sie warfen mich aus der Bahn. Erwartungen, Forderungen – auch ich haßte es, jemanden zu enttäuschen. Nach einer Weile fing ich in jeder Beziehung an, mich immer weniger als »ich selbst« zu fühlen. Und ziemlich bald fühlte ich mich so zermürbt, daß ich mich selbst nicht mehr leiden konnte und den Mann verließ.

Ich beschloß, die Sache beiseite zu legen und an den

Computer zu gehen – schließlich hatte Adam mich dazu *verführt,* ihn anzulügen. Er hatte es regelrecht erzwungen. Ich sollte mich von ihm freimachen und statt dessen herausfinden, was Willy vorhatte, der irgendwo da draußen war. Ich hatte Willy eine Art Fehdehandschuh hingeworfen, und es würde interessant werden zu erfahren, wie er darauf reagierte.

Ich loggte mich ein, und tatsächlich gab es eine Nachricht von »partytime«. Ich starrte sie einen Augenblick an, bevor ich sie öffnete. Allein eine E-Mail von Willy zu sehen jagte mir schon einen Schrecken ein. Schließlich doppelklickte ich auf »partytime«, und das Schreiben von Willy erschien auf meinem Bildschirm.

> Also gut, mein liebe Frau Doktor. Ich könnte Dir beweisen, daß ich meinen Appetit zügeln kann – ein bißchen Gegen-Psychologie gefällig? Als nächstes wirst Du das Symptom anprangern! Aber nein, ich kann Dich nicht in der Mailänder Schule sehen. Meine Liebe, Du müßtest glauben, daß ich ein aufsässiger Jugendlicher bin, um mir das so einfach abzunehmen. O Michael, du amüsierst mich.

Also kannte er sich ein bißchen in Psychologie aus. Na toll. Viele Leute kannten die Mailänder Schule und ihren Hang, sich auf die Symptome zu konzentrieren: Wenn jemand wirklich aufsässig war, würde er eher das Symptom aufgeben, als den Machtkampf zu verlieren.

Aber interessanterweise hatte ich gar nicht auf das Symptom angespielt, sondern bloß auf seinen Narzißmus, was er immer noch nicht erkannte, trotz aller Cleverneß.

> Alles in allem war das eine enttäuschende Kommunikation. Vielleicht bist Du nicht ganz so clever, wie ich

dachte. Oder aber der Streß frißt sich in Deine Seele wie Säure, nicht wahr? Du fängst an, Dich zu fragen, wann und wie und ... was passieren wird.

Du brauchst Trost! Entspannung von dem Unvermeidlichen. Es ist immer noch Zeit – ein wenig zumindest. Schaff Dir einen Hund an, einen Rottweiler vielleicht, als einen Hüter. Kauf Dir ein paar Blumen – KAMELIEN zum Beispiel. Iß eine kleine KIWI oder eine Quiche LORRAINE.

Ich fröstelte. Für einen Moment stockte mir der Atem. Ich las es wieder und wieder. Ich stand auf und ging im Zimmer umher, setzte mich wieder und las den letzten Absatz noch einmal. Ich stand wieder auf und ging umher, während ich mir immer noch sagte, daß es nicht bedeuten konnte, was ich dachte, daß es bedeutete. Ich konnte mich irren. Ich mußte mich irren.

Aber was waren die Alternativen? Ich hatte eine Klientin, die Camille hieß, eine, die Kiwi und eine, die Lorraine hieß. Er hat die Namen sogar groß geschrieben, verdammt noch mal. Schaff dir einen Rottweiler als Hüter an. Hüter. Keeter.

Ich brauchte jemand Unbeteiligten, der das las und mir sagte, daß ich verrückt war. Ich war schon fast beim Telefon, als ich innehielt. Jeder, den ich kannte und der das sah, würde mir raten, die nächsten zwei Jahre in Neuseeland zu verbringen.

Aber woher konnte Willy wissen, wer meine Klienten waren? Hatte er meine Akten durchwühlt? War er den Leuten gefolgt, die in meinem Büro ein- und ausgingen? Hörte er mein Telefon ab? Hatte ich mit ihnen telefoniert? Meine Computerdatei konnte er nicht geknackt haben. Ich hatte die Namen meiner Klienten gar nicht im Computer gespeichert.

Ich las die Nachricht noch einmal. Es mußte so sein, wie

ich dachte. Es machte sonst keinen Sinn. Quiche Lorraine und Kiwi? Er konnte beides nicht einfach aus dem Hut gezaubert haben.

Also war er hier. Nahe genug, um meine Praxis zu beobachten. Aber woher kannte er ihre Namen? War er ihnen gefolgt, um ihre Adressen herauszufinden? Selbst wenn: Durch die Adressen konnte er vielleicht ihre Namen herausbekommen, aber woher kannte er Keeters Namen? Ich ging es wieder und wieder durch wie eine Schallplatte, die einen Sprung hatte. War er in meine Praxis eingebrochen? Hatte er meine Akten gelesen? Wenn er den Leuten folgte, dann wußte er auch, wo ich wohnte.

Ich drehte mich im Kreis. Ich stand auf, nahm mir ein Glas Eistee, um meine Nerven zu beruhigen, und setzte mich wieder, um nachzudenken. Für Südstaatler war Eistee wie Muttermilch, und bei Streß griff ich gerne nach etwas aus dem Süden. Ich schaute auf den Eistee und rührte ihn um, während ich versuchte, einen klaren Gedanken zu fassen. »An der Schwelle zum Geisterreich ertönt ein Klagelied«, hatte Wallace Stevens geschrieben. Nun gut, die Angelegenheit war ziemlich gespenstisch, und ich hörte etwas, aber was? »An der Schwelle zum Geisterreich, vage, aber eindringliche Laute.« Das hatte Stevens niemals geschrieben.

Ich erinnerte mich an etwas, das lange Zeit her war. Ich war mit ein paar Freunden aus dem College segeln gewesen. Wir waren auf einer siebeneinhalb Meter langen Erickson unterwegs, einer Nußschale von einem Boot, als der Motor seinen Geist aufgab und Nebel aufkam. Mir wurde die Navigation übertragen, so daß ich mit den Seekarten unter Deck ging, während die anderen am Steuer saßen oder nach Booten Ausschau hielten – so gut sie eben konnten. Der Nebel war so dicht, daß man keinen Meter weit sehen konnte, und das kleine Boot hatte keinen Radar.

Keiner von uns war wirklich nervös – bis die Fähren kamen. Wir hörten das Geräusch der Motoren, wie es lauter und lauter wurde, aber keiner konnte etwas erkennen. Dann, als die Motoren so laut waren, daß wir nur noch darauf warteten, gerammt zu werden, fing das Geräusch allmählich an zu verklingen. Das verdammte Ding fuhr so nah an uns vorbei, daß wir es praktisch berühren konnten, aber wir konnten es immer noch nicht sehen.

»An der Schwelle zum Geisterreich, das Geräusch von Fähren.« Das kam der Wahrheit schon näher. Ich konnte Willy im Nebel hören, aber ich konnte nichts erkennen. Er war wie die Fähre, mit dem Unterschied, daß er nicht im Nebel stand. Man konnte behaupten, auch er hätte eine Art Radar, aber während die Fähren es benutzten, um uns nicht zu rammen, würde Willy mich damit einkreisen und noch mehr einkreisen und jedes Mal näher kommen. Er war mehr wie ein Hammerhai.

Das war nichts wirklich Neues. Egal, was ich wem erzählt hatte: Von dem Augenblick an, als ich hörte, daß Willy entlassen worden war, hatte ich gewußt, daß er an meiner Türschwelle stehen würde – oder besser, draußen vor dem Fenster. Aber ich hätte nie geglaubt, daß er meine Klienten mit hineinziehen würde.

Ich dachte an Lucas, den Massenmörder. Als er fünf Jahre alt war, hatte ihn seine Mutter gefragt, ob er das Maultier, das die Familie besaß, liebte. Er hatte genickt, und sie hatte es vor seinen Augen erschossen. Sie hatte gewußt, daß sie ihn am meisten verletzen konnte, wenn sie das verletzte, was er liebte.

Ich hatte keine Kinder. Ich lebte allein. Mir konnte man mit solchen Dingen nicht so leicht Angst einjagen. Aber meine Praxis war mir heilig, und auch die Menschen, um die ich mich kümmerte, waren mir wichtig. Was hatte mich glauben lassen, daß Willy nicht dahinterkommen würde?

Es gab ein paar Dinge, die ich erledigen mußte. Ich zog mich an und holte meine Pistole, eine Magnum, aus der Schublade. Ich überprüfte, ob sie geladen war. Ohne Kinder im Haus war das in Ordnung.

Ich steckte ein paar Schnellader-Magazine in die Tasche, schnappte mir meine Autoschlüssel und stürmte zum Auto. Ich bewegte mich zu schnell, und mein Kopf fing wieder an, weh zu tun. Ich lief etwas langsamer – Jesus, ich haßte es, abbremsen zu müssen, wenn ich irgendwo hinkommen wollte – und stieg dann ins Auto.

Von der Fahrt selbst bekam ich gar nichts mit. Es war einer dieser Abläufe, bei denen mein Verstand so beschäftigt war, daß mein Gehirn das Steuerrad selbständig übernahm. Ich erreichte meine Privatpraxis in Carlottas Haus und blieb im Auto sitzen. In ihrem Teil des Hauses brannte Licht, aber ich hatte sowieso keine Wahl. Seit der Schulzeit war Carlotta meine beste Freundin – und ich betete zu Gott, daß Willy das nicht herausfand –, und ich mußte mit ihr darüber reden.

Ich dachte über tausend Möglichkeiten nach, wie ich es machen könnte, ohne ihr gleich die volle Wahrheit sagen zu müssen, aber keine funktionierte. Ich gab es auf und stieg aus dem Auto. Wenn es um Carlottas Sicherheit ging, sollte meine Empfindlichkeit, was mein Privatleben betraf, besser zurückstehen.

Ich ging zur Hintertür, die zur Küche führte. Während ich mit meinem Schlüssel öffnete, klopfte ich. Carlotta stand in ihrem seidigweißen Lieblingspyjama in der Küche und mixte sich gerade einen Proteindrink. Carlottas Lebensstil unterscheidet sich ein wenig von meinem. Mein Lieblingsschlafanzug war ein T-Shirt. Als ich hereinkam, drehte sie sich um und sagte: »Seien Sie gegrüßt, Dr. Michael. Möchten Sie einen Milchshake?«

»Nein, danke«, antwortete ich und setzte mich an den

Tisch. Geistesabwesend klopfte ich auf die Tischplatte. Es war ein außergewöhnliches Objekt: ein dickes, solides Stück Rotbuche auf einem Untersatz aus handgetöpfertem Steingut. Beim Klang meiner Stimme drehte sich Carlotta um, schaute mich kurz an und kehrte dann zu der Herstellung ihres Drinks zurück. »Was zum Teufel ist denn mit dir passiert?«

»Bin vom Pferd gefallen«, erwiderte ich. Carlotta drehte sich erneut um und musterte mich. »Nichts Ernstes«, sagte ich. »Jack hat es sich in der Notaufnahme angeschaut.«

Ich sagte nichts weiter, und kurz darauf hörte Carlotta auf, mit dem Mixer zu hantieren, und setzte sich hin. Auch sie sagte nichts, trank ihren Drink und wartete. Ich vermutete, ihr war klar, daß ich nicht bloß zu Besuch gekommen war.

»Wie läuft's mit Hank?« fragte ich schließlich. Hank Holden war ein Richter, mit dem Carlotta zusammen war.

»Prima«, meinte sie.

Ich holte tief Luft. Es gab keine Möglichkeit, Carlotta etwas vorzumachen, also sollte ich besser gleich auf den Punkt kommen. »Warum ziehst du nicht für eine Weile zu ihm?«

»Michael ...«

»Ich werde das nicht näher erklären, Carlotta. Wirklich nicht. Aber ich bitte dich, zieh zu Hank.«

»Also ist er hier.«

Ich zuckte mit den Schultern.

»Du trägst deine Pistole.«

Ich zuckte erneut die Schultern. Ich stand auf und goß mir etwas von dem Milchshake ein, einfach um etwas zu tun zu haben.

»Du hast Adam nichts davon erzählt.«

Ich setzte mich wieder hin.

Carlottas Gesicht spiegelte ihre Gefühle wie ein Kaleidoskop wider. Ärger wechselte mit Angst und mit ein paar anderen Empfindungen, die sich zu schnell änderten, um sie identifizieren zu können.

»Michael, du bist eine verfluchte Närrin.«

»Das ist wahr«, meinte ich. Schwer, etwas dagegen zu sagen.

»Warum ich?« fragte sie.

»Das hat keinen besonderen Grund«, sagte ich.

»Dann bleibe ich hier. Du bist es, hinter der er her ist.«

»Das würde ich nicht tun«, entgegnete ich.

»Warum?«

»Er weiß Dinge, die er nicht wissen sollte«, meinte ich vorsichtig und starrte auf den Tisch. »Es kann sein, daß er in die Praxis eingebrochen ist.«

Ich hörte, wie Carlotta scharf Luft holte, aber ich blickte nicht auf. Das war wirklich kein angenehmer Gedanke. Carlotta hörte auf.

»Hank ist bis morgen nicht in der Stadt.«

»Heute nacht bleibe ich hier.«

»Wird das eine Hilfe sein oder ein Risiko?«

»Gute Frage, aber ich habe eine Waffe, und du hast keine. Du solltest noch einmal über einen Schießkurs nachdenken«, sagte ich ruhig. Das war eine alte Diskussion. Carlotta haßte Waffen.

»Wenn ich aufhören würde, mit dir zusammen zu sein«, entgegnete sie, »würde ich keine Waffe brauchen.«

Das stimmte wahrscheinlich.

»Adam weiß nichts davon«, meinte Carlotta matt.

Ich erwiderte nichts. Das war keine Frage gewesen.

»Du weißt, daß ich ihn angerufen habe«, sagte sie.

»Es hat eine Diskussion gegeben«, antwortete ich. »Ich, äh, habe ihm versprechen müssen, daß ich ihm sage, wenn Willy auftaucht.«

Ich wußte, ich hatte nicht die geringste Chance.

»Das war blöd« war alles, was sie sagte.

Carlotta verschwand im Bett. Sie hatte nicht gerade viel gesagt, aber sie war so sauer, wie sie nur sein konnte. Wer konnte ihr das verdenken? Ich hatte einen Irren in ihr Leben gebracht, der vielleicht sogar in ihr Haus eingebrochen war, zweifellos während sie schlief. Nun sollte sie ausziehen, ohne zu wissen, wann sie zurückkehren konnte, und als Dreingabe mußte sie sich auch noch um mich sorgen.

Dazu kam, daß sie schnell dahinterkommen würde, daß ich sie beim Mittagessen mehr oder weniger angelogen hatte, als ich ihr versicherte, daß Willy untertauchen und mir nicht nachstellen würde. Dann würde sie doppelt sauer sein.

Was sollte ich dazu noch sagen? Ich wußte auch nicht, warum ich es so haßte, wenn sich Leute um mich sorgten. Ich haßte es einfach.

Soweit ich das überblicken konnte, hatte ich jetzt Ärger mit jedem, den ich kannte. Ich hatte Marv nicht zurückgerufen, obwohl er mir gesagt hatte, daß es wichtig war. Ich hatte Carlotta und Adam angelogen. Es sah so aus, als ob man mit mir einfach nicht befreundet sein könnte. Es sah so aus, als ob man verzweifeln müßte, wenn man mit mir befreundet war. Andererseits konnte es auch sein, daß niemand wußte, wie er mit mir befreundet sein konnte, ohne mich ständig zu kontrollieren. Und daß ich überhaupt nicht wußte, wie ich mit jemandem befreundet sein konnte, ohne mich kontrolliert zu fühlen.

Ein Graben tat sich auf, wie nach einem Erdbeben. Willy hatte nicht wissen können, was er da heraufbeschwor. Im Grunde hatte er nur ein bißchen Streß gemacht, und schon brach die Erde auseinander. Also sollte ich vielleicht ein bißchen aktiver werden und verhindern, daß alles auseinanderbrach. Vielleicht sollte ich Marv anrufen, um wenigstens eine Beziehung intakt zu halten.

Aber ich wußte, ich würde es nicht tun. Ich hatte einfach keine Lust, ihn anzurufen – wer konnte schon sagen, weshalb? Ich wußte noch nicht einmal, ob es wegen dieses Grabens war oder wegen all der anderen. Wie viele Risse gab es in meiner verrückten Psyche? Wie viele Footballspieler gab es an den High-Schools von Texas?

11

Mitten in einem schlechten Traum wachte ich auf. Ich fuhr durch New York City, als ich merkte, daß ich etwas verloren hatte. Irgend etwas war mir abhanden gekommen, und was auch immer es war, es änderte alles. Es gab keine Möglichkeit mehr, dahin zu gelangen, wohin ich wollte, und aus irgendeinem Grund war mir klar, daß ich nicht zurückfahren konnte, um es zu suchen. Etwas ganz Wesentliches war verlorengegangen, und ich wachte mit einem starken Verlustgefühl auf.

Ich war noch so von dem Traum gefangen, daß ich einen Augenblick brauchte, um zu merken, daß etwas anders war: Ich hatte keine Kopfschmerzen mehr. Das erste Mal seit meinem Sturz war mein Kopf nicht mehr das Zentrum des Universums. Ich schlüpfte aus dem Bett, um meinen neuen schmerzfreien Zustand zu testen, und machte fast einen Luftsprung, als nichts Schreckliches geschah.

Natürlich sprang ich nicht. Statt dessen ging ich vorsichtig in die Küche, mit jeder Bewegung ein bißchen zuversichtlicher. Die Erinnerung an die Kopfschmerzen war noch frisch, und ich wollte nicht, daß sie wieder anfingen. Carlotta hatte mir Kaffee gemacht, so daß ich vermuten konnte, daß sie nicht mehr ganz so sauer auf mich war. Ich goß mir eine Tasse ein und ging zurück ins Bett.

Puh. Wovon handelte dieser Traum überhaupt? Ich

konnte nicht glauben, daß es um meine Beziehungen ging und um den Druck, der durch die Sache mit Willy auf ihnen lastete. Ohne Kopfschmerzen sah alles schon viel besser aus, und ich fing an zu glauben, daß ich vielleicht überreagiert hatte.

Carlotta und ich hatten schon Ehen und Scheidungen gemeinsam durchgestanden. Ich tolerierte ihren Weiblichkeitswahn. Und sie tolerierte schon zwei Jahrzehnte lang, daß ich sie deswegen aufzog.

Frauen nehmen ihre Freundschaften ernst, und eines Tages würden Carlotta und ich in einem Altersheim enden, wo wir auf einer grünen Veranda in weißen Schaukelstühlen sitzen und über ehemalige Liebhaber quatschen würden. Frauen leben in dem Bewußtsein, daß sie jeden Lebenspartner wahrscheinlich um ein Jahrzehnt oder mehr überleben, so daß sie mit keinem lebenslange Pläne machen konnten.

Nein, es waren die Frauenfreundschaften, die am Ende überdauerten. Carlotta und ich würden hin und her schaukeln, unanständige Geschichten austauschen und dabei rauchen und Brandy schlürfen, bis wir abgefüllt waren. Das Problem war nur, daß daraus nichts werden würde, wenn Willy nicht bald aus meinem Leben verschwand.

Also, worum ging es in diesem Traum? Jordan? Wie viele Monate waren es noch bis zum Jahrestag ihres Todes? Fünf. Ein bißchen früh für eine Jahrestags-Trauer.

Hatte es, wenn nicht mit Jordan, dann vielleicht mit Adam zu tun? Was hatte ich verloren? Was war mir abhanden gekommen?

Ich gab das Grübeln auf und zog mich an. Carlotta war weg, und ich war spät dran. Ich hatte zwar vor zehn Uhr kein Meeting in der Psychiatrie, aber vorher noch etwas anderes zu tun. Ich ging in mein Büro und schloß den Aktenschrank auf. Natürlich gab es dort keine Spuren, daß Willy eingebrochen hatte. Wie zum Teufel hätte er auch in ein abgeschlossenes Zimmer in einem total abgeschlossenen Haus eindringen können?

Ich zog alle meine Patientenunterlagen heraus und legte sie auf die Couch. Obwohl nur als Teilzeit, machte ich schon eine ganze Weile Therapie, so daß jede Menge Unterlagen zusammenkamen. Ich ging in den Keller, kam mit ein paar Bücherkartons wieder, legte alle Unterlagen hinein und trug sie ins Auto. Ich wußte nicht, ob es funktionieren würde, aber es mußte sein.

Ich fuhr zu meiner Bank und ging hinein. An den Schreibtischen in der Lobby saßen mehrere Frauen. Ich pickte mir die heraus, deren Frisur am wenigsten gestylt aussah. Gestylte Frisuren waren immer ein schlechtes Zeichen. Sie war frei, also ging ich hinüber und setzte mich hin. »Ich brauche ein Bankschließfach«, sagte ich. »Eigentlich brauche ich eine ganze Reihe davon.«

»Schön«, sagte sie freundlich. »Wie viele hätten Sie denn gerne?«

»Oh, bestimmt einige«, meinte ich.

»Einige?«

»Na ja, wie groß sind sie denn?« Ich hatte die Kartons noch nicht hereingebracht. Ich wollte nicht, daß sie ausflippte. »Ich meine, wie groß ist das größte?«

»Nun«, meinte sie, während sie sich zurücklehnte und mich verwundert ansah, »sie sind alle sechzig Zentimeter tief. Das größte ist fünfundzwanzig Zentimeter hoch und vierzig Zentimeter breit.«

Ich rechnete kurz im Kopf nach. Ich würde eine Menge Bankfächer brauchen. »Einen Augenblick«, sagte ich. »Ich bringe die Sachen einfach herein.«

Ich mußte mehrmals hin und her laufen und hatte ihre volle Aufmerksamkeit. »Das größte Bankfach kostet hundert Dollar im Jahr«, meinte sie versuchsweise. »Normalerweise benutzen es die Leute, um ... Sind Sie sicher, daß...?«

Sie war darauf geschult, nicht nachzufragen, also tat sie es nicht. Aber ich antwortete ihr trotzdem. »Staatsanleihen«, sagte ich, während ich meine Hände auf dem Tisch faltete und sie geradewegs ansah. »Meine Großtante ist gestorben.«

Sie sah mich einen Moment lang an. Entweder war ich eine dieser Superreichen, die sie bis jetzt noch nie getroffen hatte, oder ein verlogener Junkie, der sein Dope deponieren wollte – ich hatte in meiner Praxis schon von Dealern gehört, die ihren Stoff in Bankschließfächern deponiert hatten. Ich konnte fast sehen, wie sie dachte: »Sie könnte beides sein.«

»Lassen Sie mich nachsehen, wie viele frei sind«, sagte sie und ging davon, während sie sich über ihre Schulter nach meinen Kartons umsah.

Warum war niemals etwas einfach? Ich würde zu drei Filialen fahren müssen, um genug Bankschließfächer zu finden, und bis dahin war ich vermutlich verarmt und hatte ein weiteres Meeting in der Psychiatrie verpaßt. Aber ich war so erleichtert, daß ich mich fast übermütig fühlte. Wenn das den Informationsfluß zu Willy stoppen konnte, war es die Sache wert. Außerdem war es analytisch. Jede neue Information, die Willy nach diesem Zeitpunkt bekam, konnte nicht aus diesen Unterlagen stammen – keine neue Information, wenn ich noch eine andere Sache erledigte. Aber zuerst mußte ich in die Psychiatrie fahren.

Ich schlich mich geradezu in die Psychiatrische Abteilung. Ich wollte niemandem über den Weg laufen, der in dem Meeting gewesen war, das ich verpaßt hatte. Wie sollte ich erklären, wo ich gewesen war? »Na ja, ich habe gedacht, daß ein Sadist in mein Büro eingebrochen ist und meine Unterlagen gelesen hat, deshalb habe ich sie in ein Bankschließfach gebracht.« Pa...ra...noia, würden sie munkeln.

Ich hätte alle Unterlagen aus meiner Privatpraxis in mein

Büro in der Psychiatrie bringen können, aber wenn Willy in meine Praxis einbrechen konnte, dann konnte er sicherlich auch in die Psychiatrie einbrechen. Die Abteilung war in einem Haus genau gegenüber der Klinik untergebracht, verbunden durch einen Tunnel und rund um die Uhr geöffnet. Auf jeden Fall aber waren meine Psychiatrie-Unterlagen kein Problem. Alle Akten waren im Hauptgebäude untergebracht, wo sie niemand finden konnte. Verdammt noch mal, manchmal konnte noch nicht einmal ich sie finden.

Ich hatte geglaubt, daß ich unbemerkt in mein Büro geschlüpft war – meine Sekretärin Melissa war nicht an ihrem Platz gewesen, als ich vorbeiging –, aber ich war keine zehn Minuten da, als es an der Tür klopfte. Ich drehte mich um und sah Toby, den Chefarzt der Psychiatrie, in der Tür stehen. Aha, das Meeting war wohl nicht so wichtig gewesen.

»Eine Minute Zeit?« fragte er.

»Sicher«, meinte ich mit einem Anflug – einem schwachen Anflug – von Enthusiasmus.

Toby kam herein und setzte sich auf die Couch. Er war bisher noch nie vorbeigekommen. Toby hatte mir einmal gesagt, ich sei kein Teamarbeiter, und ich hatte geglaubt, es wäre ein Kompliment. Dieses Mißverständnis war das erste von vielen. Toby glaubte, ich sei ein Hitzkopf, der seinen eigenen Weg ging und egal, was ich tat, nie bedachte, welche Auswirkungen das auf die Abteilung hatte. Einmal hatte er mir vorgeworfen, daß ich mich nicht um die *finanziellen* Ziele der Abteilung kümmerte, und seine Stimme hatte so empört geklungen, als ob ich eine alte Frau auf der Straße überfallen hätte.

Toby hatte keine Ahnung. Einmal hatte er mir vorgeworfen, ich würde in ihm bloß einen Bürokraten sehen. Ich sah ihn nicht bloß als Bürokraten. Ich sah ihn als ein komplettes, aufgeblasenes Arschloch, das als erstes erschossen werden müßte, wenn eine Revolution kommen sollte. Es beruhigte mich, daß ich trotz allem wenigstens ein *paar* soziale Maßstäbe hatte.

Ich machte mich auf einen Angriff gefaßt, aber Toby war ungewöhnlich ruhig. Ich konnte es nicht ausstehen zu warten. »Ich habe die Planungssitzung verpaßt, weil ich einen Notfall hatte«, sagte ich. Es war die einzige Ausrede, die die Psychiatrie nicht anzweifeln würde. Dieses Lügengeschäft schien um so einfacher, je weiter man ging, und ich fing an, richtig in Schwung zu kommen.

»Das ist nicht wichtig«, sagte Toby. »Wir schicken Ihnen das Protokoll.«

Bitte was? *Was* hatte er gesagt? Ich war wie versteinert. Was war los mit Toby? War er krank?

»Ich frage mich ... Sie haben doch Patienten in Ihrer Privatpraxis?« Im Jefferson hatte ich nur Beratungsfunktion, gab Unterricht und saß in schwachsinnigen Komitees.

»Sicher«, sagte ich argwöhnisch. O Gott, bitte laß es nicht einen seiner Verwandten sein.

Er seufzte. »Mein Nachbar hat mich angerufen. Seine Tochter geht zur Jefferson-Uni. Es sieht so aus, als ob es da einen ... Vorfall gegeben hat. Lucy war bei einer Party der Studentenverbindung und hatte getrunken – ziemlich viel. Sie hatte Sex mit einem Jungen auf dieser Party – freiwillig, wie sie sagt. Aber als sie aufwachte, wurde sie von ein paar jungen Männern vergewaltigt – von dreien, inklusive ihres Freundes.« Toby schaute weg. Wir wußten beide, daß er wahrscheinlich gesagt hätte, es sei ihr eigener Fehler, weil sie betrunken war, wenn es nicht sein Nachbar gewesen wäre. Gegenüber Gewaltopfern war er nicht gerade der sensibelste Mensch, es sei denn, es waren seine eigenen Patienten. Seine Patienten behandelte Toby besser als irgendwen sonst.

Er fuhr fort: »Sie blieb liegen und war zu schwach, um sie zu stoppen, aber sie hörte nicht auf, ›nein‹ zu sagen. Sie war einfach erschöpft.« Toby sah aus, als ob er sich ziemlich unwohl fühlen würde. Ich merkte, daß es nicht leicht für ihn war, zu mir zu kommen, und ich war mir nicht sicher, warum er gekommen war. In der Abteilung gab es eine Menge guter Therapeuten, die Gewaltopfer behandelten.

»Sie möchten, daß ich mit ihr spreche?« fragte ich.

»Nein, nein«, meinte er. »Sie hat schon einen Therapeuten. Es ist nur ... der junge Mann ... nun ja, er bestreitet nicht, daß diese Männer mit ihr Sex hatten. Er behauptet, daß sie einverstanden war.«

»Nicht sehr wahrscheinlich«, meinte ich, »es sei denn, Lucy spielt Ihnen etwas vor.«

»Auf keinen Fall«, entgegnete er. »Ich kenne Lucy schon ihr ganzes Leben. Sie ist sehr vernünftig. Die Sache ist nur die – ihre Eltern sind außer sich. Lucy möchte, daß die Universität etwas unternimmt, aber der junge Mann behauptet, daß sie sie angestachelt und es herausgefordert hat. Ihre Eltern befürchten, daß es ihrem Ruf schadet – und, wie ich vermute, auch ihrem eigenen. Aber Lucy besteht darauf, daß etwas getan wird.«

»Polizei?« fragte ich.

»Hat keiner gerufen«, sagte er. »Selbst Lucy will nicht diese Art von Publizität.«

Ich seufzte. Die Polizei konnte mit Vergewaltigungsfällen viel besser umgehen als eine Universität. Aber ich wußte auch, wie selten Gewaltopfer bereit waren, sie einzuschalten.

»Toby, was genau möchte Lucy, daß passiert? Wenn sie die Polizei schon nicht einschalten will, hat sie dann wenigstens eine offizielle Beschwerde bei der Universität eingelegt?«

»Ja«, sagte Toby. »Aber wie Sie sich vorstellen können, hat der Disziplinarausschuß jetzt zwei gegensätzliche Geschichten auf dem Tisch. Lucy hat einfach keine Beweise. Ich bezweifle, daß sie viel tun können.«

»Was ist mit den anderen Männern?«

»Bis jetzt wollte der junge Mann ihre Namen nicht nennen, und Lucy kennt sie nicht.«

»Selbst wenn der Disziplinarausschuß ihr recht geben würde: Was glaubt sie, was er machen kann? Die Uni kann niemanden ins Gefängnis bringen. Was glaubt sie, was passieren sollte?«

»Sie will wissen, wer sie sind, und sie will, daß man sie – alle – rausschmeißt. Sie sagt, sie will nicht über den Campus spazieren und sich fragen, ob der oder der sie vergewaltigt hat. Und«, Toby zog seine Augenbrauen sarkastisch hoch, »sie möchte, daß sie sagen, daß es ihnen leid tut.«

Biiiittttttteeee. Gegenüber Tätern konnten Menschen so naiv sein. Glaubte Lucy wirklich, es würde irgend etwas ändern, wenn sie sie zu einer Entschuldigung zwang? Ebenso konnte man einen Straßenräuber bitten, sich zu entschuldigen.

»Wie kann ich helfen?« Ich mußte zugeben, daß im Vergleich dazu mein Krieg mit Toby ziemlich unbedeutend war. Diese Sache könnte schlecht ausgehen, wenn sie nicht richtig gehandhabt wurde, und Lucy könnte leicht traumatisiert werden, wenn sie es nicht schon war. Nicht zu vergessen, daß es das Potential für einen familiären Riß gab, der vielleicht niemals heilen würde, wenn ihre Familie nicht damit einverstanden war, was sie vorhatte.

»Der junge Mann ist einverstanden, sich einem psychologischen Gutachten zu unterziehen, aber ich fürchte ... Nun ja, bezugnehmend auf Ihren letzten Vortrag, also ... Da die meisten Therapeuten nicht für kriminalistische Untersuchungen geschult sind, endet es meistens damit, daß die Täter recht bekommen ... Das ist letztlich der ganze Schlamassel.« Der Schlamassel, meine Güte. Das war es, was ich meinte, und für mich war das nicht normal.

Toby fuhr fort: »Ich beziehe mich auf Ihre Untersuchung

über Seelsorger, die demnach nicht besser abgeschnitten haben als der Durchschnittsmensch – was, wie ich aus Ihrer Ausführung gefolgert habe, nicht außergewöhnlich ist. Ich dachte ... Ich dachte nur ... Sie haben ständig mit Tätern zu tun – also dachte ich, Sie könnten...« Er holte tief Luft und kam schließlich auf den Punkt. »Könnten Sie auf diese Sache einen Blick werfen und vielleicht mit dem jungen Mann sprechen und sehen, was Sie herausfinden? Sehen, ob Sie irgend etwas tun können, damit die Sache nicht zu hoch gehängt und Lucy nicht verletzt wird?«

Du liebe Güte. Zunächst war es ein Schock, daß Toby tatsächlich bei meinem Vortrag zugehört hatte. Das allein war unglaublich. Und er hatte dabei etwas gelernt? Ich war sprachlos, und dann erkannte ich, wieviel es ihn gekostet haben muß, das zuzugeben. Dieses aufgeblasene Arschloch war einfach in Lucy und ihre Familie vernarrt, und er wünschte sich so sehr, daß ihnen geholfen wurde, daß er sogar zu jemandem ging, den er am wenigsten leiden konnte.

Meine Meinung über Toby stieg ein wenig. Ich hatte ihn immer für einen beinharten Narzißten gehalten, aber ein echter Narzißt würde niemals die Interessen anderer über seine eigenen stellen. Vielleicht war Toby doch nicht so ein durchgeknallter Narzißt, wie ich geglaubt hatte. Vielleicht war er es nur zu neunundneunzig Prozent und hatte ein funktionierendes Prozent, das er aus dem Hut zaubern konnte, wenn er es brauchte. Das war doch schon etwas.

»Ich werde es tun«, sagte ich. »Aber Sie müssen eines wissen, Toby. Ich werde ihn befragen, und ich will dabei etwas von den neuen Methoden anwenden, über die ich bei dem Vortrag gesprochen habe. Aber – und es ist ein großes ›Aber‹ – ich werde aussagen, was ich herausfinde. Wenn ich zu dem Schluß komme, daß er die Wahrheit sagt, werde ich ihn unterstützen. Und obwohl ich nicht glaube, daß er die Wahrheit gesagt hat – das Beste, was ich erreichen kann, ist, einen Lügendetektortest zu beantragen, ohne den normalerweise kein Täter etwas gesteht.«

»Ich bezweifle nicht«, meinte er trocken und stand auf, »daß Sie aussagen werden, was Sie herausfinden. Ich habe viel Vertrauen zu Lucy, sonst wäre ich nicht hier.«

Ich war ein wenig verärgert. »Ich vollbringe keine Wunder, Toby«, sagte ich. »Wenn er lügt, kann ich es vielleicht herausfinden, aber er wird seine Geschichte kaum ändern. Und am Ende wird es keinen Unterschied machen zu wissen, daß er lügt.«

»Oh, machen Sie das Beste daraus«, sagte er mit einem schiefen Lächeln, so daß ich hätte schwören können, daß er mir zuzwinkerte.

12

Es gab noch etwas, das erledigt werden mußte, und der einfachste Weg, es zu tun, war Adam anzurufen. Nichts da. Es mochte der einfachste Weg sein, aber ich würde ihn nicht anrufen. Ich mußte jemand anderen finden, der mir helfen konnte.

Natürlich konnte ich nicht einfach die Gelben Seiten aufschlagen und einen Privatdetektiv suchen. Manche Ermittler waren sehr erfahren, andere nichts als Blender, aber der Unterschied ließ sich nicht durch eine Anzeige feststellen. Ich war noch nicht einmal sicher, ob es im Upper Valley überhaupt gute Detektive gab. Im ländlichen New England gab es einfach keinen großen Bedarf für sie. Jeder wußte, wer mit wem eine Affäre hatte. Das herauszufinden war aber genau das, was die meisten Privatdetektive im Geschäft hielt.

Mein Problem war nicht, ob mein Ehemann eine Affäre hatte. Mein Problem war, ob Willy mein Büro abhörte, und ein Gerücht konnte mir da wenig weiterhelfen. Verdammt, wenn ich in einer Stadt leben würde, gäbe es vielleicht eine Detektei, die sich auf die Beseitigung von Wanzen spezialisiert hatte.

Aber natürlich: Danny. Ich kannte ihn nicht sehr gut, aber ich war mal in einen Fall verwickelt gewesen, bei dem das FBI mitmischte. Danny war der leitende Spezialagent vor Ort, der dazugerufen wurde. Während unserer Zusammenarbeit erzählte er mir, daß er in ein paar Monaten in den Ruhestand gehen würde und daran dachte, dann ein bißchen als Privatdetektiv zu arbeiten. Ich schlug die Gelben Seiten auf und fand ihn. Er hatte eine kleine Anzeige, die nichts über die unglaublichen Empfehlungsschreiben verriet, die er für seine Arbeit bekommen würde.

Danny war groß und schlank und trug eine randlose Brille. Er sah aus wie ein Buchhalter – was er tatsächlich auch war, zumindest hatte er das mal gelernt –, aber er war auch derjenige, der in Südamerika zweimal US-Geiseln befreit hatte. Er war ein guter Unterhändler – er konnte mit jedem reden, und man konnte nicht anders, als ihn zu mögen –, aber er war auch stets viel besonnener, als es den Anschein hatte.

In Südamerika hatte Danny beide Male mit den Kidnappern telefonisch verhandelt, was dazu geführt hatte, daß ihr Versteck aufgespürt und gestürmt werden konnte. Aber er war auch einer von denen gewesen, die die Tür eingetreten hatten. All das wußte ich von Adam, der einen Freund beim FBI hatte. Danny war nicht der Typ, der viel über seine Arbeit sprach.

Ich hatte ihn gemocht, und wir hatten ein paar Mal gemeinsam zu Mittag gegessen, aber es war ein bißchen unheimlich. Er konnte sehr komisch und liebenswert sein, aber er kriegte es immer so hin, daß er mit dem Rücken zur Tür saß, und wenn man ihn genau beobachtete, sah man, daß er die Menschenmenge stets im Auge behielt – selbst wenn er lachte.

Ich hatte mir vorgestellt, wie es sein würde, mit ihm im Bett zu liegen – meine Phantasie war, sagen wir mal, sehr lebhaft und mannigfaltig –, aber ich war zu dem Schluß gekommen, daß er dann die Bettseite, die am weitesten von der Tür entfernt war, nehmen würde und ständig das Zimmer im Auge behalten würde – selbst wenn er ... lachte.

Aber ein Fall war etwas anderes. Ich wählte seine Nummer und wartete. Bei dem Gedanken, daß er wissen würde, wer dran war, noch bevor er abgenommen hatte, mußte ich grinsen: Wie standen die Chancen, daß Danny diese Anrufer-Kennung besaß, die den Namen ebenso wie die Nummer anzeigte? Etwa hundert Prozent. Ich freute mich, daß seine Stimme freundlich klang, als er sich meldete.

»Hallo, hier ist Danny Barns«, sagte er.

»Danny«, begann ich. »Hier ist Michael Stone.« Er würde niemals zugeben, daß er wußte, wer dran war, und ich würde ihn nicht vor den Kopf stoßen, indem ich es erwähnte.

»Frau Doktor«, sagte er. »Wie geht es Ihnen?«

Der Job als Privatdetektiv sei ziemlich langweilig, meinte er, aber er machte nebenher ein bißchen Beratung, was interessant sei. Er sagte nicht, für wen, und ich fragte nicht nach, aber ich hatte das Gefühl, daß er auf die eine oder andere Weise immer noch mit der alten Agentur verbandelt war, was das Ganze sicher interessanter machte. Ein paar Minuten ging es so weiter; dann kam ich auf den Punkt:

»Ich möchte Sie engagieren«, sagte ich. Ich rechnete damit, ihm die Wahrheit sagen zu müssen. Ich glaubte nicht, daß ich ihn anders dazu bringen konnte, die Sache ernst zu nehmen. »Es kann sein, daß jemand meine Therapiesitzungen abhört. Es ist jemand, den ich kenne, und er hat mir ein Wortspiel geschickt, das so klang, als ob er wüßte, wer meine Klienten sind. Ich weiß nicht, woher er sie kennt, aber ich möchte sicher sein, daß er mich nicht abhört.«

»Von welchem Apparat rufen Sie an?«

Ich lachte. Adam hatte mir einmal erzählt, wie viele Leute von genau dem Apparat anriefen, von dem sie glaubten, daß er abgehört wurde. »Ich rufe aus einem anderen Büro an.«

»Woher wissen Sie, daß er Sie abhört? Könnte er an Ihre Akten rangekommen sein?« fragte Danny.

»Mag sein«, antwortete ich. »Sie sind im gleichen Büro – in meiner Privatpraxis –, aber ich habe Sicherheitsschlösser an der Tür, und es gibt keinen Hinweis für einen Einbruch. Trotzdem habe ich alle Akten in Bankschließfächern verstaut, einfach um sicherzugehen.«

Ich war beeindruckt, wie konzentriert und effizient er fragte. Seine Stimme klang sehr geschäftsmäßig und war ohne jede Wärme oder feine Untertöne, die ich bei ihm schon erlebt hatte.

»Wieviel weiß er?«

»Keine Ahnung«, sagte ich. »Alles, was er bisher getan hat, war, ihre Namen zu nennen.«

»Das hört sich nicht so schlimm an«, erwiderte Danny und klang schon weniger interessiert. »Kann sein, daß er Ihr Büro bloß beobachtet hat und den Leuten gefolgt ist.«

»Vielleicht«, meinte ich. »Aber er ist niemand, der sich mit einem billigen Nervenkitzel zufriedengibt. Er ist ein Planer. Er liebt lange, akribisch durchdachte Drehbücher. Wenn die Namen alles wären, was er hätte, würde er sie nicht auf diese Weise erwähnen. Was immer er vorhat, das war nur der Aufschlag.«

Funkstille. »Was für eine Art ›Drehbuch‹?« fragte Danny schließlich.

»Nun, er ist ein Sadist. Mit Jagdschein. Kein netter Mann. Und er hat mir mehr oder weniger Dinge erzählt, von denen er sich jetzt wünschen würde, daß er sie nicht erzählt hätte.«

Genau das, dachte ich, wünschte ich mir auch.

»Na gut, ist es mehr oder weniger?«

»Eigentlich ist es mehr. Eine ganze Menge mehr sogar, als ihm lieb sein kann – jetzt, da er Dank einer Gruppe juristischer Arschlöcher, denen ich wünsche, daß er in ihre Nachbarschaft zieht, so unerwartet von einer langen Haftstrafe befreit wurde.«

»Wie wäre es mit heute«, bot Danny an. Es sah aus, als hätte ich wieder seine volle Aufmerksamkeit, was vermutlich kein gutes Zeichen war. Das war wie ein »großer Fall« in der Medizin. Wenn Ärzte sich für etwas interessierten, war das eine schlechte Nachricht für ihre Patienten.

»Klingt gut«, entgegnete ich. »Wenn Sie die Zeit haben.« Er meinte, er würde sie sich nehmen, und wir trafen uns gleich nach dem Mittagessen in meinem Büro.

Es stellte sich heraus, daß eine Wanzensuche eine schwierige Angelegenheit war. Heutzutage waren Mikrophone so groß wie eine Bleistiftspitze und konnten überall versteckt sein. Wenn jemand Zugang hatte, konnte er sie in der Fußleiste verstecken oder im Telefonhörer, fast überall. Diese beiden Stellen waren die beliebtesten, meinte Danny, weil Wanzen Strom brauchten, und die einzige Möglichkeit, nicht wiederkommen zu müssen, um die Batterien auszutauschen, war, sie direkt an der Stromquelle zu verstecken.

Wanzen konnten auf jeder Frequenz senden. Na prima, also hatten wir etwas, das praktisch von mikroskopischer Größe war und auf jeder Frequenz senden konnte. Aber Technik funktioniert in beide Richtungen. Danny durchquerte mit seinem Wanzendetektor, einem kleinen Gerät, das sämtliche Frequenzen austestete, den ganzen Raum. Danny war gründlich. Aber er fand nichts.

»Sie kann abgeschaltet sein«, meinte er. »Man kann sie ferngesteuert ein- und abschalten. Er könnte sie nur bei den Therapiesitzungen einschalten. Wie behutsam geht er vor?«

»Behutsam ist das falsche Wort«, sagte ich. »Er ist ziemlich selbstsüchtig und prahlt gerne. Andererseits ist er eigentlich kein Idiot, und er hat mir verraten, daß er mich abhört, so daß er annehmen muß, daß ich nach Wanzen suchen werde. Es könnte ein Problem sein, wenn er die Wanze nur bei der Therapiesitzung einschaltet. Ich kann doch nicht einen Klienten bitten, Platz zu nehmen, während ich nach Wanzen suche.«

»Natürlich können Sie das«, sagte Danny. »Wenn Sie den richtigen Klienten fragen. Sie werden einfach einen neuen Klienten bekommen. Welches Problem müßte er haben, damit sich Ihr Mann interessiert und einschaltet?«

»Pädophilie«, erwiderte ich, ohne zu zögern. »Wenn er hört, daß ein Pädophiler hier ist, würde er dranbleiben«.

Wir machten einen Plan. Danny würde anrufen und auf dem Anrufbeantworter in meiner Privatpraxis eine Nachricht hinterlassen, in der er um einen Notfall-Termin bitten würde. Er würde sich als John vorstellen, ohne einen Nachnamen zu nennen, und fragen, ob er sobald wie möglich vorbeikommen könnte. Er hätte ein paar Phantasien über Kinder und ... nun ja, er müßte schnell mit jemandem darüber reden. Ich würde zurückrufen und einen Termin für Freitag morgen, neun Uhr ausmachen. Mein üblicher 9-Uhr-Termin war Kiwi, eine von denen, die Willy erwähnt hatte. Wenn er mich abhörte, dann hörte er auch sie ab. Ich verschob Kiwis Termin und hatte statt dessen einen mit »John«, der pünktlich kommen würde – mit einem kleinen Gerät in seiner Brieftasche.

13

Alexander Hammil, der angebliche Peiniger von Lucy, verlor keine Zeit, mich anzurufen. Übers Telefon klang er unerträglich präpotent, aber ich ermahnte mich, daß Präpotente von Natur aus unangenehm waren und daß dies nicht automatisch bedeutete, daß er ein Vergewaltiger war. Ich nannte ihm meine Bedingungen, aber er wollte mich trotzdem sehen, was wohl bedeutete, daß er entweder ein arroganter Schnösel war oder die Wahrheit sagte.

Ich sagte ihm, ich würde ihm ein Schreiben schicken, das genau ausführte, worüber wir gesprochen hatten. Vertraue niemals, *niemals,* darauf, was jemand in einer solchen Situation am Telefon sagt. Er sollte meinen Brief unterschreiben und zu dem Treffen mitbringen. Er schien ungeduldig und wollte wissen, ob er den Brief abholen könnte, um die Angelegenheit zu beschleunigen. Sicher, meinte ich. Ich würde das Schreiben am nächsten Tag fertig haben und ihn am Freitag in meiner Privatpraxis treffen.

Ich legte auf und setzte mich an den Computer. Ich wußte, daß ich mich königlich in die Nesseln setzen konnte, wenn ich die Angelegenheit nicht gründlich vorbereitete.

Sehr geehrter Mr. Hammil,
mit diesem Schreiben beantworte ich Ihre telefonische Bitte um ein Treffen bezüglich der Angelegenheit vor dem Disziplinarausschuß der Universität. Ich werde die Bedingungen, unter denen ich bereit bin, Sie zu treffen, schriftlich fixieren, damit ausgeschlossen ist, daß wir uns eventuell gegenseitig mißverstanden haben könnten. Wie Sie wissen, hat Lucy MacDonald bei der Universität Beschwerde gegen Sie eingelegt, in der sie Ihnen vorwirft, daß Sie und einige andere Männer ohne ihr

Einverständnis mit ihr sexuell verkehrt haben. Sie gibt an, daß sie unter starkem Alkoholeinfluß stand und wiederholt umgekippt sei. Sie behauptet, sie habe Sie und die anderen Männer zurückgewiesen, aber Sie hätten ihren Protest ignoriert. Sie baten mich um ein Gutachten bezüglich der Vorwürfe gegen Sie.

Ich habe erklärt, daß psychologische Standardtests nicht klären können, ob ein bestimmtes Ereignis stattgefunden hat oder nicht, und daß es kein psychologisches Profil eines Vergewaltigers gibt. Ich habe lediglich zugestimmt, Sie zu befragen, wenn allen Parteien in diesem Fall klar ist, daß es durchaus sein kann, daß ich am Ende keine definitive Aussage machen kann.

Normalerweise ist eine psychologische Beurteilung vertraulich. In diesem Fall aber habe ich erklärt, daß ich Sie nur begutachten werde, wenn die Ergebnisse beiden Parteien zugänglich sind. Das gilt sowohl für den Fall, daß sich herausstellen sollte, daß Sie die Vergewaltigung begangen haben, wie sie Ihnen vorgeworfen wird, als auch für den Fall, daß ich Ihrer Darstellung der Ereignisse zustimme oder keine definitive Aussage machen kann. Sie waren damit einverstanden, diese Erklärung zu unterschreiben, und stimmen allen Punkten zu.

Ich habe Sie darauf hingewiesen, daß Sie vorher einen Anwalt konsultieren sollten, und Sie haben mir mitgeteilt, daß Sie dies bereits getan haben und daß Ihr Anwalt Ihre Bereitschaft zu diesem Gutachten unterstützt. Bitte sorgen Sie dafür, daß Ihr Anwalt dieses Schreiben liest und über alle Bedingungen des Gutachtens informiert ist.

Wenn Sie mit allem einverstanden sind, unterschreiben Sie bitte dieses Schreiben sowie die dazugehörende Einwilligung zur Freigabe der Ergebnisse und übergeben Sie mir beides vor oder bei unserem Termin.

Ich gab den Brief Melissa, damit ihn Mr. Hammil abholen konnte, und rief Lucy an. Zwar konnte ich ihr nicht viel sagen, solange ich nicht mit Hammil gesprochen hatte, aber ich teilte ihr mit, daß ich bereit war, mir die Sache anzusehen. Sie klang so erleichtert, daß ich mich fragte, was Toby ihr über mich erzählt hatte. Ich bat sie um eine schriftliche Aussage, in der sie genau darstellte, was sie von dem Augenblick, als sie das Studentenheim verließ, bis zu ihrer Rückkehr nach Hause erlebt hatte. Ich sagte ihr, ich bräuchte ihre Aussage bis Freitag, dazu die unterschriebene Einwilligung, um Mr. Hammil damit zu konfrontieren.

Bis Freitag hatte ich alles unter Dach und Fach. Um neun Uhr morgens erschien »John« pünktlich zu seinem Termin. Auf seine Bitte hin ließ ich die Rollos herunter, und erst dann holte er seinen Wanzendetektor heraus. Während er im Zimmer herumging und es absuchte, erzählte er die ganze Zeit von seiner Vorliebe für Kinder, wie lange er schon aus dem Knast heraus war und wie sehr er sich wünschte, nicht wieder zurückgehen zu müssen.

Ich amüsierte mich. Danny hätte nicht überzeugender sein können. Ich war diejenige, die Schwierigkeiten hatte, sich zu konzentrieren. Ich hörte zu, während Danny durchs Zimmer lief, auf Stühle kletterte, um die Decke abzutasten, oder auf allen vieren über den Boden kroch, ohne je ein Stichwort zu verpassen.

»Nichts«, sagte er schließlich, nach einer vollen Stunde des Kriechens, Kletterns und Prüfens. »Zumindest nichts, was im Augenblick eingeschaltet ist.«

»Gut«, sagte ich erleichtert. »Also müssen wir abwarten. Vielleicht waren es doch nur die Akten.«

Er wandte sich zum Gehen, blieb dann mit der Hand an der Türklinke stehen und drehte sich zu mir um. »Türknauf-Kommentare« nannten wir das. Sie waren stets der wichtigste Teil einer Sitzung. »Er wird Ihnen über den Kopf wachsen«, meinte er. Aber es hörte sich nicht so an, als ob er mich verletzen wollte. Es klang einfach wie eine nüchterne Einschätzung der Situation.

Ich zuckte mit den Schultern. Was sollte ich darauf sagen?

»Es gibt noch andere Möglichkeiten, etwas dagegen zu tun«, sagte er.

Ich zuckte erneut mit den Schultern.

Er machte eine etwas längere Pause, als ob er auf eine Erwiderung meinerseits wartete, aber mir war einfach nicht danach, mich zu erklären. Außerdem war ich nicht sicher, ob ich das überhaupt konnte.

»Okay«, sagte er, »möchten Sie einen Rat?«

»Sicher«, erwiderte ich. Aus irgendeinem Grund fand ich, daß ein Ratschlag von Danny nicht so furchteinflößend war wie einer von Adam oder Carlotta.

»Bleiben Sie nicht in der Defensive. Sitzen Sie nicht herum und warten darauf, bis er Sie findet. Er hat alle Trümpfe auf seiner Seite: die Zeit, den Ort, die Umstände. Wenn Sie mitspielen wollen, müssen Sie wenigstens herausfinden, wo er ist, und ihn verfolgen.«

»Richtig. Und was soll ich machen, wenn ich ihn gefunden habe?«

»Zögern Sie nicht.«

Ich schwieg. Ich wußte, was er meinte. Adam hatte mir einmal erzählt, daß eine überraschend große Zahl von Frauen, die eine Waffe besaßen und wußten, wie man damit umgeht, trotzdem vergewaltigt und ermordet wurde. Sie drücken nicht ab, hatte er gesagt. Sie zögern zu lang. Es klang so, als ob Danny glaubte, ich sei eine von ihnen.

Er überreichte mir eine Karte mit einer Nummer. »So können Sie mich immer erreichen«, sagte er. Es war nicht die Nummer aus dem Telefonbuch. Vielleicht ein Handy, dachte ich. Vielleicht eine Nummer, die nicht jeder bekam.

Dann überreichte er mir den Wanzendetektor. »Suchen Sie damit vor jeder Sitzung das Zimmer ab«, sagte er. »Vielleicht hatte er heute einen schlechten Tag. Vielleicht macht er blau. Aber das bedeutet nicht, daß er nicht wiederkommt.«

Nachdem er gegangen war, setzte ich mich für einen Augenblick hin, um nachzudenken. Ich fühlte mich besser, ohne zu wissen, weshalb. Ich kannte Danny kaum. Er schien so viele Schichten zu haben wie eine Zwiebel, und ich war mir nicht sicher, ob es einen wirklichen Danny darunter gab. Wenn es einen gab, konnte man nie wissen, ob man ihn schon gefunden hatte.

Aber das bedeutete, daß ich auf seinen Rat hören konnte, ohne mich dabei schlecht zu fühlen, wenn ich ihn nicht annahm. Und er konnte ihn mir geben, ohne sauer zu werden, wenn ich ihn nicht befolgte. Wenn ich umgebracht würde, würde Danny den Tatort genauso wie jeden anderen untersuchen. Vielleicht war das nicht gerade ein Zeichen bester seelischer Verfassung, daß Danny der einzige Mensch war, mit dem ich mir vorstellen konnte, über all das zu reden. Zum Teufel damit. Alexander Hammil wartete.

Ich zog die Rollos wieder hoch – das Zimmer sah mit heruntergelassenen Rollos gemütlicher aus, und ich wollte nicht, daß Hammil sich wohl fühlte – und ging hinaus, um ihn zu begrüßen. Er war pünktlich erschienen, und ich traf im Wartezimmer auf einen geschmackvoll gekleideten, gutaussehenden jungen Mann, der gelassen auf der Couch saß.

Als ich hereinkam, erhob er sich. O Mann, das würde eines von diesen »Ja, Ma'am, nein, Ma'am«-Treffen werden.

»Hallo«, sagte ich, während ich ihm die Hand reichte. Er schüttelte sie mit exakt dem richtigen Grad an Festigkeit. »Ich bin Dr. Stone. Ich freue mich, daß Sie gekommen sind, und hoffe, daß wir die leidige Sache heute klären können. Ich bin ein bißchen spät dran, und um die Angelegenheit zu beschleunigen, möchte ich, daß Sie einen kurzen Fragebogen für mich ausfüllen. Es geht dabei um Ihre Version der Ereignisse. Es tut mir leid, wenn er ein bißchen lang aussieht, aber es gibt auf den vielen Seiten immer nur eine Frage, und es würde wirklich helfen, wenn Sie ihn ausfüllen.« Ich reichte ihm den Fragebogen und einen Stift und fragte schnell, bevor er die Chance hatte, Protest anzumelden: »Möchten Sie einen Kaffee? Oder Tee?«

Er verneinte, und ich wandte mich zum Gehen, bevor er es sich anders überlegen konnte. Ich blickte zurück und sah, wie er mit den Schultern zuckte und sich hinsetzte. Na also. Das Interview hatte begonnen.

Der Fragebogen war simpel. Er sollte klären, was er an dem Tag der angeblichen Vergewaltigung vom Aufstehen bis zum Schlafengehen getan hatte. Er sollte mithelfen zu entscheiden, ob ich ihm glauben konnte oder ob er log. Ich ließ die Tür zu meinem Büro halb offen, so daß ich sehen konnte, wie weit er war.

Er schrieb zwanzig Minuten ohne Unterbrechung und legte dann den Stift weg. Ein paar Minuten später kam ich heraus und nahm den Fragebogen entgegen. Ich bot ihm erneut Kaffee an, und diesmal akzeptierte er. Ich sagte ihm, daß ich ein paar Minuten brauchen würde, um den Fragebogen durchzugehen.

Ich las den Fragebogen aufmerksam durch. Was ich vor allem wissen wollte, war, ob er behauptete, daß er es nicht getan hatte. Über neunzig Prozent der Menschen logen dadurch, daß sie etwas nicht sagten. Solange man sie nicht direkt fragte, zum Beispiel: »Haben Sie es getan?«, solange man sie nicht zur Lüge nötigte, versuchte die große Mehrheit, der Frage auszuweichen. Aus irgendeinem Grund schien es schwierig zu sein zu sagen: »Ich« (erste Person) »tat« (Vergangenheit) »das nicht« (die Sache, derer man beschuldigt wurde).

Zuerst sah ich mir die letzte Seite an. Da wurde er gefragt, warum ich ihm glauben sollte und ob er bei seiner Aussage ehrlich gewesen war. »Warum sollte ich lügen?« hatte er geschrieben. »Ich wurde ermahnt, die Wahrheit zu sagen. Es ist nicht die Art von Dingen, die ich tun würde.« Oh, oh. Es gab keinen Satz, in dem er ausdrücklich sagte, er habe es nicht getan.

Ich begann auf der ersten Seite des Fragebogens und las weiter. Wenn man ihn genau las, gab es keine Antwort, in der er widersprach. Ich las seine Beschreibung des Tages. Es gab Auslassungen im Zeitablauf, Wechsel bei den Zeiten der Verben und bei Pronomen – alles Dinge, die für einen Täuschungsversuch sprachen. Wir hatten ein Problem. Er war offensichtlich ein kleiner Heuchler. Aber das zu wissen war etwas anderes, als es zu beweisen. Dafür brauchte ich seine Hilfe.

Ich ging hinaus und lächelte. »Ihre Antworten sind sehr hilfreich«, sagte ich, »und klären eine Menge. Ich frage mich, ob ich Sie noch um eines bitten kann. Hier ist die Version der Ereignisse von Miss MacDonald. Könnten Sie bitte diesen roten Stift nehmen und alles durchstreichen, mit dem Sie nicht einverstanden sind? Dann möchte ich, daß Sie jeder Zeile, die sie durchgestrichen haben, eine Nummer und ein Initial geben. Und auf einem der leeren Blätter unter der Nummer aufschreiben, was wirklich passiert ist.«

Ich ging es ein paar Mal durch, um sicher zu sein, daß er es verstanden hatte. Er war ziemlich schlau, aber das hatte er nicht erwartet, und seine Gedanken waren mit anderen Dingen beschäftigt – hauptsächlich damit, mich zu beeindrucken –, so daß er einige Zeit brauchte, um es zu verstehen.

»Wenn Sie das noch machen, bin ich zuversichtlich, daß wir die ganze Sache heute noch klären können.« Er stimmte zu und setzte sich hin, um mit Begeisterung an die Arbeit zu gehen. Als er fertig war, kam ich zurück und fragte, ob er sicher sei, daß er alles durchgestrichen hatte, was nicht stimmte.

»Ich glaube, ja«, meinte er.

»O nein«, erwiderte ich. »Ich will nicht, daß Sie es glauben. Ich möchte, daß Sie sicher sind. Absolut sicher. Ich möchte Ihnen alle Zeit geben, die Sie brauchen, um *sicher* zu sein, daß Sie alles durchgestrichen haben, womit Sie nicht einverstanden sind. Also nehmen Sie sich noch ein paar Minuten und gehen Sie es noch mal durch.«

Ich wandte mich zum Gehen, und er sah perplex aus, setzte sich aber wieder hin. Ein paar Minuten später klopfte er höflich an die halb offene Tür. »Ich bin fertig«, sagte er.

»Prima«, sagte ich, während ich hinter meinem Tisch aufstand und zu ihm hinüberging. »Sind Sie sicher, daß Sie alles durchgestrichen haben, dem Sie nicht zustimmen können?«

»Soweit ich das beurteilen kann«, sagte er.

»Nun ja«, meinte ich. »Ich möchte nicht, daß Sie irgendwelche Zweifel haben. Setzen Sie sich wieder hin und gehen Sie es noch einmal durch. Kommen Sie nicht wieder, bevor Sie wirklich *sicher* sind, daß Sie alles durchgestrichen haben, was nicht wahr ist, und aufgeschrieben haben, was *genau* passiert ist.«

Er war sauer, aber er setzte sich wieder hin. Damit es funktionierte, mußte er darauf festgelegt werden, was er geschrieben hatte, und ich war darauf vorbereitet, solange weiterzumachen, bis er sich festgelegt hatte.

Als er diesmal zurückkam, war er bereit. »Ich bin fertig«,

sagte er. »Ich bin alles genau durchgegangen«, fügte er schnell hinzu.

»Sie sind sicher«, fragte ich, »daß Sie alles durchgestrichen haben?«

»Ich bin mir sicher«, antwortete er. Er wollte sich nicht noch einmal hinsetzen und alles durchgehen.

»Dann kommen Sie herein«, sagte ich und öffnete die Tür. Ich schaute die Erklärung durch, während er sich hinsetzte. Er war meinen Anweisungen gewissenhaft gefolgt, und es gab eine ganze Reihe von roten Strichen auf Lucys Erklärung. Jeder hatte ein Initial und eine Nummer. Ich nahm die zusätzlichen Blätter und verglich Lucys Erklärung mit dem, was er geschrieben hatte. Schließlich schüttelte ich den Kopf.

»Ich weiß nicht, ob Sie und Miss MacDonald bei Ihrer Wortwahl die gleiche Angelegenheit meinen«, sagte ich. »Nur um sicher zu sein: Was verstehen Sie unter ›Angriff‹?«

»Angriff?« fragte er überrascht.

»Angriff. Ich meine nicht, daß Sie mir jetzt eine Definition geben sollen. Sie sollen mir nur ehrlich sagen, was Sie mit diesem Ausdruck meinen.«

»Na ja, ich würde sagen, Angriff bedeutet, jemandem eine Art von Gewalt anzutun.«

»Gegen dessen Willen?«

»Na ja, sicher. Die meisten Menschen sind nicht damit einverstanden, wenn ihnen Gewalt angetan wird«, sagte er sarkastisch und riß sich dann zusammen.

»Und was ist mit ›umkippen‹?«

»Bewußtlos werden«, meinte er.

»Würden Sie das bitte hinschreiben?« fragte ich zuckersüß, während ich ihm das Blatt zurückgab, auf dem er notiert hatte, was passiert war.

Er hielt einen Augenblick inne, um zu überlegen, konnte

aber nicht erkennen, wo das Problem lag, also schrieb er es hin. »Würden Sie es bitte unterschreiben?« fragte ich.

»Warum sollte ich es unterschreiben?« entgegnete er.

Ich verdrehte die Augen so stark, daß es ihm nicht entgehen konnte. »Ich habe von Ihnen und von Miss MacDonald Material bekommen, und ich möchte sicher sein, was von wem stammt. Außerdem ist die ganze Sache sehr emotional, und ich möchte nicht, daß Miss MacDonald oder Sie später behaupten, ich hätte mir etwas ausgedacht. Es ist das übliche Prozedere. Stimmt irgend etwas nicht an der Definition, daß Sie es nicht unterschreiben wollen? Falls ja, ändern Sie es.«

Er schaute wieder auf das Blatt und unterschrieb es dann.

Ich sammelte die Erklärung wieder ein – die Version von Lucy und seine Berichtigung – und schaute erneut von einer Aussage zur anderen. Ich schüttelte ungläubig den Kopf, las aber weiter. Es war vollkommen still im Zimmer. Er fing an, auf dem Stuhl hin und her zu rutschen. Aber ich las einfach weiter und ließ seine Angst wachsen.

Schließlich hielt er es nicht mehr aus. »Habe ich etwas Falsches geschrieben?« fragte er.

»Ich glaube ja«, antwortete ich, ohne es näher auszuführen. Ich verglich weiter Punkt für Punkt die Erklärung.

Er wartete noch ein paar Minuten und fragte dann: »Was ist falsch?«

Nach einem langen Moment antwortete ich: »Na ja, Sie und Miss MacDonald stimmen in der Darstellung der Ereignisse überein. Das hatte ich nicht erwartet.«

»Wir stimmen überein? Nein, wir stimmen nicht überein. Sie behauptet, wir hätten sie vergewaltigt. Das habe ich nie gesagt.«

»Aber«, sagte ich, während ich ihm die Erklärung hinhielt, damit er sie sehen konnte, »Miss MacDonald benutzt das Wort ›Angriff‹ drei Mal und ›umkippen‹ fünf Mal, und

Sie haben es kein einziges Mal gestrichen. Sie haben andere Dinge durchgestrichen, aber Sie haben keines dieser Worte gestrichen.« Er schaute schnell auf die Aussage von Lucy und wurde blaß. »Ich … ich …«

»Na ja«, sagte ich, während er stotterte, »ich denke folgendes: Ich glaube, es ist eine Menge von dem wahr, was Sie gesagt haben. Eine ganze Menge. Na ja, lassen Sie mich das so sagen…« Ich nahm ein Blatt und zeichnete eine horizontale Linie mit einer Null am einen Ende und einer Hundert am anderen. »Ich weiß, daß Sie nicht hier unten sind«, sagte ich, während ich auf die Null deutete. »Ich könnte sogar wetten, daß Sie überhaupt nicht in der Nähe davon sind«, sagte ich, während ich immer noch auf die Null zeigte.

»Aber ich weiß, daß Sie mir nicht alles gesagt haben«, sagte ich, auf die Hundert deutend. »Wo liegen Sie Ihrer Meinung nach?« fragte ich und hielt ihm den Stift hin. »Zeichnen Sie einfach einen Strich an dem Prozentpunkt der Skala, wo Sie glauben, daß die Wahrheit Ihrer Geschichte liegt.«

Es war schwierig, in dieser Situation einen Strich bei hundert zu machen, denn dann mußte er zugleich erklären, warum Lucy Begriffe wie »Angriff« und »umkippen« benutzen konnte. Er machte bei ungefähr fünfundneunzig Prozent einen Strich, aber auch das war in gewisser Weise ein Geständnis.

»Sie wissen«, sagte ich, während ich auf seinen Strich blickte, »daß ich glaube zu wissen, wo das Problem liegt. Ich kann verstehen, daß Sie den Vorwurf, ein ›Vergewaltiger‹ zu sein, objektivieren möchten, weil Sie betrunken waren und die Sache etwas aus dem Ruder lief. Sie glauben, ein Sexualtäter ist jemand, der hinter dem Busch hervorspringt. Aber was ich nicht verstehe, ist, warum Sie nicht wirklich Ihre Version der Geschichte erzählt haben. Wenn ich richtig vermute, waren Sie genauso betrunken wie sie.

Sie kann den Alkohol doch nicht als Entschuldigung für ihr eigenes Verhalten benutzen und für Ihres nicht – wenn Sie wirklich so betrunken waren, wie ich glaube. – Vielleicht irre ich mich, aber ich denke nicht, daß Sie wirklich geglaubt haben, daß sie es ernst meinte, als sie protestierte. Verdammt, vielleicht war es so leise, daß Sie es gar nicht richtig registriert haben. Nicht zu vergessen, daß Sie die anderen sowieso nicht unter Kontrolle gekriegt hätten.«

Er sah völlig schockiert aus und saß nur still da.

Ein Luftzug vom Fenster zerzauste sein Haar. Sonst hätte er wie eine Statue ausgesehen. »Ist das wahr?« fragte ich. »Waren Sie auch betrunken?« Da bemerkte ich, daß ich aus dem Rhythmus gekommen war. Ich hätte ihn jedesmal bestätigen lassen sollen, was ich gesagt hatte, und ihn daran gewöhnen müssen zu antworten. Shit, eine Kleinigkeit wie diese konnte den Unterschied ausmachen, ob er gestehen würde oder nicht.

»Also, waren Sie betrunken?«

»Alle waren betrunken«, sagte er. »Roger ließ den Wodka in Strömen fließen, und am Ende war es hundertprozentiger. Und Sie haben recht«, sagte er, sich sichtlich erholend. »Ich war mindestens so betrunken wie sie.« Ich hatte ihm einen einzigen Weg aus der Sackgasse vorgeschlagen, und er hatte sich entschlossen, ihn anzunehmen.

»Hatten Sie sie gerade erst kennengelernt, oder waren Sie schon länger mit ihr zusammen?«

»Ich hatte sie gerade erst kennengelernt.«

»Also war sie ein ziemlich leichtes Mädchen, weil Sie sich erst kurz kannten und sie gleich mit Ihnen ins Bett ging«, meinte ich und schüttelte den Kopf. »Ich kann verstehen, warum Sie ihr ›Nein‹ nicht ernst nahmen. Sie müssen geglaubt haben, daß sie sich über Sie lustig macht. War es das, oder glaubten Sie, daß sie wirklich wollte, daß sie aufhören?«

»Nein, nein«, sagte er schnell. »Ich dachte ... Ich dachte einfach nur ... nun ja, ich meine, sie machte eigentlich mit jedem rum, ich war einfach nur derjenige, der sie dazu brachte.« Er wurde jetzt mutiger und übernahm die neue Version, die ich ihm angeboten hatte. »Sie war gerade dabei, mir das Hirn wegzuficken, und ich dachte nur, verdammt, vielleicht würde sie das bei jedem machen. Außerdem war es nicht gerade so, daß ich die anderen eingeladen hatte.«

»Sie kamen von allein herein?«

»Sicher«, sagte er, »wir waren gerade dabei, und sie kamen einfach rein und ... und ...« Er verstummte.

»Und was hätten Sie zu diesem Zeitpunkt schon machen können?« sagte ich nachhelfend. »Die waren zu dritt, und Sie waren total betrunken. Wenn Lucy wegen des Alkohols schon nichts tun konnte, um Sie zu stoppen, konnten Sie es vielleicht auch nicht.«

»Ich konnte nichts tun. Himmel noch mal, ich habe noch nicht einmal richtig gemerkt, was vor sich ging, so besoffen war ich.«

»Was ich nicht verstehe«, meinte ich, »warum wollen Sie alles auf Ihre Kappe nehmen? Wenn das alles wahr ist, warum sollte es dann allein Ihre Schuld sein? Warum nehmen die anderen Sie nicht in Schutz? Dann stünde es vier zu eins, statt nur Ihr Wort gegen das von Lucy. Sie können tun, was Sie wollen, aber ich sage Ihnen, was ich glaube: Ich denke, es wäre besser, wenn Sie nicht mit einer Lüge hier rausgingen. Weil der Ausschuß sofort glauben würde, daß Sie bei allem gelogen haben, wenn er erfährt, daß Sie zum Teil gelogen haben. – Ich denke, die wahre Geschichte ist ausschlaggebend. Ich denke, Sie müssen zugeben, wie betrunken Sie waren und warum Sie glaubten, daß ihr Protest nicht mehr als ein Spielchen war. Ich denke, Sie sollten sagen, daß nichts geplant war, daß Sie die anderen nicht eingeladen haben und daß die nur zufällig hereingekommen sind. – Jetzt liegt es an Ihnen. Aber wenn ich Sie wäre, würde ich dem Ausschuß sagen, wer die anderen jungen Männer waren, und sie dazu bringen, Ihre Geschichte zu bestätigen. Denn wenn Sie es nicht tun, wird der Ausschuß nach dem Warum fragen. Und der einzige Grund, ihre Namen zu verheimlichen, ist der, sie zu decken, weil Sie schuldig sind. Ansonsten sind Sie darauf angewiesen, daß die anderen Ihre Aussage bestätigen. Aber machen Sie, was Sie wollen. Ich werde Ihnen Stift und Papier geben und die Chance, die Sache richtigzustellen. Da Sie so betrunken waren, habe ich, wenn ich ehrlich bin, keine Lust, einen Bericht zu schreiben, in dem steht, daß Sie gelogen haben. Das würde so aussehen, als ob alles nur Ihre Schuld gewesen wäre. – Aber glauben Sie mir, Alexander – das ist ein einmaliges Angebot. Wenn Sie hier rausgehen, ist die Sache gelaufen, und ich werde schreiben, was ich denke. Kommen Sie nicht später zurück und erzählen mir, daß Sie nicht die Chance hatten, ihre Seite der Geschichte darzustellen. Das hier ist Ihre Chance. Hier ist der Stift. Nehmen Sie ihn oder lassen Sie es bleiben. Wenn Sie möchten, dann werde ich einen Bericht schreiben, in dem steht, daß Sie ein Lügner sind.«

Ich reichte ihm den Stift und erhob mich rasch. »Ich werde Kaffee holen«, meinte ich und ging hinaus, bevor er die Möglichkeit hatte, etwas zu entgegnen.

14

In dem Augenblick, als Alexander Hammil mein Büro verließ, fotokopierte ich sein Geständnis und verließ damit das Büro. Wenn er nur den Verstand eines Moskitos hatte, würde er seinen Besuch bei mir überdenken und geradewegs zu seinem Anwalt rennen. Der würde dann zum Hörer greifen und Hammils Aussage widerrufen, noch bevor der seinen ersten Satz beendet hatte.

Ich fuhr geradewegs zu meinem Apartment – das ohne registrierte Telefonnummer – und setzte mich an meinen Computer. Die Auswertung würde nicht lange dauern, jetzt, da er seine Schuld gestanden hatte. Er hatte natürlich alles verharmlost und heruntergespielt, aber er hatte zugegeben, daß die anderen Männer unaufgefordert hereingekommen waren und daß Lucy sie wiederholt zurückgewiesen hatte. Er hatte auch zugegeben, daß er gewußt hatte, daß sie bewußtlos dalag und unfähig war, sich zu wehren. Und Wunder, o Wunder, er hatte die Namen seiner Vergewaltiger-Freunde genannt.

Da blieb nicht viel hinzuzufügen. Ich gab ihm Pluspunkte für sein Geständnis, fügte aber auch hinzu, daß das Herunterspielen typisch für das Verhalten von Sexualtätern war und ein starkes Indiz für einen Rückfall. Wenn Hammil glaubte, daß er diesmal nichts Falsches getan hatte, würde er beim nächsten Mal auch nicht glauben, daß es falsch war.

Ich rief Tom Gaines an, den Anwalt von Lucy. Beim letzten Mal hatte ich ihm nur mitgeteilt, daß er das Gutachten am Freitag morgen bekommen würde. Tom hatte keine Fragen gestellt. Ich war ziemlich sicher, daß er da sein würde. Seine Sekretärin nahm beim ersten Klingeln ab und stellte mich dann durch.

»Miss Michael«, sagte Tom, als er den Hörer abnahm. »Wie geht es meiner kleinen süßen Südstaaten-Blüte heute?«

»Ich kann nicht glauben, daß Sie hier mit solchen Sprüchen landen wollen«, erwiderte ich, aber ich meinte es nicht ernst. Männer mit Südstaaten-Akzent machten mich an. Ich hatte ihn schon beschuldigt, Stunden genommen zu haben, um seinen Akzent zu erhalten. Er spielte den Südstaatler bis in die Haarspitzen und lullte damit eine Menge Leute ein, die ihn deshalb nicht ernst nahmen, was ein großer Fehler war.

»Eigentlich geht es mir gut. Und ich glaube, Ihnen wird es auch gleich gutgehen. Es sieht so aus, als wenn Ihre Klientin die Wahrheit gesagt hätte.«

»Sie wissen doch, Miss Michael, daß alle meine Klienten die Wahrheit sagen«, meinte Tom spöttisch. »Aber diese hier mit Sicherheit«, fügte er hinzu.

»Nun, es sieht so aus, daß Mr. Hammil sich ein Herz gefaßt und gestanden hat. Ich werde Ihnen mein Gutachten faxen, das ein volles schriftliches und unterschriebenes Geständnis umfaßt.«

»Wunder gibt es immer wieder«, meinte Tom. »Aber ich bin sicher, daß Sie damit nichts zu tun haben«, fügte er hinzu.

»Nichts, was der Rede wert wäre«, erwiderte ich. »Er kam einfach in mein Büro spaziert und hatte beschlossen, die Wahrheit zu sagen. Aber für den Fall, daß es da noch eine Art Kehrtwende geben sollte, werde ich Ihnen auch die Erklärung faxen, die er vorher unterschrieben hat und die ihm empfiehlt, sich einen Anwalt zu nehmen und so weiter und so fort. Diese Erklärung dürfte in fünfzehn Minuten soweit sein, also schicke ich den Bericht los, sobald wir aufgelegt haben.«

»Nur damit Sie es wissen«, meinte Tom. »Sollte einer meiner Klienten angeklagt sein, werde ich ihn nicht näher als zwei Meter an Sie heranlassen, also versuchen Sie es nicht einmal.«

»Warum denn nicht?« entgegnete ich. »Wenn doch alle die Wahrheit sagen.«

Ich legte auf und faxte den Bericht. Als er durch war, atmete ich erleichtert auf. Ich haßte es, über Informationen zu verfügen, die ich nicht verwenden konnte. Es machte mich völlig verrückt, wenn ich sah, daß ein Fall den Bach runterging, und ich wichtige Informationen hatte, die ich aber nicht verwenden konnte, weil jemand seine Erklärung widerrufen hatte. Ohne eine rechtsgültige Erklärung verließ keiner mein Büro. Aus Langeweile checkte ich mein E-Mail-Postfach. Ich erwartete zwar keine E-Mail, aber wenn ich schon an meinem Computer saß, warum nicht?

Da war eine Nachricht von »partytime«. Also hatte Willy etwas zu sagen. Was war es diesmal?

Ich doppelklickte auf seine Nachricht.

> Bravo! Ich freue mich zu sehen, daß mein Vertrauen in Dich gerechtfertigt war. Überaus geschickt, wie Du mit diesem armen Unglücksraben umgegangen bist. Mein Gott, diese Amateure sind so naiv, daß es fast schon wieder erfrischend ist. Wirklich, das war eine beeindruckende Vorstellung Deiner Fähigkeiten – und Deiner besonderen Begabung für Irreführung, was mich sehr überrascht hat.

Wovon redete er? Er konnte doch nicht Hammil meinen. Der hatte mein Büro vor noch nicht einmal einer Stunde verlassen, und ich hatte es gerade auf Wanzen durchsucht, als er hereingekommen war. Für einen Moment war ich verwirrt.

> Aber das erstaunt mich eigentlich nicht. Du bist eine kleine, manipulative Hexe, stimmt's? Und wahrscheinlich gar nicht so naiv, wie Du immer tust? »Erzählen Sie es mir, Mr. Willy. Lehren Sie mich, Mr. Willy.« Ein bißchen auf die Colombo-Tour, was? Wie sagt man dazu noch? Rache ist süß…

Ein Zittern durchfuhr mich. Es gab niemand anderen als Hammil, den Willy meinen konnte. Aber wie hatte er die

Unterhaltung mit Hammil abhören können? Wir hatten alles gründlich nach Wanzen durchsucht, bevor er gekommen war.

Woher konnte er wissen, daß er die Wanze bei »John« ab- und bei Hammil wieder anschalten mußte. Konnte er einen Tip bekommen haben? Etwas, das der Detektor nicht aufspüren konnte? War das wahrscheinlich? Ich konnte es nicht glauben. Danny würde das neueste und modernste Dingsda haben.

Ich sah mir den zweiten Absatz der E-Mail an. Willys Ton hatte sich verändert. Er beschimpfte mich, er erklärte, warum er hinter mir her war. Was natürlich bedeutete, daß er näher kam. Willy war des Vorspiels müde und wollte zur Sache kommen, was immer er damit auch meinte.

Ich las den Brief wieder und wieder. Es fühlte sich an wie eine Lokomotive, die mit zunehmendem Tempo geradewegs auf mich zukam, während ich wie ein Mäuschen, von dem Licht geblendet und gelähmt, auf den Gleisen stand. Schlimmer noch, ich war ein *verwirrtes* Mäuschen, das davon besessen war herauszufinden, wie Willy die Information bekommen konnte – und für das es keine Möglichkeit gab, von den Gleisen zu springen. Wie war Willy an die Information gekommen?

Es waren nicht die Akten. Soviel zu den Bankschließfächern. Wenn es eine Wanze war, dann eine, die ein FBI-Agent nicht finden konnte – was unwahrscheinlich war, wenn man Danny kannte. Aber es mußte eine Wanze sein. Er konnte sie an- und abschalten, aber woher wußte er, wann? Nichts machte Sinn. Und die Sache eskalierte zu schnell, um sie aufzuhalten.

Das Telefon klingelte, und ich sprang auf. Ich starrte es einen Augenblick an, bevor ich dranging. Ich nahm ab, während ich für einen panischen Moment den Atem anhielt und Willy am anderen Ende erwartete. Aber es war Marv, und ich atmete erleichtert aus. Jesus, war ich schreckhaft. »Michael«, sagte er mit Ärger in seiner normalerweise warmherzigen Stimme, »ich habe versucht dich zu erreichen.«

»Ja, ich weiß, Marv«, sagte ich, während ich versuchte, mich wieder in die Gegenwart zurückzubringen. »Es tut mir leid. Ich saß nur in so einer komischen Sache fest.«

Es gab viele Leute, bei denen ich mir lieber die Zunge abgebissen hätte, als mich zu entschuldigen, aber Marv gehörte nicht dazu. Er war so gütig, daß ich mich bei ihm nie in der Defensive fühlte. Nicht, daß ich ihm erzählt hätte, daß ich vom Pferd gefallen war, natürlich nicht. Das wäre zu weit gegangen.

Sein Ton änderte sich sofort. »In einer komische Sache?« war alles, was er fragte. Marv konnte die Leute um so besser dazu bringen, etwas zu erzählen, je weniger er sagte, aber ich war nicht in der Stimmung, darauf einzugehen.

»Egal«, sagte ich, während ich immer noch auf den Computerbildschirm starrte. »Was ist los?«

»Ich brauche deinen Rat bei Ginger.« Augenblicklich durchfluteten mich Schuldgefühle. Der Geier, den ich an Marv weitergereicht hatte, pickte jetzt an seinem Hals. Vielleicht hatte ich ihn deshalb nicht zurückrufen wollen. Irgendwie hatte ich seit den paar Minuten, die ich mit Ginger in Marvs Wartezimmer gesprochen hatte, gewußt, daß sie ihre Mühlstein-Tour abziehen würde.

»Es wird mir ein Vergnügen sein, über sie zu reden«, meinte ich betont enthusiastisch, »aber sag mir vorher, Marv: Willst du mich bitten, sie zurückzunehmen?« Das war natürlich der wahre Grund, warum ich ihn nicht zurückrufen wollte. Ich hatte sie mit der Hoffnung an Marv überwiesen, daß die Dynamik sich bei einem Mann ändern würde. Das war natürlich nicht passiert, so daß Marv erklären konnte, daß er keine große Hilfe war.

»Sie zurückzunehmen wäre keine Lösung«, sagte Marv ruhig. »Aber ich habe eine Art Plan, über den ich mit dir sprechen muß, denn ich habe leider einen ernsten Fehler bei ihr gemacht.«

Ich setzte mich gerade hin. Marv hatte einen *ernsten* Fehler gemacht. Ich war so überrascht, daß ich einen Moment lang schwieg. Alle Therapeuten machten ständig kleine Fehler, aber Marv behandelte Ginger so vorsichtig, wie er nur konnte, und er war der beste Therapeut, den ich kannte. Was für eine Art ernsten Fehler hatte er gemacht?

Shit, wenn ich nicht so selbstsüchtig und auf meine Kopfschmerzen und Willy fixiert gewesen wäre, hätte ich ihn sofort zurückgerufen. Na prima, schon wenige Tage nach meinem Besuch auf seinem Sofa hatte er meine Hilfe gebraucht, und ich hatte noch nicht einmal seinen Anruf beantwortet.

»Hast du jetzt Zeit?« fragte ich ruhig. Es hatte keinen Sinn, am Telefon darüber zu sprechen. Warum sollte ich nicht zu ihm fahren und ihm die Hilfe geben, um die er mich bat?

»Ja«, sagte er erleichtert. »Jetzt gleich wäre gut.«

Er sagte es ruhig, aber irgend etwas an der Art, wie er »gleich« gesagt hatte, ließ mich glauben, daß es mehr als dringend war. »Ich bin sofort da«, sagte ich und legte auf. Ich schnappte mir meine Pistole. Willys letzte Nachricht ließ keinen Zweifel daran, daß ich sie eine Weile tragen mußte. Ich nahm die Autoschlüssel und ging zur Tür. Aber das Schicksal war nicht kooperativ. Sosehr ich Marv auch sehen wollte, ich schaffte es nicht.

15

Ich schaffte es fast. Ich war beinahe draußen, als das Telefon klingelte. Ich wollte schon weiterlaufen, als mir einfiel, daß es noch einmal Marv sein könnte. Vielleicht wollte er, daß ich etwas mitbrachte. Vielleicht rief er an, um mir zu sagen, daß Ginger wieder vor seiner Bürotür campierte und daß wir uns irgendwo anders treffen sollten. Das ließ mich umkehren. Ich nahm den Hörer ab, aber es war Melissa, meine Sekretärin.

»Michael, ich habe in deinem Büro angerufen, aber du warst nicht da. Tut mir leid, daß ich dich zu Hause störe.«

»Kein Problem. Was ist los?«

»Du hattest hier einen sehr seltsamen Anruf von jemandem, der Harvey heißt, und ich dachte, du solltest es wissen. Er hat gesagt, daß seine Nachbarin sich sehr merkwürdig benehmen würde und daß er dich sofort sprechen müßte. Ich habe ihm gesagt, daß ich versuchen würde, dich zu erreichen. Brauchst du seine Nummer?«

Ich notierte sie. Harveys Nachbarin: Camille. Ich fühlte mich schuldig, daß ich sie noch nicht angerufen hatte, um eine neue Therapiestunde zu vereinbaren. Sie war am Wochenende aus dem Krankenhaus entlassen worden, aber ich hatte den Termin am Montag abgesagt, als ich versuchte, meinen Kopf vor dem Abfallen zu bewahren. Ich hätte längst anrufen müssen, aber ich war zu beschäftigt mit dem Vergewaltiger gewesen. Das größte Problem, das man als Psychologin hatte, war, alle Bälle gleichzeitig in der Luft zu halten.

Ich rief Harvey an. »Michael«, sagte er und klang sehr erleichtert, »ich weiß nicht, was ich mit Camille machen soll.« Harvey wußte, daß sie meine Klientin war, seit wir ihn aus der Klinik angerufen hatten.

»Was meinen Sie?« fragte ich. »Was ist passiert?«

»Ich habe sie nicht oft gesehen, seit sie aus dem Krankenhaus entlassen wurde. Ich wollte sie im Auge behalten, aber sie war nie draußen, noch nicht einmal, um den Hund auszuführen.« Harvey war die Art von Nachbar, den jeder haben sollte. Er war entsetzt, als wir ihn aus dem Krankenhaus anriefen und er erfuhr, daß Camille sehr krank war und keine Freunde oder Verwandten hatte.

Aber Camille war auch nicht in Upper Valley aufgewachsen. Erst vor ein paar Jahren, nach dem Überfall, war sie hierhergezogen und lebte seither wie eine Einsiedlerin. Wie konnte man Freundschaften schließen, wenn man niemals aus dem Haus ging und mit keinem redete? Die einzigen Menschen, mit denen sie gesprochen hatte, waren die zwei Therapeuten, bei denen sie gewesen war, bevor sie zu mir kam – bei keinem von beiden war sie lange geblieben. Beide Therapeuten wollten, daß Camille über den Überfall redete, und sie hatte die Therapien abgebrochen, weil sie nicht darüber reden konnte.

Was Verwandte betraf, so hatte sie keine, mit denen sie sprechen konnte. Sie hatte mir erzählt, daß ihre Mutter vor ein paar Jahren gestorben war, und ihren Vater hatte sie nicht mehr gesehen, seitdem sich ihre Eltern scheiden ließen, als sie zwölf war. Sie hatte keine Geschwister, und wenn es entfernte Familienangehörige gab, so kannte sie sie nicht.

Sie lebte von einer Behindertenrente – was in ihrem Fall gerechtfertigt war. Sie konnte wirklich nicht arbeiten, doch nicht durch eigenes Verschulden. Aber wenn jemand nicht arbeitete und keine Kontakte knüpfte, konnte er verdammt lange an einem Ort leben, ohne jemanden kennenzulernen.

Ich dachte kurz über Camilles früheres Leben nach. In Boston hatte sie viele Freunde gehabt, aber sie hatte sie alle hinter sich gelassen. Sie hatte Angst, daß jemand erfuhr, wo sie war, und daß es dann auch der Täter herausfinden würde. Das machte zwar keinen Sinn, aber ein Trauma konnte das Angstzentrum im Gehirn auf die Größe einer Wassermelone anwachsen lassen, so daß wenig Platz für Logik blieb.

Harvey fuhr fort: »Dann, vor einer Weile, fing sie an zu schreien, einfach nur zu schreien. Michael, es war beängstigend. Ich wollte die Polizei rufen, aber als sie aufhörte, war ich mir nicht mehr sicher, ob ich es tun sollte. Ich wollte sie nicht verängstigen. Also ging ich rüber. – Das ganze Haus war ruhig. Ich klopfte, aber niemand kam zur Tür. Es war so still, daß ich eine Gänsehaut bekam. Auch der Hund hat nicht gebellt, obwohl er mich gehört haben muß. Ich ging wieder zurück und wußte nicht, was ich machen sollte, also beschloß ich, erst Sie anzurufen. Soll ich die Polizei rufen ... oder das Krankenhaus ... oder sonst jemanden?«

Ich überlegte. Was konnte die Polizei schon tun? Es würde wahrscheinlich eine Konfrontation mit Keeter geben. Wenn Camille gerade einen großen Flashback hatte, würde Keeter fremde Männer sicher nicht in Camilles Nähe lassen.

Die Polizei müßte etwas gegen Keeter unternehmen, um an Camille heranzukommen, und sie dabei zeitweise außer Gefecht setzen, vielleicht auch für immer. Keeter war für Camille der einzige Sicherheitsgarant. Wenn Keeter etwas passierte, würde sich Camilles Zustand noch weiter verschlimmern. Und selbst wenn die Polizei sie bloß zeitweise außer Gefecht setzte, würde es Camilles Ängste verstärken.

Das Krankenhaus anzurufen war noch nicht einmal eine Option. Sie hatten wenig Platz für solche Fälle. Harvey konnte das kommunale Mental Center anrufen. Aber sie kannten Camille nicht. Und sie kannten Keeter nicht. Eigentlich war das Problem, daß Keeter sie nicht kannte, genauso wenig, wie sie die Polizei kannte.

»Nein«, sagte ich. »Ich überprüfe das. Geben Sie mir die Adresse, und ich komme vorbei.« Ich sprach die Worte aus und wollte sie augenblicklich wieder zurücknehmen. Ich haßte es, zu Klienten nach Hause zu fahren. Es kam mir immer vor, als ob ich eine Grenze überschreiten würde. Es hatte immer eine Auswirkung auf die Beziehung. Es machte sie kumpelhaft und unprofessionell.

Aber was konnte die Polizei oder einer der Seelsorger tun, wenn sie hingingen? Selbst wenn sie Keeter nicht erschossen, würden sie zweifellos Camille in eine geschlossene Anstalt bringen, wo sie sieben oder mehr Stunden in der Notaufnahme sitzen mußte, während sich die Leute stritten, was sie mit ihr machen sollten. Wenn Camille zu Hause bleiben konnte, sollte sie es tun. Aber ich bezweifelte nicht, daß sie inzwischen einen Grad an Verrücktheit an den Tag legte, der die Polizei das nicht so sehen lassen würde. Wenn die kam, würden sie sie sicher einweisen.

»Michael«, sagte Harvey. »Warum kümmert sich niemand um sie? Hat das Krankenhaus sie einfach so entlassen?«

»Oh, Harvey«, meinte ich. »Sie haben wohl fünfzehn Jahre einer sogenannten Entwicklung verpaßt. Kennen Sie diese Menschen, die sich in jeder Stadt aus Mülltonnen ernähren und in Drecklöchern schlafen? Eine ganze Menge von ihnen ist psychisch krank. Diese Gesellschaft ist der ›aufgeklärten‹ Meinung, daß psychisch Kranke sich um sich selbst kümmern können. Krankenhäuser setzen Leute vor die Tür, die weder Geld noch einen Platz zum Schlafen haben und die Stimmen hören. Es sieht so aus, als wäre das eine ›aufklärerische Errungenschaft‹, aber in Wirklichkeit geht's dabei um Geld und darum, was es kostet, sie aufzunehmen und zu ernähren.«

»Aber das hier ist doch Upper Valley!« Harveys Stimme wurde laut. Ich wußte von den Kellnerinnen im Sweet Tomatoes, daß Harvey eine gute Seele war und sein Personal fair behandelte und bezahlte.

»Das ist egal«, sagte ich. »Wir haben nicht so viele psychisch Kranke wie die Städte, aber staatliche Krankenhäuser haben überall viel Durchgangsverkehr. Die Pflegekassen zahlen keinen unbegrenzten Aufenthalt, und außerdem sind diese Typen selten versichert. Sie gehen durch die Drehtüren wie überall sonst.«

Harvey war still, möglicherweise sprachlos. Wenn er glaubte, daß das schlimm sei, sollte ich ihm vielleicht von all den mißbrauchten Kindern erzählen, die ich schon gesehen hatte, wie sie zu ihren gewalttätigen, sogar sadistischen Eltern zurückgebracht wurden, mit dem Hinweis auf »Familien-Erhalt«. Dabei war das eher »Kinder-Vernichtung«.

Ich legte auf und überlegte, wozu ich mich da eigentlich bereit erklärt hatte. Ich haßte es immer noch, zu Klienten nach Hause zu fahren, aber was half es? Ich schätzte die Situation auf dem Weg zu Marv ein. Ich konnte für Camille nicht viel tun, außer nachzusehen, ob sie in Ordnung war und nicht selbstmordgefährdet. Aber andererseits war das gar nicht so wenig. Ich rief Marv an, um ihm zu sagen, daß ich noch einen Zwischenstopp machen mußte, und ging hinaus.

Camille lebte in einem kleinen, zweistöckigen Haus im Kolonialstil mit eingezäuntem Garten, ein paar Blocks von der Hauptstraße entfernt. Alle Orte im Upper Valley waren so klein, daß es noch nicht einmal ein Rathaus gab, aber Camille hatte eine Haus genommen, das so nah wie möglich an der Hauptstraße lag. Ich hatte so etwas erwartet. Weite und Einsamkeit der Landschaft wären für sie nichts gewesen.

Gott sei Dank für den eingezäunten Garten! Es würde

Keeter nicht unbedingt drinnen halten – der Zaun war nicht allzu hoch –, aber er würde Kinder davon abhalten, in ihr Revier einzudringen.

Ich ging zur Rückseite des Hauses, bevor ich anklopfte, einfach bloß, um das ganze Grundstück zu sehen. Hinter dem Haus gab es einen Park, ein guter Platz, um Keeter laufen zu lassen. Zweifellos hatte das das Haus attraktiv gemacht, denn der winzige Garten war nichts für einen Hund dieser Größe. Nicht, daß Camille sie frei herumlaufen lassen würde. Wahrscheinlich hatte sie das Halsband des armen Hundes an ihrem Handgelenk festgeklebt.

Harvey war schon zur Arbeit gefahren, so daß ich nicht bei ihm anhielt. Gastronomen, und Harvey sowieso, schienen nicht um acht Uhr zur Arbeit zu gehen wie der Rest von uns. Er erschien immer rechtzeitig, um sich ums Mittagsgeschäft zu kümmern. Seine Frau unterrichtete an der Schule, so daß ich wußte, daß auch sie nicht da war. Ich ging zu Camilles Haus und klopfte an die Tür.

Keine Antwort. Kein Bellen.

Ich drückte auf die Klingel.

Keine Antwort. Wo war Keeter?

Ich konnte nicht einfach wieder gehen, wo ich doch wußte, daß Camille da war. Was, wenn sie sich erhängt hatte? fiel mir plötzlich ein. Jesus, ich hätte früher daran denken sollen. Ich würde es mir niemals verzeihen, daß ich Harvey nicht die Polizei hatte rufen lassen, wenn Camille etwas Fürchterliches zugestoßen war.

Aber vielleicht hatte sie auch nur Angst, die Tür zu öffnen.

»Camille«, rief ich. »Ich bin's, Michael. Ich muß mit Ihnen sprechen.«

Nichts.

»Camille, kommen Sie an die Tür. Ich muß wirklich wissen, ob Sie in Ordnung sind.«

Immer noch nichts.

Ich wollte gerade drohen, die Polizei zu rufen – ich hatte wirklich keine andere Wahl, wenn sie mich nicht reinließ –, als ich »Michael?« hörte. Die Stimme war schwach, aber sie war da. Immerhin hatte sie sich nicht erhängt. Das war doch schon etwas. »Sind Sie es wirklich?«

»Ich bin es wirklich, Camille. Bitte öffnen Sie die Tür.«

Ich hörte Schritte. Camille war nicht weit weg, und die Tür öffnete sich gerade soweit, wie die Türkette reichte. Camille spähte hinaus. »Sind Sie allein?«

Ich wollte gerade sagen: »Nein, ich habe einen Serienkiller mitgebracht«, ließ es aber bleiben. Ich hatte diesen verqueren Humor, der ab und zu durchbrach, aber ich versuchte ihn an die Kette zu legen. Nicht jeder verstand ihn, und ich war mir ziemlich sicher, daß Camille nicht nach Scherzen zumute war.

»Natürlich bin ich allein«, sagte ich. Sie schien immer noch zu zögern, aber dann schloß sie die Tür und entfernte die Kette. Sie machte sie langsam wieder auf, und ich trat ein.

Das erste, was ich bemerkte, war Keeter, die sich knapp drei Meter von der Tür entfernt duckte. Sie war so angespannt, daß ihre Muskeln sich spannten. Sie sah aus, als würde sie für ein Gewichtheber-Magazin für Hunde posieren. »Das ist die diesjährige Miss Canine Olympia. Sagen Sie uns, Miss Keeter, wie haben Sie sich dieses hinreißende Aussehen bewahrt?«

»Menschenfleisch«, antwortete sie, »das ist das Frühstück für Champions.«

Ich mußte zugeben, daß sie in dieser geduckten Stellung aussah, als würde sie gleich losspringen, und das einzige, was vage nach einem Ziel aussah, war ich.

Aber Keeter kannte mich, sagte ich mir. Zumindest sollte sie mich kennen. Ich holte tief Luft und begann mich ihr zu nähern, um sie zu begrüßen, weil ich glaubte, daß sie ihre Alarmbereitschaft aufgeben würde, wenn sie mich erst einmal erkannt hatte.

»Michael«, meinte Camille scharf. »Ich würde das nicht tun.«

Ich stoppte. »Warum nicht?« fragte ich.

»Sie ist ein *Wachhund.* Sie hat früher nachts eine geschlossene Tankstelle bewacht. Sie wurde darauf abgerichtet, den Eindringling hereinzulassen und *dann* anzugreifen. Sie versteht wirklich keinen Spaß, was ihr Revier angeht. Kommen Sie ihr bloß nicht zu nah. Wenn sie in diesem Zustand ist, fühlt sie sich bedrängt, wenn Sie sich ihr nähern.«

Ich ging einen Schritt zurück. So gesehen, sollte ich sie vielleicht doch nicht begrüßen. »Warum bellt sie nicht?«

»Training«, antwortete Camille. »Sie wurde abgerichtet, sich ruhig zu verhalten und dem Eindringling aufzulauern.« Ich drehte mich halb zu Camille um. Ich brachte es nicht fertig, dieser gesammelten Sprungkraft den Rücken zuzukehren, aber das Wichtigste waren Camille und die Tatsache, daß sie ansprechbar war.

Jetzt erst bemerkte ich, daß sie ein Pillenfläschchen umklammerte. »Was sind das für Tabletten?« fragte ich nervös. Vielleicht war meine Selbstmord-Phantasie doch nicht so abwegig.

»Haldol«, sagte sie. »Ich habe gedacht, daß er da war, und ich war völlig fertig. Ich habe ihn gehört. Schließlich schaffte ich es doch noch, Haldol zu nehmen, die doppelte Dosis«, meinte sie verlegen.

Kein Wunder, daß sie ansprechbar war. »Erinnern Sie sich daran, daß Sie geschrien haben?« fragte ich.

»Nein«, meinte sie und hielt inne. »Ich habe jemanden schreien gehört, aber mir war nicht klar, daß ich das war. Habe ich geschrien?«

»Ja«, sagte ich. »Ihr Nachbar Harvey rief mich an. Er

hatte befürchtet, daß Sie Hilfe brauchen, aber als er klopfte, kam niemand an die Tür.«

Ich beobachtete Keeter weiter aus den Augenwinkeln, während ich redete. Sie sah aus, als wenn sie sich ein wenig entspannte. Ihre Muskeln zeigten nicht mehr diese massive Anspannung, dieses Noch-einen-Schritt-und-du-gehörst-mir-Aussehen.

»Oh«, sagte sie. »Ich habe jemanden an der Tür gehört, aber ich hatte geglaubt, daß er zurückgekommen sei.« Ich wußte sofort, wer »er« war: das Herzchen, das sie gekidnappt, mit Klebeband geknebelt, sie zweifellos vergewaltigt, wahrscheinlich auch gefoltert hatte. Die Details kannte ich nicht, aber ich wußte, daß sie schlimm genug waren, um die Frau vor mir völlig zu zerstören.

»Nein«, sagte ich. »Es war nur Harvey. Was ist passiert?«

»Er ist zurückgekommen«, sagte sie. »Die einzige Möglichkeit, damit zurechtzukommen, ist das hier«, sagte sie und hielt das Haldol hoch. »Manchmal wünsche ich mir einfach, daß er mich umbringt, damit es vorbei ist.«

»Setzen wir uns doch und reden ein bißchen«, sagte ich. Camille seufzte und führte mich dann ins Wohnzimmer. Keeter sah besser aus, aber ich machte einen weiten Bogen um sie, nur um sicherzugehen. Das war eine echte Freundin: Kaum kam man durch eine falsche Tür, schon wurde man zum Imbiß.

»Camille«, sagte ich, nachdem wir uns gesetzt hatten, »glauben Sie wirklich, daß er es war und nicht ein Flashback?«

»Ich weiß es nicht«, sagte sie. »Es sah nicht nach einem Flashback aus. Flashbacks handeln immer von Dingen, die wirklich passiert sind. Ich meine, ich wachte auf und sah ihn mich knebeln – ich konnte es fühlen –, oder er hat … er hat …«

»Stopp«, sagte ich. »Es ist besser, nicht daran zu denken.

Es war ein anstrengender Vormittag, und es könnte noch so ein Wie-Sie-es-auch-nennen-wollen-Ding auslösen. Aber was meinen Sie damit? Wo liegt der Unterschied zu den anderen Malen?«

»Bei diesem hier ging es nicht darum, was er getan hatte«, sagte sie nachdenklich. »Er machte mir damit angst, was er noch tun würde.«

»Es war keine Folge davon, was vorher passiert war?«

»Nein«, sagte sie. Keeter kam herein und legte sich zu ihren Füßen hin. Ich vermutete, sie hatte entschieden, daß ich nicht hier war, um die Tankstelle auszurauben oder Camille zu überfallen. Camille kraulte ihren Kopf; Keeter legte ihn auf Camilles Füße und wedelte mit dem Schwanz. Das war eine Seite an Keeter, die ich vorher noch nie gesehen hatte. Das war eine Seite an Camille, die ich ebenfalls noch nie gesehen hatte. Sie wirkte viel klarer als normalerweise nach einem Flashback. Vielleicht sollte sie ihre Dosis einfach verdoppeln.

Sie war außerdem eine bessere Psychologin als ich. Sie hatte recht. Ein Flashback war immer die Folge von etwas Vergangenem. Immer. Das war das Charakteristische an einem Flashback. Das Gehirn rief die Bilder des Traumas zurück. Es lieferte keine neuen Möglichkeiten. Und Camille hatte mir schon vorher davon erzählt. Die Stimme hatte gesagt, daß es beim nächsten Mal schlimmer werden würde, aber ich hatte nicht bedacht, wie ungewöhnlich diese Aussage für einen Flashback war.

»Und es gibt da noch etwas«, fuhr Camille fort. »Er redet immer nur. Ich kann ihn nicht sehen.«

»Was meinen Sie damit, daß Sie ihn nicht sehen können?«

»In all den anderen Flashbacks konnte ich ihn sehen. Ich sah es jedes Mal wieder passieren, wieder und wieder. Das hier ist nur eine Stimme in der Dunkelheit. Er ist hereingekommen. Ich weiß nicht wie, aber er ist hereingekommen.« Sie seufzte mutlos. »Ich erwarte nicht, daß Sie mir glauben.«

Aber ich fing an, mich zu wundern. Flashbacks waren nicht hörbar. Es konnte sein, daß Stimmen darin vorkamen, aber sie waren auf jeden Fall visuell. Es sei denn, sie hatte einen psychotischen Schub. Psychotische Halluzinationen waren immer hörbar. Es gab keinen Grund, warum man nicht einen psychotischen Schub auf dem Höhepunkt einer posttraumatischen Streß-Störung haben konnte. Außer, daß sie zu alt dafür war. Meistens tauchten psychotische Schübe bei Menschen auf, die jünger waren als Camille. Außerdem: Wenn dieses Trauma einen psychotischen Schub auslösen konnte – warum hatte der Angriff selbst keinen ausgelöst? Warum gerade jetzt?

Zum ersten Mal wurde mir klar, daß ihr Peiniger tatsächlich zurückgekehrt sein konnte. Was, wenn ihr dasselbe passiert war wie mir? Was, wenn sie von einem Sadisten verfolgt wurde? Ich hatte bis jetzt noch nicht daran gedacht, weil Camille ein fürchterliches PTSD und eine lange Reihe von Flashbacks hinter sich hatte. Ich war einfach davon ausgegangen, daß ihre Angst damit zusammenhing.

Aber ein hoher Prozentsatz von Sadisten kehrte zurück. Die einzigen Untersuchungen dazu kamen vom FBI, das sadistische Vergewaltiger und sogar Serienkiller nach der Verhaftung befragte – Serienkiller bringen nicht jeden um, den sie überfallen, insbesondere dann nicht, wenn sie kein Tötungsmuster entwickelt haben.

In den Befragungen hatten sie häufig beschrieben, wie sie nach der Vergewaltigung zurückgekehrt waren. Sie standen vor dem Haus ihres Opfers und beobachteten es oder riefen es an, einfach nur, um seine Stimme zu hören. Es war eine Art von Gegen-PTSD: Die Täter hatten ebenfalls emotionelle Flashbacks, aber sie *wollten* ihre Erinnerungen heraufbeschwören. Die Wiederbelebung gab ihnen jedesmal einen Nachgeschmack von dem Hochgefühl, das sie während der Gewalttat empfunden hatten.

Außerdem: Einige von ihnen hatten tatsächlich die gleiche Frau zweimal überfallen. Die Zahl solcher Wiederholungsattacken ist größer, als die meisten Leute glauben.

Das hatte ich zum Teil auch deshalb nicht bedacht, weil ich mit Willy beschäftigt gewesen und es mir zu bizarr erschienen war, daß wir beide zur gleichen Zeit von einem Sadisten verfolgt wurden. Für einen Internisten mochte es ungewöhnlich sein, daß er in der gleichen Woche zwei seltene Krebsarten diagnostizieren mußte, aber wie außergewöhnlich war das für einen Spezialisten? Und worauf war ich spezialisiert? Auf Traumata.

Aber selbst wenn der Täter zurückgekehrt war: Wie war er ins Haus gekommen? Warum drehte Keeter nicht durch?

»Erzählen Sie mir von Keeter«, sagte ich. »Wie haben Sie sie bekommen?«

»Ich traf jemanden, der viele Schutzhunde besaß«, sagte sie. »Er hatte eine bestimmte Route. Er lieferte sie bei den Nachtwächtern von Tankstellen und Geschäften ab und holte sie morgens wieder. Ich hatte versucht, über einen gewerblichen Trainer einen Hund zu bekommen, aber er wollte mir keinen verkaufen, weil er glaubte, ich könne nicht mit ihm umgehen.«

Kein falscher Gedanke, dachte ich, sagte aber nichts. Seriöse Händler wollten ihre Hunde nicht an Leute verkaufen, die es zulassen würden, daß sie kleine Kinder fraßen. Und in Camilles Fall würde wahrscheinlich jeder einigermaßen verantwortungsvolle Mensch sagen, daß sie nicht mit einem Kampfhund umgehen konnte. »Wie haben Sie denn diesen Typen kennengelernt?«

»Durch Zufall«, sagte sie. »Ich erzählte einem Tankwart, den ich kannte, daß ich einen Schutzhund suchte. Ich brachte immer mein Auto zu ihm, und eines Tages unterhielten wir uns, während er am Auto arbeitete. Ich war gerade dabei wegzuziehen. Ich konnte einfach nicht mehr in Boston bleiben, nach dem … Na ja, ich mußte ständig daran denken, daß er wußte, wo ich wohnte, und zurückkommen würde. Ich habe es noch nicht einmal jemandem erzählt, daß ich wegging. Ich hatte Angst, daß er es irgendwie erfahren würde.«

»Er«, so wußte ich, war immer der Täter. Sie nannte ihn niemals anders. Er dominierte ihr Denken so stark, daß sie immer glaubte, ich wüßte, von wem sie redete, wenn sie »er« sagte.

»Mein Auto wurde repariert. Ich hatte Chris nicht erzählt, was passiert war, aber vielleicht ahnte er etwas. Ich hatte mein Auto immer zu ihm gebracht, so daß ich ihn schon länger kannte, und danach war ich so … anders.« Ihre Augen füllten sich mit Tränen. Die Trauer darüber, wer sie einmal gewesen war, wollte nicht aufhören.

»Sie müssen wissen«, sagte sie unter Tränen, »ich habe immer allein gelebt, seit ich sechzehn war. Ich hatte nie Probleme damit. Meine Mutter war ständig deprimiert, und sie hat getrunken. Ich konnte sie nicht dazu bringen, damit aufzuhören, obwohl ich es ständig versuchte. Ich konnte niemanden nach Hause mitbringen, weil meine Mutter immer nur im Nachthemd herumlief, und schließlich zog ich aus. Ich machte die Schule fertig und schlug mich alleine durch. Ich sagte den anderen Schwestern, daß es lächerlich sei, sich zum Parkplatz begleiten zu lassen. Ich habe einfach nicht gewußt … ich hätte niemals …«

Sie weinte ein paar Minuten, und wir schwiegen beide. Ich habe die Frau, die sie beschrieb, niemals getroffen, auch wenn ein bißchen von dieser Camille durch das Chaos aus Angst und Unruhe, das sie umgab, hindurchschimmerte. Es gab immer noch einen Kern all dessen, was sie einmal gewesen war, aber er war tief verschüttet.

»Chris machte Sie mit diesem Züchter bekannt?« fragte ich sanft. Ein Teil von mir wollte über ihr Leben vor der Katastrophe weiterreden, und heute konnte sie darüber sprechen. Aber meine Unruhe darüber, daß der Täter zurückgekehrt sein könnte, stieg. Und falls er tatsächlich zurückgekehrt war, würde sie vielleicht gar keine Gelegenheit mehr haben, darüber zu sprechen, wenn ich nicht bald herausfand, wie er in ihr Haus gekommen war.

»Chris rief ihn an und dann mich, um mir zu sagen, daß ich mit ihm reden sollte. Er glaubte, er würde mir einen Hund verkaufen, wenn ich wirklich einen wollte. Er sagte, es wäre kein zugelassener Züchter, sondern bloß ein Kerl, der ein paar Hunde hatte, die er an Tankstellen und Geschäfte vermietete.«

Es überraschte mich nicht, daß es so einfach gewesen war, einen Hund zu bekommen. Es gab ganze Heerscharen von Machos, die Wachhunde besaßen oder züchteten und meinten, daß jeder einen haben sollte. Einige waren Survival-Spezialisten oder Möchtegern-Militärs oder was auch immer.

»Hat Chris die Hunde von diesem Typen nachts in seiner Tankstelle eingesetzt?«

»Sicher«, meinte sie. »Deshalb kannte er ihn.«

»Kannte Chris Keeter?«

»Ich weiß es nicht«, sagte sie. »Warum?«

Ich ignorierte die Frage. »Warum war der Züchter bereit, einen seiner Hunde zu verkaufen?« fragte ich. »Er hat sie doch sonst nicht verkauft, oder? Ich meine, Sie haben gesagt, daß er kein regulärer Züchter war.«

»Nein, ich denke nicht, aber, na ja, Keeter hat sich nicht sehr gut benommen. Moment mal. Chris kannte sie, denn ich erinnere mich, wie er mir erzählte, daß ich es mir zweimal überlegen sollte, sie zu nehmen. Er sagte, sie wäre nicht besonders zuverlässig. Ich habe das ganz vergessen. Aber der andere Typ sagte, daß sie nur jemanden brauchte, der mit ihr zusammen war. Er sagte, daß es einen Unterschied machte, ob sie die Nacht alleine in einem Haus sein mußte oder die ganze Zeit mit dem Besitzer zusammen war.«

»Was hat sie angestellt, was so schlimm war?«

»Ich weiß es nicht genau«, sagte sie. »Ich denke, sie war etwas zu aggressiv oder so. Ich glaube, Chris hat gesagt, daß der Tankwart Probleme hatte, wenn er morgens die Tür aufschloß. Chris sagte, daß er niemals Ärger mit ihr gehabt hat, aber er konnte schlecht jeden Tag bei ihr bleiben. Es war mir egal, was sie getan hatte«, meinte sie trotzig. »Ich mußte einen Hund haben, und niemand sonst wollte mir einen verkaufen.«

»War sie schon als Anfall-Hund abgerichtet?« fragte ich zweifelnd.

»Nein, ich ließ sie gleich, nachdem ich sie bekommen hatte, abrichten. In Manchester gab es ein Trainingszentrum. Aber eigentlich«, sagte sie verlegen, »hat sie das nicht gut gemacht. Sie hat die Prüfungen nicht bestanden, aber ich brauchte mehr einen Wachhund als einen Anfall-Hund, so daß ich sie behielt. Den Leuten sagte ich einfach, daß sie ein Anfall-Hund ist«, meinte sie, während sie verlegen auf den Boden schaute, »so daß ich sie überallhin mitnehmen konnte. Es gab sonst zu viele Orte, wo sie nicht hätte mitkommen können, aber sie hat eigentlich keine Papiere als Anfall-Hund. Sie würde schon das Richtige machen, ich meine bei einem Anfall, sagte ich mir. Der Typ war jedenfalls der Auffassung, sie sei unzuverlässig.«

Ich schaute wieder zu Keeter. Na prima. Sie war ein unzuverlässiger Wachhund, der ein bißchen auf epileptische Anfälle trainiert war und auch dabei unzuverlässig war. Was zum Teufel würde sie im Notfall tun? Wer konnte das schon wissen?

Also, was brachte das alles? Der Typ, der ihr den Hund

verkaufte, kam als Täter nicht in Frage. Sie hatte ihn vor dem Überfall nie getroffen, und es wäre zuviel der Koinzidenz, wenn sie ihn danach getroffen hätte. Aber Chris kam in Frage. Chris war jemand, den Keeter kannte und der ein Gebäude betreten konnte, das Keeter bewachte, ohne daß sie ihm gleich an die Gurgel ging. Sie hatten eine Beziehung. Keeter hatte seine Tankstelle bewacht.

Und auch die Tatsache, daß Chris Camille vor dem Überfall gekannt hatte, paßte. Viele Täter waren mit ihren Opfern bekannt, die dadurch überhaupt erst zur Zielscheibe wurden. Camille mußte ihn nicht erkannt haben. Sie hatte mir gesagt, daß der Täter eine Skimaske getragen hatte, und damit würde man noch nicht mal seine eigene Großmutter wiedererkennen.

Aber hätte Camille nicht die Stimme von Chris wiedererkannt? Vielleicht, vielleicht auch nicht. Menschen, die entführt wurden, waren so verängstigt, daß sie kaum ihre eigene Stimme wiedererkannten, und Camille hatte Chris nur oberflächlich gekannt.

Wenn Chris der Täter war, hatte er mehr Glück als Verstand. Camille kam zu ihm, und er konnte sich an ihrem fürchterlichen Zustand weiden. Dann erzählte sie ihm, daß sie einen Wachhund brauchte, und er besorgte ihr einen, der ihn kannte und der nicht reagieren würde, wenn er ihr Grundstück betrat.

Aber ich glaubte nicht daran, daß Chris der Täter war. Zum Beispiel hatte er ihr von Keeter abgeraten. Aber wer es auch war, eines war sicher: Keeter war nicht erprobt für den Ernstfall. Es gab Leute, die ins Haus kommen konnten, ohne daß sie Theater machte – ihr Trainer und Chris, zum Beispiel. Nicht zu vergessen, daß jeder, der Keeter kannte, sie als unzuverlässig einschätzte.

»Wußte Chris, wohin Sie ziehen wollten?« fragte ich.

Sie überlegte einen Augenblick. »Ich glaube nicht, daß er

es genau wußte. Ich erzählte ihm, daß ich nach New England ziehen würde. Nein, warten Sie, ich erinnere mich, wie er gesagt hat, daß er früher in Vermont gelebt hat, und wir redeten darüber, so daß ich glaube, daß ich ihm die ungefähre Gegend genannt habe. Warum fragen Sie?«

Oh, oh. Ich mußte sofort mit Adam reden. Das schien kein Job für einen Therapeuten mehr zu sein. Wenn ein Täter nicht innerhalb, sondern außerhalb ihres Kopfes existierte, war es ganz klar ein Job für die Polizei. Ich hatte in bezug auf Verbrecherjagd null Erfahrung.

Aber das hatte mir Adam auch schon über Willy gesagt. Zweifellos existierte Willy genauso außerhalb wie innerhalb meines Kopfes. Aber das war etwas anderes, beharrte ich. Es war sinnvoll, Camilles Fall an Adam zu übergeben und nicht meinen. Dummerweise widersprach mir dabei die Stimme in meinem Kopf, sobald ich versuchte zu erklären, warum.

Shit, ich mußte es einsehen. Es war nur deshalb etwas anderes, weil es nicht um mich ging. In diesem Fall ging es um Camille. Und sie hatte nicht mit Adam geschlafen. Sie hatte auch nicht dieses bescheuerte und lästige Nähe-Problem. Und vor allem: Sie war nicht Mamas Kind.

Es gab noch etwas anderes. Ich wußte, daß ich es nicht ertragen konnte, daß Adam mich ein zweites Mal retten würde. Ich würde ihn dafür zum Teufel jagen. Mamas Kind. Dummerweise war ich in jeder Beziehung Mamas Kind.

Camille gab mir ein paar Unterlagen und unterschrieb einige Vollmachten. Ihre Erfahrungen mit der Bostoner Polizei waren so lala. Einer der Beamten hatte ziemlich sensibel auf ihren konfusen Zustand reagiert, der andere hatte sie bedrängt, alle Details zu nennen. Als sie es nicht konnte – sie brach zusammen, als sie versuchte darüber zu reden –, wurde er ungeduldig und ließ sie schließlich allein.

Zwar hatte sich nach zwanzig Jahren feministischen

Kampfes *einiges* in bezug auf die Behandlung von Vergewaltigungsopfern verändert: Die Polizei versuchte nicht mehr, die Opfer routinemäßig mit Lügendetektor-Tests der Lüge zu überführen, und einige Reviere setzten sogar weibliche Beamte bei der Befragung ein. Aber die Wahrheit war, daß es viel mehr Vergewaltigungen gab als Polizistinnen und daß alte Gewohnheiten nur langsam starben. Camilles Erfahrungen mit der Bostoner Polizei waren besser als die der meisten Vergewaltigungsopfer in den großen Städten.

Und, um fair zu sein: Wahrscheinlich war es unmöglich, Camille zu befragen. Sie wurde nackt in einem Hundezwinger gefunden. Sie war verwirrt und konnte nicht sagen, was geschehen war. Polizisten waren vor allem an der Verbrecherjagd interessiert. Sie hatten einen schrecklichen Fall auf dem Tisch und eine Augenzeugin, die ihnen nichts nützte. Ich konnte verstehen, daß der Polizist frustriert gewesen war.

Ich sagte Camille, was ich vorhatte, und sie stimmte zu. Sie sah die Polizei immer noch als Freund und Helfer und hatte nichts dagegen, daß ich Adam einschaltete und mich bei den Polizisten, die den Überfall untersucht hatten, meldete. Aber sie würde sie niemals von sich aus rufen. Der Täter spukte zu sehr in ihrem Kopf herum. Sie glaubte nicht, daß ihn jemand aufhalten konnte.

Ich verließ sie ungern. Wenn Camille in Gefahr war, wollte ich sie nicht allein lassen, selbst mit Keeter nicht. Aber auch wenn Keeter Chris kannte, redete ich mir ein, und Chris der Täter war, bedeutete das nicht, daß Keeter zulassen würde, daß er Camille attackierte. Camille war jetzt ihre Besitzerin, Chris war es nie gewesen.

Und abgesehen von allem Training – da gab es immer noch Keeters Gene: Bei einem Rottweiler war der Befehl, seinen Besitzer zu beschützen, fest in der DNS verankert.

Zum ersten Mal benutzte ich mein Autotelefon. Ich hatte

eine Abneigung gegen Autotelefone, aber dann hatte ich doch noch eines gekauft, als Adam drohte, mir eines zu schenken, falls ich mir keines anschaffte. Ich hatte ihm mein Problem erklärt: Kauf dir ein Autotelefon, und als nächstes kaufst du dir eins für die Dusche, und bald wird es *keinen* Ort mehr geben, an dem du nicht mit der Welt verbunden bist – aber es hat ihn nicht besonders beeindruckt.

Er sagte nur, daß auch er ein Problem habe, wenn es um Freunde von ihm ginge, die regelmäßig mit Sexualstraftätern Umgang hatten und ohne Autotelefon unterwegs waren, ohne eine Sekunde darüber nachzudenken, mit wem sie es zu tun hatten. Was würde ich tun, hatte er gefragt, wenn mich einer verfolgen und von der Straße abdrängen würde – nach einer Telefonzelle suchen?

Ich benutzte es nicht gerne, aber ich wollte nicht im Beisein von Camille telefonieren, falls Adam nicht an seinem Platz war und ich der Vermittlung erläutern mußte, wie ernst ich die Situation einschätzte. Aber ich hatte Glück. Er war da, und ich wurde zu ihm durchgestellt. Ich erzählte ihm, daß ich eine Klientin mit einem Problem hatte, das wahrscheinlich eher außerhalb als innerhalb ihres Kopfes existierte, und daß ich mit ihm darüber sprechen mußte. Er sagte, ich solle vorbeikommen.

Er war gerade dabei, etwas zu schreiben, als ich durch die offene Tür in sein Büro trat. »Hallo«, meinte ich freundlich.

Er sah auf und lächelte. »Komm rein«, sagte er und zog einen Stuhl für mich heran. Das Lächeln verschwand nicht, als er sich wieder setzte, und für einen Moment erinnerte ich mich daran, wie sehr ich es geliebt hatte, die kleinen Lachfalten in seinen Augenwinkeln mit meinen Fingerspitzen zu berühren. Ich kannte alle Furchen und Falten in seinem Gesicht.

Für einen Augenblick schwiegen wir, und die Atmosphäre fing an, sich aufzuheizen. Ich erinnerte mich an Hawaii und an das Gefühl von Sand auf meinem bloßen Rücken. Ich erinnerte mich an das Hotelzimmer und den Mond, der durch das Dachfenster auf seine bloße Brust schien. Ich erinnerte mich an seine gleitenden Finger zwischen ... Ich sah ihn an. Ich sah den Blick in seinen Augen und wußte, daß er sich ebenfalls an etwas erinnerte, was auch immer es war.

»Fang nicht wieder damit an«, meinte ich.

Adam sagte nichts.

»Ich bin beruflich hier«, betonte ich.

Adam sagte immer noch nichts.

»Schau, wenn du meinst ...« Aber Adam unterbrach mich.

»Michael«, sagte er, »ich habe nichts gesagt.«

»Oh«, sagte ich. »Das ist richtig ... Entschuldigung.«

Wie konnte dieser Mann mich bloß so aus dem Rhythmus bringen? Ich sollte mich einfach nicht mehr mit ihm im gleichen Raum aufhalten.

»Eine Art Übertragung«, meinte ich seufzend. »Ich habe mit mir selbst geredet.«

»Rede weiter«, meinte er.

»Lieber nicht«, erwiderte ich.

Ich begann ihm von Camille zu erzählen. Adam schien nicht besonders interessiert – egal, ob er es zugeben wollte oder nicht, er hatte diesen Blick, den ich bestens kannte –, bis ich anfing zu erzählen, warum ich nicht mehr sicher war, daß sie einen Flashback gehabt hatte. Ein anderer Polizist hätte vermutlich ignoriert, was ich sagte – ich hatte Null Beweise –, aber Adam war eben kein anderer Polizist.

Er war sehr aufmerksam, und egal, wo er mit seinen Gedanken vorher gewesen war, dort war er jetzt nicht mehr. Ich erzählte ihm von Chris, und er wirkte noch interessierter. Er wußte so gut wie ich, daß Sadisten häufig zu ihren Opfern zurückkehrten. Wenn es eine Möglichkeit gab, Keeter auszutricksen, dann war das, was Camille behauptete, nicht mehr so unwahrscheinlich.

»Wie sicher bist du dir?« fragte er schließlich.

»Daß es kein Flashback war? Ich weiß es nicht. Es klang einfach nicht danach. Wie kann ein Flashback von etwas handeln, das nie passiert ist? Ich schätze, ich bin mir ziemlich sicher.«

»Woher weißt du, daß sie dir nichts vormacht?«

»Die ganze Geschichte? Von Anfang an? Wie Münchhausen? Sicher nicht. Man kann sich nicht so verstellen, wie sie im Krankenhaus aussah: erweiterte Pupillen, Zittern, Kurzatmigkeit, Veränderung der Hautfarbe. Sie hatte eine ausgewachsene Panik-Attacke.«

»Wahn?«

»Wahn? Wie bei einem Paranoiker? Und hat Panik-Attacken, weil sie glaubt, was sie sagt?« Eigentlich hatte ich mir das noch nicht überlegt, aber es hörte sich nicht stimmig an. – »Ich weiß es nicht. Der Inhalt ihrer Wahnvorstellungen stimmt nicht. Ich weiß nicht, warum, aber alle Paranoiker haben die gleichen Wahnvorstellungen: Die Leute übertragen Fernsehbilder durch ihre Zähne, Außerirdische haben ihnen einen Sender in den Schädel gepflanzt. Hier geht es nicht um eine der üblichen Wahnvorstellungen.«

»Okay, aber Paranoiker haben auch ein Problem mit Leuten, die sie verfolgen.«

»Sicher«, mußte ich zugeben. »Ich schätze, ich kann das nicht völlig ausschließen, aber ich glaube es nicht.« Ich hielt inne, während ich versuchte herauszufinden, warum ich so sicher war, daß es sich nicht um Paranoia handelte.

»Paranoiker sind immer mißtrauisch«, sagte ich schließlich. »Sie durchsuchen dein Büro. Sie beschließen, daß du einer von *denen* bist. Sie suchen nach versteckten Rekordern. Nichts dergleichen habe ich bei Camille erlebt. Ein Grund mehr, den Fall bei der Bostoner Polizei zu überprüfen. Ich kann nicht sagen, daß es unmöglich ist. Aber ich behaupte, wenn der eigentliche Vorfall so passiert ist, wie sie sagt, dann gibt es keinen Grund zu glauben, daß sie mir jetzt etwas vormacht.« Ich wußte, daß Adam sowieso versuchen würde, die Akten zu bekommen und herauszufinden, wie weit die Bostoner Polizei mit der Lösung des Falls gekommen war.

»Werd nicht gleich sauer, Michael. Aber was ist mit Gedächtnispsychose?«

Ich verdrehte die Augen. »Adam, das hatten wir doch schon. Die Gedächtnispsychose-Zeloten haben absolut keine Beweise für einen solchen Befund. Und hier gibt es eine Menge Beweise – tonnenweise –, daß es das nicht ist. Aber selbst ein echter Gedächtnisfanatiker würde sich nicht auf diesen Fall beziehen. Das hier ist keine familieninterne Attacke gewesen.

Außerdem glaube ich wirklich nicht, daß es dabei um den tatsächlichen Überfall geht. Ich habe das Gefühl, daß Boston bestätigen wird, daß sie so gefunden wurde, wie sie behauptet. Ich denke, es geht vielmehr darum, ob der Überfall sie so gründlich durcheinandergebracht hat, daß der Typ jetzt nur in ihren Kopf zurückgekehrt ist. Selbst wenn man diese Rückwirkung einrechnet, wäre das keine Gedächtnispsychose.«

»Ich werde es herausfinden«, sagte er, »und dich anrufen.«

Ich sagte ihm, was ich wußte. Stück für Stück, alle Details, die ich von Camille über den Vorfall erfahren hatte. Sie kannte das genaue Datum, an dem sie verschleppt worden war, und natürlich den Namen des Krankenhauses, in dem sie gearbeitet hatte. Sie wußte nicht genau, wo sie gefunden worden war. Alles, was unmittelbar nach dem Überfall passiert war, lag im Nebel, aber sie konnte sich genau an den Namen eines der Polizisten erinnern. Sie hatte sich auf sein Namensschild konzentriert, um die Erinnerung abzuwehren, während er sie bedrängte.

Ich ging widerwillig. Ich fühlte mich zwischen zwei Stühlen. Ein Teil von mir wollte sagen: »Soso, dein Liebhaber ist also ein Stachelschwein?« Vielleicht wollte ich sagen: »Okay, du *könntest* einen weniger stacheligen Liebhaber finden. Aber wäre der auch in der Lage, einen Nagel in die Wand zu hauen?« Möglicherweise wollte ich auch nur »Dinner?« sagen. Aber ich sagte nichts davon. Ich sagte lediglich »Bis dann« und dachte, er würde schon wissen, was ich meinte. Es hatte keinen Sinn, Dinge totzureden.

Auf dem Weg hinaus dachte ich darüber nach. Ab und zu nahm ich eines dieser Bücher zur Hand, die behaupteten: »Männer kommen vom Mars; Frauen von der Venus.« Sie gaben mir immer das Gefühl, ich käme vom Pluto. Ich schien da nicht hineinzupassen.

Bis zur fünften Klasse war die Welt in Ordnung gewesen. Dann fingen all die anderen Mädchen an, in den Pausen auf dem Felsen zu sitzen und ihr Haar zu kämen. Öde, öde, öde. Ich konnte mit dem Felsen nichts anfangen, also spielte ich bis zum Schluß Football. Unnötig zu betonen, daß es nicht allzu viele Mädchen gab, die mitspielten.

Ich wußte, was ich tat. Ich versuchte die Tatsache zu rationalisieren, daß es mich umbringen würde, wenn ich mich mit Adam zusammensetzen und über unsere Beziehung reden sollte. Ein Teil von mir wußte, daß ich es tun sollte, aber ich wollte einfach nicht. Und Adam war da kaum besser als ich. Aber wenn ich es mir recht überlegte, konnte es sein, daß ich ziemlich alt aussehen würde, wenn ein hartgesottener Polizeichef besser über Gefühle reden konnte als ich. Na ja, irgendwer mußte an seinen Gewohnheiten festhalten. Sonst würde das normale Auf und Ab nicht mehr funktionieren.

Ich blickte zur Uhr. Es war ein bißchen spät für Marv.

Stunden zu spät. Es wurde langsam Nachmittag, und am späten Nachmittag trafen Therapeuten normalerweise ihre Klienten – weil Erwachsene tagsüber arbeiteten und Kinder zur Schule gehen mußten, war am Nachmittag immer am meisten los.

Marv war ausgebucht, sagte mir seine Sekretärin, als ich ankam. Das überraschte mich nicht – aber die Nachricht auf meinem Tisch schon. »Ich habe bis acht Uhr Klienten. Komm bitte danach nicht in meine Wohnung, auch nicht am Wochenende. Ich will auch nicht am Telefon darüber sprechen. Ich denke, am besten warten wir bis Montag und reden dann in deinem Büro. Können wir uns am frühen Montag morgen treffen? Sag mir eine Zeit, und ich werde verlegen, was immer ich an Terminen habe. Sag Rochelle Bescheid.«

Komm nicht in meine Wohnung? Sag eine Zeit, und ich verlege Termine? Einen Klienten verlegen wegen eines blöden Meetings? Das war noch nie passiert. Ruf nicht an. Irgend etwas sehr Ernstes ging hier vor, aber mir fiel kein Szenario ein, das Marv dazu bringen würde, mir zu sagen, daß ich nicht zu ihm kommen sollte, um darüber zu sprechen. Hatte er eine Freundin, von der ich nichts wußte und die mit ihm alleine sein wollte? Familiäre Probleme?

Aber Marv hatte keine Freundinnen außer seinen Bildern – da war ich mir ziemlich sicher –, und sosehr ich es auch versuchte, ich konnte mir kein einziges Gemälde vorstellen, das gegen meinen Besuch sprechen würde.

O Gott, es konnte doch nicht sein, nein, es konnte nicht sein, daß Ginger in seinem Haus war. Selbst wenn Marv einen psychotischen Schub hätte, würde er so etwas nicht erlauben ... hoffte ich. Ich rief mir die unzähligen Fälle ins Gedächtnis, wo Leute aus allen Wolken fielen, wenn sie erfuhren, was ihre Freunde oder Familienmitglieder getan hatten. Nobelpreisträger und Rockstars mißbrauchten Kinder. Universitätsrektoren machten obszöne Anrufe. Und jeder einzelne von ihnen hatte Menschen, die ihn liebten und nicht glauben wollten, daß er so etwas tat.

Fast zehn Prozent aller männlichen Therapeuten hatten eine sexuelle Beziehung zu ihren Klientinnen. Es schien nicht so ungewöhnlich zu sein. Aber doch nicht Marv! Wenn Marv einen ernsthaften Fehler gemacht hatte, der irgendwie in diese Richtung ging, würde ich alle Rekorde beim Aus-den-Wolken-Fallen brechen.

Aber wenn es nicht das war, was konnte es sonst sein? Warum wollte Marv nicht, daß ich in seine Wohnung kam? Die Welt machte jeden gottverdammten Tag weniger Sinn.

16

Wenn ich schon in der Psychiatrie war, konnte ich genausogut andere Sachen zu Ende bringen. Ich rief Toby an und erwischte ihn zwischen zwei Essen. Seine Sekretärin stellte mich sofort durch. Amüsant, wie zugänglich er war, wenn man ihm einen Gefallen tat. »Toby«, meinte ich. »Hier ist Michael. Ich kann Ihnen keine Details nennen, weil ich dazu keine Genehmigung habe, aber die Sache, um die Sie mich gebeten haben, ist ziemlich gut ausgegangen. Sie sollten das vielleicht Lucy sagen.«

»Ich bin wirklich froh, das zu hören«, meinte er, und seine Stimme klang ungemein erleichtert. »Ich bin sehr dankbar für Ihre Hilfe.«

»War mir ein Vergnügen«, sagte ich und meinte es auch so. Toby stand selten auf der Seite der Engel, aber wenn doch, dann macht es mir nichts aus, auf der gleichen Seite zu stehen.

Und es tat mir natürlich nicht leid, daß er mir etwas schuldig war. In der Welt der Fakultäts-Machtspiele machten sich Schulden bezahlt. Auch wenn Toby nur wenig unternehmen würde, er war auf jeden Fall aufmerksamer gegenüber seinen Schuldnern und nahm mehr Rücksicht.

Zweifellos würde ich wieder Ärger bekommen und dann Tobys Hilfe brauchen. Wenn das geschah, stand ich am unteren Ende der Hierarchie, als jemand, der normalerweise nicht viel Unterstützung von ihm erwarten durfte. Es konnte also nicht schaden, daß Toby mir einen Gefallen schuldig war.

Ich blieb im Büro und arbeitete noch eine Weile, so daß es schon dunkel war, als ich meine Pistole nahm und zum Auto ging. Mein Kopf schwirrte vor lügenden Vergewaltigern und spitzelnden Sadisten und vor allem vor Sorge um Marv und Camille.

Was hatte Stevens noch mal geschrieben: »Wir müssen unsere Gedanken die ganze Nacht ertragen, bis das Morgenlicht sie erhellt ...« Stevens, Meister der Zwischentöne. Zuerst redete er von einem gewöhnlichen Schneesturm, und am Ende merkte man, daß er den Schneesturm in seinem Kopf meinte. Vielleicht würde sich auch bei mir eines Tages alles aufklären, aber im Moment war ein Schneesturm noch eine Untertreibung. Es war eher wie eine Schlammschlacht.

Die Dämmerung senkte sich herab, als ich nach Hause fuhr. Ich haßte die Dämmerung – aus dem gleichen Grund, aus dem ich Schneestürme haßte –, egal ob drinnen oder draußen. Ich konnte dann nicht richtig sehen. Nachts, wenn sich meine Augen erst einmal an die Dunkelheit gewöhnt hatten, konnte ich mehr erkennen als in diesem Zwielicht.

Gelegentlich, mußte ich zugeben, gab es in der Dämmerung einen tollen Sonnenuntergang. Aber selten. In neunzig Prozent der Fälle war es bloß ein verwaschener Mischmasch. Wenn der Tag zu Ende gehen würde, als ob einer das Licht ausknipste, gäbe es wenigstens einen echten

Übergang in den funkelnden Nachthimmel. Aber jeden einzelnen verdammten Tag mußte man dieses zögerliche, langsam sterbende Licht ertragen. Gott sei Dank war der Tag zu Ende, als ich zu Hause ankam, und die Nacht war hereingebrochen.

Ich setzte mich mit einem tröstenden Glas Eistee auf die Terrasse, als der volle Mond sich gerade vor die Wolken schob. Während ich hinaufschaute, erinnerte ich mich daran, wie erstaunt ich mit fünf Jahren gewesen war, daß der Mond unserem Auto den ganzen Weg nach Hause folgte: Wohin wir auch fuhren, er war schon da – egal, wie schnell wir fuhren, er schien immer mitzukommen.

Während ich auf der Fensterbank in meinem Zimmer saß, redete ich mit ihm. Ich konnte nicht verstehen, daß Halb- und Vollmond das gleiche waren, also wartete ich, daß der Vollmond wiederkam.

Ich konnte dann nicht einfach so ins Bett gehen: Ich konnte es kaum erwarten, bis Mama die Tür zugemacht hatte und ich mir den Stuhl ans Fenster stellen konnte. Ich redete mit dem Mond, und er hörte zu. Mama war nicht gerade eine begnadete Zuhörerin, und wenn sie zuhörte, sagte sie meistens etwas so Warmherziges wie »Red keinen Unsinn, Kind«, oder sie schnaubte bloß. Mama hatte ein Schnauben, das das Wort »Bockmist« besser zum Ausdruck brachte als das Wort selbst. Der Mond hat mich nie angeschnaubt.

Ich erinnerte mich auch daran, wie ich mich nachts aus dem Haus schlich, um unter diesem Mond schwimmen zu gehen, als ich älter war. Ich liebte es, nachts draußen zu sein – vor allem, wenn der Mond so schien wie heute. Ich blickte auf den Fluß hinunter: Im Mondlicht sprudelte er so intensiv, daß es in den Augen weh tat, und er sah vollkommen anders aus als bei Tage.

Aber schließlich konnte der Mond alles in einen Schein

aus Glanz tauchen. Was sah im Mondlicht nicht glänzend aus? Alte Autos glänzten. Müllhalden glänzten. Selbst Einkaufszentren glänzten.

Plötzlich hatte ich das Gefühl, beobachtet zu werden. Zuerst dachte ich noch, es wäre der Mond. Ich lächelte und schüttelte den Kopf darüber, wie einfach es doch war, sich wieder in eine Fünfjährige zu verwandeln – aber mitten in der Bewegung hielt ich inne.

Dieses Gefühl war nicht angenehm. Es war nicht das Gefühl, daß jemand nach mir sah oder auf mich aufpaßte: Es war anders. Ich schaute ein letztes Mal den Mond an und dann in Richtung der Bäume hinter dem Fluß.

Ich hätte es auf die Paranoia geschoben, wenn ich nicht die Untersuchungen gelesen hätte. Darin stand, daß Menschen merkten, wenn sie jemand anstarrte, obwohl keiner wußte, weshalb das so war. Außerdem: Bei Paranoia hätte ich dieses Gefühl bestimmt nicht mitten in meiner Mondanbetung bekommen, wo ich mir über Willy überhaupt keine Gedanken machte. Das Gegenteil war wahrscheinlicher. Ich wurde beobachtet, und es brauchte eine Weile, bis dieses Gefühl in mein mondsüchtiges Hirn sickern konnte.

Ich nippte an meinem Eistee, während ich nachdachte. Ich hatte meine Pistole nicht auf die Terrasse mitgenommen, und vielleicht war es nicht besonders gut, wenn ich als Zielscheibe hier sitzen blieb. Was ging da vor sich? War dies die Nacht, in der Willy seinen Zug machen würde, oder war er nur dabei, das Terrain zu orten?

Während ich darüber nachdachte, schmeckte ich den bitteren Geschmack von Angst, und dann drehte ich durch. Wirklich. Ich konnte mein Leben nicht damit verbringen, herumzusitzen und darauf zu warten, daß jemand mich folterte und ermordete. Willy hatte bis jetzt nicht einen Finger gerührt, und schon hatte er alles gestohlen, was mir wichtig war. Ich konnte noch nicht einmal auf meiner verdammten

Terrasse sitzen und den Mond anschauen, ohne an ihn zu denken.

Abrupt stand ich auf und ging zurück ins Haus, um meine Pistole zu holen. Verdammt noch mal. Es war völlig lächerlich. Wer kannte diese Wälder besser? Willy? Bestimmt nicht. Wer war es gewohnt, nachts im Wald herumzulaufen? Willy oder ich? Zehn zu eins, daß Willy sich nicht mit fünfzehn aus dem Haus geschlichen hat, um schwimmen zu gehen. Auch wenn er wahrscheinlich in diesem Alter ums Haus geschlichen war, um Peeping Tom zu spielen.

Zum Teufel noch mal. Es war mein Platz, also meine Wette. Wenn Willy und ich das hier austragen mußten, war es vielleicht sogar ein Vorteil, wenn es in meinen eigenen Wäldern geschah.

Ich rannte nach oben und starrte die Kleider in meinem Schrank an. Ich besaß nicht sehr viele. Das Limit von zweihundertfünfzig Sachen setzte auch meiner Garderobe Grenzen. Überraschung, Überraschung! Natürlich besaß ich kein echtes Outfit für die Nacht. Es mußte schwarz sein – das wußte ich von all den Vergewaltigern, die ich interviewt hatte. Also, was konnte ich anziehen?

Ich hatte keine schwarzen Jeans. Meine beiden Bluejeans waren blau. Aber ich besaß immerhin eine schwarze Anzughose. Ich streifte meine Sachen ab und zog sie an. Dann suchte ich nach Schuhen. Ich konnte die flachen Pumps nehmen, die ich bei der Arbeit trug, aber im Wald wären sie ungeeignet. Ich seufzte, als ich meine schwarzen Basketballschuhe sah. Ich hatte sie noch nie außerhalb des Spielfelds getragen, aber diesmal mußte ich wohl eine Ausnahme machen. Schließlich war es so etwas ähnliches wie ein Spiel.

Ich fand einen schwarzen Rollkragenpullover in der Schublade, zog ihn an und darüber ein schwarzes Sweatshirt. Ich kramte herum, bis ich eine dunkelblaue Kappe fand. Sie war nicht schwarz, aber fast. Ich sah ziemlich komisch aus mit den Basketballschuhen und der Anzughose. Als ob mich das kümmern würde. Diese verdammte Sache würde heute nacht ein Ende finden, so oder so.

Ich machte die Pistole am Gürtel fest und rannte hinunter zur Eingangstür. Gerade als ich sie erreichte, bremste ich quietschend ab. Seit *Schweigen der Lämmer* konnte sich niemand mehr einen Täter ohne Nachtsichtgerät vorstellen.

Was, wenn er eins hatte? Wußte er, was ich dachte, als ich auf den Wald gestarrt hatte, abrupt aufgestanden und zurück ins Haus gelaufen war? Welche Tür würde er beobachten? Die Terrassen- oder die Eingangstür? Selbst ohne Nachtsichtgerät konnte er mich im Mondlicht aus der Tür kommen sehen. Wie raffiniert war Willy? Raffiniert. Aber er konnte nicht beide Türen gleichzeitig im Auge behalten. Also, welche von beiden?

Ich lief durchs Zimmer, während ich nachdachte, als ich bemerkte, daß ich in der Eile die Terrassentür nicht geschlossen hatte. Geistesabwesend machte ich sie zu. Ich mußte mich entscheiden. Welche Tür würde er beobachten? Ich hatte keine Möglichkeit, es herauszufinden, und es konnte richtig ungemütlich werden, wenn Willy mich sah und aus dem Hinterhalt überfiel.

Ich drehte mich von der Terrassentür weg, als mein Blick auf die Holzkiste fiel. Die Holzkiste. Ich besaß eine von diesen Holzkisten, die in die Wand integriert waren. Von draußen konnte man sie durch eine etwa sechzig Zentimeter breite, abgedichtete Luke mit Holz füllen. So mußte man das Holz nicht selber ins Haus schleppen.

Ich entfernte den Deckel der Kiste und fing an, die Holzscheite durchs Zimmer zu werfen und auf meinen kostbaren Parkettboden zu schmeißen. Die Luke war wirklich nicht breit: Gut, daß ich dünn war. Ich würde gerade so durchpassen. Ich hatte das letzte Stück Holz entfernt und stand auf. Ich schaute mich um. Was hatte ich vergessen? Das Licht. Ich ging hinüber und machte das Wohnzimmerlicht aus. Ich hätte es schon früher tun sollen, aber die Holzkiste wurde vom Sofa vor dem großen Terrassenfenster verdeckt. Niemand hatte sehen können, als ich die Kiste entlud. Aber ich wollte nicht, daß das Licht durch die Luke nach draußen schien und mich verriet.

Die Holzkiste war nicht groß genug, daß ich ganz hineinpaßte, so daß ich mich hineinlehnte, soweit ich konnte, um die Luke von Holzresten zu säubern. Das war der schwierigere Teil. Die Luke würde nach außen aufgehen. Die einzige Möglichkeit, sie aufzubekommen, war, mit der Holzkiste gegen den Boden zu drücken, aber ich wollte keinen Krach machen. Wenn ich Willy nicht selbst darauf brachte, würde er nicht sehen, wie ich mich seitlich aus dem Haus schlich, egal welche Tür er beobachtete.

Ich drückte vorsichtig gegen die Luke, aber nichts passierte. Ich drückte erneut dagegen und kam keinen Millimeter vorwärts. Schließlich schlug ich kurz mit der Faust dagegen, bis sie sich bewegte. Die Luke war abgedichtet, so daß man die Schläge draußen nicht hörte.

Ich hatte Glück. Die eine Seite der Luke öffnete sich, und ich konnte mit meiner Hand den Rand umfassen, bevor das ganze Ding wieder zufiel. Vorsichtig schob ich die Luke weiter auf und hielt sie fest.

Ich steckte meinen Kopf hinaus und wartete. Meine Augen würden zwei oder drei Minuten brauchen, um sich an die veränderten Lichtverhältnisse zu gewöhnen, und bis dahin kam ich keinen Schritt weiter. Bald verwandelte sich die Dunkelheit vor mir in Bäume und einen Holzstoß, und ich zog meine Arme über den Kopf und fing an, mich herauszuwinden. Ich kroch so schnell heraus, wie ich konnte, und verschloß leise die Luke. Es wäre nicht gut, wenn Willy sie fand, während ich draußen war.

Ich kauerte mich für einen Moment hin, um mich zu orientieren. Die Luke lag hinter einem Holzstoß, der hoch genug war, um mir Deckung zu geben, so daß ich für ein paar Minuten Ruhe hatte. Ich fing an, den Vollmond zu verfluchen. Die Nacht war zu hell. Jeder konnte jeden in diesem Licht sehen, und ich mußte einige Meter im vollen Mondschein laufen, bevor ich den Schatten der Bäume erreichte.

Ich konnte mein Herz schlagen hören, während ich wartete, aber es war weniger vor Angst als vor Aufregung. Nachts fühlte ich mich im Wald immer unsichtbar, auch wenn das vielleicht bloß ein Mythos war. Jedes Tier im Umkreis von vierzig Meilen wußte, daß da ein Mensch war. Aber *kein Mensch* erwartete, daß jemand nachts im Wald herumlief, zumindest nicht ohne Taschenlampe. Wenn man sich nachts verstecken wollte, war das der beste Platz.

Etwas beunruhigte mich, etwas nagte an mir, aber ich fühlte die gleiche Aufregung, die ich beim Cross-Country gespürt hatte, und ignorierte es. Ich konnte später noch darüber nachdenken. Erst mußte ich in den Schutz der Bäume gelangen. Ich kroch um die Ecke des Hauses, um zu sehen, wo die Entfernung zu den Bäumen am kürzesten war. Ich fand die Stelle und machte mich bereit. Ich wußte, daß ich schneller sein würde, wenn ich mich aufrichtete, aber auch besser zu sehen war, also holte ich tief Luft und kroch auf dem Bauch durch das helle Mondlicht.

Ich schaffte es bis zur Baumgrenze; dann stand ich auf und rannte einige Meter durch den Wald, bevor ich mich hinkauerte und horchte. Keiner hatte mich erschossen. Es hatte noch nicht einmal jemand versucht, auf mich zu schießen. Und ich hörte nichts Ungewöhnliches. Kein Riese bewegte sich linkisch durch den Wald. Die Grillen hatten nicht aufgehört zu zirpen. In einiger Entfernung konnte ich eine Eule schreien hören – die Natur feierte ihre übliche nächtliche Orgie aus Tod und Zerstörung.

Ein großer Teil von mir wollte Willy gar nicht suchen gehen, mit Pistole oder ohne. Ein großer Teil von mir wollte mit den Schatten verschmelzen, auf daß niemand und nichts mich finden konnte. Ich war es leid, auf der Hut sein zu müssen, auf Schwierigkeiten zu warten, mein Leben von einem gottverdammten Jäger bestimmen zu lassen. Ich wollte mich nicht länger wie ein Goldfisch im Glas fühlen, an das sich das Gesicht einer Katze drückte. Ich konnte jetzt einfach einen Baum hochklettern, ganz weit nach oben, wie ich es als Fünfzehnjährige getan hatte, und der Mond würde gnädig auf mich herabscheinen. Niemand würde mich finden.

Aber wenn ich das machte, würde Willy immer noch dasein, wenn ich wieder runterkam – wenn nicht heute nacht, dann morgen oder übermorgen oder überübermorgen. Ich lief weiter. So konnte ich einfach nicht leben. Ich lief parallel zur Straße und weit genug, um hinter Willy zu gelangen, wenn ich auf der anderen Seite wieder herauskam. Hinter dem Fluß war ein kleiner Hügel. Irgendwo auf diesem Hügel würde er stehen, wenn er nicht schon wieder weg war.

Dann stoppte ich. Ich wußte, was mich beunruhigte. Es war schon merkwürdig, daß es mir erst jetzt einfiel, aber: Was genau hatte ich eigentlich vor? Wollte ich ihn erschießen? Kaltblütig? Von hinten? Oder wollte ich, daß er zuerst auf mich schoß? In jedem Fall konnte das, was ich vorhatte, nur eine theoretische Frage sein.

Aber was, wenn er gar keine Waffe hatte oder keine ziehen würde? Würde ich ihn zurück zum Haus marschieren lassen und die Polizei rufen? Schon der Gedanke, daß er in mein Haus kam, machte mich wahnsinnig. Und außerdem: Weswegen würden sie ihn festnehmen? Hausfriedensbruch. Große Sache. In zwei Tagen wäre er wieder draußen und das nächste Mal raffinierter.

Ich lief weiter und dachte daran, was Willy all den Kindern angetan hatte oder noch antun würde, und der Gedanke an seinen Tod erschien mir sehr verlockend. Es machte mir nichts aus, ihn tot zu sehen. Aber die Wahrheit war, daß ich noch nicht einmal auf Pappkameraden schießen wollte. Also wäre ich sicher auch nicht glücklich darüber, wenn ich einen echten Menschen erschießen müßte. Selbst wenn er versuchen würde, mich zu erschießen.

Außerdem gab es da noch das kleine Problem, daß ich dafür in den Knast kommen würde. Auf unbewaffnete Leute zu schießen ließ den Richter die Stirn runzeln. Aber das war nicht das Hauptproblem. Das Problem war, daß ich mir nicht vorstellen konnte, jemanden kaltblütig zu erschießen, selbst Willy nicht.

Das genau aber war das Problem mit Willy und mir, seit er draußen war. Er wußte genau, was er mit mir vorhatte – was auch immer es war, ich wollte es gar nicht wissen –, aber ich hatte keinen blassen Schimmer, was ich mit ihm machen sollte.

Dennoch: Heute nacht mußte etwas geschehen. Ich würde zu Willy auf diesen Hügel gehen und dann entscheiden, was zu tun war.

Ich lief weiter, bis ich weit genug war, um hinter Willy zu sein. Zumindest würde er das Haus nicht mehr sehen können, wenn er so weit weg war. Solange er also seinen Platz nicht verlassen hatte, wäre ich hinter ihm. Außerdem war es eine gute Stelle, um den Fluß zu überqueren. Es gab genug Felsen, um nicht naß zu werden, und genügend überhängende Zweige, die mir Deckung gaben.

Ich sprang über die Felsen und fühlte mich ein wenig ausgeliefert. Schatten hin oder her, hier war ich immer noch leichter zu entdecken als im Dickicht des Waldes. Aber wieder schoß niemand auf mich oder zog mich auf die andere Seite, und in dieser Situation war das schon meine Definition von Erfolg.

Aber als ich drüben war, kehrten die Fragen zurück: Wie raffiniert war Willy? Raffiniert. Wie raffiniert? Raffiniert genug, um mich in den Wald zu locken? Raffiniert genug, um zu wissen, daß ich rauskommen würde, wenn er Nacht für Nacht hinter meinem Haus stand und ich es herausfand? Würde er sich eine Zigarette anzünden, um mich darauf aufmerksam zu machen? Oder eine Taschenlampe einschalten?

Der Gedanke an Camille kehrte zurück – blind vor Klebeband, während ein abartiges Arschloch weiß Gott was mit ihrem Körper anstellte. Ich erschauderte, und mein Magen drehte sich um. War wirklich ich es, die hinter Willy herschlich? Oder schlich er hinter *mir* her? Ich schaute nach unten. Mit jedem Schritt konnte ich in eine Falle tappen.

Ich holte tief Luft und versuchte meine Angst abzuschütteln. Ich war mir nicht mehr sicher, ob ich hier sein sollte, aber ich hatte mich festgelegt. Ich konnte nicht wieder zurück ins Haus, um auf ihn zu warten. Ich bewegte mich langsamer als vorhin und achtete auf jeden Schritt.

Gott sei gelobt für die Wälder von New England. Sie sind nicht so dicht, daß man den Weg nicht ohne eine Axt verlassen konnte, zumindest war das die meiste Zeit des Jahres so. Die Büsche hatten erst angefangen zu knospen, und die meisten Zweige waren noch nackt. Sie standen weit genug auseinander, so daß es nichts ausmachte, daß ein Trampelpfad fehlte. Im Sommer wäre der Wald dichter, und ich würde wesentlich mehr Krach machen als jetzt. Gott sei Dank, daß dies kein Wald war wie im Süden. Ich hätte mich angehört wie ein Bär, der durchs Gebüsch brach.

Ich holte erneut tief Luft. Daß Willy den Nerv hatte, sich in meinem Wald herumzutreiben, war unglaublich. Dieser Wald war meine Heimat, und ich war wütend, daß er nun von einem Jäger betreten wurde. Aber erzähl das einer Maus oder einem Kaninchen oder jeder anderen Kreatur, die im Wald lebt. Das Leben dort ist ein Lotteriespiel. Die kreischende Eule dort oben hatte ein Faible für Gehirne. Oft konnte man ein Kaninchen finden, dessen Kopf aufgehackt war, so daß sie sich sein Hirn rauspicken und genießen konnte.

Oh, mir war klar, daß das politisch korrekt war. Die Eule tötete, um zu leben, und Willy tötete aus Spaß, und ich ahnte, daß es da einen Unterschied gab, nur war ich mir nicht sicher, ob das Kaninchen das genauso sah. Meine mondlichtglänzende Heimat war gewalttätiger als jede Innenstadt.

Und jetzt war ich ein Teil von ihr, mehr als je zuvor in meinem Leben. Bisher war ich immer bloß Gast gewesen. Heute nacht war ich an diesem Katz-und-Maus-Spiel beteiligt wie jeder andere um mich herum. Mit einer Ausnahme – normalerweise wollte das Kaninchen nicht hinter der Eule herschleichen. Vielleicht würde es auch nicht wissen, was es dann tun sollte, was genau mein Problem war.

Ich fragte mich, ob Tiere die Stadt genauso romantisierten, wie Menschen den Wald. Ich mußte fast lachen, als ich mir vorstellte, wie Kaninchen ihren Kindern die Regeln einer Stadt erklärten: »Menschen fressen nicht immer, was sie töten. Das ist nicht wie bei uns.«

Mir wurde schwindlig. Die Angst vor einer Falle und die gleichzeitige Erregung, daß ich unsichtbar war, mischten sich in meinem Kopf zu einem chemischen Gebräu, das jeden Junkie glücklich gemacht hätte. Vor mir lag der Hügelkamm, und als ich ihn sah, schlug mein Herz doppelt so schnell.

Ich versteckte mich hinter einem Baum, kauerte mich hin und spähte vorsichtig hinter dem Stamm hervor, um die Szenerie zu überblicken. Von da aus, wo ich mich befand, konnte ich niemanden sehen, aber ich war auch ziemlich weit unten. Wenn ich bis zum Kamm kommen wollte, mußte ich im Zickzack laufen, um in Deckung zu bleiben.

Wenn Willy auf mich wartete, mußte er mich erst entdecken, Nachtsichtgerät hin oder her. Ich machte mich fertig und dachte: »Okay, Schicksal, mach deinen besten Stich und laß mich bis zum nächsten Mal in Ruhe.« Diese verrückte Fürbitte kehrte immer wieder.

Mir fiel ein, wie bescheuert das für die meisten Leute aussehen mußte, was ich hier tat. Ich hatte mich freiwillig entschieden, mich mitten in der Nacht allein mit einem sadistischen Sexualtäter im Wald zu treffen, der mich verfolgte und höchstwahrscheinlich umbringen wollte. Schlimmer noch, mit einem sehr raffinierten Sexualtäter, der möglicherweise schon die Schritte zwischen mir und seiner Falle zählte.

Als ich daran dachte, stieg eine Welle von blinder Panik in mir auf. Ich hielt mich an dem Baum fest. »Sei nicht blöd«, sagte ich mir. »Das hier ist immer noch deine Arena, nicht seine. Du bildest dir bloß ein, daß er auf dich wartet.«

Aber was, wenn Willy mich wirklich erwartete? Und wenn dem so war, würde er dann ohne Deckung dastehen? War Willy nicht einer, der ein paar Fallen aufstellte? Zu spät fiel mir ein, daß er auch schon mal eine Pfadfindergruppe geleitet hatte. War er einer von diesen Waldkraxlern gewesen?

Ich wartete und merkte, wie die Panikwelle nachließ. Es hatte nichts mit meinem Denken zu tun. Panikattacken funktionierten einfach so: Sie kamen in Wellen und gingen wie Wellen zurück.

»Verdammt noch mal«, dachte ich. Ich hoffte wirklich, daß ich keine bekommen würde, wenn ich wirklich funktionieren mußte, also dann, wenn ich, sagen wir mal, mit der Pistole in der Hand vor Willy stand.

Ich hatte meine Pistole noch nicht herausgeholt. Ich glaubte nicht daran, daß eine Waffe eine Art Talisman war, die dich schon durch den Kauf beschützte, so daß ich regelmäßig trainierte. Dabei hatte ich gelernt, niemals eine Pistole rauszuziehen, solange ich nicht bereit war zu schießen. Und ich hatte Willy noch nicht einmal geortet. Der Wald war vollkommen still: Die gesamte Population sah die Kollision voraus. War Willy raffiniert genug, es ebenfalls zu bemerken?

Ich sah niemanden, bis ich den Gipfel erreichte. Geduckt lief ich den Hügel hinunter, bis ich ihn erblickte. Selbst im Mondlicht gab es so viele Schatten im Wald, daß ich mir nicht sicher war, ob ich ihn auch gesehen hätte, wenn er sich nicht bewegt hätte. Es war eine schwache Bewegung – möglicherweise trat er von einem Fuß auf den anderen –, aber es reichte.

Ich warf mich auf den Boden. Willy stand auf halber Höhe des Hügels und immer noch ziemlich weit weg. Alles, was ich erkennen konnte, war eine Gestalt. Er stand im Schatten eines großen Baumes, und ich war mir nicht sicher, in welche Richtung er schaute. Hatte er mich gehört und sich umgedreht? Oder schaute er zum Haus? Ich wartete, aber Willy bewegte sich nicht mehr. Ich öffnete die Tasche mit meiner Pistole. Der Verschluß machte in meinen Ohren einen Höllenlärm, aber Willy bewegte sich immer noch nicht.

Ich holte die Pistole heraus und kroch näher heran. Wenn das eine Falle war, so war der einzige Platz, an dem er mich nicht vermutete, hier oben. Je näher ich herankam, um so wahrscheinlicher wurde es, daß ich in eine Falle tappte.

In meinem Kopf schrillten Alarmglocken, aber ich schob sie auf die schicksalhafte Situation und meine Angst. Ich wußte, daß ich ihn nicht einfach erschießen konnte. Und jedes andere Szenario war ziemlich furchterregend.

Es war schwer, etwas zu planen. Ich hatte keinen Plan. Wenn Leute ihre Waffe zogen, konnte alles passieren. Ich mußte einfach auf meinen Instinkt vertrauen. Es war mir fast schon egal, ob er mich erschießen würde – dann wäre diese verdammte Sache wenigstens vorbei. Erschossen zu werden machte mir sowieso keine angst. Aber gefangen zu werden. Mein Hirn lief auf Hochtouren. Es kam mir vor, als ob fünfzig Gedanken auf einmal vorwärtsstürmten.

Willy machte wieder eine leichte Bewegung, und ich stoppte mit angehaltenem Atem. Ich kam näher und mußte wissen, was ich tun sollte, wenn ich angekommen war. Ich konnte ihn schlecht die ganze Nacht beobachten. Plötzlich fragte ich mich, was Adam wohl davon halten würde. Nicht viel. Scheiß auf Adam. Adam würde keine andere Antwort darauf haben, als sich unter seinem Bett zu verstecken. Aber das war nicht meine Antwort.

Mir wurde klar, daß Adam der einzige war, der das hier herausfinden würde. Beide Türen waren abgeschlossen, und ich lag, natürlich tot, im Wald, kein schöner Anblick. Feuerholz auf dem Boden. Adam würde darauf starren und anfangen, in der Luke herumzustochern. Ich konnte sehen, wie er den Kopf schüttelte, auf der Suche nach Fußabdrücken neben dem Haus. Niemand sonst würde glauben, daß ich etwas so Bescheuertes tun würde. Nur Adam.

Willy kauerte sich zusammen, und ich drückte mein Gesicht auf den Boden. Hatte er etwas gehört? Oder gesehen? Ich war immer noch etwa hundertfünfzig Meter von ihm entfernt. Zu weit. Ich wartete. Einige Lichtjahre vergingen. Willy blieb regungslos stehen, und ich fing an, langsam vorwärts zu kriechen: von Gebüsch zu Gebüsch, im Zickzack von Baum zu Baum.

Ich trieb mich an, um vorwärts zu kommen. Ich wußte, daß meine Konzentration bald nachlassen würde, und ich mußtc näher dran sein, wenn ich einen sauberen Schuß abgeben wollte, aber es war schwer, vorwärts zu kommen – ein bißchen so, als ob ich mich innerhalb der Reichweite einer Klapperschlange vorsichtig vorantasten müßte. Und mit jedem Schritt dachte ich, daß ich in eine Falle tappte.

Schließlich war ich etwa sechzig Meter von Willy entfernt, und nichts war passiert. Ich war nah genug, um ihm etwas zuzurufen, und hoffentlich auch nah genug, um ihn umzulegen, wenn es sein mußte. Ich blieb auf dem Bauch liegen, entsicherte die Pistole und streckte langsam die Arme vor mir aus.

Ich fixierte die Schußlinie zu Willy, legte den Finger aber noch nicht an den Abzug, sondern auf den Abzugsbügel. Schießkurs, Regel Nummer eins: Leg deinen Finger nie an den Abzug, solange du nicht schußbereit bist. Ich zögerte. Es würde zu lange dauern, den Finger zum Abzug zu bringen, wenn ich schießen mußte. Leg deinen Finger niemals auf den Abzug. Niemals. Ich tat es nicht.

Mein Atem ging schnell und unregelmäßig. Verdammt noch mal. Es war schwer zu zielen, wenn man die Atmung nicht unter Kontrolle hatte. Man mußte zwischen zwei Atemzügen abdrücken. Woran dachte ich da? Ich wollte den Abzug gar nicht drücken. Oder vielleicht doch.

Willy erhob sich plötzlich, und mein Finger krümmte sich um den Abzugsbügel. Wäre es der Abzug gewesen, hätte ich geschossen. Ich begann meinen Finger gerade zum Abzug zu bewegen, als ich stoppte. Etwas stimmte nicht. Die Zeit blieb stehen. Es dauerte einen Moment, bis ich die Szenerie vor mir erfaßt hatte. Was stimmte nicht an dem Bild?

Das war nicht Willy. Die Silhouette stimmte nicht. Das konnte er einfach nicht sein. Selbst in diesem Mantel, selbst von hinten. Die Gestalt war zu klein.

Jesus Christus. Ich legte die Pistole auf den Boden und schloß für einen Moment die Augen. Das einzige, was mir bei Waffen angst machte, war, daß ich eines Tages einen Vierzehnjährigen erschießen würde, der in mein Haus einbrach, um die Stereoanlage zu klauen. Jesus Christus. Ich hob die Pistole wieder auf und steckte sie weg. Meine Hände zitterten. Tränen liefen mir übers Gesicht. Jesus

Christus. Ich wußte zwar nicht, wer das war, aber todsicher war es nicht Willy. Und ich hatte keinen Grund, jemand anderen tot sehen zu wollen.

Ich hätte der Gestalt etwas zurufen können, aber wer auch immer es war, vielleicht hatte er eine Pistole und würde in Panik losballern. Ich wollte nicht irgend etwas auslösen, solange ich nicht wußte, was da vor sich ging. Ich mußte es später herausfinden. Im Moment wollte ich nur noch weg.

Ich begann zurückzukriechen, weg von der nichtsahnenden Person, die nun ungeduldig von einem Fuß auf den anderen trat und immer noch mein Haus beobachtete. Mein Gott. Fast hätte ich jemanden umgebracht, ohne zu wissen, wer es war. Ich war verdammt nah dran gewesen. Willy hätte das gefallen. Vielleicht war das die Falle, die er mir gestellt hatte.

Jetzt war ich weit genug weg. Ich stand wieder auf und lief den Weg zurück, den ich gekommen war. Wer zum Teufel war das gewesen? Immer noch liefen mir Tränen übers Gesicht.

Aber da war noch etwas anderes. Irgend etwas an der Art, wie die Gestalt sich bewegt hatte, kam mir vertraut vor. Hatte Willy jemanden überredet, ihm zu helfen? Was für eine Revanche wäre das gewesen? Mich dazu zu bringen, ein armes unschuldiges Kind zu erschießen, ein Kind, das ich kannte … Wie raffiniert war Willy? Raffiniert. Wie raffiniert war ich? Vielleicht war die Antwort: »nicht besonders«.

17

Die Gestalt auf dem Hügel verfolgte mich das ganze Wochenende. In meinen Träumen drückte ich ab, um danach festzustellen, daß ich ein Kind erschossen hatte. Beim

Näherkommen verwandelte sich das Kind in Jordan. Ich wachte schweißgebadet und desorientiert auf, mit jenem metallischen Geschmack im Mund, der sich immer einstellte, wenn die Erinnerung an sie wiederkehrte.

Die Träume überraschten mich nicht gerade. Ich *hätte* fast ein Kind erschossen – eine entsetzliche Vorstellung. Und alles, was mit einem verletzten oder sterbenden Kind zu tun hatte, ließ mich an Jordan denken.

Außerdem glaubte ein Teil von mir tatsächlich, daß ich Jordan umgebracht hatte, weil ich wieder angefangen hatte zu arbeiten. Sie starb am plötzlichen Kindstod in der Kinderkrippe, an meinem ersten Arbeitstag. Und obwohl ich wußte, daß Kinder selbst dann an plötzlichem Kindstod starben, wenn Ärzte daneben standen, hatte ich die verrückte Vorstellung, daß es nicht passiert wäre, wenn ich daheimgeblieben wäre.

All das überlagerte das bizarre Verhalten von Marv. Es war schlimm, ihn nicht anrufen und nicht bei ihm vorbeifahren zu dürfen – ich hätte ein bißchen Entspannung gut brauchen können –, aber seine Bitte war so seltsam gewesen, daß es nicht einmal mir einfiel, sie zu ignorieren.

Etwas sehr Merkwürdiges ging da vor. Und sicherlich gab es gute Gründe dafür, wie … wie … nun ja, vielleicht wohnte Willy bei ihm, wer konnte das schon wissen. Nun gut.

Am Montag stand ich um acht Uhr morgens in meinem Büro. Eigentlich sogar etwas früher, denn um acht wurde ich schon unruhig. Normalerweise kam er immer zu spät, außer wenn er mit Klienten verabredet war. Aber heute war er absolut pünktlich, was ich als schlechtes Zeichen deutete. Ich sah ihn mir genauer an. Er hatte die gleichen kunterbunten Sachen an wie immer. Das war gut. Wenn sie farblich zusammengepaßt hätten, wäre ich in Panik geraten.

Aber sein Gesicht hatte sich verändert. Es sah aus wie das eines Bassets. Marv hatte diesem Hund schon immer irgendwie ähnlich gesehen, aber heute stahl er ihm die Show.

Am liebsten hätte ich ihn angebrüllt: *»Also was ist es? Schluß mit dem Versteckspiel. Warum durfte ich nicht bei dir vorbeikommen? Wer war da?«* Aber ich tat es nicht. Marvs Gesicht verriet mir, wie schlecht er sich fühlte, und mir fiel ein, was er für mich getan hatte, als ich mitten in der Nacht vor seiner Tür gestanden hatte.

»Was ist los?« fragte ich so gleichmütig wie möglich. Es lag immer noch genug Angst in meiner Stimme, um jeden Psychiater nach seinem Block greifen zu lassen, aber Marv schien das nicht zu bemerken.

Er setzte sich schwerfällig hin, die Augen auf meinen Tisch geheftet. »Michael«, begann er langsam, »ich muß mit dir über etwas reden.«

Sag bloß, Sherlock. Komm schon, komm schon, spuck es aus. Das sagte ich nicht, nur einfach: »Okay.«

Er rieb sich die Glatze und meinte: »Ich habe einen Fehler gemacht, einen therapeutischen, und ich fürchte, daß er sehr ernst war.«

Das weiß ich schon, du hast es bereits gesagt, und es ist auch egal, weil wir längst uralt, wenn nicht tot sein werden, bis du es endlich ausgespuckt hast. Wahrscheinlich sogar schon verwest. Das sagte ich ebenfalls nicht, nur einfach: »Dann sag's mir.«

»Es geht um Ginger.« Oh, Jesus Christus. Vielleicht wollte ich gar nicht, daß Marv es mir erzählte. Ich öffnete den Mund und machte ihn wieder zu. Marv hatte mich angerufen. Ich hatte nicht zurückgerufen. Er wollte etwas von mir – vielleicht sollte ich erst herausfinden, was, bevor ich hochging.

»Okay«, meinte ich schließlich.

Marv seufzte und rutschte auf seinem Stuhl herum. »Sie

hatte eine sehr intensive Übertragung entwickelt. Ich bin mir sicher, du weißt, was ich meine.« Er schaute zu mir auf, und sofort fühlte ich mich schuldig, daß ich sie an ihn überwiesen hatte. Wie hatte ich einem Freund so etwas antun können! »Aber zuerst sah es so aus, als ob sie stabil wäre, abgesehen von dem, was du schon beschrieben hattest. Sie fuhr wohl regelmäßig nachts und an den Wochenenden an meinem Haus vorbei, einfach um sich zu vergewissern, daß es mich noch gab und so. Sie fuhr auch vorbei, wenn sie nicht schlafen konnte. Zu der Zeit ahnte ich nichts davon. Ich fand es auch nicht heraus bis ... na gut, laß mich auf den Punkt kommen.«

Die Schreie in meinem Kopf hatten in dem Augenblick aufgehört, als Marv endlich angefangen hatte zu erzählen, aber ich ahnte nicht, wohin das führen sollte.

»Unglücklicherweise fuhr sie auch an jenem frühen Abend bei mir vorbei, als du zu Besuch warst, und sie sah dein Auto. Natürlich erkannte sie es, weil sie das auch schon bei dir gemacht hat.«

»Was hat sie bei mir gemacht? Sie ist an meinem Haus vorbeigefahren?« Marv nickte. Automatisch hielt ich mir die Hand vor den Mund. Das hatte ich nicht gewußt. Ich hatte gewußt, daß sie beim Büro vorbeifuhr und meinen Anrufbeantworter anrief, aber ich hatte nicht geahnt, daß sie auch bei mir *zu Hause* vorbeifuhr.

»Aber woher wußte sie, wo ich wohne?« Er irrte sich sicher.

»Sie ist dir gefolgt. Sie ist wirklich nicht dumm. Am ersten Abend folgte sie dir nur die halbe Strecke und drehte dann um. Am nächsten Abend wartete sie auf dich an der Stelle, wo sie umgekehrt war, und folgte dir wieder ein Stück. So ist sie dir wahrscheinlich bis nach Hause gefolgt. Kein Wunder, daß es dir nicht aufgefallen ist. Ich habe nichts davon gewußt, Michael«, meinte er, indem er meine

Reaktion vorwegnahm. »Nicht, bis ich dich anrief. Ich habe sie sofort gezwungen, mir die ganze Geschichte zu erzählen. Ich hätte es dir gesagt – die Aufhebung der Schweigepflicht, die sie unterschrieben hat, als du sie überwiesen hast, ist immer noch gültig –, aber ich habe es nicht gewußt. Auf jeden Fall, als sie dein Auto vor meinem Haus sah, wurde sie sofort eifersüchtig – ich weiß nicht genau, ob auf dich oder auf mich –, und sie kehrte mitten in der Nacht zurück, um sich zu vergewissern, daß dein Auto nicht mehr da war. Aber natürlich stand es noch da.«

»Oje ...« Es war klar, welchen Schluß Ginger daraus gezogen hatte.

»Dann traf sie dich am nächsten Tag in meinem Büro. Du hast mich, wie du sicher noch weißt, bei einer Klientin vertreten. Natürlich hatte niemand Ginger gesagt, warum ich nicht da war – ihr Termin war viel später, und bis dahin war ich ja wieder zurück. Wie vorauszusehen, entschied Ginger für sich, daß wir eine Affäre hatten. Sie nahm unsere Zusammenarbeit als Beweis: Du konntest in mein Büro gehen, wenn ich nicht da war, und sie nicht. Du trafst eine Klientin in meinem Büro, aber sie wolltest du nicht sehen. Sie glaubte, daß wir sie beide ausgrenzen wollten. Ich fürchte, das paßt genau in das analytische Modell eines Ödipus-Komplexes: Sie fühlte sich völlig im Stich gelassen.«

Diesmal verdrehte ich meine Augen nicht. Egal wie man es nannte, ich würde jederzeit glauben, daß Ginger sich im Stich gelassen fühlte, wenn sie dachte, daß Marv und ich eine Affäre hatten.

»Und was ist dann passiert?«

»Sie hatte eine Dekompensation.«

»Wie schlimm?«

»Ziemlich schlimm, fürchte ich. Selbstbestrafung. Sie hat sich in die Vagina geschnitten, um sich zu bestrafen, weil sie sich so wertlos und ungeliebt fühlte.«

Und um Marv und mich zu bestrafen, dachte ich.

»Sie war wirklich in einem ganz schwierigen Stadium. Und da machte ich den Fehler.«

»Welchen Fehler?« fragte ich sanft. Ich hatte es immer noch nicht begriffen. Was hatte Marv getan, was so schlimm war?

»Sie hatte eine Dekompensation wegen etwas, das nicht existierte. Das war die Ironie. Wir hatten ja keine Affäre, so daß ich die Schweigepflicht gebrochen habe. Ich habe es ihr gesagt.«

Er schwieg. Was er getan hatte, war nicht klug gewesen. Es war niemals klug, persönliche Informationen mit einem Klienten zu teilen. Es veränderte die Beziehung und machte sie zu einem freundschaftlichen Austausch. Aber ich verstand, warum Marv es getan hatte. Und letztendlich schien es nicht so fürchterlich zu sein.

Doch dann begriff ich. Ich wußte, was falsch gelaufen war.

»*Was* hast du ihr gesagt?« fragte ich dennoch. Es würde niemals reichen, ihr zu sagen, daß wir keine Affäre hatten. Ginger würde darauf bestehen zu erfahren, warum ich dann die ganze Nacht bei ihm geblieben war.

»Ich habe ihr nichts über dein Privatleben erzählt«, sagte er schnell. Das war gut, denn wenn er ihr erzählt hätte, was er über Jordan wußte und was sie mir bedeutete, hätte er damit einen Pflock in das Herz unserer Freundschaft getrieben.

»Also was dann?« fragte ich. »Was hast du ihr erzählt?«

Marv holte tief Luft. »Ich kann einen Klienten nicht anlügen. Ich kann es wirklich nicht. Damit hätte ich diese Beziehung völlig zerstört. Aber ich durfte ihr auch nicht die ganze Wahrheit sagen. Schlimmer noch, in dem Augenblick, als ich ihr etwas erzählte, glaubte ich, daß ich das so nicht einfach stehenlassen konnte. Also habe ich ihr von Willy erzählt.«

»Sag das noch mal!«

»Ich habe ihr erzählt, daß du einen gefährlichen Klienten hattest, der gerade aus dem Gefängnis freigelassen wurde, und daß du deshalb ziemlich beunruhigt bist. Ich habe ihr erzählt, daß du dich um deine Sicherheit sorgtest und deshalb bei mir übernachtet hast.«

»O mein Gott, Marv. Ich kann nicht glauben, daß du das getan hast. Was hat sie darauf gesagt?«

»Es ist nicht das, was sie gesagt hat«, entgegnete Marv. »Es ist, was sie *getan* hat. Im nachhinein«, sagte er kleinlaut, »war es vorhersehbar. Ich habe ihr leider die perfekte Ausrede geliefert, um dir nachzustellen. Seitdem paßt *sie* auf dich auf.«

»Jesus Cristus«, meinte ich. »Jesus Christus.« Ginger war klein – nicht größer als 1,60 und zierlich.

»Das war ein gravierender Fehler, Michael. Es tut mir wirklich leid.«

»O Mann, natürlich.« Wir verstummten beide, während ich versuchte, die einzelnen Teile zusammenzusetzen. Die Welt fing wieder an, Sinn zu machen, aber ich mochte das Bild nicht, das ich sah.

»Hast du sie gesehen?« fragte Marv. »Hast du sie irgendwie bemerkt?«

»Ja und nein«, meinte ich. »Ich habe etwas bemerkt, aber ich hatte keine Ahnung, daß es Ginger war. Aber ich hätte sie fast umgebracht. Sie stand mitten in der Nacht auf dem Hügel hinter meinem Haus, und ich lag keine hundert Meter von ihr entfernt – mit einer Pistole in der Hand. Ich dachte, es wäre Willy.« Marv blinzelte heftig und schluckte.

»Und ein paar Tage vorher hätte sie *mich* fast umgebracht«, meinte ich. »Sie scheuchte ein Kaninchen auf – ich glaube zumindest, daß sie es war. Trägt sie immer noch diese Stöckelschuhe, selbst zu Jeans?« Marv nickte. »Dann war sie es. Sie erschreckte ein Kaninchen, das mein Pferd erschreckte, so daß ich plötzlich auf der Nase lag.« Marv wurde blaß.

»Wir müssen das beenden, Marv. Sofort. Willy ist im Anmarsch, und ich muß wissen, wann er es ist und wann nicht. Ich kann nicht zögern und mir Gedanken machen, ob es vielleicht Ginger ist, die vor meinem Haus wartet. Außerdem: Wenn Willy da ist, dann weiß er, daß sie auch da ist, und könnte sie mir leicht als Geschenk auf die Türschwelle legen.«

Marv blickte drein, als würde er jeden Moment in Ohnmacht fallen. »Er würde es tun«, meinte ich sachlich. »Er würde einen Witz darüber machen. Das ist sein Stil. Er würde sagen, daß er mir einen Gefallen getan hat. Oder daß zu viele Köche den Brei verderben. Aber sie würde auf jeden Fall zwischen uns stehen, und das ist der denkbar schlechteste Platz.«

»Willy ist *im Anmarsch*«, meinte er schwach.

»Vergiß das wieder«, sagte ich. »Ich stehe in der Sache nicht allein.«

Marv schaute mich erleichtert an. Bob Dylan ist ein Genie: »Alles, was ich meine, ist, daß man nur hört, was man hören möchte.« Die Methode von Willy war lächerlich einfach. Erzähl den Leuten einfach, was sie hören wollen, und sie werden es jedes Mal glauben.

»Also«, fuhr ich fort, »was machen wir mit Ginger? Wenn wir ihr sagen, daß sie in Gefahr ist, wird sie niemals damit aufhören. Sie wird dableiben, um mich zu ›beschützen‹. Du kannst ihr nicht sagen, daß du sie angelogen hast. Es würde ihr Vertrauen zu Therapeuten zerstören, und ich bezweifle, daß sie jetzt ohne einen leben könnte. Du kannst sie noch nicht einmal als Klientin behalten. Du hast diese Beziehung durch eine Information aufgewertet, die sie nie hätte bekommen dürfen. Und außerdem hat sie oft genug die Grenzen überschritten.«

Ich versuchte freundlich zu klingen, aber es gelang mir nicht. Ich wurde immer wütender, je mehr ich darüber nachdachte. Wenn er sich ihr gegenüber hatte offenbaren wollen, warum hatte er ihr dann von *mir* erzählt? Warum hatte er ihr nicht von sich selbst erzählt?

Analytiker hatten ebenso ihre Schwierigkeiten. Marv soll nicht sauer auf mich gewesen sein, weil ich Ginger an ihn überwiesen hatte? Ha! Er hätte sie sicher am liebsten sofort zurückgegeben. Vielleicht war er aber auch so sauer auf sie, daß er sie unbewußt umbringen wollte. Oder auch beides. Wenn den Menschen nicht bewußt war, daß sie wütend waren, taten sie fürchterliche Dinge.

Das war der einzige Vorteil, den man hatte, wenn man wußte, daß man wütend war. Ich behielt meinen Ärger im Auge wie eine Boa Constrictor im Garten. Ich versuchte ihn dahin zu lenken, wo er sinnvoll war – zu Leuten wie Willy. Aber der arme Marv glaubte, daß er nur harmlos und lieb war. Und das war er auch – so harmlos und lieb wie jeder andere.

Was auch immer seine Motivation gewesen war, mich und Ginger fast umbringen zu lassen, ich wollte nicht daran rühren. Marv war ein sehr kluger Mann, und möglicherweise würde er es selbst analysieren. Seit Jahrzehnten arbeitete er sich schon an seinen Trieben ab, und das war, weiß Gott, Strafe genug.

Wir redeten bis zum Mittag und entwarfen die verschiedensten Szenarien. Wir sagten eine Reihe von Terminen und Verabredungen ab und gingen nicht ans Telefon. Die Sekretärinnen fingen an, sich über die entsetzliche Krise Sorgen zu machen, die in der Luft lag.

Von Willy erzählte ich ihm nichts mehr. Es tat mir leid für Marv, was er getan hatte, aber ich konnte es nicht ändern, daß ich ihm nicht mehr traute. Unter Druck hatte er mich verraten, und diese Tatsache blieb in meinem Kopf – und ich hätte wetten können, in seinem auch. Sicher, es hätte schlimmer kommen können – er hätte ihr von Jordan erzählen können. Aber irgendwie schien das nur ein schwacher Trost. Wie *nah* war er daran gewesen, ihr von Jordan zu erzählen? Würde er sie beim nächsten Mal erwähnen? Vom Verstand her kannte ich die Antwort, aber gefühlsmäßig war ich mir nicht mehr sicher.

Endlich erkannten wir, daß die Antwort in bezug auf Ginger schon die ganze Zeit vor uns lag. Es hatte nur vier Stunden gedauert, um sie zu sehen. Zumindest war es eine mögliche Antwort. Es war eine gute Lösung, die einzige, die uns einfiel. Aber sie setzte Ginger unglaublich unter Druck, was Marv nicht gefiel. Er wollte »mea culpa« rufen und auf den Knien um Entschuldigung bitten. Ich sagte ihm, daß er keine Zeit vergeuden sollte. Die Schuld allein auf sich zu nehmen wäre das Schlimmste, was er Ginger jetzt antun könnte.

Am Ende stimmte er zu. Er sah keine andere Möglichkeit. Er rief Ginger an, um einen Termin zu vereinbaren, und ich ging hinaus, um Toby zu finden und ihn die offene Rechnung begleichen zu lassen. Na prima. Das einzige Mal, daß Toby mir in einem Jahrzehnt einen Gefallen schuldete, und ich mußte ihn bereits nach noch nicht einmal einer Woche einfordern. Ich bezweifelte nicht, daß Toby sich darauf einlassen würde. Er liebte es, mir keinen Gefallen zu schulden, und außerdem war sein Narzißmus sein schwacher Punkt. Wenn ich den genug fütterte, würde er mir einfach alles abkaufen.

Und was meine Motivation betraf ... Sicher, meine Boa würde ein wenig gefüttert werden, aber zumindest war mir das bewußt.

18

Auf dem Weg zu Toby mußte ich am Tisch von Melissa vorbei, und sie hielt mich an. »Michael«, meinte sie erleichtert, »du bist zurück. Chief Bowman hat zweimal angerufen. Er möchte dich sofort sprechen.« Es war wie verhext: Egal, wohin ich wollte, auf halber Strecke blieb ich immer stecken.

Am liebsten hätte ich den Anruf ignoriert. Halbe Sachen gingen zu meinen Lasten. Wenn ich zum Beispiel am Freitag auf dem Weg zu Marv nicht aufgehalten worden wäre, hätte ich Ginger nicht fast niedergeschossen.

Andererseits lag mein Fehler vielleicht darin, dringende Anrufe nicht zu erwidern. Das *war* ziemlich sicher ein dringender Anruf, und ich war wieder im Begriff, ihn zu ignorieren. Ich seufzte. Ich sollte meine Lektion lernen. Nur war es nicht immer einfach herauszufinden, welche Lektion man gerade lernen sollte. Ich sah die Erleichterung in Melissas Gesicht und beschloß, Adam zurückzurufen. Sie nahm es persönlich, wenn ein Anrufer sauer wurde, weil er einen von uns nicht erreichte. Für mich war es einfach zu sagen, daß ich ihn später zurückrufen würde, aber wenn Adam noch einmal anrief, wäre wieder sie am Telefon. Melissas einziger Fehler war, daß sie Streß aufsog wie ein Schwamm.

Ich marschierte in mein Büro und rief Adam an. Als er an den Apparat ging, klang er ganz geschäftsmäßig, und ich merkte an seinem Ton, daß er etwas herausgefunden hatte. »Ich habe Boston angerufen und hatte Glück. Ich habe den Beamten erreicht, der den Fall Camille Robbins bearbeitet hat. Er ist jetzt Inspektor, aber er konnte sich noch genau erinnern. Es gibt keinen Zweifel, daß sich der Vorfall wirklich ereignet hat. Sie war Krankenschwester am Massachusetts General. Sie ist vom Parkplatz verschleppt worden und wurde am nächsten Morgen in einem Hundezwinger in Concord gefunden. Sie war über einen Zaun geklettert. Der Besitzer fand sie, als er nachsehen wollte, warum die Hunde bellten. Sie war nackt und hatte Brandmale von Zigaretten auf ihrer Brust und ihren Schamlippen. Sie war ausgiebig gefoltert worden. Ihr Kopf war voller Klebeband. Sie hatte gerade soviel weggemacht, daß sie durchschauen konnte. – Nicht verwunderlich also, daß sie nicht in der Lage war, darüber zu reden. Eigentlich rollte sie sich bloß zusammen, als sie versuchten, sie zu befragen. Das einzige, was sie tatsächlich aus ihr rauskriegen konnten, war, daß sie in ihr Auto steigen wollte, um nach Hause zu fahren. Das wurde ein paar Tage später auf einem Parkplatz an der I-93 gefunden. – Mehr haben sie nicht aus ihr rausgekriegt. Sie wurde in die MacCleans-Klinik eingeliefert, und sie fuhren noch ein paar Mal hin, um mit ihr zu sprechen, aber sie bekam Flashbacks, sobald sie es versuchte. Sie wollten dranbleiben, als sie entlassen wurde, aber Camille verschwand, und niemand wußte, wohin. Sie riefen das Krankenhaus an, die Nachbarn … niemand wußte, wo sie war.«

Niemand, dachte ich, außer Chris.

»Der Beamte war ziemlich froh, als er von mir hörte. Er will immer noch mit ihr sprechen.«

»Warum?« fragte ich überrascht. »Arbeitet er immer noch an dem Fall?«

Es war ein fürchterlicher Fall, aber inzwischen waren fünf Jahre vergangen, und die Bostoner Polizei war ziemlich ausgelastet.

»Es ist nicht so sehr ihr Fall, der ihm Sorgen macht«, sagte Adam langsam. »Es sind die beiden Morde nach gleichem Muster, die er knapp anderthalb Jahren danach auf den Tisch bekam.«

Ich versuchte, meine Atmung wieder in Gang zu bringen.

Klar, Camilles Angreifer war sadistisch, aber meine größte Angst war, daß er mehr war als das: ein völlig durchgeknallter Serienkiller. »Der erste Mord ereignete sich knapp acht Monate später«, fuhr Adam fort. »Man fand die Frau gefesselt im Wald in der Nähe von Boston. Ihr Kopf war über und über mit Klebeband beklebt und ihr Körper mit Brandwunden übersät. Todesursache: Erstickung.«

»Durch das Klebeband?« fragte ich. »Kann man an Klebeband ersticken?«

»Sicher«, meinte Adam. »Nachdem er seinen Spaß gehabt hatte, hat er ihr einfach die Nase versiegelt. Er hat sie natürlich vergewaltigt. Und Objekte in ihren Anus gepreßt.«

»Es gab noch einen Mord?« fragte ich schwach. Jesus, wenn dieser Kerl zurück war, war Camille ernsthaft in Gefahr.

»Das gleiche Muster«, meinte Adam. »Die gleiche Todesursache. Und danach nichts mehr. Das ist etwa dreieinhalb Jahre her. Seitdem ist nichts passiert. Sie denken, daß er weggezogen ist oder wegen etwas anderem inhaftiert wurde, aber sie würden ihn bestimmt gerne finden. Sie glauben, wenn er zurückkommt, fängt er wieder damit an.«

Und vielleicht würde Camille auch diesmal wieder die erste sein, wie schon beim letzten Mal. »Haben sie mit Chris gesprochen?« fragte ich.

»Nein. Sie kannten ihn gar nicht. Camille hatte nichts Zusammenhängendes erzählt, und ich glaube nicht, daß sie einen Tankwart erwähnte, den sie kaum kannte. Dafür gab es keinen Grund. – Da ist noch etwas, Michael. Sie haben Quantico darauf angesetzt.« Das war klug. Die FBI-Leute vom Institut für Behaviorismus-Forschung hatten viel Erfahrung mit Täterprofilen. »Sie glauben, daß der Kerl ein Weißer ist, zwischen fünfundzwanzig und einunddreißig Jahre alt, ein Einheimischer, der sie kannte. Er hat wohl die

High-School beendet, aber dann vermutlich nicht weitergemacht. Er besitzt das neueste Automodell und arbeitet im Verkauf.«

Wie machten die das bloß? Ich konnte verstehen, wie sie darauf kamen, daß er ein Weißer war. Neunundneunzig Prozent aller Serienkiller waren Weiße, und Killer neigten dazu, ihre eigene Rasse zu attackieren, weshalb es ziemlich wahrscheinlich war, daß er ein Weißer war, genau wie Camille. Ich wußte sogar, woher sie sein Alter hatten. Killer neigten dazu, Menschen zu attackieren, die ungefähr im gleichen Alter waren. Camille war etwa achtundzwanzig gewesen, so daß sie jeweils drei Jahre abgezogen und dazugerechnet hatten. Aber wie kamen sie auf das Auto?

Wenn man Quantico solche Fragen stellte, behaupteten sie einfach, daß die Profile auf Interviews von gefaßten Killern basierten. Aber ihr Oberhäuptling mußte nur einmal am Tatort vorbeigekommen sein und konnte schon sagen, daß der Killer stotterte – was tatsächlich stimmte, wie sich hinterher herausstellte. Wie konnte er das aus Interviews mit früheren Killern erfahren? Ich hätte wetten können, daß er noch nie in seinem Leben einen stotternden Killer befragt hatte.

»Die Sache sieht ziemlich übel aus«, meinte ich.

»Würde ich auch sagen«, meinte Adam. »Soweit sie wissen, ist sie die einzige, die einen Überfall überlebt hat. Es kann sein, daß der Killer das gleiche glaubt – daß Camille sich vielleicht an etwas erinnert, sobald es ihr bessergeht. Oder er hat nur den Drang, seinen Job zu beenden. Sie waren ziemlich aufgeregt, als sie von Chris hörten. Er paßt in ihr Profil, und er wußte, wohin sie gezogen war.«

»Also, was jetzt?«

»Na ja«, meinte er, »bis jetzt habe ich einen Beamten in dem Park hinter ihrem Haus postiert, aber ich möchte mit Camille sprechen. Ich brauche dich dabei«, fuhr er fort,

»denn ich glaube nicht, daß sie es gut finden würde, wenn ein fremder Mann an ihre Tür klopft.«

Nein, dachte ich, bestimmt nicht. Und Keeter genauso wenig.

»Können wir uns in deinem Büro treffen?« fragte Adam. »Ich möchte nicht zu ihr nach Hause, für den Fall, daß der Täter sie beobachtet.«

»Nein«, sagte ich schnell. Zu schnell. Adam war still, und ich versuchte mir rasch einen Grund auszudenken. Mir fiel nichts ein. »Oh, ja, das wäre gut«, meinte ich. Es machte mich fertig, Adam in eine solche Situation zu bringen. Er ahnte noch nicht einmal, daß Willy ihn abhören konnte. Aber in Wahrheit war es egal, ob Willy Adam abhörte oder einen Klienten.

»Ich habe heute am späteren Nachmittag einen Termin mit ihr. Dann werde ich mit ihr darüber sprechen, okay? Ich würde lieber persönlich mit ihr sprechen, als sie anrufen. Bist du sicher, daß du für ihre Sicherheit sorgen kannst?«

»Sicher. Ich habe jemanden, der praktisch auf ihrer Türschwelle hockt.«

»Wer ist es?«

»Jonathan.« Das war gut. Jonathan war ein Ex-Bulle aus Boston, der früher das organisierte Verbrechen bekämpft hatte. Er hatte wesentlich mehr Erfahrung mit Gewalttätern als die meisten einheimischen Polizisten.

»Jesus Christus, Adam. Die Welt da draußen ist ziemlich brutal.«

»Nimm's dir zu Herzen, Süße«, antwortete Adam. »Du wandelst ständig am Abgrund.«

Ich legte auf und starrte das Telefon einen Moment lang an. Adam hatte recht. Ich hatte meinen Kopf schon öfter riskiert, als mir bewußt war. Vielleicht war der große Unterschied, daß ich es diesmal wußte.

Ich machte mich wieder auf den Weg zu Toby. In meinem

Kopf drehte sich alles. Eins nach dem anderen. Camille war im Moment sicher, aber ich mußte Ginger unbedingt aus dieser Sache mit Willy raushalten. Wenn Ginger ihm über den Weg lief, würde sie aussehen wie Camille nach der Entführung. Kaum auszudenken.

Auf dem Flur hielt ich an. Es nahm mich mit, was Adam mir erzählt hatte. Camilles Angreifer war ein aktiver Serienkiller, der jeden Grund hatte, sich Camille tot zu wünschen. Sie war die einzige lebende Zeugin. Aber ich wollte nicht, daß Toby mitkriegte, daß ich niedergeschlagen war. Das, wozu ich ihn kriegen wollte, war so einfach nicht. Ich wollte, daß Toby genau den Fall übernahm, vor dem er sich sonst drückte.

Seine Fälle – nicht, daß er viele hatte – waren wandelnde Wunden. Er behandelte Prominente, die von deren Chefärzten überwiesen worden waren. Er nahm Kinder von reichen Sponsoren an, die sich darüber Sorgen machten, welche Medizinhochschule sie besuchen sollten. Er nahm Chirurgen an, die ihrer Arbeit müde waren und einen Berufswechsel erwogen. Aber er nahm keine mittellosen Frauen an, die sich in die Vagina schnitten und ihm mit einer Krise nach der anderen das Leben zur Hölle machten. Es war ewig her, daß Toby mitten in der Nacht hatte aufstehen müssen.

All das war eine Schande. Denn trotz seiner Fehler war Toby eigentlich ein begnadeter Therapeut. Klienten erschienen ihm nicht so bedrohlich wie seine Kollegen, und er verzichtete auf seine narzißtische Ich-bin-aber-der-Größte-Tour. Ohne die war er erstaunlich scharfsinnig und mitfühlend.

Ich habe von seinen aktuellen Fällen gehört und Klienten getroffen, die er früher betreut hat. Sie alle waren dankbar für die Zeit bei ihm. Deshalb ärgerte es mich um so mehr, daß Toby sein Talent an solche Leute vergeudete.

Ich wartete einen Augenblick und versuchte mich zusammenzureißen, dann betrat ich sein Vorzimmer. Seine Sekretärin sah überrascht aus, als sie mich sah. Ich war keine häufige Besucherin – es sei denn, ich wurde hingeschleppt.

»Wie sieht Tobys Terminplanung heute aus?« fragte ich. »Ich müßte ihn wegen einer Klientin sprechen, die in einer Krise steckt.«

Sie schaute in ihren Terminkalender. Die Tür zu seinem Zimmer stand halb offen, nicht so weit, daß ein Besucher seinen Schreibtisch sehen konnte, aber weit genug, daß Toby hören konnte, wer bei seiner Sekretärin war. Ich hörte seinen Stuhl über den Boden rutschen, und dann meinte er: »Michael, kommen Sie herein.«

Es kam mir in den Sinn, daß Toby vielleicht gar nicht so beschäftigt war, wie ich dachte. Vielleicht saß er bloß da und lutschte Bonbons, während der Rest von uns wie emsige Arbeitsbienen herumsummte. Es beruhigte mich in bezug auf das, was ich vorhatte.

Tobys Lächeln war unglaublich breit. Daran merkte ich, wie unglücklich er normalerweise war, wenn er mich sah. Nie zuvor hatte ich ein Lächeln dieser Breite von ihm bekommen.

»Ich habe mit Lucy gesprochen«, meinte er, während er mich zu einem Stuhl führte. »Sie ist wahnsinnig erleichtert über das Geständnis dieses jungen Mannes. Sie meint, daß es alles ändert.«

»Sagen Sie ihr, sie soll das Entschuldigungsding vergessen«, meinte ich. »Es bedeutet gar nichts.«

»Oh, ich glaube nicht, daß sie daran noch interessiert ist«, meinte Toby lachend. »Das Geständnis reicht ihr. Und daß es jetzt so aussieht, als ob sie ihn doch von der Schule werfen. Ich würde mir wegen der Entschuldigung keine Sorgen machen.«

»Gut.« Und das war es tatsächlich. Solche Entschuldigungen trübten bloß das Wasser. Sie setzten das Opfer unter Druck, sagen zu müssen: »Es ist schon okay«, so als ob der Kerl ihnen bloß versehentlich auf den Zeh getreten wäre, statt sie brutal zu vergewaltigen.

»Was kann ich für Sie tun?« fragte er, und diesmal dachte ich, daß er es wirklich so meinte.

»Ich brauche Hilfe bei einem Fall«, sagte ich.

Toby sah überrascht aus und zugleich erfreut. Wenn er mir bei einem Fall helfen konnte, wäre er mir keinen Gefallen mehr schuldig. Und das bedeutete, daß er nicht in die peinliche Situation kommen würde, mich eines Tages decken zu müssen, wenn die Presse ihm wegen mir an die Gurgel ging – wie es schon passiert war.

»Ich habe einen Fall verpatzt«, sagte ich offen. »Sie wissen ja, Toby, daß ich nicht gerade ein großer Anhänger Analytischer Theorie bin, aber ich denke, daß es Zeiten gibt, wo man zugeben muß, daß man den Anschluß verpaßt hat.«

Toby nickte unschuldig und wollte etwas sagen, aber ich fuhr schnell fort. Ich wollte nicht, daß er zu einem Vortrag ansetzte, wie unheilvoll Analytische Theorie sein konnte.

»Ich hatte einen Fall, bei dem ich mich hauptsächlich auf die Mißbrauchsproblematik konzentriert habe. Dabei habe ich eine wachsende symbiotische Übertragung übersehen, die möglicherweise psychotische Ausmaße angenommen hat.«

Ich hatte schon lange nicht mehr auf diese Weise geredet und hoffte, daß ich mich noch an die korrekten Begriffe erinnern konnte. Das war so ähnlich, als wenn man versuchte, griechisch zu sprechen, das man auf der High-School gelernt hatte. Marv hätte sich bei dem Jargon besser ausgekannt, aber er war nicht manipulativ genug, um das hier durchzuziehen.

»Das ist sehr schade«, antwortete Toby feierlich.

»Ja«, gab ich zu. »Ich wurde zu einem kompletten Teilobjekt, und die Klientin verlor jeglichen Realitätsbezug. Ihr Über-Ich funktionierte nur noch auf sadistische Weise, und ihre Ich-Funktion – selbst in besten Zeiten nicht stark genug – wurde von Es-Impulsen überwältigt.« Ich merkte, daß ich mich nicht mehr erinnern konnte, welcher Analytiker-Schule Toby genau angehörte. Gehörte er zu den Anhängern der Ich-Analyse? Falls ja, dann schob ich es besser auf das Es. Das Es war bei diesen Jungs nicht sonderlich beliebt.

Ich blickte auf. Toby nickte immer noch, während er sich auf seinem Stuhl zurücklehnte und die Fingerspitzen aneinanderlegte. Zu welcher Schule er auch gehörte, ich mußte nah dran sein.

»Die Klientin – Ginger – begann, Grenzen zu überschreiten. Eigentlich stellte sie mir nach – obwohl ich zu diesem Zeitpunkt das volle Ausmaß nicht kannte. Ich wußte genug, um sie an Marv zu überweisen, in der Hoffnung, daß sie bei einer Vaterfigur stabiler werden würde.«

Toby zog die Augenbrauen hoch. Es war nicht üblich, Klienten zu überweisen.

»Aber ich hatte sie nicht mit ihren Grenzüberschreitungen konfrontiert – was ein großer Fehler war, wie ich mittlerweile glaube.« Das war bis jetzt eigentlich das einzige, was wirklich der Wahrheit entsprach. »Sie akzeptierte Marv – ich war nur ihr Teilobjekt –, aber es stellte sich heraus, daß das Geschlecht des Therapeuten nicht signifikant war.«

Toby lächelte mich an, als wenn er sagen wollte: »Klar, Dummerchen«, obwohl er es nicht auf diese Weise ausgedrückt hätte. Er würde zehn Minuten dafür brauchen, aber es würde aufs gleiche hinauslaufen.

»Ginger betrachtet Marv und mich einfach als Mutter

und Vater und überschreitet seitdem die Grenzen von uns beiden. Sie bildet sich ein, wir hätten uns verbündet, und sie fühlt sich durch unsere angebliche Allianz zurückgewiesen und verlassen.«

Toby seufzte, als ob er sagen wollte: »Amateure sollten sich nicht in solche schwierigen Fälle einmischen.« Für mich war das in Ordnung, aber ich wollte keine Zeit damit vergeuden, näher darauf einzugehen, also fuhr ich fort.

»Ich glaube, daß sie einen Therapeuten braucht, der erfahrener ist als wir beide. Ich glaube, sie braucht jemanden, der bei ihren Grenzüberschreitungen die striktesten Grenzen setzt, und das ist natürlich etwas, wodurch sich Analytiker immer ausgezeichnet haben.«

Ich wollte sagen: Analytiker sind dafür bekannt, daß sie lieber die Straßenseite wechseln, als ihren Klienten »Hallo« sagen zu müssen. Zum Glück war Toby nicht *so* orthodox.

Nicht alles, was ich gesagt hatte, war gelogen. Wenn man von dem Analytiker-Jargon absah, war Toby genau das, was Ginger brauchte. Sie würde jede zwischenmenschliche Beziehung ausnutzen, und Toby würde ihr nichts liefern, wo sie einhaken konnte. Und was ich auch sonst über Toby dachte, er würde keine ihrer Grenzüberschreitungen dulden.

Außerdem hatte er von uns allen den besten Zugriff auf die Stationierung – die Ginger phasenweise brauchte. Egal, wie überfüllt der Patientenbereich war, für Klienten des Chefs gab es seltsamerweise immer ein freies Zimmer.

»Nun gut«, meinte Toby, »wenn ich dabei irgendwie helfen kann …?«

»Sicher können Sie«, sagte ich. »Könnten Sie Ginger übernehmen?«

»Natürlich«, meinte er, als ob das nie die Frage gewesen wäre. Als ob man jede Woche den Chef der Psychiatrie dazu kriegen konnte, einen so höllischen Fall zu übernehmen – insbesondere einen Fall, bei dem der Klient sich vielleicht umbringen würde: Es drohten Klagen, wenn jemand sich umbrachte.

»Es ist ein sehr schwieriger Fall«, sagte ich. »Sie ist phasenweise suizidgefährdet.«

»Ich bin froh, wenn ich helfen kann.« Na ja, was sollte er sonst sagen, nachdem er zugestimmt hatte? Was? Suizidgefährdet? Ich habe meine Meinung geändert. Auf der anderen Seite konnte er jetzt nicht behaupten, ich hätte ihn nicht gewarnt.

Ich verließ ihn eilig, und auf dem Weg hinaus machte ich bei seiner Sekretärin einen Termin für Ginger für den nächsten Tag aus. Ich wollte hier raus sein, bevor Toby wieder zu Verstand kam.

Warum hatte er einen Fall angenommen, der noch nicht einmal an seiner Sekretärin vorbeigekommen wäre? Er hatte ihn angenommen, weil ich ihm gesagt hatte, was für ein toller, wichtiger Typ er war und wieviel weiser als der Rest von uns Normalsterblichen. Narzißmus war wie eine Boa im Hintergarten – er machte die Leute blinder als eine Fledermaus.

Auf dem Weg hinaus dachte ich darüber nach. Toby würde sich sogar jeden Tag ein lahmes Pferd kaufen. Nicht, weil er es nicht ertragen konnte, allein zu sein, er würde es kaufen, weil Narzißten ohne irgendeinen Spiegel nicht leben konnten, selbst wenn es sich dabei nur um ein lahmes Pferd handelte. Sie sahen sich nur, sie fühlten nur, daß sie ein Selbst hatten, wenn sie jemand anderen als Spiegel benutzten. Sie waren das, was der Spiegel ihnen sagte. Sie hatten weniger Gefühl für ihr Selbst als jeder andere auf diesem Planeten.

Toby hatte für den Spiegel, den ich ihm vorhielt, teuer bezahlt. Die Ironie aber war, daß er es wert war.

19

Als ich an Melissas Schreibtisch vorbeikam, meinte sie: »Carlotta hat angerufen. Sie möchte, daß du zurückrufst. Sie ist im Büro.«

Ich setzte mich an meinen Schreibtisch und wählte sofort ihre Nummer. Ein Hoch auf die Frauenfreundschaften: die mit Carlotta war immer wie ein sicherer Hafen gewesen. Wenn ich Adam anrief, hatte ich jedesmal einen Knoten im Magen. Die beiden X-Chromosome fingen zu zirpen an, so daß ich kaum denken konnte. Mit Toby zu reden war, wie mit jemandem zu sprechen, der mich als ... na ja, als Teilobjekt betrachtete ... jemand, der bloß existierte, um seine narzißtischen Bedürfnisse zu befriedigen. Dann war da noch Marvs Verrat, der mich die Freundschaft zu Carlotta heute um so mehr schätzen ließ.

Carlotta und ich mochten manchmal Differenzen haben, die Yin und Yang aussehen ließen wie Klone, aber wen kümmerte das? Wenn sie am Telefon war, ging's mir gleich viel besser.

»Michael«, meinte sie trocken, »du bist doch ein Kotzbrocken.«

»Wie bitte? Deswegen habe ich alles stehen und liegen lassen, um dich sofort zurückzurufen?«

»Du hast mich diese Woche verdammt viel Schlaf gekostet.«

»Wieso? Wegen der Sache mit Willy?« Ich hatte immer noch Ginger im Hinterkopf, und für einen Moment war ich verunsichert, was Carlotta wußte und was nicht.

»Natürlich wegen der Sache mit Willy. Weswegen sonst? Gibt es da noch etwas?«

»Ich werde von der gesamten russischen Marine verfolgt«, meinte ich feierlich.

»Das könnte sogar stimmen«, meinte sie. »Hör zu, ich habe Adam bisher nichts gesagt. Und das verfolgt mich. Ich habe die ganze letzte Woche damit verbracht herauszufinden, ob ich Adam sagen soll, daß Willy hier ist – nah genug, um mich von dir aus meinem Haus werfen zu lassen.«

»Oje, oje«, meinte ich. Ich hatte völlig vergessen, daß sie gedroht hatte, es ihm zu erzählen. Von wegen gedroht. Es war eher ein Versprechen gewesen.

»Und?« fragte ich nach einem Moment. Sie hatte sich zu etwas entschlossen.

»Ich denke, daß du wahrscheinlich recht hattest. Es wäre nicht gut, und es würde nur Reibereien zwischen dir und Adam verursachen. Er kann dich nicht beschützen, wenn du ihn nicht läßt. Außerdem würde so ein Kampf nur dazu führen, daß du ihn wahrscheinlich noch nicht mal anrufst, wenn du ihn brauchst.«

»Genau«, meinte ich.

»Aber ich habe beschlossen, es ihm trotzdem zu sagen.«

»Was?« fragte ich. »Trotz allem? Du glaubst, daß das sinnvoll ist?«

»Ja und nein«, meinte sie. »Ich habe mich nicht dazu entschlossen, weil es etwas an deinem Vorhaben ändern könnte, dich umbringen zu lassen. Sondern weil ich dann keine Antwort hätte, wenn wir beide auf deinen toten Körper schauen und er fragen würde: ›Du hast gewußt, daß er hier war? Und du hast mich nicht angerufen?‹ Ich werde nicht den Rest meines Lebens damit verbringen zu überlegen, ob es einen Unterschied gemacht hätte. Also werde ich morgen abend mit ihm essen gehen und darüber sprechen. Möchtest du mitkommen?«

»Nein, ich glaube nicht.« Keine zehn Pferde würden mich dazu bringen. Ich war sauer, aber ich konnte nichts dagegen tun. Ich wollte Carlotta nicht bevormunden. »Schau, Carlotta. Tu, was du tun mußt. Ich glaube nicht, daß es helfen wird, aber ... weißt du ... was soll ich sagen? Am Ende wirst du doch tun, was du willst.«

»Genau wie du«, meinte sie.

Marv kam herein und teilte mir mit, daß er einen Termin mit Ginger für den späteren Nachmittag ausgemacht hatte. Wir wollten sie gemeinsam treffen: Ich hatte darauf bestanden, weil ich fürchtete, daß Marv auf den Knien Abbitte leisten würde, wenn ich nicht dabei war.

Ich würde noch genug Zeit haben, um Camille in meiner Privatpraxis zu treffen und wieder zurückzukommen. Normalerweise traf ich an den Tagen, an denen ich in der Psychiatrie arbeitete, keine Privatpatienten. Aber manchmal steckten sie in einer zu großen Krise, um eine ganze Woche warten zu können, und für diese Leute hetzte ich manchmal hin und her.

Als ich in meiner Praxis ankam, wurde mir klar, in was für einem Chaos ich steckte. Wie konnte ich in mein Büro gehen und mit Camille reden, obwohl ich wußte, daß Willy vielleicht jedes Wort mithörte? Wie konnte ich dieser Frau *nicht* sagen, daß diese Möglichkeit bestand?

Andererseits würde allein der Gedanke, daß ein weiterer Sadist frei herumlief und sogar ihre Therapiesitzungen belauschte, sie völlig aus der Bahn werfen. Wenn sie bisher noch nicht paranoid war, würde sie es dann sicher werden. Wenn ich es ihr sagte, würde das jegliches Gefühl von Sicherheit erschüttern und unsere Beziehung zerstören. Was also sollte ich tun?

Und wenn das für Camille galt, dann galt es für alle meine Klienten. Ich hatte einen ausgebuchten Freitag gehabt und gewußt, daß Willy mich die ganze Zeit über abhören konnte. Aber, so beruhigte ich mich, ich hatte es überprüft. Ich hatte das Zimmer zwischen jeder einzelnen Sitzung nach Wanzen durchsucht.

Das hat im letzten Fall nicht viel geholfen, sagte eine

kleine Stimme in mir. Du hast es durchsucht, bevor der kleine Schwindler gekommen war, und Willy hat ihn trotzdem abgehört.

Ich hatte einen Kloß im Hals. Zum ersten Mal in meinem Leben konnte man meine ethischen Grundsätze in Frage stellen, und das zu Recht.

Man konnte darüber streiten – und möglicherweise würde man es tun –, ob ich meine Praxis bei dem geringsten Hinweis, daß ich abgehört werden könnte, hätte schließen sollen. Kein schlechtes Argument. Aber was hätte ich mit all den Leuten machen sollen? Ich hatte hier keine Wagenladung Chirurgen, die über einen Berufswechsel nachdachten. Ich hatte eine Wagenladung traumatisierter Menschen. Camille war am schlimmsten dran, aber auch der Rest konnte nicht gerade als funktionstüchtig bezeichnet werden.

Ich konnte es mir gut vorstellen: »Roberta, ich weiß, Ihr Vater hat Sie als Kind tyrannisiert. Er zwang Sie wochenlang, Stundenberichte zu schreiben, während er auf Geschäftsreisen war, und hat Sie acht Jahre lang sexuell mißbraucht. Aber ich muß Ihnen mitteilen, daß ein mächtiger, bösartiger Mann jedes Ihrer Worte belauschen könnte. Sie glauben, Sie sind jetzt sicher? Noch nicht einmal hier.«

»Ja, Kiwi, ich weiß, Ihr Mann prügelt Ihnen die Seele aus dem Leib, aber es könnte sein, daß jemand, der noch viel brutaler ist, diese Unterhaltung abhört. Es kann sein, daß jemand zuhört, der es liebt, Kinder und Frauen zu foltern. Möchten Sie ein paar von den Dingen hören, die er ihnen angetan hat?«

So etwas konnte ich ihnen nicht sagen. Aber ich konnte ihnen mitteilen, daß ich krank war und meine Praxis schließen mußte. Oder etwas ähnliches. Je mehr ich darüber nachdachte, um so mehr wurde mir klar, daß ich etwas hätte tun sollen und jetzt auf jeden Fall etwas tun mußte.

Aber zuerst mußte ich Camille treffen. Wegen des anderen Problems konnte ich im Augenblick nichts unternehmen.

Wieder durchsuchte ich das Büro nach Wanzen. Vielleicht war das bescheuert. Bisher hatte ich mit dem kleinen Wanzenfänger von Danny nichts eingefangen. Aber es war das einzige, was ich tun konnte, um mich sicherer zu fühlen, also tat ich es. Ich war gerade fertig, als Keeter und Camille auftauchten, beziehungsweise Camille und Keeter. Irgendwie bemerkte ich Keeter stets zuerst. Sie rollte sich wie immer zwischen mir und Camille zusammen. Ich hatte noch nicht vergessen, wie sie mich sprungbereit angeguckt hatte, als ich Camilles Haus betreten hatte. Denk daran, diesen Hund nicht zu bedrängen. Ich verlagerte meine Aufmerksamkeit von Keeter zu Camille und blickte sie an.

Jedes Mal war ich überrascht, wie schlecht sie aussah. An diesem Morgen zitterten ihre Hände, und ihr Blick war leer. Ich hatte diesen Blick schon einmal gesehen – bei Leuten, die sich an einem Ort befanden, wohin andere noch nicht einmal zu Besuch kommen wollten.

Ich dachte kurz an Auschwitz und die Berichte darüber. Ich hatte von diesem leeren Blick gelesen, den Menschen bekamen, wenn sie völlig erschöpft waren und keine Hoffnung mehr hatten. Andere Insassen lernten, diesen Blick zu erkennen. Er bedeutete, daß dieser Mensch sterben wollte.

Und nun Camille. Obwohl sie schon vor langer Zeit ihre emotionalen Fettreserven aufgebraucht und alle Muskeln und Knochen abgenutzt hatte, blieb noch etwas übrig. Es würde nicht ewig reichen. Niemand auf der Welt war näher dran, besiegt zu werden. Wenn sich nicht früher oder später etwas änderte – die Flashbacks oder was auch immer –, würde es sie vernichten. Aber sie war wie eine Marathonläuferin, die sich noch nicht geschlagen geben wollte, dachte ich.

»Wie geht es Ihnen?« fragte ich freundlich.

»Ich bin okay«, sagte sie. »Ich glaube es zumindest. Haben Sie mit der Polizei gesprochen?«

»Ja, habe ich«, sagte ich, »und Chief Bowman möchte Ihnen helfen. Er hat die Bostoner Polizei angerufen, um mehr darüber zu erfahren, was passiert ist. Camille, haben Sie jemals etwas über den Kerl oder über ähnliche Vergewaltigungen gehört, seitdem Sie Boston verlassen haben?«

»Nein«, sagte sie. »Ich habe nie wieder mit der Polizei gesprochen.«

»Sie haben nicht darüber in der Zeitung gelesen oder so?«

»Nein«, sagte sie. »Zeitungen sind zu frustrierend.«

Ich bemerkte, daß sie mich nicht fragte, warum ich fragte. Sie wollte es nicht wissen.

»Sie sollten wissen, daß Chief Bowmann bereits veranlaßt hat, daß ein sehr erfahrener Polizist Ihr Haus bewacht. Er hat in Boston die Mafia bekämpft, und ich denke, daß unser Täter nicht an ihm vorbeikommt, selbst wenn er zurückkehren sollte.«

»Er kann an jedem vorbeikommen«, meinte sie verzweifelt.

»Das wissen wir nicht genau«, meinte ich. »Beim letzten Mal hat er eine unbewaffnete Frau attackiert. Und keine mit einem Wachhund und einem Polizisten vor dem Haus.«

Camille sagte nichts, aber ich wußte, daß sie nicht überzeugt war. In ihrem Kopf war er größer als im wirklichen Leben.

»Ich weiß, daß es schwer für Sie ist«, sagte ich, »aber ich muß ein paar Dinge über den Kerl wissen. Glauben Sie, daß Sie über ihn sprechen können?«

Ich haßte es, das zu tun. Es war nicht mein Job, Hilfspolizistin zu spielen. Mein Job war der einer Therapeutin. Aber es gab Zeiten, wo ich meinen gesunden Menschenverstand benutzen mußte. Wenn ein Serienkiller hinter Camille her war, würde sie nicht mehr zur Therapie kommen, wenn er nicht bald gefaßt wurde. Und es wäre viel schwerer für sie, wenn sie mit Adam statt mit mir darüber sprechen müßte.

»Vielleicht kann ich ein bißchen darüber reden«, sagte sie. »Ich habe heute morgen eine Extradosis Haldol genommen.«

»Sie haben nie sein Gesicht gesehen, richtig?« Sie nickte. »Hat er Sie an irgendwen erinnert, den Sie kannten? Hörte er sich an oder bewegte er sich wie jemand, den Sie kannten?«

»Nein«, sagte sie. »Es war ein Fremder.«

»Wie groß war er?«

Camilles Hände zitterten heftig, und sie fing an, ein Kleenex zu zerknüllen, aber sie machte weiter. »Klein«, sagte sie so leise, daß ich sie kaum hören konnte. »Nicht viel größer als ich.«

»Wie schwer?«

»Dünn ... drahtig ... und sehr stark.«

»Camille.« Als sie »stark« sagte, begann sie wegzudriften. »Camille, wie alt war er? Ich verspreche, daß ich dann keine Fragen mehr stellen werde.«

Camille starrte auf das Kleenex. »Jung«, sagte sie. »Ich weiß nicht, wie alt ... Seine Stimme klang jung.«

»Das war's«, sagte ich. »Keine weiteren Fragen mehr.«

Es war ohnehin alles, was ich fragen konnte. Ich konnte sie nicht fragen, ob er sie an Chris erinnerte. Ich durfte das Risiko nicht eingehen, daß sie sich beeinflussen ließ und die beiden vermengte, nur weil ich es angesprochen hatte. Ich konnte sie in der gleichen Sitzung noch nicht einmal bitten, Chris zu beschreiben. Das mußte ich mir für ein anderes Mal aufheben und sie dann zusätzlich bitten, ein paar andere Leute zu beschreiben, damit sie nicht merkte, worauf ich hinauswollte.

Aber zum ersten Mal hatten wir eine Art Täterbeschreibung, mit der die Bostoner Polizei überprüfen konnte, ob sie auf Chris oder jemanden paßte, den sie im Verdacht hatte. Ich würde es Adam erzählen, und wenn er sie traf, konnte er vielleicht ein paar neue Details herausfinden.

Camille war einverstanden, sich mit ihm zu treffen, aber ich wollte nicht, daß ihre Begegnung heute stattfand. Sie konnte darüber jedesmal nur ein bißchen sprechen. Adam würde mehr erfahren, wenn er bis morgen wartete. Außerdem hatte ich so eine neue Ausrede, sie zu treffen.

Nach der Sitzung begleitete ich Camille hinaus und beobachtete sie, während sie rausging. Ich hatte immer noch ein schlechtes Gefühl. Alles war anders, seit ich erkannt hatte, daß es da draußen vielleicht wirklich jemanden gab, der sie verfolgte. Ich war immer noch erschüttert von Adams Bericht, was der Kerl den anderen beiden Frauen angetan hatte. Hätte ich früher erkannt, daß er möglicherweise zurückgekehrt war, wenn Willy, dieser Hurensohn, mir nicht im Nacken gesessen hätte? Ja, wahrscheinlich.

Das war das Problem mit Leuten wie Willy. Sie konnten dich vereinnahmen, ohne einen Finger zu rühren. In dem Moment, als er auftauchte, hatte ich angefangen, all meine Sorgen und allen Ärger auf Willy zu richten. Inzwischen sah ich klarer. Camille hatte mich gefragt, wie es ein Flashback sein konnte, wenn es darin um die Zukunft ging und nicht um die Vergangenheit. Puh. Das arme Mädchen kämpfte die Schlacht ihres Lebens, und die einzige Hilfe bekam sie von einer unmoralischen Therapeutin mit dem – momentanen – IQ eines Hamsters.

20

Als Ginger hereinkam, saßen Marv und ich in fast entgegengesetzten Ecken des Zimmers. Ich hatte vorgeschlagen, gemeinsam auf der Couch zu sitzen und Händchen zu halten, aber Marv teilte meinen Sinn für Humor nicht.

Ginger wirkte angespannt, was sie vermutlich auch war. Marv hatte ihr am Telefon nur mitgeteilt, daß wir sie gemeinsam sprechen müßten, und daß es wichtig sei. Er hatte nicht gesagt, weshalb, aber Ginger wußte, daß das nichts Gutes bedeuten konnte.

Sie setzte sich zaghaft hin und schaute von einem zum anderen. Ich ergriff das Wort, so wie ich es mit Marv besprochen hatte. »Ich möchte Ihnen für Ihr Kommen danken und dafür, daß Sie bereit sind, mit uns beiden zu sprechen. Das ist so nicht üblich – wenn ich der Patient wäre, würde ich mich in die Enge gedrängt fühlen –, aber diesmal dachten wir, daß es besser wäre.«

Ginger war zu unruhig, um abzuwarten. »Warum?« fragte sie schnell, obwohl völlig klar war, daß ich genau das gerade erklären wollte.

»Einen Augenblick, bitte. Ich muß erst ein bißchen ausholen. Als ich Sie an Marv überwiesen habe, habe ich die Wahrheit gesagt. Ich habe gesagt, daß ich glaubte, daß ein männlicher Therapeut besser in der Lage wäre, Ihnen zu helfen. Zum Teil hatte das damit zu tun, daß Sie die Distanz zu mir verloren hatten und es Ihnen schlechtging, wenn ich nicht in Ihrer Nähe war. Darüber haben wir ja gesprochen, – *nicht* gesprochen haben wir darüber, daß Sie meine Nähe-Grenzen überschritten hatten und sich in mein Privatleben einmischten. Das war Grund genug, die Therapie zu beenden. Auf gewisse Weise *war* sie bereits beendet.«

Ginger schaute mich überrascht an. Ich blickte zu Marv, aber er reagierte nicht.

»Was ich Ihnen zu erklären versuche, ist, daß ein Therapeut, der seine Arbeit gut machen will, eigene Gedanken und Gefühle aus einer Therapie möglichst raushalten muß. Denn wenn Sie im Privatleben Ihres Therapeuten eine Rolle spielen, wird er seine Objektivität verlieren. Der Therapeut beginnt dann, Sie von seinem Standpunkt aus zu betrachten, statt sich auf Ihre Sicht der Dinge zu konzentrieren. Und ich muß Ihnen ehrlich sagen, Ginger, wenn ein Klient sich immer wieder einmischt, dann löst das mit der Zeit bei dem Therapeuten eine Menge negativer Gefühle aus, die aber zurückgedrängt werden müssen, um neutral, objektiv und hilfreich zu sein. Und wenn die Einmischung lange genug dauert, kommt der Tag, an dem sich bei dem Therapeuten einfach zu viele negative Gefühle angesammelt haben. Ich hatte den Glauben daran verloren, Ihnen helfen zu können, nicht nur weil Sie Ihre Grenzen überschritten haben, sondern weil Sie in meinen Bereich eingedrungen sind. Ich hätte Ihnen all das sagen sollen. Ich habe es nicht getan, weil Sie eine schwere Zeit durchgemacht haben, so daß es wie eine weitere Zurückweisung ausgesehen hätte. Aber gerade weil ich nicht mit Ihnen darüber gesprochen habe, habe ich gewissermaßen zugelassen, daß Sie auch Marv verlieren. Weil Sie gleich wieder anfingen, mit ihm dasselbe zu machen. Verstehen Sie, was ich meine?«

»Sicher«, sagte Ginger ärgerlich. »Sie erklären mir gerade, daß Marv mich ebenfalls rausschmeißt.«

»Nicht ganz«, meinte ich. »Es ist wahr, daß Sie zu oft Marvs Grenzen überschritten haben, um ihn weiterhin zu treffen, und es ist auch wahr, daß Sie mich weiter *verfolgt* haben ...« Ich benutzte den Ausdruck ganz bewußt, und Ginger explodierte.

»Ich habe Sie nicht verfolgt. Ich habe Ihnen geholfen. Marv hat mir von diesem Kerl erzählt.«

»Ginger, welchen Kerl meinen Sie? Es gibt immer einen Kerl, der gerade aus dem Knast kommt. Ich habe mit sechs Trillionen Häftlingen gearbeitet. Es wird immer einen geben, der wütend auf mich ist. Es ist nicht Ihre Aufgabe, auf mich aufzupassen.«

»Ich wollte nur helfen.« Ginger fing an zu weinen.

»Es tut mir leid, Ginger, aber das war keine Hilfe. Es ist keine Hilfe, beim Cross-Country mein Pferd zu erschrecken. Es ist keine Hilfe zu wissen, daß jemand im Wald steht und mein Haus beobachtet.«

Ginger weinte heftiger und legte sich auf ihre Seite der Couch hin. Sie zog ihre Knie an und begann, hin und her zu schaukeln.

»Es tut mir leid, Ginger, aber ich tue Ihnen keinen Gefallen, wenn ich zulasse, daß Sie das weiterhin tun.«

Marv hob die Hand, um mich zu stoppen. »Ginger«, sagte er sanft. »Wie fühlen Sie sich jetzt?«

»Ich fühle mich wie Scheiße«, sagte sie. »Ich fühle mich wie die allerletzte Scheiße. So etwas passiert mir schon das ganze Leben. Egal, was ich mache, es ist immer falsch. Ich habe noch nie etwas richtig gemacht. Ich sollte einfach sterben.«

Ich warf Marv einen Blick zu. Der Blick sagte: »Laß sie da jetzt nicht weitermachen, oder sie wird sich die nächsten zehn Lichtjahre darin einschließen.« Es war wahr. Ginger war dabei, sich hochzuschaukeln. Wenn sie sich verzweifelt fühlte, konnte sie manipulieren wie sonst was. Und sie hatte diese abartige Tour drauf, bei der sie sich nur gut fühlte, wenn sie uns dazu brachte, daß wir uns schlecht fühlten. Als wenn eine Affektstörung eine Art Bumerang wäre: Ginger würde ihre negativen Gefühle nicht spüren müssen, wenn sie sie an uns weitergab.

Ich wollte Ginger nicht quälen. Aber es würde ihr nicht helfen, wenn sie ihre miesen Gefühle auf uns übertrug. Außerdem führte ihre Taktik dazu, daß ich sie am liebsten erwürgt hätte.

»Ginger«, sagte ich. »Sie glauben immer noch, daß wir Sie loswerden wollen.«

»Das wollen Sie ja auch«, sagte sie. »Ich weiß, daß Sie das wollen.«

»Eigentlich nicht«, sagte ich, »wir überweisen Sie, ja, aber an den erfahrensten Therapeuten dieser Klinik.«

Ginger schwieg. Sie lag immer noch auf der Seite.

»Es ist wahr«, sagte ich. »Wir beide haben das Gefühl, daß Sie jemanden brauchen, der mehr Erfahrung hat als wir. Also setzen Sie sich wieder hin, denn Sie müssen zuhören und sich entscheiden, ob Sie es versuchen wollen.«

»Wer ist es?« fragte Ginger. Dann setzte sie sich langsam auf.

»Der Chef der Psychiatrie«, sagte ich. »Dr. Toby Cantwell. Er arbeitet länger auf diesem Gebiet als Marv oder ich, und er ist, nun, etwas ganz Besonderes. Würdest du da zustimmen, Marv?«

Das hätte ich nicht sagen sollen. Mit nur einem Blick in sein Gesicht wußte ich, daß er dachte, ich sei ziemlich unverschämt. Die Wahrheit war, daß ich tatsächlich etwas Positives über Toby sagen wollte, nur war unsere Beziehung so konfliktbeladen, daß alles, was mir zu ihm einfiel, zweideutig wirkte. Was bescheuert war, denn Ginger würde nur die professionelle Seite von Toby kennenlernen, bei der ich keine Einwände hatte.

Marv wandte sich an Ginger: »Er hat wirklich mehr Erfahrung als irgendwer sonst in dieser Klinik. Er kann zwar nichts *für* Sie in Ordnung bringen, Ginger, nicht mehr als wir es könnten, aber wenn Ihnen jemand helfen kann, dann bestimmt er.«

»Wahrscheinlich wird er mich auch rausschmeißen wollen«, sagte sie und ließ sich zurücksinken.

»Kann sein«, meinte ich. »Und das ist der Grund, warum wir hier sitzen. Ginger, Sie müssen das wirklich begreifen. Dr. Cantwell wird Ihre Grenzüberschreitungen noch weniger tolerieren als Marv oder ich. Und er wird auch keine weitere Grenzüberschreitung bei uns dulden. Das also ist der Deal: Morgen um vier Uhr werden Sie bei Dr. Cantwell die erste Sitzung haben. Hoffen wir, daß es gutgeht und daß es der Beginn Ihrer Heilung ist. Aber denken Sie daran, wenn Sie noch einmal die Grenzen von jemandem überschreiten – wenn Sie sich in meinem Wald verstecken, wenn Sie weiter bei Marv vorbeifahren, wenn Sie anfangen, Dr. Cantwell zu Hause anzurufen –, dann wird am darauffolgenden Dienstag um vier Uhr nachmittags jemand anderer in seinem Büro sitzen. Und weder Marv noch ich werden Sie wieder aufnehmen.«

Im Zimmer wurde es still. Es war sehr brutal, ihr das zu sagen. Es war gemein. Sie hatte echte Verlustängste, und ich hatte sie absichtlich damit erschreckt. Vielleicht war das unmoralisch. Aber alles, was ich wußte, war, daß das nur halb so tragisch für Gingers Leben sein würde, wie Willy in die Arme zu laufen. Und sich in meinem Wald zu verstecken war der sicherste Weg, ihm in die Arme zu laufen.

Ich kam auf die Entscheidung zurück, die sie treffen sollte. Wenn sie Toby sehen wollte, durfte sie keinem von uns nachstellen. Wenn sie das nicht konnte, mußte sie woanders eine Therapie machen.

Es würde funktionieren, dachte ich. Aber nur für eine Weile. Ginger würde sich ein paar Wochen oder Monate zusammenreißen, und dann würde sie erneut damit anfangen. Ich hatte nur Zeit gewonnen. Und ich hatte das Gefühl, alles wäre in dem Augenblick vorbei, wenn Ginger wieder loslegte. Entweder ich fand Willy vorher, oder er fand mich.

21

Gegen elf klingelte das Telefon. Ich war schon im Bett und nicht in Stimmung dranzugehen, aber als ich Adams Stimme auf dem Anrufbeantworter hörte, änderte ich meine Meinung. Adam sagte, daß Camille gerade ausflippen würde – sie schrie wie am Spieß – und daß Jonathan absolut sicher war, daß niemand im Haus war. Er sagte nicht, weshalb Jonathan so sicher war, daß sich drinnen niemand versteckt hatte, aber ich vermutete, daß er sich dort umgesehen hatte, während Camille zur Therapie war.

Auf jeden Fall bestand Jonathan darauf, daß niemand das Haus betreten hätte, so daß es keine andere Schlußfolgerung gab als die, daß, egal, was drinnen geschah, es diesmal nur in Camilles Kopf passierte.

Ich versprach hinzufahren. Eigentlich wollte ich es gar nicht, und normalerweise machte ich so etwas auch nicht. Wenn ich jedesmal vorbeifahren würde, wenn Camille verstört war, könnte ich ein Zelt in ihrem Vorgarten aufschlagen, aber diesmal konnte ich schlecht nein sagen. Die Polizei einer Kleinstadt hatte meistens nicht genug Leute, um eine 24-Stunden-Bewachung durchzuführen, und ich wußte, wie sehr es Adams Personalreserven strapazierte, es doch zu tun. Als er mich also um Hilfe bat, sagte ich nur: »Bin schon unterwegs.«

Aber warum? fragte ich mich auf der Fahrt. Adam hat schon viele verstörte Menschen erlebt. Warum zog er mich mit hinein? Ich nahm das Autotelefon und rief ihn an. Langsam gewöhnte ich mich an das verdammte Ding. Noch schlimmer, ich fing an, davon abhängig zu werden, was genau das Problem mit Eigentum war. Man besitzt die Dinge nicht wirklich. Die Dinge besitzen dich.

Er nahm nach dem ersten Klingeln ab. »Adam«, sagte

ich, »ich bin auf dem Weg, und ich möchte nicht, daß du mich mißverstehst. Ich habe nichts dagegen hinzufahren, aber ich frage mich, warum du glaubst, es sei wichtig für mich, sie heute abend zu sehen.«

Er zögerte kein bißchen. »Jemand muß den Grund für das Gekreische herausfinden. Jonathan war beunruhigt genug, um mich zu Hause anzurufen. Er sagte, sie höre sich an, als wäre sie völlig außer Kontrolle, und natürlich hat die Wache jede Menge Anrufe von den Nachbarn bekommen. Jonathan denkt, daß niemand drinnen sein kann, aber die ganze Sache beunruhigt ihn genug, um selber hineingehen zu wollen und es zu überprüfen. Ich denke, er hat Angst, daß sie sich erhängt hat, oder daß vielleicht dieser verdammte Hund sie gerade totbeißt, während er draußen steht und Däumchen dreht. – Ich habe ihm befohlen, draußen zu bleiben. Du weißt, daß ein fremder Mann nicht einfach vor ihrer Tür auftauchen kann, und deshalb gibt es keinen anderen Weg: Sie hat noch nicht einmal mich kennengelernt. Du bist die einzige, die sie kennt.«

»Kein Problem«, sagte ich. Ich konnte gegen seine Überlegungen nichts einwenden. Eine von Adams Stärken war, daß er auch unter Druck eine Sache klar durchdenken konnte. Er stürmte nicht einfach drauflos wie andere Leute, die ich kannte. »Ich werde nachsehen, was passiert ist.«

Um zehn vor eins war Camille immer noch fürchterlich verstört. Bei der Einschätzung von Selbstmordgefahr muß man immer zwischen »Affekt« und »Todeswunsch« unterscheiden. Manche Menschen, die sehr erregt waren, wollten sich gar nicht wirklich umbringen, und andere, die sich tatsächlich umbringen wollten, wirkten vollkommen ruhig. Allerdings kannte Jonathan Camille nicht gut genug, um die Situation einschätzen zu können. Aber wenn die Polizei es nicht überprüfte und irgend etwas passieren sollte, wäre jeder, der in die Sache verwickelt war, traumatisiert. Abgesehen davon, daß Camille dann tot wäre.

Ich bog in ihre Einfahrt ein und kurbelte das Fenster herunter. Hören konnte ich nichts. Das Geschrei hatte aufgehört. Das hatte noch nichts zu bedeuten, sagte ich mir. Letztes Mal hatte es auch aufgehört, und Camille hatte im Haus gesessen, während sie sich eine Haldol nach der anderen einwarf und immer noch darauf bestand, daß sie den Täter gehört hatte. Aber Stille ist beunruhigender als Geschrei, und ich spürte, wie mein Herz schneller schlug. Es gab immer noch die Möglichkeit, daß jemand wie Camille sich erhängte oder sonst was, und der Gedanke, daß ich diejenige sein könnte, die sie fand, zerrte an meinen Nerven.

Ich stieg aus dem Auto und betrachtete das Haus. Die Lichter waren an, und es gab keinerlei Hinweise, daß etwas nicht in Ordnung war. Keeter bellte nicht. Aber auch das hatte nichts zu bedeuten. Vergiß nicht, so ermahnte ich mich ein weiteres Mal, daß du den Hund nicht bedrängen darfst.

Ich schaute zum Garten hinüber. Keine Spur von Jonathan. Wahrscheinlich stand er irgendwo da draußen; es sah aber nicht so aus, als ob man mir einen großen Empfang bereiten würde.

Ich ging hinunter zum Eingang und klopfte, wartete aber nicht auf eine Reaktion. »Camille«, rief ich, »ich bin's, Michael. Sind Sie in Ordnung?« Wie oft war ich schon auf dem Weg zu ihrem Haus gewesen, nachdem ich wegen ihres Geschreis benachrichtigt worden war? Doch selbst wenn es tausende Male gewesen wäre, würde ich doch jedes Mal Angst haben, daß ihr wirklich etwas zugestoßen war.

»Michael«, antwortete eine schwache Stimme ganz nah an der Tür. Ich atmete aus. Was auch immer passiert war, sie war offenbar am Leben.

»Könnten Sie bitte die Tür öffnen, Camille?« fragte ich. »Ich bin's wirklich. Und ich bin allein.«

Camille öffnete die Tür einen Spalt und spähte hinaus. Dann schloß sie sie wieder und hakte die Kette aus. Sie öffnete die Tür, und ich trat ein. Sofort sah ich zu Keeter. Da war sie, geduckt auf dem Boden, bereit zum Sprung. Sie sah nicht viel freundlicher aus als beim letzten Mal.

»Oh, meinen Sie, Sie könnten vielleicht irgend etwas wegen Keeter tun?« fragte ich. Camille blickte sie an und machte ein Handzeichen. Keeter stand zögerlich auf und kam zu ihr herüber, behielt mich aber die ganze Zeit im Auge.

»Er war hier«, flüsterte Camille. Sie sah vollkommen verängstigt aus. Ihre Pupillen waren stark erweitert und ihre Augen weit aufgerissen. Oje, oje. Es sah ganz nach Paranoia aus.

»Camille«, sagte ich. »Setzen wir uns doch und reden darüber.«

Sie führte mich ins Wohnzimmer, und ich setzte mich, aber nicht Camille. Sie war so aufgewühlt, daß sie nicht sitzen konnte, und trat nervös von einem Fuß auf den anderen.

»Woher wissen Sie, daß er hier war?« fragte ich.

»Ich habe ihn gehört.« Sie flüsterte immer noch. »Er sagte, er würde bald kommen und mich holen. Er sagte, diesmal würde ich sterben. Er sagte ... Er ...«

»Ganz ruhig, Camille. Ich weiß, daß Sie glauben, daß er hier war, aber das kann nicht sein. Draußen steht ein Polizist, der Jonathan heißt, und er war die ganze Zeit über hier. Er sagt, daß niemand hereinkommen konnte. Möchten Sie mit ihm sprechen?«

»Nein«, sagte sie hastig. »Er steht draußen?« Sie ging zum Fenster und schaute durch die Rolläden. Ich hatte das dumpfe Gefühl, daß sie Jonathan und ihren Angreifer durcheinanderbrachte.

»Camille«, sagte ich. »Die *Polizei* steht draußen, nicht der Killer.«

»Ich weiß«, sagte sie, während sie sich umdrehte und sich im Zimmer umschaute. »Er ist hier drin.« Obwohl ich wußte, daß es nicht so war, spürte ich, wie sich meine Nackenhaare aufstellten.

»Ihre Nerven spielen Ihnen einen Streich«, sagte ich bestimmt. »Er kann nicht hier drinnen sein.«

»Er wird nie herauskommen, solange Sie hier sind«, antwortete sie. »Er wartet immer. Werden Sie bleiben? Bitte.«

»Ich kann nicht sehr lange bleiben«, sagte ich. O Gott, wo blieben da meine ethischen Grundsätze? Nicht nur, daß ich im Haus einer Klientin saß und in ihr Privatleben verwickelt wurde. Ich konnte auch nicht weg.

»Bitte, Michael. Bitte lassen Sie mich nicht allein mit ihm. Bitte nicht ...« Sie wandte mir ihr Gesicht zu, und ihre Stimme wurde immer drängender, während sie sprach.

Es war mir peinlich, sie betteln zu hören, aber ihre Angst war so groß, daß ich bezweifelte, ob sie selber es überhaupt bemerkte. Was, so fragte ich mich wieder, blieb da noch von meinen ethischen Grundsätzen, wenn ich blieb? Und was, wenn ich ging?

»Es wäre alles in Ordnung«, sagte sie. »Wenn Sie bleiben würden – nur diese eine Nacht. Ich könnte sogar schlafen ... Wenn ich hier alleine bin, kann ich nicht schlafen ...« Ihre Stimme verebbte.

Welche Alternativen hatte ich? Ich konnte sie ins Krankenhaus einweisen. In ihrem momentanen Zustand würden sie sie sicher aufnehmen, aber was würde das bringen? Nichts. Es würde Camille eine Menge Geld kosten. Wir hätten wieder einen stundenlangen Kampf wegen Keeter, und morgen wäre Camille wieder draußen.

Sie hatte keine Familie und keine Freunde, die ich anrufen konnte. Es war zu spät, um eine private Krankenschwester zu finden. Es gab keinen sozialen Dienst, den ich rufen konnte, und selbst wenn, so würde ich keinen freiwilligen

Helfer finden, der bei einer Paranoikerin blieb. Paranoiker waren nicht besonders stabil.

Andererseits war der Aufenthalt im Haus eines Patienten so standeswidrig, daß er ausdrücklich in die Regeln der Standesethik aufgenommen worden war. Aber welche Wahl hatte ich? In ihrem Zustand würde sie die Nacht allein nicht durchstehen. Und sie war nicht wie Ginger: Ich glaubte nicht, daß sie mich manipulieren würde.

»In Ordnung. Ich bleibe heute nacht«, meinte ich vorsichtig. »Ich werde auf der Couch schlafen und am frühen Morgen wegfahren. Und morgen werden wir eine private Krankenschwester suchen, die bei Ihnen bleibt, einverstanden?« Camille nickte heftig. Aber wenn ich gesagt hätte: »Ich bleibe, wenn du morgen aus dem zehnten Stock springst«, wäre sie wahrscheinlich auch einverstanden gewesen.

»Camille, ich möchte wirklich, daß Sie das verstehen: Ich werde das nicht noch einmal tun.«

»Ich weiß«, sagte sie. »Ich werde Sie nicht noch einmal darum bitten.« Und ich glaubte ihr.

Ich seufzte. Ich wollte nicht hier sein. Ich wollte zu Hause sein. Ich brauchte etwas Zeit für mich alleine, außerhalb der Alltagswelt. Aber was nützte das ganze Meckern? Ich saß fest.

Ich rief Adam an, um es ihm zu sagen. Er entschuldigte sich, daß er mich in eine solche Situation gebracht hatte. Ich entschuldigte mich ebenfalls: Es sah ganz danach aus, daß der Täter nur in Camilles Kopf spukte.

Ich ging zum Auto hinaus, nahm meine Pistolentasche und schloß sie in den Kofferraum. Spätabends hatte ich sie immer bei mir, aber ich wollte nicht in Camilles Haus schlafen und eine geladene Waffe herumliegen lassen. Das Risiko war größer als der Nutzen. Ich wollte noch nicht einmal daran denken, wie ich mich fühlen würde, wenn sie sich mit meiner Pistole erschießen sollte. Oder vielleicht würde sie ja auch mich erschießen, wenn sie die Pistole inmitten eines starken Flashbacks in die Hände bekam, weil sie glaubte, ich sei der Killer.

Ich nahm meine Reisetasche und ging ins Haus. Ich fand meine Zahnbürste und mein Nachthemd, entschied mich aber dafür, meine Kleidung anzubehalten. Es war schon schlimm genug, wenn ich im Haus einer Klientin schlief, da sollte ich nicht auch noch in meinem Pyjama herumlaufen. Ich breitete die Bettwäsche aus, die Camille auf der Couch bereitgelegt hatte.

Ich hatte Angst, daß Camille die ganze Nacht aufbleiben und mich am Schlafen hindern würde. Wenn ein Nervensystem einmal so auf Hochtouren gekommen war wie ihres, dauerte es normalerweise ziemlich lang, bis man sich wieder beruhigte. Aber seit Camille wußte, daß ich bleiben würde, hatte sich ihr Zustand verändert: Ihre nervöse Energie verflüchtigte sich schnell, und bald hatte sie all ihre Erregung verloren. Kaum war ihr Angstpotential dahin, schien sie nichts mehr aufrecht zu halten. Ich forderte sie auf, ins Bett zu gehen – und Keeter mitzunehmen. Ich würde im Wohnzimmer auf der Couch liegen, versprach ich, und nirgendwo anders hingehen.

Camille bestand darauf, die Tür zu ihrem Zimmer offen zu lassen, was mir nicht besonders gefiel. Ich stellte mir vor, wie ich aufwachen und mich Nase an Nase mit einem knurrenden Rottweiler wiederfinden würde.

Es dauerte nicht lange, und ich döste ein. Im Halbschlaf fragte ich mich, ob Adam Jonathan weggeschickt hatte. Alles war so durcheinander. Ich hatte versucht, mich vor Willy zu schützen, hatte statt dessen aber fast eine Klientin niedergeschossen, und wie sollte ich Willy treffen, wenn er sich irgendwo im Nimmer-Nimmer-Land herumtrieb? Ich schlief in dem Haus einer Klientin; wie würde ich das Ginger erklären können, die – o Gott – hoffentlich nicht vorbeikommen würde. Marv und ich hatten in unsere Freundschaft Löcher geschossen, die so groß waren wie Golfbälle. Wie einfach würde es werden, das zu reparieren? Und der einzige Weg, in Adams Nähe zu kommen, war inzwischen, ihn mit einem Polizeiproblem zu belästigen. Dabei wollte ich Adam nicht in seiner Uniform. Ich wollte ihn ohne.

Ich könnte mit dem obersten Knopf anfangen. Einen nach dem anderen. Wenn alle Knöpfe offen waren, könnte ich meine Finger über sein weiches, lockiges Brusthaar wandern lassen. Irgendwo um seinen straffen Bauch herum wäre das Haar zu Ende – aber nur kurz. Wenn ich noch weiter runterging, würde sich seine Atmung verändern. Ich liebte es, wenn sie um so intensiver wurde, je mehr sein ... Interesse ... wuchs. Ich lächelte, während ich einschlief.

Ich träumte, daß ich wegen Verletzung der Standesregeln vor dem Internationalen Gerichtshof in Den Haag angeklagt war. Der Staatsanwalt kam geradewegs auf mich zu, als er sich plötzlich in Willy verwandelte. Er kam mir sehr nahe und flüsterte und zischte mir ständig ins Gesicht.

Ich wachte im Dunken auf, desorientiert und verstört und mit einem Herzschlag von achtzig Meilen pro Stunde. Ich brauchte eine Minute, um zu erkennen, wo ich war. Ich brauchte eine weitere Minute, um den Traum aus meinem Kopf zu bekommen. Ich konnte ihn immer noch flüstern hören – und dazu ein anderes Geräusch, eine Art Wimmern.

Ich konnte das Flüstern nicht stoppen. Jesus, was für ein Traum! Ich setzte mich auf und blickte mich um. Und dann stockte mir der Atem. Ich war völlig wach und konnte immer noch einen Mann flüstern hören. Das Wimmern stammte von Camille.

Ich schlug die Decke zurück und kroch hinter die Couch, während ich versuchte, klar zu denken. Ich war jetzt vollkommen wach, aber immer noch durcheinander. Zunächst konnte ich noch nicht einmal sagen, woher die Stimme kam – und mir nicht erklären, wie jemand hatte eindringen können, mit Keeter im Haus und Jonathan davor. Vielleicht war Jonathan gegangen, nachdem ich Adam angerufen hatte.

Ich versuchte mich zu erinnern, wohin ich meine Pistole gelegt hatte; dann fiel mir ein, daß ich sie im Wagen gelassen hatte. Na prima. Ich hatte meine Waffe schon ins Badezimmer mitgenommen, aber in Camilles Haus hatte ich sie nicht bringen wollen.

Wo war das gottverdammte Telefon? Ich hatte es doch benutzt. Ich erinnerte mich, daß es ein schnurloses war. Also, wo hatte ich es hingelegt? Ich konnte mich nicht erinnern. Oh, Scheiße. Ich hatte es Camille zurückgegeben. Ich hatte keine Ahnung, wo es war, und ich konnte die Hand nicht vor Augen sehen.

Ich könnte schreien. Falls Jonathan immer noch draußen stand, würde er mich hören. Aber wenn der Täter hier drinnen war, stand Jonathan vielleicht gar nicht mehr draußen. Wie groß war die Chance? Wenn Jonathan nicht mehr draußen stand, wäre Schreien sinnlos. Jesus, der Täter war vielleicht geradewegs an mir vorbeigelaufen, während ich schlief. Hatte er mich gesehen? Wußte er, daß ich da war? Falls nicht, was glaubte er dann, wo mein Auto herkam?

Keeter, du Biest. Faß diesen Bastard. Sie mußte ihn kennen. Das mußte es sein. Ich lauschte wieder. Ich könnte versuchen, zum Auto zu kommen, und das Autotelefon benutzen, aber ich konnte mich nicht mehr erinnern, ob es funktionierte, wenn der Motor aus war, und ich hätte Camille allein lassen müssen.

Zuerst mußte ich herausfinden, wo er war. Ich begann, zu Camilles Zimmer zu kriechen. Das zischende Flüstern kam aus ihrem Zimmer. Ich kroch weiter, während ich jeden Augenblick erwartete, daß eine Waffe von der Größe einer Kanone auf meinen Kopf gerichtet wurde, aber die Stimme machte einfach weiter. Was sagte er? Ich war nahe genug, um es zu verstehen, und hielt inne, um zu lauschen.

»Ah, deine Klitoris – was für ein saftiger, kleiner Leckerbissen. Du hast die Wahl. Eine brennende Zigarette? Ein Skalpell? Das wäre doch das beste für dich. Wenn ich sie rausgeschnitten habe, wird sie dir nicht mehr weh tun. Außer, natürlich, wegen der klaffenden Wunde. Vielleicht wäre eine Kneifzange besser. Aber die würde ich mir lieber für deine Brustwarzen aufheben. Du mußt das Instrument auswählen. Wenn du es nicht tust, werde ich dir die Finger abhacken, einen nach dem anderen, bis du deine Meinung änderst.«

Oh, Mann. Verbale Folter. Camille begann zu jammern. Die Stimme des Täters blieb merkwürdig ruhig. Aber das war genau das, was mir bei sadistischen Tätern immer einen Schlag versetzte. Sie konnten über Folter reden wie jemand anderes übers Shoppen. Sadisten hatten immer diese eigenartige, gleichgültige Kälte in ihrer Stimme.

Camilles Jammern wurde lauter und fing an, die Stimme des Angreifers zu übertönen. Bald würde sie entsetzlich schreien. Wer konnte es ihr verdenken? Ein großer Teil von mir wollte ebenfalls schreien und zur Eingangstür rennen. Vielleicht sollte ich es tun. Wenn ich rechtzeitig an ein Telefon kommen könnte, würde Adam diesen Hurensohn vielleicht erwischen.

Ich war immer noch an der Tür zu Camilles Zimmer. Ich kroch zu der Wand daneben und sah um die Ecke in ihr Zimmer. Ich wollte wissen, wo er war. Meine Augen hatten sich an die Dunkelheit gewöhnt, und ich schaute mich um. Ich sah Camille, wie sie in ihrem Bett saß, die Hände an den Wangen. Selbst in der Dunkelheit konnte ich sehen, daß sie zitterte. Ich konnte Keeter erkennen, die neben ihrem Bett lag, aber ich konnte nirgendwo den Angreifer sehen. Wo hatte er sich versteckt? Das Zimmer war nicht besonders groß.

Ich überlegte kurz, was ich tun sollte. Dann nahm ich einen tiefen Atemzug und begann langsam vorwärts zu kriechen. Bei Camilles Jammern konnte ich ihn kaum noch hören. Ich kroch weiter, Zentimeter für Zentimeter, und blickte mich im Zimmer um. Ich konnte ihn hören, aber ich konnte ihn nicht sehen. Als ich mich dem Wandschrank näherte, hielt ich inne. Die Stimme kam aus einer anderen Ecke.

Endlich wußte ich es. Ja, wirklich, endlich hatte ich es. Ich stand auf, ging zum Lichtschalter und machte das Licht an. Camille bemerkte es noch nicht einmal. Keeter schaute mich an, als ob sie endlich die Quelle des Problems erkannt hätte. Ich ging zurück ins Wohnzimmer und machte auch dort das Licht an. In beiden Zimmern war niemand, und trotzdem machte die Stimme weiter.

Ich fand das Telefon und rief Adam zu Hause an. »Adam«, sagte ich, »ich bin bei Camille. Kannst du mich hören?«

»Sehr schlecht«, antwortete er. Camille schluchzte und jammerte. Sie war in einem Voll-Flashback und bettelte gerade den Angreifer an, ihr nicht länger weh zu tun.

»Ich denke, Du kommst besser her«, meinte ich. »Ich habe das Problem gelöst. Es ist niemand da, aber es gibt eine Stimme. Es gibt tatsächlich eine Stimme.«

»Bin schon unterwegs«, erwiderte er.

Ich ging zurück in Camilles Zimmer. Nach dem Kassettenrekorder wollte ich nicht suchen. Jetzt war alles klar, und ich wußte genug, um mich da rauszuhalten. »Camille«, sagte ich, »ich bin's, Michael.« Ich ging zu der Seite des Bettes, die am weitesten von Keeter entfernt war, und streckte meine Hand aus. »Komm jetzt, wir gehen.« Es wäre einfacher gewesen, wenn ich diesen gottverdammten Rekorder hätte ausmachen können.

»Camille«, wiederholte ich. »Ich bin's, Michael. Wir gehen jetzt.« Sie drehte sich zu mir um.

»Lassen Sie nicht zu, daß er mir weh tut, bitte«, wimmerte sie.

»Nein, das werde ich nicht.« In der Ferne hörte ich Sirenen. »Wir gehen jetzt. Kommen Sie.«

»Aber ... er ...«

»Sie sind nicht festgebunden«, sagte ich laut, um diese endlose Stimme zu übertönen »Es ist nur ein Band. Es ist vorbei. Kommen Sie. Wir gehen rüber zu Harvey.« Wieder streckte ich die Hand aus.

Diesmal ergriff Camille sie langsam. Zur Hälfte war sie in dieser Welt, zur Hälfte in der anderen. Keeter kam auf meine Seite des Bettes und schaute mich mißtrauisch an. Kein Wunder, daß sie keine Hilfe war. Was konnte ein Hund schon gegen einen Rekorder ausrichten?

Camille stand langsam auf, und ich legte meinen Arm um sie und führte sie aus dem Zimmer. Tränen liefen ihr die Wangen hinunter, und ich konnte spüren, wie ihre Schultern unter dem Schluchzen zuckten. Die ganze Sache erinnerte mich an jemanden, den Adam vor nicht allzu langer Zeit aus einer Sporthalle geführt hatte – an mich.

Die Stimme wurde schwächer, als wir uns quer durch das Wohnzimmer bewegten. Als ich die Eingangstür öffnete, sah ich, wie mehrere Polizeiwagen die Straße herunterkamen. Harvey trat aus dem Haus, und ich bat ihn, Camille mit hineinzunehmen. Ich kehrte zu Camilles Haus zurück, gerade als die Polizeiwagen in die Einfahrt einbogen. Ich wollte einfach nur noch einmal diese Stimme hören. Ich glaubte, sie zu kennen. Ich ging ins Schlafzimmer und hörte zu.

Dieser Hurensohn, dachte ich, als ich erkannte, wer es war. Dieser verdammte Hurensohn.

22

Am nächsten Tag war alles vorbei. Die Polizei fand den Kassettenrekorder, den der Hurensohn im Bett versteckt hatte. Er war mit einer Apparatur verbunden, die das Band beliebig starten und automatisch zurückspulen ließ, wenn es zu Ende war. Solange Camille allein im Haus war, war sie auch die einzige, die es hören konnte.

Das war Maßarbeit, kein Ding, das man sich bei Radio Shack besorgen konnte. Nur ein raffinierter Junge konnte sich so etwas ausgedacht haben, aber das war schließlich keine Überraschung. Willy war schon immer ein raffinierter Junge gewesen.

Aufgrund der Identifizierung seiner Stimme leitete Adam die Fahndung nach Willy ein. Aber da er längst das Weite gesucht haben konnte – während er mich verwundert und Camille verwundet zurückließ –, wußten wir, daß es eine Weile dauern konnte, um ihn zu fassen, wenn überhaupt.

Camille blieb ein paar Tage bei Harvey und seiner Frau. Sie wollte nicht alleine in ihr Haus zurück, und Harvey und Lenore waren so freundlich, ihr einen Platz anzubieten. Ich rechnete damit, daß sie ihre spontane Freundlichkeit bald bereuen würden. Es war mehr als nur ein bißchen schwierig, mit jemandem zusammenzuleben, der unter einem PTSD litt; außerdem mochte Harvey keine Hunde.

Währenddessen beobachtete die Polizei weiter Camilles Haus. Willys Ausrüstung war noch dort. Vielleicht würde er zurückkommen, um sie zu überprüfen oder zu entfernen oder sonst etwas.

Ich war nach Hause gefahren, kurz nachdem Adam gekommen war. Er wußte alles über Willys Entlassung aus dem Gefängnis, und er wußte alles über Camille, so daß ich ihm in *dieser* Nacht nichts weiter erzählen mußte. Später würde ich ihm allerdings noch jede Menge erzählen müssen – von Willys E-Mails und seinem Lauschangriff auf mein Büro und so weiter. Aber ich dachte, es wäre besser, wenn ich ihm das alles in Ruhe am nächsten Morgen in seinem Büro erzählte.

Ich war nicht gerade wild auf diesen Schlagabtausch – schließlich hatte ich Adam versprochen, ihm zu sagen, wenn Willy sich mit mir in Verbindung setzte, und ich hatte es nicht getan. Außerdem war ich viel zu müde, um damit mitten in der Nacht anzufangen. Morgen, beschloß ich. Morgen würde ich es ihm sagen. Das wäre immer noch früh genug, um Carlotta zuvorzukommen, und erst recht, um bei der Suche nach Willy zu helfen.

Aber als der Morgen kam, trödelte ich ziemlich herum. Ich wollte ihm alles sagen; ich mußte es tun. Zuerst aber brauchte ich ein bißchen Zeit, um meine Batterien wieder aufzuladen.

Ich machte mir einen Kaffee und ging hinaus auf die Terrasse. Es war ein schöner Frühlingsmorgen, und ich hatte den Bademantel an, den Carlotta mir zu Weihnachten geschenkt hatte. Er war aus diesem dicken türkischen Samt und nicht gerade die Art von Sachen, die ich mir selbst gekauft hätte: Meistens schlief ich im T-Shirt und mied solche monofunktionalen Einzelstücke wie die Pest.

Aber Carlotta kannte mich besser. Es war eine typische Wunden-leck-Kluft, und ich hatte ständig Wunden zu lecken. Ein Ding, das man tragen konnte, wenn man den großen Wurf auf dem Spielfeld verpaßt hatte, wenn man den Fall verlor, den man hätte gewinnen müssen, oder wenn ein Kind, für das man gekämpft hatte, zu dem es mißbrauchenden Elternteil zurück mußte – obwohl es in solchen Fällen auf der ganzen Welt nicht genug Samt gab, um getröstet zu werden. Es war das, wonach ich heute instinktiv gegriffen hatte, als mir klar wurde, daß es Camille schlecht bekommen war, mich kennenzulernen.

Camille war mit einem akuten PTSD in mein Leben getreten, nachdem sie einer der kleinen Mißgeburten von Mutter Natur über den Weg gelaufen war: einem durchgeknallten, seelenlosen Sadisten. Sie war in einem fürchterlichen Zustand gewesen, aber nicht in einem so schlimmen wie jetzt. Wenn sie mich nicht getroffen hätte, hätte Willy ihr nie nachgestellt und sie schikaniert, und sie hätte niemals so viele Flashbacks erlebt. Ihr Zustand hatte sich maximal verschlimmert, was niemals ohne Willys Nachhilfe passiert wäre. Und das Problem war, daß er niemals ihren Weg gekreuzt hätte, wenn sie nicht meinen gekreuzt hätte.

Wenn ich Carlotta oder Adam erzählen würde – nicht, daß ich es wirklich vorhatte –, wie miserabel ich mich fühlte, weil ich Camille ein Geschenk wie Willy beschert hatte, würde ich als Antwort nur zu hören bekommen, daß ich nichts dafür konnte. Als ob das ein Trost wäre. Menschen sind dumm, ich inklusive.

Jahrelang hatte ich nicht verstanden, warum Vergewaltigungsopfer nicht aufhörten, darauf zu bestehen, daß sie selbst schuld waren: Wenn sie nicht um sieben Uhr abends diese Straße hinuntergegangen wären, wenn sie nicht ein Kleid angehabt hätten, das nur bis zu den Knien ging, wenn sie keine Stöckelschuhe getragen hätten … wäre das nie passiert.

Jetzt wußte ich es. Was wäre mir lieber – zu glauben, daß ich Einfluß auf eine Situation hatte und verhindern konnte, daß es noch einmal passierte, wenn ich einen Kleidersaum änderte? Oder daß es jederzeit, überall passieren konnte, egal was ich tat? Ohnmacht war nie ein Gewinn.

Und auch ich fühlte mich ohnmächtig. Ich *war* ohnmächtig in diesem Fall. Ich hatte niemals vorgehabt, Willy auf Camille loszulassen. Ich hatte noch nicht einmal daran gedacht, daß es diese Möglichkeit gab. Und genau das machte alles so schlimm. Wenn sie Willy nicht faßten, würde er ein Gefühl von Ohnmacht in mir hinterlassen, mit dem ich nur schwer leben konnte. Er konnte jederzeit zurückkommen und mit jedem, den ich kannte, um den ich mich sorgte, mit dem ich zu tun hatte, irgend etwas anstellen – etwas Neues und Widerliches.

Ich mußte wirklich mit Adam reden. Vielleicht konnte er irgendeinen Hinweis in Willys E-Mail entdecken, wie er sich Zugang zu meinem Büro verschafft hatte. Wenn es überhaupt irgend etwas bei Willys Vorgehen gab, das helfen konnte, ihn zu fassen, mußte ich sichergehen, daß Adam es wußte. Denn wenn Adam Willy nicht kriegen konnte, würde ich durch Willy früher oder später völlig handlungsunfähig werden. Und ich wollte noch nicht einmal daran denken, wie groß die Zerstörung war, die er hinterlassen würde.

Widerwillig stand ich auf. Der Bademantel hatte etwas Beruhigendes, wie der Fluß und der Sonnenschein – da würde der Rest des Tages nicht mithalten können. Ich mußte Adam vom Büro aus anrufen und einen Termin ausmachen, um über alles zu reden. Es war nötig, wenn auch schmerzhaft. Aber zuerst würde noch Camille kommen, und ich mußte rechtzeitig dasein, um das Zimmer nach Wanzen zu durchsuchen.

Ich fuhr los, vertieft in den Gedanken, wie merkwürdig das Leben doch war. Hemingway war kein Idiot. Niemand ist eine Insel, egal wie sehr er sich das wünscht. Was hatte das alles gebracht? Ich war in ein einsames Haus aufs Land gezogen, hatte jedes normale Gesellschaftsleben aufgegeben und so gut wie alle meine Habseligkeiten weggeworfen und blieb trotzdem eine Zielscheibe.

Ich wußte, was es gebracht hatte. Um vor Willys Einfluß gefeit zu sein, durfte man sich um kein menschliches Wesen kümmern. Der Hurensohn hatte einen höheren Preis verlangt, als ich bezahlen konnte.

Ich stieg aus dem Auto und nahm widerwillig meine Pistole heraus. Solange Willy hier draußen herumlief, wollte ich sie ständig bei mir tragen, aber in bezug auf Waffen hatte ich ein paar Regeln. Nie nahm ich eine mit ins Büro, weil dort auch Kinder hinkamen. Kinder und Waffen sind eine schlechte Kombination. Ich habe schon Erwachsene betreut, deren Kinder tot waren, obwohl sie ihre Waffen in einer abgeschlossenen Schublade und die Munition in einer anderen aufbewahrt hatten; ihre Kinder hatten sich trotzdem Zugang verschafft. Ich legte die Pistole in den Kofferraum, schloß ihn ab und fühlte mich nackt und verletzlich.

Ich ging hinein, nahm den Wanzendetektor aus der Schublade und scannte das Zimmer mit neuem Nachdruck. Das letzte, was ich jetzt wollte, war, Willy einen Tip zu geben, daß wir wußten, was er vorhatte. Aber wieder fand ich nichts, nichts und noch mal nichts.

Ich betrachtete den Detektor. Es gab eine Möglichkeit, die ich noch nicht bedacht hatte. Was, wenn dieses verdammte Ding einfach kaputt war?

O Gott, was für eine beschissene Situation! Ich setzte mich und versuchte nachzudenken. Es gab noch andere Möglichkeiten. Seit seiner E-Mail über den kleinen Schwindler hatte ich von Willy nichts mehr gehört. Bei dem wenigen, was ich wußte, konnte er auch tausend Meilen weit weg sein. Er erschreckte mich zu Tode und hinterließ den kleinen Hinweis mit Camille. Zweifellos hatte er eine Weile hier herumgehangen, um ihre Zerstörung zu genießen, aber wie lange? Es gab wirklich keine Möglichkeit herauszufinden, ob er immer noch da war. Wenn sein Rekorder jedes Mal nur ein paar Minuten am Tag lief, konnte er wochenlang laufen, ohne neue Batterien zu brauchen.

Warum sollte der Detektor nicht funktionieren? Willy

konnte inzwischen auf und davon sein. Das war natürlich das schlimmste Szenario. Er konnte einen Blitzangriff starten, Verwüstung hinterlassen und wieder verschwinden. Wenn er monate- oder jahrelang nicht auftauchte, bis sich alles wieder beruhigt hatte, könnte er plötzlich zurückkommen, und alles würde von vorne beginnen. Wenn er das wiederholte, konnte er mich in den Irrsinn treiben, ohne je gefaßt zu werden. Oder noch schlimmer, er konnte mir das trügerische Gefühl vermitteln, daß alles nur Schikane war.

Wenn ich mich recht erinnere, soll Alexander der Große einmal so etwas mit seinen Elefanten gemacht haben. Jede Nacht ließ er sie zu unterschiedlichen Zeiten einen Fluß rauf und runter marschieren, bis sein Feind sogar aufhörte, sich die Parade anzusehen. Dann, eines Nachts, überquerte er den Fluß.

Ich starrte auf das Telefon. Ich sollte Adam anrufen. Ich hatte mir schon genug Zeit gelassen. Es war schwerer, als gedacht. Vielleicht war der Vertrauensbruch doch eine große Sache für mich, obwohl ich es ohne Bedenken getan hatte. Wer sagt denn, daß man mit vierzig keine neuen Regeln mehr aufstellen kann? Erst lügen, dann zögern. Als nächstes würde ich noch autoaggressiv werden – was ich bis jetzt immer hatte verhindern können.

Das Telefon klingelte, und ich sprang auf. Bitte, laß es nicht Adam sein.

»Michael, haben Sie heute Zeit für uns?«

»Lorraine?« Lorraine war eine alleinerziehende Mutter mit drei kleinen Jungen. Sie neigte dazu, immer nur in Krisenzeiten anzurufen, und dann mußte sie gleich einen Termin haben. Für die Zeiten dazwischen gab es keine Möglichkeit, eine Therapiesitzung zu vereinbaren: Sie sagte Termine ab oder verpaßte sie und hinterließ eine Nachricht, daß alles in Ordnung sei.

In Lorraines Welt wurden Probleme solange ignoriert,

bis es nicht mehr ging. Ich hatte es aufgegeben, ihren chaotischen und manchmal mißbräuchlichen Erziehungsstil ändern zu wollen. Aber vielleicht konnte ich die Situation wenigstens stabilisieren – und sie davon abhalten, daß sie einen ihrer Sprößlinge umbrachte.

Als ob sie meine Gedanken gelesen hätte, fügte Lorraine hinzu: »So helfen Sie mir doch, o Gott, oder ich bringe diesen kleinen Bastard diesmal wirklich um.«

»Wie wäre es jetzt sofort?« Ich schaute zur Uhr. Camilles Termin war erst in einer Stunde, und Lorraine wohnte nicht weit weg.

»Je früher, desto besser«, sagte sie und legte auf.

Danke, Lorraine. Es war nur ein kleiner Aufschub, aber vielleicht würde er mir Zeit geben herauszufinden, warum ich soviel Angst hatte, Adam alles zu beichten. Und das war eine Situation, wo ich ein Gespräch mit ihm verschieben *mußte*, selbst wenn ich es nicht wollte.

Zu meiner Überraschung tauchte Lorraine mit ihrem Ältesten, dem sechsjährigen Daniel, im Schlepptau auf. Normalerweise waren es der zweijährige Damion oder der dreijährige Donald, die sich geprügelt oder etwas kaputtgemacht hatten oder verschwunden waren oder sonstwas. Lorraine war eine dieser Mütter, die dachten, daß es niedlich war, wenn die Vornamen ihrer Kinder mit dem gleichen Buchstaben anfingen.

»Er ist ein gottverdammter Perverser«, sagte sie, ohne Daniel zu beachten, der so traurig aussah wie noch nie. Widerwillig war er seiner Mutter ins Wartezimmer gefolgt und blieb an der Tür stehen, als ob er gleich weglaufen wollte.

»Ah«, meinte ich. »Lassen wir Daniel doch besser einen Augenblick hier im Wartezimmer spielen und unterhalten uns drinnen.« Sie war keine Mutter, die ich *mit* ihrem Kind zusammen sprechen wollte. Lorraines Art, mit ihrem Kind zu reden, war wie eine emotionale Ohrfeige. »Aber eines weiß ich jetzt schon«, sagte ich und schaute auf Daniel, »Daniel ist kein Perverser.«

Daniel wirkte ein wenig erleichtert. Jesus, was für merkwürdige Prophezeiungen muteten Eltern ihren Kindern zu! Ich stattete Daniel mit Spielzeug, Magic Markers und Papier aus und lächelte ihn an. »Deine Mama ist sauer«, sagte ich. »Und wenn sie sauer ist, sagt sie Dinge, die sie nicht so meint. Ich weiß, daß du kein Perverser bist« – egal was Daniel glaubte, was das war. »Laß mich mit ihr ein paar Minuten reden und die Sache klären.« Ich ging zurück in mein Büro und schloß die Tür. Lorraine saß auf der Couch und sah aus, als ob sie gleich einen ihrer Schreianfälle bekommen würde.

»Verdammt noch mal, Michael«, sagte sie. »Jedesmal, wenn ich ihnen etwas Gutes tun will, zerstören sie es. Sie machen jedes verdammte Spielzeug kaputt, das sie besitzen. Aber warum kümmere ich mich darum? Glauben Sie nur nicht, daß mein Hurensohn von einem Vater mir auch nur ein verdammtes Spielzeug gekauft hätte. Aber waren sie jemals dankbar für etwas? Ich war so glücklich, daß er dieses eine Ding nicht gleich kaputtgemacht hat. Was für ein Witz!«

Sie griff in eine Tasche und holte etwas heraus, das wie ein Miniatur-Radar aussah, der mit einer Art Joystick verbunden war. Kabel und Kopfhörer hingen herunter. Sie warf es auf die Couch.

»Bleiben Sie ruhig«, sagte ich, während ich mich betont langsam hinsetzte. Ich bewegte mich und sprach immer langsam, wenn Leute durcheinander waren. Menschen reagierten viel stärker auf Körpersprache, als ihnen bewußt war. Zwar war die Versuchung, sich ihrem gehetzten Tempo anzupassen, immer überwältigend, aber es machte alles nur schlimmer. »Ich habe keine Ahnung, wovon Sie reden, aber eines weiß ich genau: Wenn Sie Daniel weiter als Perversen beschimpfen, wird er Ihnen früher oder später glauben.«

»Dann ist es also meine Schuld, wenn er sich als Perverser entpuppt?« sagte sie. »Warum ist immer alles meine Schuld?« Lorraine klang wie eine aufgebrachte Achtjährige, was sie in gewisser Weise auch war.

»Beruhigen Sie sich, Lorraine«, sagte ich. »Alles, was ich gesagt habe, ist, daß Ihre Kinder mehr auf Sie hören, als Sie glauben. Seien Sie mal ehrlich: Glauben auch Sie nicht immer noch, irgendwo tief in Ihrer Seele, daß Sie das sind, was Ihr Vater behauptet hat?«

»Was hat das damit zu tun?« fragte sie.

»Alles«, meinte ich. »Möchten Sie, daß Daniel die Vorstellung mit sich herumträgt, daß er ein Perverser ist? Egal, was er getan hat, er ist erst sechs Jahre alt, verdammt noch mal.«

»Dann ist er ein sechsjähriger Perverser«, sagte sie. »Sie wissen ja, daß die mich ständig aussaugen. Ich hätte es wissen müssen. Wissen Sie, warum er sein Spielzeug diesmal nicht kaputtgemacht hat? Wissen Sie warum? Weil er herausgefunden hat, daß er damit unsere Nachbarn bespitzeln kann, das ist der Grund.«

»Die Nachbarn bespitzeln?« fragte ich überrascht.

»Ja, die Nachbarn bespitzeln. Sie wissen ja, wie nah unsere Häuser nebeneinander stehen – na gut, Sie wissen's nicht, aber es ist so nah, daß ich eine Erkältung bekomme, wenn mein Nachbar niest. Auf jeden Fall, Daniels Fenster ist bloß ein paar Zentimeter vom Schlafzimmerfenster meines Nachbarn entfernt.«

»Und er hat ihnen zugeschaut?«

»Ja. Ich kam rein, um nachzusehen, was los war. Um ehrlich zu sein, es war einfach zu ruhig. Normalerweise ruft er mich alle zwei Sekunden. Weil er ein Glas Wasser will. Oder eine Gutenachtgeschichte. Dann muß er ins Bad. Er hat Angst. Er benimmt sich wie ein großes Baby. Aber die letzten paar Nächte ging er einfach ins Bett. Kein Wasser, nichts. Die ersten Nächte war ich so müde, daß ich dankbar war. Ich meine, Damion und Donald waren weiter alle paar Sekunden auf, so daß es nicht gerade ruhig war. Dann fing ich an, mich zu wundern. Daniel schien nicht krank zu sein, aber ich dachte, daß er es vielleicht doch war. Also ging ich hinein, um nachzusehen, und da saß er am Fenster im Dunkeln und sah den Nachbarn zu.«

»Lorraine, lassen Sie mich ein paar Fragen stellen, okay? Und lassen Sie mich versuchen einzuordnen, was passiert ist. Haben Sie Daniel schon mal dabei erwischt, wie er etwas Sexuelles gemacht hat?«

»Sicher. Er legte seine Flasche auf seinen Sie-wissen-schon-was und schaukelte darauf beim Einschlafen.«

»Das war als Baby, nicht wahr?«

»Na ja, er kriegt seitdem keine mehr.«

»Die meisten Kinder spielen an sich herum.«

»Meine nicht.«

»Sie sollten mir ein bißchen vertrauen, Lorraine. Es gibt einen großen Unterschied zwischen Perversion und dem, was Kinder tun, auch wenn es Ihnen nicht gefällt. Hat Daniel schon einmal vor anderen Kindern an sich rumgespielt oder in der Schule oder so etwas?«

»Oh, nein. Ich hätte ihn totgeschlagen, wenn er so etwas gemacht hätte.«

»Wissen Sie, ob er mit anderen Kindern etwas Sexuelles angestellt hat?«

»Mein Gott, nein.«

»Ist schon einmal irgend etwas anderes passiert, irgend etwas, was Daniel mit Sex in Zusammenhang bringt?«

»Sie meinen vorher?«

»Ja.«

»Nein, aber das hier ist schlimm genug.«

»Um ehrlich zu sein – und ich sage das, obwohl ich weiß, daß Sie mir nicht glauben werden –, das ist nicht schlimm.«

»Es ist nicht schlimm? Es ist nicht schlimm genug? Wovon reden Sie? Wenn ihn der Nachbar erwischt hätte, hätte man ihn eingesperrt.«

»Nicht mit sechs Jahren, das wäre nicht passiert. Lorraine, Kinder wollen alles über Sex herausfinden. Es mag Ihnen nicht gefallen, aber es ist wahr. Können Sie sich nicht daran erinnern, wie neugierig Sie als Kind auf Sex waren?«

»Ich? Ich wußte mit sechs Jahren mehr über Sex, als ich wissen wollte, dank eines Hurensohnes von Vater.«

»Also, Daniel weiß es nicht – weil er bessere Eltern hat als Sie. Er ist nur neugierig.«

»Aber er hätte das nicht tun dürfen.« Etwas Wind war aus Lorraines Segeln genommen, aber sie hatte noch nicht aufgegeben.

»Das ist wohl wahr. Aber normale Kinder tun viele Dinge, die sie nicht tun dürfen. Es macht sie nicht gleich zu Perversen. Schauen Sie, das ist doch eine gute Nachricht, oder? Wollen Sie einen Perversen aufziehen? Oder doch lieber ein normales Kind, das etwas getan hat, das es nicht durfte?«

Sie schwieg. Vielleicht hatte ich sie nicht ganz überzeugt, aber immerhin hatte sie sich endlich beruhigt. Später dann, als sie Daniel im Wartezimmer gegenübertrat, sah sie sogar ein bißchen verlegen aus. Wenn Lorraine sauer war, beschimpfte sie ihre Kinder mit jedem erdenklichen Schimpfwort, aber wenn sie sich beruhigt hatte, tat es ihr immer leid. Es gab sogar Zeiten, wo sie sich entschuldigte, was fast so gut war, als wenn sie gar nicht geschimpft hätte.

Ich hatte nicht mehr viel Zeit für Daniel; die meiste Zeit der Sitzung hatte ich darauf verwendet, Lorraine zu beruhigen und sie zu der Einsicht zu bringen, daß sie beim Thema Sex vielleicht ein bißchen zu empfindlich reagierte und daß das möglicherweise mehr an ihrem Vater lag als an Daniel. Alles, was ich für Daniel tun konnte, war, ihn wieder aufzurichten. Als sie gingen, waren sie in einem deutlich besseren Zustand. Aber das würde nicht lange andauern.

Als Lorraine die Tür öffnete, um zu gehen, kam Camille mit Keeter herein. Lorraine und Daniel traten zurück und machten um Keeter einen weiten Bogen. Ich mußte lächeln. Normalerweise ging Daniel überaus offen auf Tiere zu, aber diesmal mußte ihm noch nicht einmal seine Mutter sagen, daß er diesen fremden Hund nicht streicheln sollte. Daniel hatte einen besseren Instinkt, als ihm seine Mutter zutraute.

Ich wußte nicht genau, was ich von Camille erwarten sollte. Letzte Nacht hatten wir keine Möglichkeit gehabt, länger miteinander zu sprechen. War sie erleichtert, daß es Willy und nicht ihr Kidnapper gewesen war, der ihr nachgestellt hatte? Oder würde es sie um so mehr beunruhigen, daß da draußen jetzt zwei Sadisten frei herumliefen? Es war natürlich keine große Hilfe, daß Willy noch nicht gefaßt war.

Camille kam herein und wollte sich setzen. Daniels Spielzeug lag immer noch auf der Couch, und sie reichte es mir, bevor sie sich hinsetzte. Ich legte es neben mir auf den Boden. Vielleicht war es ganz gut, daß sie es vergessen hatten. Ich glaubte nicht, daß Daniel in nächster Zeit damit spielen wollte, und Lorraine würde es nur an seine »Perversion« erinnern.

Keeter legte sich wie üblich zwischen mich und Camille, obwohl sie fast gelangweilt aussah, was ich als positive Entwicklung unserer Beziehung deutete.

»Wie fühlen Sie sich?« fragte ich, während ich sie musterte. Sie sah wirklich kein bißchen besser aus: dunkle Ringe unter den Augen, ein paar ängstliche Blicke zu den

Fenstern. Ich merkte, daß ich den Atem anhielt, als ich auf die Antwort wartete.

»Ich weiß es nicht«, sagte sie langsam. »Ich denke, ich bin erleichtert, daß Sie mir jetzt glauben. Sonst hat sich nicht wirklich etwas geändert. Ich wußte ja, daß er da war.«

»Sie meinen Willy?« fragte ich.

»Ja«, sagte sie. »Vorher kannte ich seinen Namen nicht. Ich denke, das hilft ein bißchen.«

Ich schwieg für einen Moment. Was stimmte nicht an diesem Bild?

»Camille, ich bin etwas verwirrt«, gab ich zu. »Sprechen Sie von Willy oder von dem Kerl, der Sie gekidnappt hat?«

Jetzt wirkte Camille verwirrt. »Was meinen Sie? Es ist derselbe. Haben Sie das nicht gewußt?«

Selbstverständlich hatte ich das nicht gewußt, und es war eine höchst unangenehme Vorstellung. Warum glaubte sie, daß es ein und dieselbe Person war? Während ich darüber nachdachte, schaute ich nach unten und bemerkte das Spielzeug auf dem Boden. Scheißding. Wie konnte er denn mit diesem Ding jemanden bespitzeln? Arbeitete es mit Infrarot? Dann fröstelte ich. Sah ich, was ich dachte, daß ich sah?

Ich griff hinunter und hob es langsam auf. Da war diese radarähnliche Schüssel mit einem Joystick dran. Und da waren Kabel. Ich steckte sie mit den Kopfhörern zusammen und setzte sie auf. Ich drehte die Schüssel und richtete sie auf Keeter. Dann klickte ich auf den Joystick, und das Geräusch, wie Keeter ihre Pfoten leckte, erfüllte plötzlich meine Kopfhörer. Ich stand langsam auf und wiederholte den Vorgang. Keeter hatte mit dem Lecken aufgehört und schaute mich mißtrauisch an. In den Kopfhörern klang ihr Atmen wie Meeresrauschen. Daniel hatte die Nachbarn nicht beobachtet, er hatte sie belauscht.

Camille starrte mich an. Ich ging um meinen Stuhl herum

und probierte das Spielzeug noch einmal aus. Nichts. »Freie Sicht«, sagte ich laut. »Dieser Hurensohn.«

Kein Wunder. Kein Wunder, daß ich keine Wanze gefunden hatte. Ich ging geradewegs zu den Fenstern und blickte nach oben. Es gab kein Haus, das gegenüber dem Seitenfenster stand, aber gegenüber der Frontseite befand sich eine Kirche mit einem Fenster, von dem man genau in mein Büro hinunterschauen konnte.

Ich richtete das Spielzeug genau auf dieses Fenster und drückte den Knopf. Nichts. Vielleicht war jetzt gerade niemand oben. Oder vielleicht hatte ich bloß die Spielzeugversion, bei der der Radius nicht groß genug war. Aber wenn es eine Spielzeugversion von diesem Ding gab, gab es auch eine Profiversion. »Hurensohn«, konnte ich nur wiederholen. Ich wunderte mich darüber, warum Willy dort ein Tonband installiert und es liegengelassen haben sollte. Es sah ihm gar nicht ähnlich, nicht in der Nähe von leidenden Menschen zu bleiben. Aber er *war* vermutlich gegangen.

Ich stürmte zur Tür. »Ich muß gehen«, schaffte ich gerade noch zu sagen und stoppte dann an der Tür. Plötzlich spürte ich so deutlich würgende Hände an meinem Hals, daß ich kaum atmen konnte. Das letzte Mal, als ich derart außer mir gewesen war, war es schlecht ausgegangen. Alles, was man tun mußte, war, mir den Hals zuzuschnüren.

Ich drehte mich um. Ich mußte an meine Pistole – aber ich merkte, daß das nicht möglich war. Sie war im Kofferraum. Wenn ich rausging, um sie zu holen, würde Willy mich vielleicht sehen. Das verdammte Auto stand auf dem Parkplatz genau vor der Kirche. Wenn ich mitten in einer Therapiesitzung meine Pistole holte, würde sogar jemand, der dümmer war als Willy, mißtrauisch werden.

Ich holte tief Luft. Da mußte ich durch. Ich drehte mich um – irgend etwas mußte ich Camille sagen, um mein verrücktes Verhalten zu erklären –, als ich das Fenster erblickte. Ich ging hinüber und ließ die Rollos runter. Freie Sicht. Alles, was ich tun mußte, war, die Rollos runterzulassen. Willy hatte sich nie über Danny lustig gemacht, weil die Rollos unten gewesen waren und er sich nicht hatte einklinken können. Er hatte nicht gewußt, daß Danny hier war.

Ich nahm das schnurlose Telefon und reichte es Camille. »Es tut mir leid, Camille«, sagte ich, »ich muß wirklich gehen, aber ich komme wieder. Falls ich nicht wiederkomme, wenn Sie nichts von mir hören, rufen Sie 911.« Camille sah mich erschrocken an. Ich wartete, aber sie sagte nichts. Ich drehte mich um und eilte zur Tür.

Sie fand ihre Stimme wieder. »Warten Sie«, sagte sie. »Er ist da draußen, nicht wahr?«

»Ja«, erwiderte ich.

»Sie wollen ihn suchen«, sagte sie mit blankem Unglauben in der Stimme.

»Ja.«

Sie schwieg, aber als ich hinausgehen wollte, fuhr sie fort: »Nehmen Sie Keeter mit. Gehen Sie nicht allein.« Ich drehte mich um, und sie hielt mir die Leine hin. Ihr Kinn und ihre Hand zitterten, aber sie hielt sie mir immer noch hin. Jesus, die Courage, die sie dafür brauchte!

Ich blickte Keeter an. Sie wirkte jetzt wie eine große Hilfe. Ich durchquerte das Zimmer und nahm die Leine. Keeter stand auf und schaute Camille und dann mich an. Würde sie mit mir gehen?

»Keeter«, sagte ich eindringlich. »Ich habe keine Zeit zum Trödeln, also laß uns gehen.« Ich marschierte los, aber Keeter nicht. Sie stand immer noch da und sah Camille an. Camille machte ein Handzeichen, und Keeter drehte sich um und trabte hinter mir her. Die Leine wurde schlaff, als Keeter automatisch bei Fuß ging. Es war klar, daß irgend etwas los war, und Keeter schien das besser zu gefallen, als bloß herumzuliegen.

Ich eilte aus dem Wartezimmer in Carlottas Wohnung und zur Hintertür hinaus. Keeter trabte ruhig neben mir her. Ich überquerte einige Hinterhöfe und dann einen halben Block weiter die Straße. Ich lief den ganzen Weg durch Hinterhöfe zurück und erreichte die Hintertür der Kirche, die gegenüber meinem Büro lag. Keeter lief immer noch bei Fuß, obwohl ich es ihr gar nicht befohlen hatte. Sie wirkte konzentriert und angespannt, aber ihr Blick verriet auch, daß der Lunch im Anmarsch war.

Die Hintertür der Kirche war nicht abgeschlossen, und ich ging einfach hinein. Im Gebäude war es still. Vielleicht waren an Wochentagen nicht so viele Leute hier. Ich durchquerte den Hauptraum und fand eine Treppe, die nach oben führte. Ich stieg in den ersten Stock hinauf und ging in ein Zimmer, das aussah wie das Büro des Pfarrers. Ich war froh, daß er nicht da war. Es war einfacher, wenn ich nichts erklären mußte, außerdem wollte ich nicht, daß irgendwer erfuhr, daß jemand meine Klienten belauschte.

Ich schaute hinaus, aber die Sträucher, die teilweise meine Fenster bedeckten, blockierten die Sicht. Warum hatte ich mir nicht gemerkt, in welchem Stock das Fenster lag? Ich rannte zurück zur Treppe und stieg in den zweiten Stock.

Dann fand ich ihn: einen großen Raum mit ein paar Pappkartons, von dem aus man mein Büro überblicken konnte. Das Licht war trübe; die Jalousie des einen Fensters war fast ganz heruntergelassen, und die Deckenbeleuchtung war aus. Ich ging hinüber zum Fenster und kniete mich hin, um durch das Rollo zu sehen. Ich berührte nichts. Das hier war ein Tatort, und ich wollte keine Beweismittel unbrauchbar machen.

Doch selbst wenn ich nur durch die Rollos spähte, konnte

ich erkennen, daß die Sichtlinie zu meinem Bürofenster perfekt war. Und es sah so aus, als ob man hier ewig sitzen konnte, ohne daß es jemand bemerkte.

Der Raum war leer. Vielleicht hatte Willy erfahren, daß die Polizei hinter ihm her war und war abgehauen. Egal. Aber es war der richtige Ort. Dieser Hurensohn hatte hier in diesem leeren, dunklen Raum gesessen und bei weiß Gott wie vielen Therapiesitzungen zugehört. Und die ganze Suche nach Wanzen hatte nichts gebracht, weil es niemals eine Wanze gegeben hatte. Was hatte Willy vorgehabt? Wollte er alle meine Klienten schikanieren, oder hatte er sich bloß Camille herausgepickt, weil sie die Verletzlichste war? Jesus, was hatte ich meinen Klienten damit angetan, daß ich die Praxis offengelassen hatte? Hatte er alles mitgeschnitten?

Ich ging in dem Zimmer herum, um nach Hinweisen für Willy zu suchen, und versuchte die Ereignisse einzuordnen. Wendy und die verlorenen Jungs. Ich hatte mich geirrt. Er wollte mich nicht mit den Kindern verhöhnen, die er mißbrauchen wollte. Wendy kümmerte sich um ihre Geschwister und die verlorenen Jungs. Da tauchte Peter Pan auf, um alle ins Nimmer-Nimmer-Land zu entführen. Kein Zweifel, die Rolle der Wendy, die sich um ihre erwachsenen Schützlinge kümmerte, hatte er für mich vorgesehen, während er sich als Peter Pan sah, der sie ins Nimmer-Nimmer-Land weglocken wollte – obwohl sich seine und Peter Pans Vorstellung vom Nimmer-Nimmer-Land ein wenig unterschieden.

Ich hatte die Leine abgemacht, damit Keeter sich umsehen konnte. Sie schnüffelte zwischen den Kisten herum, und ich bemerkte, daß sich ihr Fell im Nacken sträubte. Sie hatte wohl etwas gerochen, das sie wiedererkannte. Vielleicht kannte sie Willys Geruch aus Camilles Schlafzimmer. Er mußte ja irgendwann einmal dagewesen sein, um den

Kassettenrekorder zu installieren. Sein Geruch konnte immer noch in dem Zimmer gewesen sein, als Keeter zurückgekommen war, und er hatte ihr nicht gefallen: ein Eindringling in ihrem Revier.

Keeter lief hinter ein paar Kisten, die vor dem Fenster aufgebaut waren, und ich verlor sie aus dem Blickfeld. Zweifellos war dies der Platz, wo Willy gesessen oder gekniet hatte, denn es war der Platz direkt vor dem Fenster.

Ich wollte ihr gerade folgen, um zu sehen, ob ich einen Beweis finden konnte, daß er hier gewesen war – vielleicht war der Staub auf dem Fensterbrett weggewischt worden –, als ich ein Geräusch auf der Treppe hörte. O mein Gott, laß es den Pfarrer sein. Aber ich wußte, daß er es nicht war. Ich wußte instinktiv, daß es Willy war. Er war nur spät dran, das war alles, aber er kam, um zuzuhören.

Ich hatte noch Zeit. Ich könnte mich verstecken. Ich konnte es *nicht*. Ich konnte es nicht ertragen, darauf zu warten, daß ich entdeckt wurde. So blieb ich einfach stehen: Was sollte ich anderes tun?

Willys Schatten ging ihm voraus, was meinen Nerven nicht gerade förderlich war. Er bog um die Ecke mit etwas über der Schulter, das aussah wie eine große Kameratasche. Er sah verdutzt aus, als er mich sah, und dann grinste er. Er stützte sich mit beiden Händen an den Türrahmen, den er ziemlich gut ausfüllte.

Für einen Moment sagte keiner von uns beiden ein Wort. Komisch, daß mir nie aufgefallen war, wie groß er war. Ich wußte, daß er korpulent war, aber ich hatte immer geglaubt, daß er mittelgroß war. Jetzt erst wurde mir klar, daß selbst ein durchschnittlicher Mann immer noch größer war als ich mit meinen 1,70 Meter. Und wenn es nur eine Tür gab, war Größe ausschlaggebend.

»Gut, gut, gut«, sagte er. »Schlaues Mädchen. Ich habe dich zeitweise unterschätzt. Du mußt doch zugeben, daß es wirklich eine schöne kleine Nummer war. Und ein sehr eleganter Weg, dich zu kriegen, findest du nicht? Ich hatte mir ein Ziel gesetzt: Welche Art Verwüstung konnte ich anrichten, ohne dabei jemanden anzutasten?«

Willy nahm die Arme vom Türrahmen und tätschelte seinen stattlichen Bauch. Es war eine merkwürdig widersinnige Geste: Sie erschien so normal. Sein Ton, seine Bewegungen – er hätte auch übers Wetter reden können, nur daß er das nicht tat.

»Ich sehe, du bist allein gekommen. Wie nett. Ich hatte gerade an dich gedacht und überlegt, wie wir unser kleines Tête-à-tête auf eine etwas intimere Weise fortführen könnten. Ehrlich gesagt, hatte ich diese blödsinnige Technikspielerei langsam satt. Sie ist zu diskret. Zu ... unblutig, sollte ich besser sagen. Wie aufmerksam von dir, mein kleines Problem zu lösen.«

»Geben Sie auf, Willy«, sagte ich ruhig. »Die Polizei weiß alles. Wir haben Ihren Kassettenrekorder gefunden. Sie warten jetzt bei Camille auf Sie.« Meine Stimme klang besser, als ich es erwartet hatte. Nicht allzugut, aber immerhin quiekte ich nicht.

»Das spielt keine Rolle«, sagte Willy, »da wir *nicht* dort sind.« Wenn er nicht gewußt hatte, daß sie nach ihm suchten, verstellte er sich gut.

»Glücklicherweise«, sprach er weiter, »ist mein Motto: ›Sei auf alles vorbereitet‹; ein Überbleibsel aus meiner Zeit als Pfadfinder.« Er öffnete die Tasche über seiner Schulter, ohne mich aus den Augen zu lassen. Vorsichtig nahm er etwas heraus, das aussah wie eine größere Version des Spielzeugradars, und legte es auf eine der Kisten. Dann griff er erneut in die Tasche.

»Wußtest du, daß man jemanden völlig geräuschlos foltern kann? O ja. Es ist etwas komplizierter. Man muß sehr vorsichtig mit dem Knebeln sein und so. Nicht, daß es dann so befriedigend wäre. Ich persönlich habe es lieber, wenn das Stöhnen tiefer wird, je mehr der Schmerz zunimmt. Aber man tut, was man kann.« Er seufzte und holte eine kleine 45er mit Schalldämpfer aus der Tasche.

Unwillkürlich machte ich einen Schritt zurück. O Scheiße. Ich sollte mich schleunigst aus dem Staub machen. Na prima, das erste Mal in meinem Leben hatte ich gezögert und über etwas nachgedacht, und schon war es das Falscheste, was ich hätte tun können. Ich hätte ihn umrennen sollen, als er um die Ecke kam. Willy mag mich ein wenig unterschätzt haben, aber ich war mir jetzt absolut sicher, daß ich ihn völlig unterschätzt hatte.

Er griff erneut in die Tasche. Langsam holte er seine Sachen raus: ein langes Jagdmesser, Stricke, einen Knebel, ein biegsames Band und dann noch ein paar Dinge, die noch viel schlimmer aussahen – ein Feuerzeug, ein Skalpell, eine Kneifzange und ein paar andere Instrumente, die ich nicht kannte. Er machte das alles so vorsichtig und langsam, daß es fast hypnotisierend wirkte. Er zog eins nach dem anderen heraus und plazierte die Sachen präzise nebeneinander auf einer Kiste, die er als Tisch benutzte. Ich hatte schon von Folterinstrumenten gehört, aber ich hatte noch nie welche gesehen – geschweige denn mir erträumt, daß man sie einmal gegen mich einsetzen würde.

Es ist schon merkwürdig, was einem in Krisensituationen durch den Kopf geht. Ich dachte an eine Geschichte von Faulkner, in der ein Mann nach einem letzten Glas Wasser fragte, bevor er exekutiert wurde, und so tat, als ob er weitertrinken würde, obwohl das Glas längst leer war. Ein Teil von mir wünschte sich, daß Willy bis in alle Ewigkeit die Sachen aus der Tasche holte, egal wie grotesk das erschien, weil es nicht ernst werden konnte, bevor er damit aufhörte. Er holte Handschellen heraus, was mich mehr mitnahm als alles andere – ich konnte es nicht leiden, in meiner Bewegungsfreiheit eingeschränkt zu werden –, und hielt dann inne.

»Willy«, sagte ich mit soviel Mut, wie ich aufbringen konnte, »machen Sie sich nicht lächerlich. Alles, was ich tun muß, ist schreien.«

»Das würde ich lassen«, sagte Willy. »Denn dann müßte ich dir eine Kugel in den Hals schießen. Ich wäre schon draußen, bevor jemand überhaupt wüßte, woher der Schrei kam. Aber du würdest hier nicht rauskommen. Du würdest auf dem Boden liegen, eine ganze Weile vor dich hin gurgeln und nach Luft schnappen und sehr, sehr langsam sterben.«

O Scheiße. Aber Moment mal. Wo war Keeter? Wegen der hypnotisierenden Wirkung der Folterinstrumente hatte ich sie völlig vergessen. Wo zur Hölle steckte Keeter? Da lag ein gottverdammter durchgedrehter Kampfhund irgendwo hinter mir, versteckt hinter den Kisten, wo Willy ihn nicht sehen konnte, und machte noch nicht einmal Piep. Eigentlich sollte er knurren oder bellen oder irgend etwas. Man erwartete von ihm, daß er jeden angriff, der uns mit einer Waffe bedrohte. Was machte er also – hielt er sich mit seinen Pfoten die Ohren zu?

Ich konnte mich nicht umdrehen und über die Kartons schauen, ohne Willy mißtrauisch zu machen. Und egal ob Keeter helfen konnte oder nicht, ich wollte sie auf keinen Fall verraten; Willy würde ihr einfach eine Kugel in den Kopf schießen, wenn er sie entdeckte. Ich legte für ein paar Sekunden meine Hände vors Gesicht, so als ob ich mich sammeln wollte, und blickte soweit zu beiden Seiten hinter mich, wie es ging.

Da im Schatten, neben den Kartons links von mir, lag sie. Sie war völlig geräuschlos auf dem Bauch dorthin gekrochen. Natürlich, dafür war sie abgerichtet worden.

Keeter wartete darauf, wie sie es immer tat, daß der Eindringling das Gebäude betrat und die Tür hinter sich schloß. Ich wußte nicht, wann Willy die Tür schließen würde. Ich wußte nicht, ob Willy überhaupt die Tür schließen würde. Ich hätte mich wirklich besser gefühlt, wenn sie jetzt sofort angegriffen hätte.

Etwas spät dämmerte es mir, daß ich Camille hätte fragen sollen, wie der Befehl für »Angriff« hieß. Es war ein bißchen so, wie mit einer Waffe zu zielen, ohne zu wissen, wie sie entsichert wurde. Ich konnte Keeter nichts befehlen, also mußte ich mich auf ihre Urteilsfähigkeit verlassen.

»Willy«, sagte ich, um seine Aufmerksamkeit auf mich zu lenken. »Was soll das alles? Glauben Sie wirklich, daß Sie jemanden in einer Kirche, die an einer Hauptstraße liegt, foltern können, ohne daß es irgendwer bemerkt?«

»Ich weiß, daß ich das kann«, antwortete er leise.

»Das werden Sie nicht tun, Willy. Sie können mich erschießen oder auch nicht, aber Sie werden mir keine Handschellen anlegen. Punkt.«

Willy lachte. »Ich weiß nicht, ob du mich verstanden hast, Michael. Du erlebst gerade die letzten schmerzfreien Sekunden deines Lebens. Wenn ich dieses Spielchen satt habe, werde ich einfach eine Kugel in jede deiner Kniescheiben schießen. Du wirst automatisch in die Knie gehen, und während du dich vor Schmerzen krümmst, werde ich dich fesseln. Der Rest hängt dann von deiner eigenen Vorstellungskraft ab. Aber ich werde die komplette und endgültige Kontrolle über dich haben.«

Selbst aus der Entfernung, selbst in dem Dämmerlicht konnte ich sehen, wie seine Augen anfingen zu leuchten. »O ja«, sagte er. »Das ist dir noch nie passiert, oder? Niemand hatte jemals die totale Kontrolle über dich, niemand war in der Lage, alles mit dir zu machen, was er wollte, dich zu quälen, ja, dir sogar das Leben zu nehmen. Ich glaube nicht, daß du nachvollziehen kannst, wie high das machen kann, wenn man jemanden derart in der Gewalt hat. Das ist besser als Crack, besser als Kokain. Aus der Perspektive des Täters natürlich.«

Diese Vorstellung war so grausam, daß ich sie sofort aus meinem Kopf zu verbannen versuchte. Was hatte Keeter vor? Ich mußte nachdenken. Wenn sie nicht auf mich hörte, mußte ich eben auf sie hören. Worauf wartete sie? Ich legte meine Hand vor die Augen, als wenn ich von Willys Plan entsetzt wäre – was ich tatsächlich war –, und spähte zu Keeter. Sie lag vollkommen still und geduckt da und ließ Willys Gesicht nicht aus den Augen. Keeter, altes Mädchen, er wird die Tür nicht zumachen – nicht, bevor er mich erschossen hat. Also leg schon los.

Ich schätzte die Entfernung ab. Er war zu weit von ihr entfernt. Er kam ihr nicht nah genug. Das wäre die andere Möglichkeit, damit sie losstürmen würde: wenn er ihr zu nahe kam.

Es mußte etwas geben, das ihn näher kommen lassen würde – etwas, das Willy sich nicht entgehen lassen wollte. Was konnte ich ihm anbieten, das er dringend genug haben wollte? Daß er näher kam, ohne vorher meine Kniescheiben zu zerschießen? Er hatte schon alles, was er wollte: die Kontrolle über das Opfer.

Ich hielt ihm meine Hände entgegen. »Ich glaube nicht, daß Sie das tun können, Willy«, sagte ich. »Sie könnten mich aus der Distanz erschießen, vielleicht. Aber ganz aus der Nähe? Während Sie die Handschellen um meine Handgelenke legen und mir weh tun? Sie und ich reden schon seit Jahren miteinander. Wir sind auf eine gewisse Art Freunde geworden. Sie wären kein Mensch, wenn Sie das alles ignorieren würden.«

Willy zischte: »Mein liebes Kind. Du glaubst doch selbst nicht, was du da sagst. Du bist doch nicht so eine leichtgläubige Pollyanna, die glaubt, ich sei nur eine arme, mißverstandene Seele?«

»Ich könnte mein Leben darauf verwetten, Willy. Wenn Sie recht haben, dann müssen Sie mir nicht mit Knieschüssen drohen: Ich bin bereit, mich fesseln zu lassen. Aber wenn Sie im Unrecht sind und es nicht können, dann werden Sie rausgehen und den Lohn entgegennehmen, den Sie sich durch das Spielchen mit Camille verdient haben. Abgemacht?«

Willy zögerte. Wenn ein gutherziger Mensch nicht wußte, was er mit einem bösartigen Teufel anfangen sollte, dann war es umgekehrt vielleicht genauso. Willy würde nicht wissen, ob er mir trauen konnte oder nicht. Aber er würde es gerne wissen wollen, weil ein Vertrauensbruch für ihn spannender war, als zu gewinnen. Willy würde schon bei meinem Blick eine Erektion bekommen, wenn ich merkte, daß das, was er tun würde, genau das war, was er gesagt hatte.

Ich blickte schnell nach unten. Keeter hatte sich keinen Millimeter bewegt. Sie sah aus, als ob sie in dieser geduckten Stellung ewig verharren würde. Ich schaute auf und sah die Handschellen auf mich zufliegen. »Leg sie dir um«, sagte er.

Ich fing sie auf und warf sie zurück. »Im Leben nicht. Es ist zu einfach, da drüben zu stehen und Befehle zu geben. Nein, Sie müssen schon nah genug herankommen, um mir in die Augen zu sehen. Das aber möchten Sie lieber vermeiden, richtig?«

Willy schluckte. Er zögerte einen Moment und kam dann langsam näher. »Keine Tricks«, sagte er.

»Nun, Sie haben die Waffe und das Messer und sind außerdem ungefähr hundert Pfund schwerer als ich. Ich weiß nicht, was Sie sonst noch wollen. Aber wenn es Sie glücklicher macht ...« Langsam hob ich meine Arme hoch. Ich hoffte, daß das Keeter etwas sagen würde. Ich wünschte, ich hätte mehr darüber gewußt, wie sie abgerichtet worden war.

Willy hielt kurz inne und ging dann langsam weiter. Er fixierte mich und hielt zweifellos nach einer Stoß- oder Stechwaffe Ausschau. Ich hielt den Mund. Ich wollte Keeter nicht mit freundlich klingendem Small talk verwirren. Willy war knappe zweieinhalb Meter entfernt, vielleicht zwei – wie groß war Keeters Revier? Wann würde er ihr zu nah kommen?

Er hielt erneut inne. Willy hatte beschlossen, daß er nah genug herangekommen war. Aber Keeter leider nicht, verdammt. Wie groß war der Abstand zwischen ihm und dem Platz, an dem sie lag? Sollte ich wegen ein paar Zentimetern erschossen werden? Und außerdem: Warum war er mir gegenüber so verdammt mißtrauisch? Ich hatte doch ein ehrliches Gesicht.

Ich hielt ihm erneut meine Hände entgegen. »Sie können es nicht, Willy, also lassen Sie uns gehen. Tief in meiner Seele habe ich immer an Sie geglaubt. Ich habe stets gewußt, daß es etwas Liebenswertes in Ihnen geben muß, trotz all dem abstoßenden Zeug, das Sie getan haben. Vielleicht war es kein Zufall, daß Sie sich für eine Kirche entschieden haben, um zuzuhören.«

Willy konnte nicht anders. Der Gedanke daran, meinen vertrauensseligen Blick zu zerstören, war zuviel für ihn. Er machte einen weiteren Schritt, und ich sah eine vage Bewegung zu meiner Linken, eine völlig geräuschlose, undeutliche Bewegung durch die Luft in Richtung Willys Kehle. Für eine Sekunde sah ich den perplexen Blick auf seinem Gesicht, und dann hörte ich die Waffe losgehen. Im nächsten Moment lag Willy auf dem Boden und Keeter auf ihm.

Dieses Mal zögerte ich nicht. Ich flog förmlich durch die Tür und die Treppe hinunter. Ich rannte durch die Vordertür der Kirche und über die Straße, ohne zu schauen. Ich platzte in mein Büro und schnappte mir die Schlüssel für den Kofferraum. Camille saß am Tisch, mit dem Telefon in der Hand. Sie zitterte, aber sie war okay. »Rufen Sie 911«, war alles, was ich sagte, bevor ich kehrtmachte.

»Wo ist Keeter?« rief mir Camille hinterher. Ich blickte nach unten und sah Blut auf meinem T-Shirt. Es mußte von Keeter sein.

»Ich bin gleich wieder da«, sagte ich und stürmte durch die Tür. Ich riß den Kofferraumdeckel auf und schnappte mir die Pistole. Ich legte sie mir noch nicht einmal um. Ich lief über die Straße und zog im Laufen die Waffe heraus.

Ich kam oben an, bevor die Sirenen losheulten. Willy lag immer noch auf dem Boden. Keeter hatte seine Kehle verpaßt, aber dafür sein Schulterblatt erwischt. Es sah so aus, als ob sie den Knochen zerschmettert und dann beliebig oft zugebissen hätte, bevor sie zu schwach wurde.

Willy schwitzte und schrie, und seine Schulter blutete ziemlich stark. Keeter hatte ihn unter sich festgenagelt. Sie blutete ebenfalls – wie stark, ließ sich schwer sagen, ohne sie zu bewegen. Ihre Augen waren geschlossen, und ihr Körper bewegte sich nicht. Willy hatte zu große Schmerzen, als daß er versucht hätte, sie abzuschütteln. »Keeter«, sagte ich, aber sie reagierte nicht.

»Hol sie runter«, jammerte Willy. Schweißperlen standen ihm auf der Stirn, und er sah aus, als ob er gerade einen Schock bekommen würde, was mich, seltsam genug, nicht im geringsten bekümmerte.

Es tat mir nur leid, daß sie nicht seine Kehle erwischt hatte. Ich reagierte nicht auf sein Gejammer, sondern lief wieder hinunter, diesmal um Camille zu holen. Sie war vielleicht die einzige, die etwas für Keeter tun konnte.

Ich dachte nicht daran, irgend etwas für Willy zu tun, außer die Polizei zu rufen. Persönlich war ich sowieso nicht in der Stimmung, ihm zu helfen. Im Gegenteil, nachdem wir Keeter von seiner Brust weggezogen hatten, dachte ich, sollten wir einen Pflock durch sein Herz treiben.

23

Die Sirenen kamen näher, als ich meine Bluse auszog. Es war mir egal, daß ich in Unterwäsche dastand. Keeter blutete fürchterlich. Camille und ich versuchten, so gut es ging, ihre Seite abzubinden und die Blutung zu stoppen. Dann versuchten wir, sie von Willy wegzuschieben, aber das war nicht einfach. Camille meinte, Keeter würde um die hundertzwanzig Pfund wiegen, und es war soviel Blut auf dem Boden, daß wir dauernd darin ausrutschten. Wir hantierten so vorsichtig, wie wir konnten.

Keeter war nur halb bei Bewußtsein, aber fest entschlossen, nicht von Willy abzulassen, so daß sie insgesamt wenig kooperativ war. Wann immer sie wach genug wurde, um Camille wiederzuerkennen, ließ sie es zu, daß wir sie ein Stückchen bewegten. Als wir sie endlich von Willy weggeschoben hatten, hörten wir schon die Schritte auf der Treppe. Einen Augenblick später stürmte Adam mit zwei Polizisten um die Ecke. Er blickte kurz zu Willy und fragte: »Hast du einen Krankenwagen gerufen?«

»Nein«, sagte ich. Daran hatte ich noch gar nicht gedacht. Er holte sein Walkie-talkie raus und sprach hinein, dann kniete er sich neben Willy. Willys Augen waren geschlossen, und seine Gesichtsfarbe sah nicht gut aus. Adam schob die Augenlider zurück, um die Pupillen zu sehen, dann fühlte er den Puls. Willys Atmung war schnell und flach, und ich hätte wetten können, daß sein Puls flatterte. »Er hat einen Schock«, sagte Adam, zog seine Jacke aus und deckte ihn damit zu. Dann versuchte er, die Wunde abzubinden.

In der Ferne hörten wir wieder Sirenen. »Gehen Sie runter«, sagte Adam zu einem der Polizisten, der nur in der Gegend herumzustehen schien, »und zeigen Sie der Ambulanz den Weg.«

Es war sehr merkwürdig, jemanden wie Willy in solchen Schwierigkeiten zu sehen, und ich verspürte keine Lust, ihm zu helfen. Schlimmer noch: Ich hoffte, er würde sterben. Das gleiche hatte ich bei Ted Bundy gefühlt. Da hatte ich einfach gedacht, er habe das Recht verwirkt, unter uns zu sein, und bei Willy war das erst recht so.

Ich nahm es Adam übel, daß er versuchte ihm zu helfen, aber ich hielt den Mund. Gegenüber jemandem, der Kinder quälte, konnte man schwerlich objektiv sein – und erst recht nicht rational. Und Adam würde nicht aufhören, seinen Job zu tun, egal, was ich sagte.

Für Keeter hatten wir alles getan, was wir konnten. Jetzt mußten wir sie zu einem Tierarzt bringen. Ich schaute zu dem Polizisten, der noch da war. »Wir brauchen Ihre Hilfe«, sagte ich. »Wir müssen sie zu einem Tierarzt bringen.«

»Du«, sagte Adam bestimmt, »wirst nirgendwo hingehen. Officer Barrett wird deiner Freundin helfen, den Hund zum Tierarzt zu bringen.«

Ich wollte widersprechen, aber dann ließ ich es bleiben. Camille hielt sich so gut, wie ich es vorher noch nie gesehen hatte. Vielleicht war es besser für sie, das mit dem Tierarzt selbst zu erledigen. »Rufen Sie von unterwegs an« war alles, was ich sagte. »Lassen Sie sie wissen, womit sie es gleich zu tun kriegen«.

Glücklicherweise sah Officer Barrett wie einer dieser Bodybuilder-Typen aus. Er hob Keeter einfach hoch und ging mit Camille davon.

Ein paar Minuten später trafen die Sanitäter ein, und nach einer Phase des Durcheinanders, der Infusionen und Spritzen wurde Willy auf eine Trage gelegt, mit der die Sanitäter die Treppe hinunterstiegen. Adam und ich blieben in dem düsteren Zimmer zurück. Wir waren beide von den Knien abwärts mit Blut verschmiert.

Zu dem anderen Polizisten sagte Adam: »Sichern Sie den

Tatort und rufen Sie die Spurensicherung an, damit sie herkommen. Ich werde Dr. Stones Aussage aufnehmen.« Er klang nicht gerade freundlich. Er klang sogar ziemlich sauer, und ich vermutete, daß es wegen mir war.

»Können wir in mein Büro gehen?« fragte ich. Ich wollte nur noch hier raus und weit weg von der Erinnerung, wie nahe ich dran gewesen war, meine Kniescheiben zu verlieren und weiß Gott, was sonst noch.

»Nein«, antwortete Adam förmlich. »Ich will die Sache hier im Auge behalten. Aber«, fügte er ein wenig freundlicher hinzu, »wir können in einen anderen Raum gehen.«

Wir fanden ein anderes Zimmer, und während das Blut auf unseren Hosen trocknete, rückte ich endlich mit der Geschichte von Willy raus. Es war keine schöne Geschichte. Alles, worum Adam mich gebeten hatte, war, ihm zu sagen, wenn Willy sich mit mir in Verbindung setzte. Und ich hatte nicht nur das unterlassen, ich hatte ihm sogar mitten ins Gesicht gelogen. Selbst letzte Nacht hatte ich ihm nicht die ganze Geschichte erzählt.

Je mehr ich von Willy und seinen Plänen erzählte, um so mehr fiel Adams Kinnlade herunter, um so dünner wurden seine Lippen. Trotzdem sagte er nichts. Er schrieb nur mit, was ich erzählte, und fragte nach ein paar Details, aber um ihn herum türmte sich eine Eisschicht auf, die die Titanic versenkt hätte. Schon lange hatte ich nicht mehr viel Vertrauen in unsere Beziehung. Jetzt wußte ich endgültig, wie es um sie stand.

Zwar wollte ich ihm sagen, daß ich vorgehabt hatte, ihm an diesem Nachmittag alles zu erzählen, aber dann ließ ich es lieber bleiben. Es würde einfach zu armselig klingen. Zu wenig, zu spät.

Außerdem wußte ich wirklich nicht, warum es für mich so schwer gewesen war, Adam mit einzubeziehen. Unzusammenhängende Erinnerungsfetzen kamen mir in den

Sinn: Wie ich mit fünfzehn nachts im Fluß badete, obwohl es darin von Schlangen wimmelte. Wie ich mit sechzehn mit dem Auto unterwegs war und mit hundertzwanzig Sachen vor jeder Kurve testen wollte, ob das Schicksal zuschlug oder nicht. Es sah so aus, als ob ich immer geradewegs zum Gipfel marschieren und dabei niemals jemanden mitnehmen wollte. Die einzige ehrliche Antwort, die ich Adam hätte geben können, war: »Ich weiß nicht, warum das alles so ist, aber es ist eine alte Sache.«

Ich sagte es nicht. Statt dessen ackerte ich mich weiter durch meine Geschichte, und als ich schließlich am Ende war, fror ich und war todmüde. Das Adrenalin war schon lange verflogen, und ich fühlte mich, als ob ich von einer Klippe gestürzt wäre. Endlich schien auch Adam zu bemerken, daß es mir nicht gutging, und erhob sich. »Das ist alles für den Augenblick«, sagte er. »Es wird deswegen noch ein paar Probleme geben, aber jetzt ist nicht der richtige Zeitpunkt, um darüber zu sprechen.«

Ich wußte nicht, was er meinte, aber ich war zu müde, um mich darum zu kümmern. Es war immer noch Vormittag, aber ich fühlte mich, als wäre es Mitternacht und als würde ich bereits seit dem Morgengrauen durch die Sahara marschieren.

Ich wollte gerade aufstehen, als er meinte: »Einen Augenblick noch. Ich bin gleich wieder da.« Er ging weg, und als er wiederkam, sagte er: »Carlotta ist unterwegs hierher. Ich möchte dich bitten, solange zu bleiben.« Er klang längst nicht mehr so sauer.

Ich wollte protestieren. Wenn Leute mir sagten, was ich tun sollte, ging ich normalerweise an die Decke, aber dann merkte ich, daß es vielleicht gar keine so schlechte Idee war. Ich gab mich geschlagen. »Okay«, meinte ich, und Adam hob die Augenbrauen. Ich glaube, jetzt erkannte er, wie fertig ich war.

Er sah mich an, und ich hatte das Gefühl, daß ein Teil von ihm mich sogar in den Arm nehmen wollte. Aber er tat es nicht und ich auch nicht. Ich fühlte mich wie ein Stück Dreck, weil ich ihn angelogen hatte und noch nicht einmal wußte, warum.

Und Adam? Ich wußte nicht, was er fühlte. Er schüttelte einfach nur den Kopf und sagte: »Mein Gott, Michael, du bist schon 'ne Nummer.« Dann war er weg. Ich vermutete, das hieß, daß er immer noch wütend war.

24

Vom restlichen Tag bekam ich nichts mehr mit und schlief in dieser Nacht zwölf Millionen Jahre lang. Ich war bei Carlotta geblieben und hatte den schlimmsten Alptraum meines Lebens – voller Kneifzangen, Skalpelle und Handschellen. Nichtsdestotrotz habe ich durchgeschlafen, und als ich aufwachte, war es elf Uhr morgens am folgenden Tag. Als Carlotta mir Kaffee brachte, fragte ich nur: »Willst du eigentlich gar nicht mehr arbeiten gehen?« Ein bißchen von meiner Kratzbürstigkeit hatte ich über Nacht zurückgewonnen.

»Oh, dir geht's schon wieder besser«, meinte sie erleichtert. »Als Adam mir erzählte, daß du kooperativ gewesen bist, wußte ich, daß du in der Patsche sitzt.«

»Hexe, Hexe, Hexe«, sagte ich. »Halt die Klappe und iß dein Porridge.« Es war ein Zitat aus dem Kindermärchen von den drei Bären, und Carlotta kannte den Witz. Sie lachte.

»Adam hat angerufen. Er möchte, daß du im Revier vorbeifährst, sobald du kannst.«

»Warum denn?« fragte ich zynisch. »Hat irgendein Idiot eine Kaution für Willy hinterlegt?« Ich setzte mich auf. »Wie geht es Keeter? Ist sie in Ordnung?«

»Adam sagt ja.«

Ich sackte erleichtert zurück. »Sie ist ein lieber Hund«, meinte ich, »und ein starker Hund. Vermutlich ist Willy auch noch am Leben?«

»Ich fürchte ja«, meinte Carlotta. »Ich schätze, daß Adam dich schon genug ausgefragt hat, aber eines Tages möchte ich schon noch wissen, in was für einem Riesenschlamassel du gesteckt hast.«

»Abgemacht«, antwortete ich, erleichtert darüber, nicht wieder auf den heißen Stuhl zu müssen.

Schließlich schaffte ich es doch noch, Adam aufzusuchen, auch wenn ich damit keine Eile hatte. Es war schon Nachmittag, als ich losfuhr, und er hatte noch einmal angerufen. Ich wollte Adam nicht sehen. Ich haßte es, Menschen zu treffen, die immer noch wütend auf mich waren. Wie sollte ich mich bei einem Freund verhalten, der zu Recht empört war, daß ich ihn angelogen hatte?

Andererseits: Was sollte ich deswegen tun – zu Kreuze kriechen? Vielleicht erwartete er eine Entschuldigung. Scheiß drauf. Es würde nichts ändern. Wenn so etwas noch einmal passieren sollte, würde ich es genauso machen, und Adam wußte das. Den ganzen Weg zum Revier schimpfte ich vor mich hin und ging hinein wie ein störrischer Teenager. Ich hatte einen Fehler gemacht und war tierisch sauer, daß ich mich schuldig fühlte.

Adam sah weniger verärgert aus als am Tag zuvor, dafür aber resignierter. »Also«, sagte er ohne Vorrede, nachdem er die Tür zu seinem Büro zugemacht hatte, »was willst du ihm zur Last legen?«

»Was ich ihm zur Last legen will? Versuchtes Kidnapping und Mordversuch.«

»Das kannst du machen«, sagte er bedächtig, »aber du mußt die Konsequenzen bedenken.«

»Welche Konsequenzen?«

»Du wirst aussagen müssen, was Willy in diesem Raum gemacht hat und was du dort wolltest. Ich weiß nicht, wie angenehm es für dich wäre, in der Zeitung zu lesen, daß Willy deine Therapiesitzungen abgehört hat.«

Ich verstummte. Daran hatte ich nicht gedacht. Letzte Nacht hatte ich mir vorgenommen, allen meinen Klienten zu erzählen, daß ein sadistischer Sexualtäter möglicherweise ihre Therapiesitzungen abgehört hatte und nun ihre intimsten Geheimnisse kannte, aber ich war nicht auf die Idee gekommen, daß das auch in der Zeitung stehen könnte. »Hast du einen Durchsuchungsbefehl für seine Wohnung bekommen?« fragte ich.

»Ja«, antwortete er.

»Hat er die Sitzungen mitgeschnitten?«

»Ja«, sagte er.

»Wie oft?«

»Ich weiß nicht, ob auf einer Kassette mehrere Sitzungen drauf sind, aber es sind ein Dutzend oder mehr Kassetten. Er hat in dieser Kirche als Hausmeister gearbeitet und hatte freien Zugang.«

»Oh, Gott«, meinte ich. »Werden sie als Beweismittel zugelassen?«

»Ich denke schon«, erwiderte er. »Die Staatsanwaltschaft wird sie sicherlich vorlegen wollen – sie liefern ein handfestes Motiv –, und die Durchsuchung war legal: Klappe zu, Affe tot. Selbst wenn man ihnen das noch ausreden könnte, würde die Verteidigung versuchen, daß sie zugelassen werden. Alles, was die Lokalpolitik in Verlegenheit bringt, kann die Staatsanwaltschaft unter Druck setzen, einem Vergleich zuzustimmen. Ich schätze, es gibt ein paar Dinge auf den Kassetten, die du nicht gerne veröffentlicht sehen würdest?«

»Das könnte man so sagen«, meinte ich. Ich hatte Klienten mit Affären und Alkoholproblemen, Menschen, die ihren Ehepartner haßten, und solche, die sich in den Ehemann ihrer Freundin verliebt hatten. Ich hatte Ehefrauen, die heimlich planten, ihre prügelnden Männer zu verlassen, und ich hatte Klienten, die schwul waren, was ihre Partnerinnen noch nicht einmal ahnten.

»Ich glaube nicht, daß meine Klienten möchten, daß ihre Angelegenheiten publik werden«, sagte ich nachdenklich. »Ganz zu schweigen davon, ob es ethisch vertretbar war, daß ich meine Praxis nicht schon beim geringsten Hinweis, daß sie abgehört werden könnte, geschlossen habe. Wenn diese Kassetten als Beweismittel zugelassen werden, könnte es sein, daß mir sogar eine standesrechtliche Untersuchung droht.«

»Hm«, machte Adam, damit ich merkte, daß er ebenfalls schon daran gedacht hatte.

»Was also soll ich tun? Willy laufenlassen? Und was ist mit der Sache bezüglich Camille?«

»Nötigung, Einbruch und Hausfriedensbruch«, sagte Adam. »Das wäre alles, was wir ihm vorwerfen könnten. Dafür würde er nicht lange sitzen. Es sei denn ...«

»Was?« fragte ich. Warum war niemals etwas einfach?

»Camille hat vorletzte Nacht ausgesagt, daß er derjenige war, der sie damals gekidnappt hat.«

»Du klingst skeptisch«, meinte ich, ohne zu sagen, daß ich es ebenfalls war.

»Ja, ich bin auch skeptisch«, sagte er. »Es wäre schon ein großer Zufall. Ich möchte es ja glauben – ganz offensichtlich hat er versucht, mit ihren Ängsten zu spielen, aus welchen krankhaften Motiven auch immer –, aber daß er ausgerechnet eine Patientin von dir ein paar Jahre vorher gekidnappt haben soll, obwohl er noch nicht einmal im gleichen Teil des Landes gelebt hat – da habe ich so meine Zweifel, auch wenn es natürlich richtig ist, daß er zu diesem Zeitpunkt nicht im Gefängnis saß, so daß es zumindest möglich wäre.«

Ich hatte große Zweifel, und ich hatte Gründe dafür. Camille hatte mir ihren Kidnapper beschrieben. Wie Willy kannte auch er sich mit Vergewaltigung und Folter aus, aber ihre Beschreibung paßte überhaupt nicht auf Willy. Sie hatte ihn als jung und schmächtig beschrieben – was Willy seit Jahrzehnten nicht mehr war.

»Ich habe noch einmal mit den Beamten aus Boston gesprochen, die den Fall bearbeitet haben«, fuhr Adam fort. »Sie hatte damals eine medizinische Untersuchung abgelehnt, so daß kein Material für einen DNS-Test vorliegt. Aber sie haben bei einem der späteren Morde einen DNS-Test gemacht. Ich werde eine Probe von Willys DNS einschicken, aber ich könnte wetten, daß sie nicht zusammenpassen. – Es gibt da etwas, das nennt man Befangenheit, Michael. Werd nicht gleich sauer. Du kennst das, und ich kenne das. Ich weiß, daß du glaubst, daß das bei neunzig Prozent aller Kindesmißbrauchsfälle erklärt wird, aber andererseits – eine Frau, die so traumatisiert ist wie Camille Robbins und die Nacht für Nacht von Willys Stimme traktiert wird, die von Vergewaltigung und Folter redet und vorgibt, ihr Kidnapper zu sein ... Da muß ich dich fragen: Wie stehen die Chancen, daß sie beide Täter durcheinanderbringt?«

Bestens, dachte ich, aber ich sagte es nicht.

»Andererseits habe ich hier Beweise, Michael, die sich nicht so einfach ignorieren lassen. Wir haben seine Kassetten aus Camilles Haus. Wir hatten zwar keinen Durchsuchungsbefehl, aber sie gab uns ihre Einwilligung. Wir haben andere, ähnliche Kassetten, die wir bei der legalen Durchsuchung seiner Wohnung gefunden haben. Er hat sie zweifellos emotional mißhandelt, und sie schwört, daß er der Mann ist, der sie damals gekidnappt und gequält hat. Er behauptet das auf den Kassetten ebenfalls. Das einzige, was Willy dagegensetzen könnte, ist, daß er die Informationen aus ihrer Therapiesitzung hatte. Das war das erste Mal, daß sie überhaupt in der Lage war, über die Entführung zu sprechen. Das Problem, das Willy dann aber hat, ist, daß er die Aufnahmen nicht benutzen kann, selbst wenn Camille auf dem Band etwas sagt, das ihn entlasten könnte. Die Kassetten wurden illegal aufgenommen, und ich bezweifle wirklich, daß sein Verteidiger versuchen würde, Beweise für ein weiteres Verbrechen vorzulegen, von dem die Geschworenen nichts wissen – vorausgesetzt, du belastest ihn nicht mit irgendwas. Ich frage dich nicht, was Camille Robbins in der Therapie gesagt hat. Ich frage dich nur: Wie stabil ist diese Frau? Ist sie leicht zu beeinflussen? Hast du aufgrund der Therapie irgendwelche berechtigten Zweifel an ihrer Aussage, daß Alex B. Willy der Mann ist, der sie gekidnappt und gequält hat?«

Ich blickte Adam ins Gesicht und studierte es einen Moment. Wenn schon – denn schon, dachte ich. »Absolut keine Zweifel«, sagte ich. »Zufälle gibt es immer wieder.«

Adam schaute mich einen langen Augenblick nachdenklich an. »Michael«, setzte er an und verstummte. Sein Gesicht verriet Unschlüssigkeit.

Mein süßes kleines Lügengesicht aber hielt seinem Blick stand. »Wenn sie behauptet, daß er derjenige ist«, sagte ich ruhig, »dann glaube ich ihr, und ich kenne sie besser als du.« Ich verstummte ebenfalls, blickte aber weiterhin unschuldig drein. Adam sollte keine Unsicherheit in meinem Gesicht erkennen, nicht das kleinste bißchen: Fair-ist-fair-er-hat-es-nicht-getan-also-laß-ihn-laufen.

25

Erst mal passierte nichts. Willy war so schwer verletzt, daß er noch nicht einmal vernommen werden konnte. Aber er erholte sich, und ein paar Wochen später wurde er verhört und erfuhr, was ihm bevorstand.

Wahrscheinlich hatte ich seinen Anruf erwartet. Ich mußte nicht, aber ich entschied mich hinzugehen. Teilweise, weil ich das persönliche Bedürfnis hatte, Willy noch einmal ins Gesicht zu sehen, vielleicht um sicher zu sein, daß ich es konnte. Aber ich brauchte auch eine Art Abschluß, obwohl ich nicht genau sagen konnte, weshalb.

Ich ging hinunter in den Besucherraum der JVA, und ich war wirklich froh, daß uns eine Glaswand trennte. Ich war zwar bereit, Willy gegenüberzutreten, aber noch lange nicht, mit ihm allein in einem Raum zu sein, zumindest nicht ohne Keeter. Willies Nacken und Schulter waren bandagiert, und er hatte abgenommen, aber er war offensichtlich am Leben – leider, wie ich immer noch fand. Ich schätze, ich bin nicht gerade ein barmherziger Samariter. Mama hat immer gesagt: »Wer auf eine Klapperschlange tritt, hat keine Zeit, katholisch zu werden.«

Ich setzte mich, legte die Hände aneinander und sagte erst einmal nichts. Das war Willys Vorstellung, und vielleicht war ich sogar nur gekommen, um zu sehen, wie er sich verhalten würde.

»Guten Tag, Dr. Stone«, sagte Willy. »Ich hoffe, Sie haben sich von meinen Spielchen erholt. Und ich bin sicher, daß Sie wissen, daß ich niemals wirklich vorhatte …«

»Beleidigen Sie mich nicht, Mr. Willy«, sagte ich.

»Sicher glauben Sie nicht …«, fing er wieder an.

Ich erhob mich, um zu gehen. »Also gut«, sagte er hastig, »setzen Sie sich, bitte. Wir scheinen zwar verschiedener Meinung zu sein, ob ich es wirklich ernst gemeint habe oder nicht, aber darum geht es gar nicht«, fügte er schnell hinzu. »Ah … Anscheinend gibt es da ein kleines Mißverständnis.«

»Tatsächlich?« fragte ich.

»Ich denke, Sie wissen, wovon ich spreche«, meinte er. »Ich gebe ja zu, daß ich mit Ms. Robbins Kopf so meine Spielchen getrieben habe, aber jedem Trottel müßte doch klar sein, daß ich nicht derjenige bin, der sie vergewaltigt und gequält hat.«

»Erzählen Sie das dem Richter«, sagte ich. »Sie werden sich vor Gericht ausführlich dazu äußern können.«

»Ich glaube nicht, daß es soweit kommen wird«, meinte Willy. »Nicht, wenn Sie das sind, was Sie immer vorgeben.«

»Ach ja?«

»Nun, das ist der Punkt, an dem wir sehen werden, Dr. Stone, ob Sie so viel anders sind als ich.« Willy setzte sich gerade hin und musterte mich. Offenbar hatte er einstudiert, was er gleich sagen würde. »Oh, ich weiß natürlich, daß Sie meine ästhetischen Interessen nicht in allen Einzelheiten teilen, aber wenn wir die größeren Zusammenhänge betrachten – Wahrheit, Gerechtigkeit und solche Ideale, an die Sie angeblich glauben … Nun, tun Sie es oder nicht? Denn, wenn Sie es tun, dann können Sie nicht einen unschuldigen Mann für etwas ins Gefängnis gehen lassen, das er nicht getan hat. Und Sie wissen genau, daß Camilles Täterbeschreibung nicht auf mich paßte, bis ich anfing, meine kleinen Spielchen mit ihr zu spielen – und ich habe mit ihr nur Spielchen gespielt.«

»Mr. Willy«, antwortete ich ruhig. »Sie sind der Schuldige, nicht ich. Sie haben die arme Frau gequält, bis sie nicht mehr zwischen Ihnen und dem echten Angreifer unterscheiden konnte. Wer bin ich, daß ich mich zwischen Sie und das Schicksal stellen könnte?«

»Das kann nicht Ihr Ernst sein«, sagte Willy. »Also habe ich hinzunehmen, daß Gesetz und Gerechtigkeit nur so lange gut und schön sind, wie es Ihnen ins Konzept paßt?«

»Sie reden, als ob beides identisch wäre«, sagte ich. »Es mag ja sein, daß Gesetz und Gerechtigkeit gelegentlich miteinander ins Bett gehen, aber es ist nicht gerade ein fortwährendes Verhältnis. Ich bin ein viel größerer Fan von Gerechtigkeit als vom Gesetz.«

»Berufen Sie sich nicht auf die Semantik, Dr. Stone. Mich für etwas ins Gefängnis zu bringen, das ich nicht getan habe, heißt, das Gesetz zu unterlaufen und dürfte wohl kaum gerecht sein.«

»Sie wurden von etwas freigesprochen, das Sie getan haben, und Sie werden für etwas ins Gefängnis wandern, das Sie nicht getan haben. Das Gesetz hat also versagt. Und dennoch: Meiner Meinung nach wird der Gerechtigkeit Genüge getan, wenn Sie jetzt schnurstracks ins Gefängnis gehen. Die Sache ist die, Mr. Willy: Für einen lahmen Gaul zahle ich nicht.«

»Was soll denn das bedeuten?« fragte er.

»Es bedeutet, daß sich Ihr Betteln um Gerechtigkeit ein bißchen so anhört, als ob eine Krebszelle Fairneß fordern würde. Lassen Sie mich das so sagen: Ich bin nicht der gescheiteste Mensch, den ich kenne, aber ich besitze genug gesunden Menschenverstand, um mir nicht andrehen zu lassen, was sie verkaufen. Und jetzt weiß ich, was Sie verkaufen. Sie verkaufen die Idee, daß es keinen echten Schrecken gibt auf dieser Welt. Das Problem aber ist, daß es ihn gibt: Es gibt auf dieser Welt das absolute Böse, und Sie, Sir, sind ein gutes Beispiel dafür. Leute, die lahme Pferde kaufen, können mit Niedertracht nicht umgehen. Aber sie ist da. Sie wollten mich verletzen, und Sie wollten Camille verletzen. Wenn Sie andere Menschen quälen können, geht Ihnen einer ab.«

Willy schwieg. Aus irgendeinem Grund war er auf so etwas nicht vorbereitet. Oder es gab keine gute Antwort darauf. Vielleicht hatte er aber auch nur eine Sache im Angebot, und man konnte sie kaufen oder auch nicht.

»Ich habe darüber nachgedacht. Wenn ich doch noch verhindern würde, daß Sie ins Gefängnis kommen, dann müßte ich mich die nächsten zwanzig Jahre bei jedem Gesicht, das ich auf der Straße sehe, fragen, ob das Ihr nächstes Opfer sein könnte. Deshalb werde ich es nicht tun. Ich werde Ihnen nicht helfen, noch mehr Trophäen an Ihren Gürtel zu hängen. Sie sind erledigt, Mr. Willy – und ich bin mit Ihnen fertig.«

Epilog

Für eine Weile hörte ich nichts von Adam. Es war nicht seine Schuld, aber zu meinem Ärger merkte ich, daß ich ihn vermißte. Männer sind gewohnheitsprägend: Sie sollten mit Warnschildern kommen. Carlotta meinte immer wieder, daß ich ihn anrufen sollte, aber was hätte ich ihm sagen sollen? Die Wahrheit war, daß ich nicht allzuviel ändern wollte, und daß er nicht mit meinen Verrücktheiten leben wollte, konnte ich ihm nicht verübeln. Ich hatte ihn im Grunde aus meinem Haus geworfen, als er mir helfen wollte. Dann log ich ihm ins Gesicht, eigentlich sogar mehrmals.

Aber schließlich rief er an und sagte, daß er reden wollte. Ob er rüberkommen könnte? »Nicht heute abend«, hörte ich mich sagen. »Heute abend ist der Abend, an dem ich meine B-Ballplatz-Phobie überwinden will. Ich muß wieder Basketball spielen, oder ich verliere noch den Verstand.«

Adam wußte alles über den Kerl, der mich in der Sporthalle attackiert hatte – er war derjenige, der mich gerettet hatte –, und er wußte auch, daß ich seitdem nicht in der Lage gewesen war, alleine in die Halle zu gehen. Ich hatte tatsächlich vorgehabt, an diesem Abend zum Spielen zu gehen – also log ich nicht wirklich –, aber ich hörte eine kleine Stimme in mir sagen: »Es muß ja nicht unbedingt heute abend sein, blöde Kuh.« Ich ignorierte sie. Ich hatte eine Vorahnung, was Adam mir sagen wollte, und eigentlich wollte ich es gar nicht hören.

Ich legte auf und starrte das Telefon an. Im Augenblick

war ich nicht in der Stimmung für ein emotionales Blutbad. Wenn Adam weg war, dann war er weg. Kein Grund, ein Beerdigungsinstitut zu beauftragen. Manche Leute wollten Dinge unbedingt zu Tode reden – ich nicht.

Aber als ich die Sporthalle betrat, sah ich zu meine Überraschung, daß Adam da war und sich einspielte. Ich ging hinüber und setzte mich für einen Augenblick auf die Bank, um ihm zuzuschauen. Ich hätte sauer sein sollen. So sicher wie das Amen in der Kirche hatte ich ihn nicht gebeten, zu kommen und mir Gesellschaft zu leisten. Ich war tatsächlich sauer, auf eine gewisse Weise, aber ich mußte auch zugeben, daß ich fast erleichtert war. Die stille Sporthalle – einmal mein liebster Platz auf der Welt – sah für mich nicht allzu einladend aus in diesen Tagen. Adam winkte, sagte aber nichts. Möglich, daß er nicht genau wußte, ob er willkommen war.

Er sah verdammt gut aus. Wenn ich B-Ball spielte, bemerkte ich so etwas meistens nicht. Früher war die Sporthalle der absolut einzige Ort auf dieser Welt, an dem ich mich nicht unbeholfen fühlte. Die Menschen auf einem Basketballfeld sind geschlechtslos. Sie sind schnell oder langsam. Sie bluffen viel oder wenig. Sie spielen raffiniert oder verhalten sich ungeschickt. Aber sie sind niemals männlich oder weiblich.

Es war schon komisch, aber Adam sah verdammt gut aus heute abend. Er machte Liegestütze, und wenn er sich bewegte, spannten sich die Muskeln an seinen Oberschenkeln. Ich hatte schon vorher Adams Oberschenkel bemerkt. Sie hatten noch nie schlecht ausgesehen. Sie hatten diese langen, schlanken Basketball-Muskeln und nicht diese aufgebauschten, wie Bodybuilder sie haben, und die ich persönlich nicht mochte. Ich hatte schon Gelegenheit gehabt, mit Adams Oberschenkeln nähere Bekanntschaft zu machen, und ja, es war wirklich nett gewesen.

Keine Ahnung, warum ich während eines Basketballspiels daran dachte. Ich hörte auf, meine Schuhe zu schnüren und ging mit meinem Ball hinaus aufs Spielfeld. »Babysitting?« meinte ich. Der Sarkasmus in meiner Stimme überraschte mich. Gewohnheit, nahm ich an.

»Das ist ein freies Land«, entgegnete er. »Ich arbeite nur an meinem Wurf.«

Ich enthielt mich eines Kommentars und begann mit methodischem Aufwärmen: fünf Dribbler unter dem Korb auf der einen Seite, fünf davor, fünf auf der anderen Seite. Ich und Bill Bradley. Ich machte ein paar Schritte und fing wieder von vorne an. Es gab kein Geräusch, außer dem Aufprall des Balls und dem Schwirren des Netzes. Gott sei Dank wußte Adam, daß er diesen Ort nicht mit unnützem Geschwätz ruinieren sollte. Ich fing den Ball und drehte mich zu Adam um. »Tut mir leid, daß ich dich angelogen habe«, sagte ich. In der Folge von Willys Verhaftung war dies eine Sache gewesen, die ich nicht hatte zugeben können. Ich versuchte, den Ärger in meiner Stimme zu dämpfen, was mir nur teilweise gelang.

»Das ist schon okay«, sagte er. »Es paßt zu dir.«

Ich drehte mich um, um zu werfen, aber dann hielt ich inne und wandte mich erneut Adam zu.

»Was? Willst du behaupten, daß ich eine chronische Lügnerin bin?«

»Du bist eine berechenbare Lügnerin«, meinte er.

Berechenbar. Ich sah keinen Grund, darauf zu antworten, und fing wieder an zu werfen. Seine Stimme klang, als ob er mich durchschaut hätte oder so. Nein, mehr als würde er mich kennen – die Risse in meiner Psyche und all das – und trotzdem nicht gleich zum nächsten Ausgang rennen wollen.

War das Intimität? fragte ich mich. Mal nicht der freie Fall beim Loslassen, gefolgt von diesem Ich-bin-hier-rausmein-Lieber-und-du-hast-eine-Frau-also-laß-mein-Hemd-los, was bis jetzt für mich am nächsten an Intimität herankam. Bei dieser Art von Intimität mit eingebautem Sicherheitsgurt kannte ich mich bestens aus.

Ich kehrte wieder zu meinen Würfen zurück. Ich arbeitete mich kreisförmig und entlang der Freiwurflinie von einer Seite zur anderen vor. Das war einfach, und ich vermißte nichts. Meine Wurfdistanz vergrößerte sich immer mehr, und danach kriegte ich Ärger.

»*Horse?*«

»Gleich«, antwortete ich. Jesus. Glaubte er wirklich, daß er mein Aufwärmtraining auf diese Weise unterbrechen konnte? Bei Bill Bradley hätte er das nicht getan. Adam schien vor Energie zu strotzen. Er verwandte mehr Energie auf sein Aufwärmen, als die meisten Spieler auf ein ganzes Spiel.

Horse war eine hervorragende Idee – es war ein einfacher Wurf-Wettkampf –, aber ich persönlich bevorzugte *One-on-One.* Vielleicht würden wir dazu noch kommen, obwohl wir beide wußten, daß ich dabei keine Chance hatte. Adam war um die sechzig Pfund schwerer und mindestens fünfzehn Zentimeter größer als ich. Bei einem Angriff würde das noch gehen, aber in der Abwehr hätte ich keine Chance.

Ich rannte los, um ein paar Weitwürfe zu probieren und mein Warming-up zu beenden. Ich startete in der Ecke, und zu meiner Freude ging er rein. Ich versenkte drei hintereinander und begann ein paar Zentimeter weiter von neuem. Es war toll, wenn der Ball wie von selbst reinging. Es schien alles so einfach, wenn es funktionierte. Ich stellte einfach meine Beine unter den Wurf, und der Ball rollte von meinen Fingerspitzen geradewegs und richtig ab. Er hatte einen trägen Rückwärtsdrall und einen Bogen, für den ich hätte sterben können. Ich spürte, wie sich meine Stimmung mit jedem Wurf hob.

Adam hatte aufgehört zu werfen und schaute mir zu. Ich täuschte ihn und sprang wieder hoch. Werfen machte keinen Sinn, wenn man sich vorher nicht bewegte. In einem Spiel konnte man nicht einfach stehenbleiben und werfen. Adam ging hinüber und stellte sich unter den Korb. Er fing den Ball, als er durchfiel, und warf ihn zurück. Ich dribbelte zwei Mal und warf wieder, während ich mich entlang des Halbkreises bewegte. Ich hatte eine Glückssträhne oder so etwas: Alles, was ich warf, ging rein. Ich kam näher und versuchte auf gut Glück einen Sprungwurf.

Ich sah, daß Adam mich anlächelte, und verpaßte den Korb. Ich drehte ihm den Rücken zu und dribbelte ein paarmal, bevor ich herumfuhr. Was war das für ein Lächeln? Er hatte ausgesehen wie eine männliche Mona Lisa. Was immer er auch dachte, er hatte nichts gesagt.

Ich fing an, übermütig zu werden, und verpaßte zwei weitere Würfe. *»One-on-One?«* fragte ich, um Adam davon abzubringen, daß er mich weiter ansah, und auch, um irgend etwas zu sagen. Dieses Lächeln war kein Gut-gemacht-Kumpel-auf-die-Schulter-klopf-Lächeln gewesen. Ich fing an, mich zu fragen, ob ich heute abend die Halle möglicherweise mit einer besseren Erinnerung verlassen konnte als mit der, daß jemand versucht hatte, mich umzubringen. Würde es bei meinem PTSD helfen – mal theoretisch gefragt? Würde Adam einem wissenschaftlichen Experiment zustimmen? Ich lachte laut auf.

»Was ist los?« fragte Adam.

»Nichts«, meinte ich. »Ich bin soweit.«

»One-on-One?« fragte er. »Nicht *Horse*?« Ich sollte *Horse* sagen. *Horse* war der bessere Gleichmacher. Der eine warf, und wenn der Ball reinging, mußte der andere Spieler einen identischen Wurf machen, oder er bekam einen Negativpunkt. Wenn jemand fünf Negativpunkte hatte, war er draußen. Man mußte nicht stark oder groß

sein, man mußte nur wissen, wie man wirft. Ich würde *Horse* mögen, und ich mochte es auch, aber nichts ließ dein Adrenalin so hochschießen wie *One-on-One,* von Angesicht zu Angesicht.

Adam kam mit dem Ball herüber und reichte ihn mir. Den Regeln des Pickup-Spiels entsprechend wußte er, daß es besser war, mir den Ball zu geben, als ihn mir zuzuwerfen: Ich hätte einen Wurf machen können, noch bevor er die Chance hatte, in Abwehrstellung zu gehen. Würde ich das tun? Ja, ich würde es tun.

Adam ging in Abwehrstellung. Er spielte sehr nah am Mann, was keine Überraschung war. Adam war kein Dummkopf, und mein Außenwurf ging daneben. Ich mußte vorbeiziehen, oder ich würde keinen einzigen Außenwurf reinkriegen, aber es war höllisch schwer, an jemandem wie Adam bei *One-on-One* vorbeizuziehen. Sicher, ich konnte ihn täuschen und einen Schritt gewinnen, aber er würde mich kriegen, noch bevor ich zum Korb kam.

Ich täuschte links an und ging nach rechts. Ich gewann einen Schritt, und als er beschleunigte, stoppte ich ab, täuschte in die Richtung, in die ich rannte, und drehte mich ruckartig weg, um den Ball mit Linksdrall zu werfen. Es war keine gute Idee, einen Wurf zu machen, den ich kein einziges Mal im Aufwärmtraining probiert hatte, aber es war der einzige Wurf, den Adam nicht erwarten würde. Ja, und deshalb war es auch der einzige Wurf, den ich machen konnte. Der Ball flog und sprang zwischen Rand und Korbbrett.

Natürlich versuchte ich dem Wurf zu folgen, aber Adam streckte sich, um mich abzublocken. Er hielt seine Arme hinter seinem Rücken, um mich zu kontrollieren, und ich war hinter ihm gefangen. Ich konnte die Hitze seines Körpers spüren, als wir darauf warteten, daß der Ball aufhörte zu springen und herunterkam. Adam drückte mich weg, und ich versuchte ihn unter den Rand zu schubsen, um den Ball über seinem Kopf zu kriegen.

Es war das übliche Gerangel unter dem Korb, so daß ich nicht wußte, weshalb es mich so nervös machte. Aber ich hatte Schwierigkeiten, mich zu konzentrieren. Adams Hand war an meiner Hüfte, und ich konnte ihre Wärme durch die Shorts hindurch spüren. Ebenso bemerkte ich seinen Rücken an meiner Brust. Der Ball kam herunter, und ich spürte, wie eine Welle von Kraft durch seinen Körper ging, als er hochsprang, um ihn zu kriegen.

Er dribbelte, und ich folgte ihm. Ich hatte kaum meine Abwehrposition eingenommen, als er mit dem kleinstmöglichen Täuschungsmanöver geradewegs zum Korb zurückspurtete. Arroganter Bastard. Ich schätze, er dachte, er wäre schnell genug, um sich nicht um das Täuschungsmanöver kümmern zu müssen. Ich rappelte mich auf, um mitzuhalten, und als ich ihn erreichte, schlug ich den Ball weg. Okay, der Basketball-Verband hätte das vielleicht ein Foul genannt, aber in einem Pick-up-Spiel galt nur: kein Blut, kein Foul.

Auf jeden Fall nannte Adam es nicht Foul. Er lachte bloß und holte den Ball. Zu meiner Überraschung rannte er gleich wieder los. Er machte mit dem Rücken zum Korb einen Sternschritt und warf den Ball nach hinten.

Das war etwas, das Adam selten bei mir machte. Sicher, er konnte auf diese Weise punkten, aber beweisen, daß er groß genug war, um mich unter dem Korb auszustechen, war keine große Herausforderung. Wenn ich es nicht besser gewußt hätte, hätte ich gesagt, daß Adam es genoß, mich unter dem Korb zu halten. Vielleicht hatte er vorher nicht getäuscht, weil er mich dabehalten wollte. Er bewegte sich rückwärts, und ich klammerte mich natürlich an ihn, um ihn rauszudrängen. Ich wußte nicht genau, wer hier wen foulte, aber es gab eine Menge Körperkontakt.

Normalerweise war das kein Problem. Normalerweise bemerkte ich so etwas in dem üblichen Gerangel eines Pick-up-Spiels noch nicht einmal, aber Adams Körper fing an, warm und feucht zu werden, und seine Atmung wurde tiefer, und das fing an, mir zu Kopf zu steigen, weil es so bizarr war. Bizarr, so etwas auf einem Spielfeld zu bemerken. Er tat nichts dagegen. Er schien mit dem Werfen keine Eile zu haben und dribbelte einfach um die Linie herum.

»Drei Sekunden«, meinte ich. In einem richtigen Spiel durfte man nicht länger als drei Sekunden auf der Angriffslinie stehenbleiben. Diese Regel sollte verhindern, daß die Spieler dort »parkten«, aber ich hatte noch nie gehört, daß es jemand in einem Pick-up-Spiel gerufen hatte.

»Drei Sekunden?« meinte er. »Wir sagen drei Sekunden? Okay.« Er setzte zu einem Sprungwurf an. 1:0 für Adam.

»Verlierer kriegt«, sagte ich und verlangte damit den Ball. Ich spielte nicht immer auf diese Weise, aber wenn ich es nicht tat, würde ich den ganzen Abend mit Adam unter dem Korb verbringen, und ich wollte mich auf das Spiel konzentrieren. Es war ein Sakrileg, sich auf einem Basketballfeld auf etwas anderes zu konzentrieren als auf Basketball.

»Wart mal«, meinte er und zog sein T-Shirt aus. Oh, Gott. Adam hatte ein bißchen Gewichtheben betrieben, und er hatte nicht diesen mageren, eingesunkenen Oberkörper eines durchschnittlichen, mittelalten, überarbeiteten Freizeit-Sportlers. Er hatte einen sehr netten Oberkörper und göttliche Schultern. Jetzt hatte er nichts an, außer ein paar kurzen Shorts. Ich hatte die Blitzidee, daß ich diese Shorts einfach runterziehen könnte, aber ich verwarf sie und versuchte zumindest, mich auf das Spiel zu konzentrieren. Knie dich einfach hin und zieh diese Shorts Zentimeter um Zentimeter herunter.

Ich trug unter meinem T-Shirt einen BH, und normalerweise hätte ich die Gelegenheit ergriffen, mein T-Shirt auszuziehen, aber ich entschied, es doch nicht zu tun. Ich war mir meiner nicht so sicher.

Adam ertappte mich dabei, wie ich ihn ansah. »Du siehst gut aus«, sagte ich leichthin. Wie ein neutraler Beobachter. Ich begann zu dribbeln, und Adam ging in Abwehrstellung. Ich täuschte einen Schritt vor und sprang hoch, um zu werfen, aber Adam griff nach meinem T-Shirt und verhinderte den Wurf.

»Hey«, meinte ich und versuchte verärgert zu klingen. »Was machst du da? Wir spielen B-Ball, verdammt noch mal.« Aber Adam hörte nicht auf. Er stand einfach da und hielt mein T-Shirt fest. Stille erfüllte die Halle. Ich wußte nicht genau, was ich machen sollte. Dann fing Adam an, mich langsam an sich heranzuziehen, vorsichtig, aber bestimmt. Als ich einen Zentimeter vor ihm stand, ließ er mein T-Shirt los und hakte seine Daumen in die Ecken meines Bündchens.

»Kein Foul, solange du nichts sagst«, meinte er. Große Geister denken so. Er fing an, langsam meine Shorts runterzuziehen, während er die ganze Zeit in meine Augen blickte. Ich hatte viel Zeit, es ein Foul zu nennen. Ich meine, ich hätte es tun können, und ich wußte, daß er seine Finger dann sofort zurückgezogen hätte. Aber es gab da dieses wissenschaftliche Experiment, das ich machen wollte. Es war wichtig, die Wissenschaft zu unterstützen.

Ich spürte, wie die Shorts Zentimeter um Zentimeter hinunterrutschten.

Danksagung

Als erstes möchte ich Sandi Gelles-Cohen danken, die alle meine Bücher redigiert und so zu einer enormen Qualitätssteigerung beigetragen hat. Sandi hat eine Menge von Michael Stone.

Ich möchte auch Helen Rees danken, meiner wunderbaren Agentin, die warmherzig, menschlich und außerordentlich kompetent ist, eine seltene Kombination.

Ebenso möchte ich Linda Marrow danken, meiner Lektorin bei Pocket Books, für ihre Weitsicht und ihre Unterstützung.

Danken möchte ich Lt. H. John Wojnaroski, III, von der Michigan State Police, für die Verwendung seiner ausgezeichneten Vernehmungstechniken.

Mein Dank geht auch an meine Kollegen am Midwest Center für Psychotherapie und Sexual-Therapie: Dan Brakarsh, Kristi Baker, Harvey Dym, Carol Endicott, Jane James, Pat Patterson und Lloyd Sinclair. Diese Menschen sind meine berufliche Familie.

Ich möchte auch meiner langjährigen Mentorin und Freundin Regina Yando, Ph. D., danken für ihre Vorschläge, ihre Unterstützung und ihre Zuneigung.

Außerdem möchte ich Minna Alanko für die ausgezeichnete Betreuung meiner Kinder und für ihre Freundschaft danken. Zu wissen, daß meine Kinder so gut betreut wurden, gab mir den Freiraum, den ich brauchte, um zu schreiben.